KB161610

사람 향기

사람 향기

초판 1쇄 발행일 2015년 4월 25일

지 은 이 김문
펴 낸 이 이정원

출판책임 박성규
기획실장 선우미정
편 집 김상진 · 유예림 · 구소연
편집보조 양희우
디 자 인 김지연 · 김세린
마 케 팅 석철호 · 나다연
경영지원 김은주 · 이순복
제 작 송세언
관 리 구법모 · 엄철용

펴 낸 곳 도서출판 들녘
등록일자 1987년 12월 12일
등록번호 10-156
주 소 경기도 파주시 회동길 198번지
전 화 마케팅 031-955-7374 편집 031-955-7381
팩시밀리 031-955-7393
홈페이지 www.ddd21.co.kr

ISBN 978-89-7527-695-8(03810)

값은 뒤표지에 있습니다. 잘못된 책은 구입하신 곳에서 바꿔드립니다.

-김문이 만난 사람-

들녘

아름다운 사람들의 풍경화

김병종 (서울대 교수, 화가)

오래전 사 년여에 걸쳐 한 일간지에 〈화첩기행〉이라는 주간 연재를 한 바 있다. 글과 그림을 엮어서 진행한 연재는 주로 이 땅의 예인들에 관한 이야기였는데 독자들 반응이 좋아 나중에는 해외에서 살다 간 한국의 문화예술인들로까지 이어지게 되었고 급기야는 남미와 북아프리카 등 다른 나라 예술가들 이야기로까지 진행되어갔다.

연재를 하는 동안 머릿속을 떠나지 않은 하나의 생각이 있었다. "사람이 자산이다." 그렇다. 사람이 자산이고 그것도 가장 큰 자산이다. 이 경쟁 치열한 후기 정보화시대를 살아가면서 우리는 과학기술과 물질 문명에 눈길을 빼앗기느라 사람을 잊고 산다. 서로의 눈을 보며 이야기하는 대신 저마다의 작은 화면을 향해 울고 웃고 한숨지으며 혹은 중얼댄다. 에일리언의 눈처럼 밤낮없이 환히 불 켜고 있는 그 화면들을 향해서. 이러한 삶이 진실로 행복할까.

김문은 그러나 철학적 담론을 꺼내며 이런 시대의 흐름을 꼬집지는 않는다. 다만 "여기 사람이 있다, 이 사람을 보라"고 권유한다. 문명의 광속열차에서 내려 내가 만난 사람들을 좀 보라고 말한다. 잠시 컴퓨터 화면을 끄고 사람의 소리를 들으며 그 삶을 들여다보고 또는 나누자고 말한다. 그렇게 함으로써 당신의 삶 또한 풍성해질 수 있으리라고 말한다. "나만의" 골목에서 나와 "우리들"의 광장으로 나아갈 수 있으리라고 말한다. 나 아닌 다른 사람의 삶에 눈길을 줌으로써 그의 하는 일을 이해하게 되고, 이해는 곧 사랑의 출발이라고 깨우쳐준다. 그렇게 되면 이 메마른 시대에 도도한 사람의 물결을 이루게 되어 그 물결이 바로 목마른 사람을 해갈시키는 힘이 될 것이라고 말한다. 그리하여 그는 도저히 만나질 수 없는 삶들을 종으로 횡으로 엮어내며 문화 혹은 예술이나 지식 공동체의 사람이 사는 훈훈한 부락과 마을, 그리고 도시로의 길을 우리 앞에 제시한다. 참으로 감동적인 일이 아닐 수 없다. 사실 빌딩이 높아 도시가 아니고 화폐가 많아 부국이 되는 것이 아니다. 사람, 그것도 문화와 예술과 학문과 지식의 향기가 분분하게 풍겨날 때 도시는 도시다워지고 나라는 나라다워지는 것이다.

김문이 만나고 다닌 사람의 스펙트럼은 참으로 넓고도 깊다. 그 빛과 색의 다채로움은 이루 말할 수 없을 정도이다. 발품을 내고 술잔을 기울이며 종횡무진, 사람 사는 세상을 헤집고 다닌다. 그것도 아름다운 사람들이 사는 동네를. 돈과 권력의 광휘로 덧칠해진 동네가 아니라 문화와 예술이 들풀처럼 피어나는 그런 마을들이다.

이 일은 김문이 아니면 하기 어려운 일이다. 그는 우선 수수덤덤한 사람이다. 정이 많은 사람이며 그 정을 나누어줄 줄 아는 사람이다. 까탈을 부리거나 권위를 내세우려 들지 않는다. 무엇보다 적게 말하고 많이 듣는 사람이다. 그래서 김문이 하는 인터뷰에서는 그 자신은 잘 드러나지 않는다.

오직 상대의 목소리와 숨결만이 손에 잡힐 듯 다가오는 것이다. 이것은 쉬운 듯이 보여도 정말 어려운 일이다. 자신을 완전히 비워내지 않고서는 가능한 일이 아니다. 김문의 "사람 향기"를 읽으면서 나는 결국 사람만이 그리고 사람과의 인연만이 삶에서 최후로 남겨지는, 그리고 기억되어지는 그 무엇이라는 느낌을 다시 갖게 된다. 덧없이 지나가는 삶의 풍경 속에서 그나마 위로가 되는 풍경 또한 사람의 풍경임을 자각하게 되는 것이다.

사람의 향기를 흠뻑 마시며

아일랜드의 극작가 겸 소설가 버나드 쇼는 1925년 노벨문학상을 받았다. 이때 스웨덴의 한림원은 '그의 작품에는 이상주의자와 인도주의 정신이 깃들어 있고 사람을 감동시키는 독특한 풍자가 곳곳에 숨어 있다'고 평가했다. 깡마른 체구로 더욱 커 보이는 키, 도사같이 긴 턱수염, 그리고 그에 어울리는 멋진 지팡이는 보는 이로 하여금 '정말 멋지다'라는 감탄사를 불러내게 하는 대표적 이미지였다. 번뜩이는 기지와 시원한 독설은 많은 사람들에게 카타르시스를 느끼게 했다. 사다리에서 떨어진 후 심한 후유증으로 94세의 일기를 마치면서도 마지막 남긴 말은 '우물쭈물하다가 내가 이럴 줄 알았다'였다. 이 말은 그의 묘비명에 새겨져 있어 보는 이로 하여금 많은 여운을 남기게 한다. 어디 사람뿐일까. 그는 평소 채식주의자였다. '동물들은 나의 친구다 그래서 친구를 먹지 않았다'고 말할 정도였다. 재미있는 일화가 있다. 버나드 쇼가 나이 들어 죽었을 때 〈런던 타임스〉는 사설에 이런 글을 썼다.

'버나드 쇼 장례 행렬에는 염소와 소, 돼지, 양떼들이 울면서 뒤를

따랐다.'

평생 동안 육식을 안 했으니깐 그 동물들이 얼마나 좋아했을까. 아니 슬픈 나머지 그의 죽음을 애도하면서 뒤를 따랐을 것이다. 작품도 작품이지만 버나드 쇼는 그렇게 진한 인간적 감동과 여운을 남겨 지금도 세상에서 회자되고 있다.

사람이 한평생을 살아가면서 여러 가지 얘기를 듣는다. 예를 들어 '그 사람 참 좋은 사람이다' '됨됨이가 인간답고 훌륭한 인물이다' '아주 향기로운 사람이다' 등이다. 버나드 쇼처럼 진한 인간적인 감동과 여운을 던져주는 사람도 많다. 그런 사람을 만나면 자연스럽게 기분이 좋아진다. 이 책에 실린 인물 51명은 그런 기준과 방향에서 선정했다. 높은 사람, 낮은 사람, 잘사는 사람, 가난한 사람, 성공한 사람, 성공할 사람들도 있다. 50명이 아닌 51명으로 정한 것은 어떤 여운을 남기고자 하는 생각에서 그랬다.

'김문이 만난 사람'이라는 문패를 달고 〈서울신문〉 1개면 분량으로 인터뷰하기 시작한 것은 2004년 12월이다. 처음에는 부담이 많았다. 인터뷰이 선정 때문이었다. 산책할 때도, 모임에 나가서도, 신문을 읽으면서도, TV를 보면서도 어떤 사람을 인터뷰이로 선정할 것인가 고민하는 날이 계속됐다. 내리는 비를 보다가 빗물을 주목하고 빗물박사가 없을까 생각했고 가을날 뒹구는 낙엽을 보고 낙엽만 연구하는 사람이 없을까 했다. 정치인과 경제인은 가급적 인터뷰 대상에서 제외시켰다. 외국인 국문학자, 복서출신 성악가, 연탄배달부, 문화예술인, 작가 등 인간 향기가 폴폴 나는 사람 위주로 만나게 됐다. 되도록 독자들이 직접 만난 것처럼 지루하지 않게 생생하게 쓰려고 노력했다.

형식도 다양화했다. 선문답같이 대화를 나누기도 하고 농담 섞인 말도 중간 중간 써넣었다. 같이 등산하거나 질펀하게 막걸리 잔을 기울이기도 했다. 이래저래 인터뷰이로부터 좋은 말을 들을 때에는 글발이 좀 되기도 했다. 또 술자리에서 좌절하는 친구들을 만날 때 그런 내용들을 들려주기도 했다. '비오니까 비 맞으며 가자'는 말로 위로해주기도 했다.

그러다 보니 10년 세월이 후딱 지났고 200자 원고지 1만 장이 훌쩍 넘었다. 만난 사람이 500명 가까이가 됐다. 주위에서 책을 내면 좋지 않겠느냐고 권유하는 사람이 많았다. 이에 점점 자신을 얻어 책을 펴내기로 결심했다. 그렇다면 500명 다? 그건 무리라고 생각했다. 고민 끝에 알차게 1권 분량이면 좋겠다는 생각을 하게 됐다. 조심스럽게 51명을 선별했다. 인터뷰 시점이 과거형이기 때문에 시간과 문맥 흐름상 지난 날짜 등을 현재로 끌어오는 작업을 했다. 이 과정에서 서울대 김병종 교수님이 제목을 '사람 향기'로 하면 좋겠다는 아이디어를 냈다. 또한 고맙게도 추천사까지 써주신다고 하니 자신감이 더 생겼다. 내친김에 인터뷰를 통해 인연이 된 장사익 선생님한테 '사람 향기' 글씨를 부탁했더니 기꺼이 써주셨다.

다시 한 번 이 책을 출간하는 과정에 많은 도움을 주신 김병종 교수님, 장사익 선생님, 그리고 도서출판 들녘의 모든 분들에게 감사할 따름이다. 특히 〈서울신문〉 근무 시절 인터뷰에 응해주신 많은 분들께 지면으로나마 고마운 인사를 드릴 겸 책을 내게 됐다.

꽃향기가 가득한 2015년 어느 봄날 저자 꾸벅

차례

영원한 청년 작가

박범신

그의 집은 '와초문학뜰'이다. 뜰 바로 아래에는 조용히 출렁이는 탑정호(塔亭湖)가 시원하게 펼쳐져 있다. 잔디 마당에는 조각가 류훈의 작품 〈오늘 저녁 술 한잔 어때요〉가 쓸쓸하거나 처량하게 서 있다. 아니 뭔가 할 말이 많은 표정이다. 이 조각은 세 명의 인간 형상이다. 하나는 담배를 피우며 시름에 빠진 중년의 노동자고 나머지 둘은 서로 떠들다가 '술 한잔하자'는 자세를 취하며 어른을 바라보는 젊은 노동자다.

집 뒤뜰에는 작은 정자가 있다. '흐르고 머무니 사람이다'(流留亭)는 문패가 고즈넉하게 걸려 있다. 누가 썼을까. 궁금증은 금방 풀렸다. 그가 직접 쓴 글씨로 새겨 넣었다. 그런데 얼핏 보아도 붓글씨 솜씨가 보통이 아니다. 한 글씨 한다는 필체다. 그의 부인은 10년 동안 서예 공부를 했다. 부인이 그가 쓴 '흐르고 머무니 사람이다'를 보더니 "10년 공부한 사람보다 더 잘 쓰면 어떡하느냐"며 한동안 삐쳤다(?)고 한다. 정자 바로 앞에는 앙증맞은 계곡이 있다. 물이 졸졸 흐르니 붕어 새끼들이 이리저리 뛰놀기에 딱이다. 정자에서 몇 발짝 걸어가면 텃밭이 있다. 상추와 고추 등 푸성귀들이 자라고 있다. 글을 쓰다가 소일거리로 잠깐씩 들러 자라는 식물과의 대화를 통해 생명의 소중함을 새삼 느끼는 곳이다. 시간과 공간이 흐르는 곳, 한마디로 표현한다면 '홀로 가득 차고 따뜻이 비어 있는 집'이다.

이 집은 팬들을 위해 '행복한 만남'이라는 제목으로 1년에 봄, 가을 두 번 공개한다. 그럴 때면 전국 각지에서 200여 명이 찾아온다. 글을 써서 인세로 장만한 집일까. "논산시에서 임대한 것이고 임대료는 내지 않고 있다"는 대답이 돌아온다. 나름대로 글 쓰는 작가에 대한 예우 차원인가 보다. 집필실은 1층과 2층에 있다. 1층은 정자가 바라보이는 곳이고 2층은 호수가 훤히 내려다보인다. 이런 분위기에서 4년째 글을 쓰고 있다. 2014년에는 장편소설 『소소한 풍경』과 낙서처럼 써내려간 짧은 글모음 『힐링』도 '와초문학뜰'에서 생산됐다.

'영원한 청년 작가' 박범신을 만난 것은 2013년 7월이다. 문단 데뷔 40년이 되는 해에 40번째 장편소설 『소금』을 쓴 직후였다. 영화로 인기를 모은 『은교』 이후 홀연히 고향 논산으로 내려가 2년여의 침묵 끝에 발표한 작품이다. 거대한 자본의 세계 속에서 가족들을 위해 '붙박이 유랑'으로 살 수밖에 없는, 그래서 가출할 수밖에 없는 아버지들의 이야기를 들려준다. 『나의 손은 말굽으로 변하고』와 『비즈니스』로 연결되면서 자본의 폭력성에 대한 '발언'을 모아 펴낸 3부작 중 마지막 작품이기도 하기에 이런저런 얘기를 나누고 싶어서 한달음에 논산으로 갔다. 특히 『소금』은 고향에서 쓴 첫 번째 작품이다.

늘 그렇듯이 박 씨는 편하고 허름한 옷차림이다. 알 듯 말 듯 중얼거리기도, 돌직구를 날리기도 한다. 그사이에 배어내는 털털한 미소는 역시 '박범신 표'다. 마당에서 만남이 이루어졌기에 정자 얘기부터 먼저 나왔다.

"원래는 마음 심(心)자를 써서 '심유정'이라고 이름을 지었는데 뻥이 심하다는 생각이 들었어요. 원래 마음이 머무는 적은 없어요. 그래서 흐를 유(流)자로 바꿨더니 뺑이 아니라는 것을 느꼈지요. 붓글씨를 배워본 적이 없는데 제가 직접 먹을 갈고 화선지에 쓰고 현판에 새겨 달아놓았더니 그저 볼 만하던데요."

머물고 흐르는 것이 곧 마음에 있는 것은 아닐까. 이런 생각에 잠깐 두리번두리번했더니 배도 고픈데 식당으로 가자고 했다. 미리 와 있던 두 명의 손님과 함께 인근 민물고기 매운탕 집으로 자리를 옮겼다. 식당 주인이 그를 단골손님처럼 반긴다. 그는 자리에 앉으면서 주인아주머니에게 '닭도리탕'과 '매운탕'을 주문하고 "막걸리 두 병과 소주 한 병 주세요"라고 했다. 주종과 주량을 물었더니 "오늘은 속이 별로 안 좋아 막걸리 두어 잔만 하겠다"고 말한다. 술은 많이 마시지 못하지만 잠자기 전 소주 반 병 정도나 과실주를 주로 마신다고 했다. 2년 동안 고향에서 어떻게 지냈을까.

"원래는 고향으로 내려올 생각을 안 했는데 하루는 40대의 젊은 시장이 '형님, 고향으로 오시죠'라고 해요. 그 형님 소리가 듣기 좋더라고요. 그래서 결정했습니다. 여기에서 2년 동안 살면서 금강문화권을 다시 공부했습니다. 탑정호수 건너편에 황산벌이 있습니다. 계백이 신라 군사한테 깨진 곳이지요. 이 금강문화권은 또 백제와 후백제의 멸망, 그리고 동학군이 최후를 맞이한 곳이기도 합니다. 원혼이 많아 한밤중에 귀신이 자주 나타나는 곳이기도 합니다."

하루는 이런 일이 있었단다. 밤에 술을 마시고 마당에 앉아 있는데 누가 절뚝거리며 다가오더라는 것. 누구냐고 했더니 '계백 장군 똘마니 장수'라는 대답이 돌아왔다. 왜 안 가고 그러고 있느냐고 재차 물었더니 장수는 '계백 장군을 버리고 갈 수 없어서'라고 했단다. 얘기를 흥미롭게 듣다가 웃으면서 패망한 군인들의 원혼과 함께 있어서 외롭지 않겠다고 했더니 "뼛골만 있어도 생명을 불어넣고 그런 것이 작가가 아니냐. 너무나 많은 이야기가 묻혀 있는 곳이다. 2년 동안 고향 사랑을 많이 했다"고 말한다. 술 한 잔 마시고 담배 한 대를 입에 문다. "어린 시절 가난했던 추억만 가지고 있어서 고향에 오기가 싫었는데 지금은 아니다"며 잠시 창밖을 바라본다. 소설 『소금』에 대해 얘기한다.

"과거에는 어머니들이 희생했다면 요즘은 아버지들입니다. 베이비부머 시대의 아버지들이 쓸쓸하고 외롭습니다. 가부장의 권위도 해체되고, 아버지는 늘 자식을 위해 과실을 따 옵니다. 30대의 장성한 자식조차 여전히 아버지 등에 빨대를 꽂고 과실을 빨아들이고 있고요. 거대한 소비 문명이 자식들을 빼앗아갔습니다. 이것은 건강하지 못한 사회예요. 이 시대의 아버지들은 어디에서 부랑하고 있는지, 지난 반세기 동안 무엇을 얻었고 잃었는지 묻고 싶었습니다. 아버지들이 젊었을 때에는 자식을 위해 수시로 돈을 뺄 수 있는 통장 역할을 하고 나이 들어서는 보험 역할을 하고 있습니다. 누군가 말해야 한다는 생각이 들었지요."

이 소설은 가족을 버리고 끝내 '가출하는 아버지'의 이야기를 그리고 있다. 자본주의가 만들어낸 거대한 폭력과 쓸쓸함을 비판하면서 특정한 아버지가 아닌 동시대를 살아온 '아버지1~아버지10'을 다루고 있다. 애당초 젊은이들에게 읽히고 싶어 시작한 소설인데 정작 젊은이들에게 반발을 일으킬까 봐 걱정되기도 한다며 웃는다. 『은교』의 경우 시간의 반란을 그리기 위해 남자 주인공을 원래 77세로 설정했다. 그런데 출판사에서 젊은이들이 읽지 않는다며 65세로 해달라고 했다. 겨우 타협점을 찾은 것이 70세. 뚜껑을 열었더니 예상과 달리 20대 여자들이 책을 많이 본 것으로 나타났다. 그는 "이번에 쓴 『소금』은 그렇지 않을 것 같다"고 했다. 『소금』은 출간되자마자 베스트셀러 10위에 올랐다.

“요즘 글을 쓰는 사람은 많고 독서 인구는 그에 비해 적어요. 예를 들어 문학 책이 10만 부가 팔렸다고 할 때 문학을 알고 사는 사람은 2만 명, 나머지 8만 명은 사회적 이슈거나 자극적인 데서 책을 구입합니다. 5만 독자를 유지한다는 것은 행복입니다.”

잠시 숨을 고르더니 다시 말을 잇는다. ‘문학은 작업’이라고 말하면서 우리 수준이 문화적으로 높아져야 잘못된 제도에 압력을 가할 수 있다고 강조한다. 아울러 소설이란 마라톤과 같으며 빈틈없는 전략으로 뒤집기를 잘해야 한다고 덧붙인다. 요즘 작가들은 스타트는 좋으나 체력이 문제라면서 “소설이란 걸어갈수록 강력한 힘을 발휘해야 하고 달의 뒷면, 어두운 면까지 가는 것이 문학”이라고 설명한다. 정신적인 끈기와 투지가 있어야 하며 작가의 뒷심이 약하면 시대를 바라보는 뒷심 또한 약할 수밖에 없다고 말한다. 요즘 젊은 작가들은 정보에 의존해 쓰다 보니 이야기를 확실히 장악하지 못하는 것 같단다. 그는 신문을 잘 안 본다고 했다. 나머지 인생을 굳이 정보에 의존해서 살 이유가 없다는 것이다. 한순간 달의 뒷면을 볼 수 있는 직관력으로 살아가려고 한다고 했다.

“30대에는 사랑받고 싶어 넓이에 정체성을 두고 글을 썼고 40대를 넘기면서 깊이를 추구했습니다. 치열하게, 그리고 정직하게 글을 써오는 동안 벌써 40년 연애한 것처럼 세월이 지나갔습니다. 저 자신에게 아직도 순정주의 문학이 남아 있습니다. 지금도 연애한다고 생각하니 행복합니다.”

그는 히말라야 등정을 열다섯 차례나 했다. 존재의 등반이다. 자신의 내면 속으로 걷기, 초월적인 세계를 실감하기, 인간의 갈망이 있는 그곳에서 불멸과 순간, 현세적 삶과 초월적 삶을 경험한다는 것이다. 그의 작품 『비우니 향기롭다』, 『나마스테』, 『촐라체』 등이 이 같은 산악 세계에서 비롯되고 있다. 지금도 걷는 것은 누구보다도 자신 있어 한다. 앞으로 그의 '문학적 걷기'는 어떻게 될까.

"여기 올 때 고전소설 몇 십 권을 가져왔는데 다시 틈틈이 들여다보고 있습니다. 최근에는 밀란 쿤데라 작품도 읽어봤고, 아마 다음은 역사소설이 되지 않을까 싶네요. 조선 후기 노론의 기반이 되는 곳이 바로 논산이거든요."

인터뷰를 마치면서 생활의 모토에 대해 물었더니 '가난한 밥상'과 '쓸쓸한 배회'라고 했다. 달랑 물에 만 밥과 김치를 먹으며 육체와 정신의 기름기를 허용하지 않는 것이라고 말했다.

〈2013년 7월〉

박범신은

1946년 충남 논산에서 태어났다. 원광대 국문과와 고려대 교육대학원을 졸업했다. 1973년 〈중앙일보〉 신춘문예에 단편 「여름의 잔해」가 당선되어 작품 활동을 시작했다. 1978년까지 소외된 계층을 다룬 중·단편소설을 발표하며 문제 작가로 주목받았다. 1979년 장편소설 『죽음보다 깊은 잠』, 『풀잎처럼 눕다』 등이 베스트셀러가 됐다. 1981년 『겨울강 하늬바람』으로 '대한민국문학상'을 받았다. 이 밖에 주요 장편소설로는 『불의 나라, 더러운 책상』, 『나마스테』, 『촐라체』, 『고산자』, 『은교』, 『나의 손은 말굽으로 변하고』, 『비즈니스』, 『소소한 풍경』 등이 있다. 김동리문학상(2001년), 만해문학상(2003년), 한무숙문학상(2005년), 대상문학상(2009년) 등을 받았다.

대하소설 작가

조정래

그는 한없이 울었다고 했다. 세월호 안에 있는 아이들 생각 때문이다. 우리의 미래를 짊어지고 갈 그 아이들 중에는 베토벤도 있고 모차르트도 있을 것이고, 우리나라를 이끌어갈 많은 인재가 있을 것이라고 했다. 왜 그런 일이 벌어졌는지, 꿈 많은 아이들을 생각하면 도무지 울지 않고는 못 배기겠다고 했다. 세월호 사건이 생긴 직후인 2014년 4월 서울 강남의 한 커피숍에서 작가 조정래 씨와의 만남은 그렇게 시작됐다. 그러면서 아이들에게 해줄 수 있는 것은 아픈 영혼을 위로하고 껴안아주는 것이라고 말했다. 우리가 겪고 있는 삶의 총체를 가장 부드럽고 사랑스러운 언어로, 그들이 자립적이고 자유롭게 클 수 있는 영혼이 되도록 말해주는 것이라고 했다.

그는 이처럼 한이 많다. 작가적 한은 더욱 그렇다. 몸부림쳐지도록 장대한 글을 쓴다. 『태백산맥』, 『아리랑』, 『한강』, 그리고 최근의 『정글만리』만 보더라도 그 한이 켜켜이 배어 있다. 험난하고 처절한 역사를 그려낸다. 작가적 사명감으로 자신과 외롭게 싸우면서 수없이 구슬을 꿰고 또 꿴다.

역사와 세상 앞뒤 면을 특유의 통찰력으로 깊게 파헤치고 넓게 살핀다. 그는 예나 지금이나 깨알 같은 글자를 200자 원고지에 정성으로 옮긴다. 하루 평균 30장, 글발이 좀 받을 때는 100장까지 달린다. 농부의 호미가 녹슬 겨를이 없듯이 열심히 글 밭고랑을 일구는 지난한 경작을 한다. 그러다 보니 위궤양과 오른팔 마비, 탈장 등으로 병원 신세를 지기도 했다. '조정래 문학산맥'은 그렇게 계속 만들어지고 있다.

조 씨는 올해(2015년)로 문학 인생 45년을 맞이한다. 그리고 부인 김초혜는 시 쓰기 50년째를 맞는다. 부인이 문학적 나이로는 선배인 셈이다. 둘은 우리나라 원조 캠퍼스 커플로 알려졌다. 동국대 2학년 때 문학도로 만난 둘은 조 씨가 군 복무 시절 "남자가 사랑하는 여자를 지키기 위해서는 오직 결혼하는 것뿐"이라는 감동적인 말을 해 결혼에 골인했다. 지금도 그 사랑을 나누며 둘은 알콩달콩, 닭살 돋도록 잘 살고 있다. 조씨는 부인에 대한 얘기가 나오면 '새록새록 피어나는 영혼의 꽃'이라고 곧잘 표현한다.

조 씨의 『정글만리』는 출간되자마자 밀리언셀러 반열에 올랐으며 지금도 현재진행형으로 계속 팔리고 있다. 이와 함께 그의 부인 김 씨 또한 오래간만에 책을 출간했다. '시인 할머니가 손자한테 인생을 어떻게 살아야 하는지'를 일러주는 내용이다. 김 씨가 2008년 당시 365일 동안 손자에게 편지 형식으로 쓴 글을 모아 2014년 5월 『행복이』라는 제목으로 세상에 선보였다.

조 씨는 그 흔하디흔한 휴대전화기를 갖고 다니지 않는다. 아니 아예 없다. 만난 자리에서 까닭을 물었다. 그랬더니 양복 안주머니에서 수첩 하나를 꺼낸다. 첫 장에는 부인, 그리고 두 번째 장에는 손자 사진이 있다. 그리고 다음 장부터 가족이며 친지 등 꼭 필요한 전화번호만 쭉 적어놨다. 길거리 가다가 꼭 전화할 일이 있으면 지나가던 예쁜 여학생한테 "나 조정래라는 사람인데 휴대전화 잠시만 사용할 수 있느냐"고 하면 얼른 빌려주기 때문에 휴대전화를 굳이 가지고 다니지 않아도 아무런 불편이 없다며 웃는다. 수첩에는 좌우명처럼 여기는 선시(禪詩)들이 적혀 있다. 잠시 들여다본다. '눈 덮인 들판을 걸어갈 때 어지러이 걷지 마라/ 오늘 내가 남기는 발자취는/ 뒤에 오는 사람 이정표가 되리니.' 서산대사가 한 말이다. '청산은 나보고 말없이 살라 하고/ 창공은 나를 잡고 티 없이 살라 하네/ 사랑도 벗어놓고/ 물같이 바람같이 살다 가라 하네.' 나옹선사가 한 말이다. 또 있다. '10년을 경영하여 초가삼간 지어내니/ 나 한 칸 달 한 칸 청풍 한 칸에 맡겨두고/ 강산을 들일 데 없으니 둘러두고 보리라.' 송순이 전남 담양에 면앙정(俛仰亭)을 10년간 짓고 나서 지은 시다. 그는 "얼마나 멋진 말들이냐"고 반문하면서 가끔씩 들여다보며 혹시라도 기울어진 마음을 올바로 세운다고 했다.

화제를 『정글만리』로 옮겼다. 『정글만리』가 밀리언셀러가 됐으니 앞으로 얼마나 더 팔릴 것으로 예상하느냐고 물었다. "아마 150만 부 정도 되지 않겠느냐"고 대답했다. 그렇다면 『태백산맥』, 『한강』, 『아리랑』 등을 다 합하면 몇 부나 되느냐고 했다. 1,600만 부 정도(팔린 것)라는 대답이 돌아온다. 조 씨는 자신이 펴낸 책들의 인지를 직접 찍는다. 그렇게 많은 분량을 어떻게 찍을까. 그러자 "아주머니들이 대신 찍어주는데 그들에게 일감을 주니 고용 창출이 아니냐"며 웃는다. 작가는 많은 독자를 만나는 게 일이니 그 과정 또한 소중해야 되지 않겠느냐는 얘기도 곁들인다. 『정글만리』는 언제부터 준비했느냐고 하자 "1990년 『아리랑』을 쓰기 위해 처음 만주를 갔을 때 생각하게 됐다"고 말한다. 그 후 중국 관련 서적만 80여 권 읽었으며 고시 공부 하듯이 중국을 분석했다. 중국을 열여섯 차례 다녀오면서 깨알같이 기록한 취재 수첩만 해도 90권에 이른다. 이어 중국에 대한 얘기를 꺼냈다.

"소련은 몰락했지만 중국은 세계 자본주의가 구해줬지요. 만약 안 그랬으면 중국도 소련처럼 무너졌을 겁니다. 중국은 중국식 자본주의로 굳건히 버티며 경제대국으로 성장했지요. 앞으로 우리나라는 중국을 정확히 봐야 합니다. 중국은 우리가 상상한 것 이상으로 대단한 나라입니다."

그렇다면 중국 사람들은 한국을 어떻게 보고 있을까. 그는 중국에서 많은 사람을 만나면서 느낀 점을 세 가지로 요약한다. 첫 번째가 88서울올림픽이다. 한국이 처음 올림픽을 유치했을 때 중국의 100분의 1도 안 되는 아주 작은 나라에서 과연 성공할 수 있을까 걱정했는데 깔끔하게 대회를 마무리하는 것을 보고 대단하게 생각했다는 것이다. 두 번째는 외환위기를 겪었을 때 한국은 이제 망했다고 확신했다는 것이다. 그런데 금 모으기 등을 하면서 극복해내는 것을 보고 놀라움을 금치 못했다고 한다. 세 번째는 한류와 스포츠. 가수 싸이의 말춤으로 세계를 휩쓰는 것을 보고 감탄했고 또한 탁구로 중국과 서로 자웅을 겨루고 양궁으로 올림픽을 연속 제패하는 것을 보고 대단하게 평가한다는 것이다. 그러면서 한국 사람들은 부지런히 일을 하고 책임감이 강하며 민족적 자질이 우수한 강소국으로 평가한다는 것이다. 그런데 중국인들은 자대(自大)하는 한국인을 못마땅하게 여긴다고 했다. 즉, 스스로 큰 것처럼 잘난 척하는 한국인들을 싫어한다는 것이다. 그는 "중국인들 앞에서 자대하지 말고 중국을 이성애적으로 겸손하게 대해주면 우리나라에 관광객 1억 명은 분명히 찾아올 것"이라고 강조한다. 그 이유 중 하나가 중국이 한국에 대해서는 우호적이고 일본에 대해서는 그렇지 않기 때문이란다.

2013년 하반기였다. 일본 〈아사히신문〉에서 '세계의 베스트 서적'을 특집으로 다뤘다. 이때 『정글만리』에 대한 서평이 눈길을 끌었다. '왜 중국은 좋게 보고 일본은 안 좋게 썼는지 모르겠다'는 것이었다. 이에 대해 조 씨는 "중국이 난징대학살 등에 대해 반성하지 않는 일본을 좋게 보지 않으니 그렇게 다루는 것은 당연한 것"이라고 설명한다.

"중국은 일본에 대해 지난 100년의 굴욕을 극복했으며 자동차나 고속철도 등 마음껏 길을 뚫고 발전해나가고 있지요. 잠재력 또한 어마어마합니다. 중국은 말 그대로 땅을 파도 파도 끝없는 광맥이 나옵니다."

광활한 중국 땅이 문득 생각난다. 하여 왜 대하소설만 고집하는지 물었더니 그는 "우리나라는 지난 5,000년 동안 크고 작은 외침을 931차례나 받았다. 이것을 다루려면 당연히 대하소설일 수밖에 없다"고 말했다. 게다가 요즘처럼 TV와 스마트폰에 매료된 독자들의 눈길을 사로잡으려면 장면이 진지하고 빨리 전환돼야 하기 때문에 문명의 이기와 싸우며 문장 하나하나에 마침표를 치열하게 찍고 있다고 말했다.

조 씨는 절에서 태어났다. 아버지가 선암사 스님이었다. 일본이 한국에 들어와 황국화 정책을 외치면서 승려에게 결혼할 것을 강요했다. 그래서 풍경 소리와 목탁 소리를 들으며 어머니 배 속에서 자랐다. 고등학교 3학년 때였다. 아버지가 하늘과 벗 삼아 지내라는 뜻이 담긴 인천(隣天)이라는 법명을 직접 지어주며 출가하라고 엄명했다. 하지만 조 씨는 문학을 하겠다며 반기를 들었다. 그러나 아버지는 만해 스님을 거론하며 "출가해서 마음만 있으면 뭐든 크게 이룰 수 있다"고 설득했다. 조 씨는 다시 "그분(만해)은 100년에 한 번 태어날까 말까 한 훌륭한 분"이라고 하면서 계속 고집을 부렸다. 대신 동국대로 진학해 불교 공부를 하겠다고 했다. 그의 작품에 법일 스님, 공허 스님 등이 등장하는 것도 이런 과정에서 비롯된다. 그의 책상에는 '문학의 길'과 '길 없는 길'이라는 글자가 걸려 있고 바로 옆에는 염주가 놓여 있다. 그가 어떻게 문학의 길을 치열하게 걸어왔는지 짐작이 가는 부분이다..

그 길을 걷기 위해서라면 건강관리가 중요할 터. 우선 술을 안 한다. 『태백산맥』을 시작하면서 딱 끊었다. 매일 7,000보 이상 걷는다. 비가 오면 집에서 이 방 저 방을 오가며 걷는다. 학생 때 배웠던 보건체조를 꾸준히 한다. 요새는 부인도 보건체조에 동참한다. 식사 시간은 반드시 40분을 지킨다. 이때 조용한 음악을 듣기도 하고 신문 사설을 읽는다.

어떤 작품을 준비하고 있느냐고 물었더니 "하얼빈에서 티베트까지 박물관 루트를 취재해 『열하일기』 식으로 써볼까 생각 중"이라고 말했다. 그에게 소설이란 진정 무엇인지 물었다. 그러자 "인생에 대한 총체적 탐구이며, 작가는 인문학적 소양이 아주 깊어야 한다"면서 후배 작가들에게는 "테크닉 위주로 글을 쓰지 말고 고층 빌딩을 쌓듯이 박애, 사랑, 종교 등 모든 분야에 대해 지독하게 공부해야 한다"고 조언했다. 그는 문학의 길을 떠나던 1974년 6월 이렇게 말했다. '한정된 시간을 사는 동안 내가 해득할 수 있는 역사, 내가 처한 사회와 상황, 그리고 그 속의 삶의 아픔을 결코 외면하지 않을 것이다.'

〈2014년 4월〉

조정래는

1943년 전남 승주군 선암사에서 태어났다. 1953년 벌교로 이사했다. 1962년 서울 보성고를 거쳐 1966년 동국대학교 국문학과를 졸업했다. 1970년 〈현대문학〉에 「누명」으로 데뷔했다. 〈월간문학〉 편집장(1973년), 〈소설문예〉 발행인(1977년) 등을 지냈다. 1983년 『태백산맥』의 집필을 시작해 1986년 『태백산맥』 전 10권을 완간했다. 1994년 『아리랑』 전 12권, 2001년 『한강』 전 10권을 발간했다. 이 밖에 산문집 『누구나 홀로 선 나무』(2003년), 조정래 문학전집 전 9권, 『시간의 그늘』 등 문학지에 소설 50여 편을 발표했다. 주요 수상으로는 현대문학상(1981년), 대한민국문학상(1983년), 제1회 동리상(2003년), 제7회 만해대상(2003년), 제11회 현대불교문학상 소설 부문(2006년) 등이 있다. 2003년 전북 김제에 '아리랑문학관', 2008년 전남 보성에 '태백산맥문학관'을 개관했다.

이외수

상상력이 타고났다. 아름다운 언어를 구사한다. 때로는 파격적이고 때로는 과격을 일삼는다. 그래서 어떤 사람은 괴벽하고 바보 같은 천재라고 한다. 하지만 궤적을 살펴보면 자신만의 색깔이 뚜렷한 문학 세계를 구축해온 예술가로, 인간을 인간답게 하는 아름다움을 추구한다. 세상을 아름답게 하는 것은 바로 예술의 힘이라는 것을 많은 작품을 통해 보여준다.

자유의 연금술사, 트위터계의 대통령으로 통하는 소설가 이외수 씨는 2014년 10월 위암 판정을 받고 투병 생활을 하면서도 거의 매일 트위터를 통해 팬들 그리고 대중과 소통을 하고 있다. '지렁이는 왜 무지개색이면 안 되나요', '콩나물에 햇빛 그리움' 등 그림일기를 전하고 있다. 앞서 2014년 11월 『쓰러질 때마다 일어서면 그만』이라는 책을 펴냈다. 크고 작은 고난에 쓰러졌을지라도 툭툭 털고 일어서 다시 시작하면 희망은 우리 곁을 여전히 지키고 있음을 알려주는 내용이다. 지치고 힘든 이들에게는 응원과 격려를, 미래를 준비하는 청년들에게는 꿈꿀 자유를 듬뿍 선사하고 있다. 어쩌면 가장 '이외수 다운 것'인지도 모른다.

긴 머리 소년이다. 해맑은 웃음이 그렇다. 하얗고 빨간, 원색 톤의 옷을 즐겨 입는다. 선도(仙道)로 향하는 상상력이 특별하다. 아름답고 맛깔스러운 언어를 잘도 골라낸다. 그런데 소년은 수염이 있다. 하여 강원도 산골짜기에 사는 소년 촌로다.

그곳으로 가는 길, 산과 들에는 눈부시도록 눈이 쌓여 있었다. 서울에서 경춘고속도로를 지나 5번과 56번 국도를 탔다. 옛날에는 오지여서 하루 종일이 걸렸겠지만 시원하게 도로가 뚫려 있어 세 시간 만에 도착했다.

그가 사는 마을 입구에 들어섰다. 처음 반기는 것은 이색 표지판. 좌회전 표시는 새의 부리, 우회전 표시는 물고기의 아가리로 구분했다. 문득 동화 마을에 온 기분이다. 비가 오나 눈이 오나 바람이 부나 저런 모습으로 찾아오는 사람들을 맞이했을 터.

트위터계의 간달프 작가 이외수 씨. 2011년 1월 4일 강원 화천군 상서면 다목리 감성(感性)마을에서 만났다. 6년째 이곳에서 산다. 그날도 웃음이나 옷차림이 영락없는 소년이었다. 네티즌들의 말을 빌려 '트위터계의 대통령'이라고 했더니 그는 요즘에는 '트위터계의 간달프'라고 한다며 웃는다(간달프는 '반지의 제왕'에 나오는 백색의 마법사).

처음 인사를 나눌 때 옆에 때마침 며느리가 있었다. 설은영 씨. 올해(2011년) 〈조선일보〉 신춘문예 소설로 등단한 작가다. 에궁, 집안 내력이라는게~. 혹시 이 씨가 한 수 지도해줬을까 궁금해졌다.

"발표 난 뒤에야 알았습니다. 그래서 야단을 쳤지요. 어떻게 시아버지가 소설 제목도 모르냐고 말입니다. 그랬더니 며느리가 '미리 말씀드리면 혹시 오해라도 생길까 봐요'라고 대답을 하더군요. 어쨌거나 발표되고 나서야 원고를 처음 봤습니다. 가감이 필요 없을 정도로 잘 정리돼 있더군요. 저는 늘 아웃사이더였는데 며느리는 객관적 평가로 등단했다고 축하해줬습니다."

이 씨는 역정 반 웃음 반으로 며느리를 잠시 쳐다본다. 대견스러운 눈길이었다. 남의 자식으로 태어나 이 씨 집안에 들어와 큰일을 해냈으니 무척 좋다는 표정이다. 함박웃음으로 '우리 애기'라고 표현하면서 자랑스러워했다. 얼른 며느리의 작품 평을 부탁했다.

"젊고 건강하고 신선합니다. 보편적 현실의 두려움을 거침없는 필치로 건드렸습니다. 하지만 아직은 신인입니다. 작가로서 가장 힘든 것이 언어지요. 언어가 생물입니다. 그런 언어에 대해 뼈저리게 느낄 때까지 정진하라고 말했지요."

그렇다면 이제는 예술가 집안이다. 이 씨는 "큰애(아들)는 영화감독을 하고 작은애(아들)는 글과 그림을 잘하고, 며느리는 작가이니 예술적 분위기가 형성돼 있다"며 껄껄 웃는다. 며느리 설 씨는 처녀 때 이 씨의 홈페이지에 자주 접속하면서 인연이 됐다. 나중에 채팅방에서 큰아들 한얼 씨와 꾸준히 사연을 주고받다가 결혼에 골인했다.

화제를 '감성마을'로 돌렸다. 원래는 다목리였다. 궁궐을 세울 때 서까래로 사용했던 나무가 많아 다목(多木)이라는 유래가 있다. 감성마을은 이 씨가 창작 공간을 이곳으로 옮기면서 직접 지은 이름이다. 왜 그랬을까.

"사람이 주인이 아니라 자연이 주인입니다. 자연이 인간에게 전하고, 인간은 그 고마움을 느끼고 다시 전달하는 것이지요. 이런 차원에서 감성마을로 정하자고 했더니 화천군에서 흔쾌히 받아들이더군요. 그래서 한반도, 아니 세계 처음으로 감성마을이 탄생하게 됐습니다."

그는 감성마을에 문학전시관이 6월에 생긴다고 했다(개관식은 이보다 늦어진 2012년 8월이었다). 이 씨가 그린 그림, 그동안 틈틈이 만들어온 노래 100여 곡, 그리고 직접 지은 노랫말 등을 감상하는 것은 물론이고 관련된 문학 영상콘텐츠와 사진, 동영상 등이 전시관에 진열된다. 찾아온 손님들과 춤을 추고 노래하는 공간도 마련된다. 각자 낯설게 찾아왔지만 다들 식구처럼 만나는 감성의 멍석을 밑바탕에 쫙 깐다. 이성의 머리가 아닌 따뜻한 가슴으로 말이다. 개관식 때는 개그맨 김제동이 사회를 본다. 뿐만 아니다. 감성의 느낌을 계속 연장하기 위해 윤도현 밴드, 가수 김장훈, 김C 등 이른바 '이외수 사단'이 돌아가면서 3개월 동안 매주 금·토·일에 개관기념공연을 가질 예정이다. 이 씨는 이들을 가리켜 '재능구걸팀'이라고 했다. 뿐만 아니라 전시관 개관을 시작으로 세계 유일의 '감성체험장'이 만들어진다. 인간의 오감을 새롭게 각성시키고 감성의 체험을 확장시키는 코스가 이어진다. 공중에서 낱말카드가 쏟아지면 문장을 제대로 작성하는 등의 다양한 체험방도 있다.

"20세기까지 이성이 주도했다면 21세기는 감성이 주도합니다. 이성은 인간끼리 커뮤니케이션을 하지만 감성은 인간과 자연을 소통시키지요. 이곳에 왔다 가면 풍부한 감성을 가질 수 있습니다. 예를 들어 감성 전이의 체험장이 있습니다. 철학적인 것을 시각적인 것으로 바꿀 수 있습니다. '트럼펫 소리는 금빛이다', '회초리는 맵다'는 식의 청각을 시각으로, 시각을 미각으로 체험하는 것이지요. 자유롭고 창조적인 감성을 가질 수 있도록 말입니다."

그가 감성체험장을 착안하게 된 것은 10여 년 전 『감성사전』을 발간하면서였다. 또 지나치게 이성과 성적 중심의 사회를 바라보면서 마음이 따뜻한 세상을 만들어야 한다는 생각에서 준비했다.

그는 감성마을에 살면서 여러 가지 일을 벌였다. CF도 찍고 글도 쓰고 방송 진행도 하고 좌충우돌, 종횡무진 별의별 거 다했다. 화천군 홍보대사, 산천어축제 홍보대사, 자살방지 홍보대사, 쪽배축제 홍보대사, 15사단 홍보대사의 직함도 있다. 재미있는 별명도 붙었다. '걸어 다니는 휴가증'과 '명예헌병' 등이다.

"15사단이 마을 부근에 있습니다. 하루는 부대 창설 기념일인데도 축제가 없더군요. 다른 곳은 다 있는데 말입니다. 그래서 부대장을 찾아갔습니다. 당시 작품 『하악하악』을 발간했을 때였지요. 이 책 500권을 사인해서 선물할 테니 휴가증 500개를 달라고 했지요. 그랬더니 부대장이 '500명이 한꺼번에 휴가를 가면 전력에 차질이 생기니 200장만 합시다'고 하더군요. 그래서 200장을 받고 부대 창설 기념일 때 각 초소를 다니면서 근무 중인 이등병이나 일등병 위주로 휴가증을 선물했습니다. 그런데 공교롭게도 헌병초소 근무자가 가장 많았어요. 나중에 이런 일이 상급부대에 알려지게 됐고 고맙다는 뜻에서 '명예육군헌병증'을 주더군요."

흥미로운 일화 한 가지 더. 그는 1년에 서너 차례씩 화천군 관내 군부대에서 강연을 한다. 대상은 주로 '관심사병'이다. 신기한 것은 이 씨의 강연이나 상담을 받은 병사들 대부분이 의욕적으로 군 생활에 적응했다는 것. 그러자 해당 부대장은 이 씨에게 "아니, 병사들에게 마약을 먹였습니까?"라는 농을 건네기도 했다. 한 번 방문할 때마다 20~30명이 됐으니 그의 상담을 받아 군 생활에 성공한 사병만 100여 명은 족히 될 듯하다.

그의 군 생활은 어떠했을까. 훈련병 때 글씨를 잘 쓴다고 해서 주특기 '칠빵빵'(700)을 받고 육본 부관감실에서 차트병으로 근무했다. 주로 베트남전 사망자 처리 업무였는데 밤새우는 일을 밥 먹듯이 했다. 이처럼 밤을 잊은 군 생활로 오늘날 주침야활(晝寢夜活)의 버릇이 생겼다.

"우리는 이른바 하나하나(11)로 시작되는 속칭 와르바시 군번인데 무장공비 김신조 사건이다, 푸에블로호 납치사건 등이다 해서 제대가 무기 연기되기도 했습니다. 내무반에서 마흔네 명이 칼잠을 자면서 군 생활을 했지요. 그때에 비하면 요즘 군대는 캠핑이나 마찬가지입니다(웃음)."

화제를 고향 마을로 돌렸더니 그는 고향이 네 곳이라며 껄껄 웃는다. 어떻게? 우선 육신의 고향이 두 곳. 경남 함양 상백리에서 태어나 강원도 인제에서 잔뼈가 굵었기 때문이다. 진주사범을 나와 직업 군인으로 있던 아버지를 따라 인제에서 살게 됐고 초중고를 인제에서 졸업했다. 그의 이름이 외수(外秀)인 까닭은 외갓집에서 태어나 '외'자가 붙었고 '수'는 집안 항렬이다. 그다음은 정신의 고향인 강원도 춘천과 화천이다. 『벽오금학도』, 『황금비늘』 등 수많은 베스트셀러가 춘천에서 탄생했고 화천에서는 『글쓰기 공중부양』, 『하악하악』 등의 작품이 나왔다.

인터뷰를 마무리하면서 현재 트위터 팔로어 1위(150여만 명)라고 하자 그는 "제 글을 읽어야 잠을 잔다는 사람도 있고, 출근해서 제 글을 읽어야 상쾌하게 일을 할 수 있다는 사람도 많다"면서 "이 시대는 어른이 없는 시대라고 하는데 꾸짖을 때는 가차 없이 꾸짖는다. 악플러들과는 상종을 안 한다는 원칙을 지키고 있다"고 말했다. 어떤 작품을 준비하는지도 물었다.

"사람들이 그래요. 이외수의 대표작이 뭐냐고 말입니다. 그래서 항상 다음 작품이라고 말하지요. 정말이지 대표작이라고 할 만한 다음 작품을 준비하고 있습니다. 자료 준비는 거의 끝났고 한 권이 될지 두 권이 될지는 모르겠습니다."

그는 『글쓰기 공중부양』을 통해 글쓰기를 잘하려면 기본이 되는 단어부터 챙겨야 한다고 주장한다. 그런 다음 문장 쓰기에서는 머리가 아닌 가슴으로 써야 한다고 강조한다. 이후 본격적인 창작 작업에서는 자기 허물을 끊임없이 벗겨낼 것을 권하면서 자신만의 개성을 살릴 것을 제안한다. 특히 마지막 '깊이 있는 사색'에서는 글에도 기운이 있으니 사랑이 담긴 말을 사용하라고 권한다.

〈2011년 1월〉

이외수는

1946년 경남 함양에서 태어났다. 아버지가 직업 군인이어서 어릴 때부터 강원도 인제에서 살았다. 1964년 인제고를 졸업하고 이듬해 춘천교대에 진학했다. 집이 가난했다. 한 학기 휴학하며 아르바이트로 학비를 벌어 다음 한 학기를 다녔다. 그러다 보니 대학을 7년 이상 다닐 수 없다는 학칙에 위배돼 1972년 8학점을 남겨놓고 쫓겨났다. 춘천교대 제적 1호라는 말이 따라붙는 것도 이 때문이다. 그해 〈강원일보〉 신춘문예에 「견습 어린이들」로 당선되자 산속에 들어가 본격적인 문장 공부를 한다. 1975년 〈세대(世代)〉지에서 중편 「훈장」으로 신인문학상을 받았다. 이후 창작에만 전념한다. 첫 장편소설 『꿈꾸는 식물』(1979)을 발표하며 섬세한 감수성과 개성적인 문체로 주목받기 시작했다. 『들개』(1981), 『칼』(1982), 『황금비늘』(1997) 등으로 마니아층을 확보했다. 이후 『괴물』(2002)과 『장외인간』(2008) 등 수많은 베스트셀러를 펴냈다. 『내 잠 속에 비 내리는데』(1986), '감성사전』(1998), 『외뿔』(2001), 『내가 너를 향해 흔들리는 순간』(2003), 『바보바보』(2004) 등의 산문집을 통해서도 활발한 활동을 이어오고 있다. 『풀꽃 술잔 나비』(1987)를 시작으로 몇 권의 시집도 출간했다. 화가로서도 수차례의 개인전을 열었다. 선화집으로 『숨결』이 있다.

케빈 오록

'山僧貪月色(산승탐월색: 산에 사는 스님이 달빛을 탐내어)/ 幷汲一甁中(병급일병중: 병 속에 물과 함께 달을 길었네)/ 到寺方應覺(도사방응각: 절에 가서 비로소 깨달았으리)/ 甁傾月亦空(병경월역공: 병을 기울면 달도 또한 없는 것을).' 고려시대 이규보가 지은 「영정중월」(詠井中月)이라는 선시다.

2014년 5월 케빈 오록 교수와 만남은 이규보 시로 시작했다. 그는 외국인 출신 국문학 박사 1호로 기록된다. 24세 때, 그러니까 1964년 한국에 신부(성 골롬반 외방 선교회)로 선교차 왔다가 한국 시가 맘에 들어 1982년 연세대에서 박사학위를 받았다. 이때 쓴 논문이 「1920년대 한국 시가 끼친 영향」이었고 석사 논문은 「1920년대 단편소설과 자연주의」였다. 어떻게 해서 국문학 박사학위까지 취득하게 됐느냐는 질문에 "학교에서 강의를 하고 싶었는데 학위가 없으면 안 된다고 해서 그랬다"고 대답한다. 하지만 학위는 강의할 때 아무런 도움이 안 된다고 했다. 학위 때 쓴 일정한 논문 주제와 가르치는 학문은 다른 것이 아니냐고 반문했다. 외국에는 자질과 실력을 중시하지만 한국은 '학위'나 '무슨 무슨 증'만을 따진다는 것이다.

만남의 장소는 서울 동대문구 회기동 자택이었다. 그는 2012년부터 한국문학번역원 이사를 맡아 우리 문학을 세계에 알리는 역할을 하고 있다. 만났을 때 연락처를 알아내느라 애를 먹었다고 하자 "한국 사람들은 참, 기자가 알려달라고 하면 (번역원에서) 얼른 알려주면 될 것을 어렵게 하는지 모르겠다"고 했다. 어린이날, 석가탄신일 등 연휴가 끝난 직후여서 그런지 그는 "연휴 때 술을 많이 마셨겠다"며 농담으로 분위기를 화기애애하게 바꾼다.

다시 이규보 시로 돌아간다. 그동안 접한 한국 시 가운데 이규보의 시처럼 상상력과 규모, 그리고 욕심을 초월한 인생관은 놀라울 만큼 훌륭하다고 강조한다. 중국의 두보나 소동파를 능가하는 좋은 시라고 설명한다. 아마 현대에 태어났더라면 충분히 '노벨상 감'이라고 했다. 고려 시대의 시는 대부분 그러하다고 말한다. 시의 수준을 한 차원 끌어올린 정지상, 혜심 스님의 작품도 기가 막히다고 했다.

오록 교수는 조선시대 시조 번역을 1,000수 이상 했고 정철의 가사와 윤선도의 연시조 「어부사시사」 등도 번역했다. 가사 번역은 600수가 넘는다. 신라 시대의 시조집은 2006년, 그리고 현대시는 10년 전에 영역판 책으로 펴냈다. 올가을에는 조선 시대 시선집을 한 권 더 낸다. 그는 "아마 한 사람의 손으로 신라에서 오늘날 시까지 관통하며 번역해낸 것은 최초의 일"이라고 의미를 부여한다. 권수로 따지면 그동안 낸 책(시와 소설)이 25권 분량이고 시와 시조는 모두 2,000여 수에 이른다. 대표적 현대 소설로는 최인훈의 『광장』, 이문열의 『일그러진 영웅』 등도 번역했다. 최근에는 『나의 한국: 갓 없이 40년(My Korea: Forty Years Without a Horsehair Hat)』이라는 책을 펴냈다. 이에 대해 "갓은 선비의 상징이다. 외국인이 드물었던 1960년대만 하더라도 코 큰 놈이 국문학을 한다는 것은 어려운 일이었다. 나름대로 한국에서 선비로 인정받고 싶었다"며 웃는다. 어떻게 그런 방대한 작업을 할 수 있었느냐고 하자 "자식과 부인에 대해 신경 쓸 일 없으니 시간이 많다"며 다시 한 번 웃는다. 답이 명쾌하고 한국 문학에 대해 나름대로 깊은 철학을 갖고 있었다.

그는 김삿갓의 한시 60수도 번역했다. "송송백백(松松柏柏), 나무와 바위 사이를 걷고 있는 김삿갓이 보인다. 찰나에 느낀 세상의 신비가 한눈에 보이는 듯하다"고 풀이한다. 김삿갓은 장난기가 가득한 천재였다. 그를 촘촘히 들여다보고 영문으로 번역해냈으니 이 또한 대단하지 않은가.

잠시 그의 명함을 들여다봤다. 좀 특별한 면이 있다. '경희대 명예교수 오록(嗚鹿)'이라고 적혀 있다. 조병화 시인이 지어준 이름이다.

"오나라의 사슴이라는 뜻이죠. 또 오(嗚)에는 오랑캐라는 뜻도 있습니다. 다시 말하면 오랑캐의 사슴이라고 할 수 있죠. 중국에 가서 학자들에게 명함을 건넸더니 참으로 있을 수 없는 일이라고 했어요. 그래서 설명을 해주었습니다. 저는 아일랜드 출신이고 옛날에 바이킹의 지배를 받았으니 바이킹의 후예, 오랑캐의 후예나 마찬가지라고 말입니다. 조병화 시인이 그런 뜻에서 지어주었고 저도 흔쾌히 받아들였습니다. 아마 사슴은 예쁘니까 붙여줬겠죠(웃음)."

조병화 시인의 「소라의 초상화」를 즉석에서 외운다. '당신네들이나/ 영악하게 잘살으시지요/ 나야 나대로히/ 나의 생리에 맞는 의상을 찾았답니다.' 박목월·박두진 시인과는 대학 때 강의를 들으며 만났다.

그는 미당 서정주와도 인연이 깊다. 다시 시 한 수를 읊는다. '하늘이 하도나/ 고요하시니/ 란초는 궁금해 꽃피는 것이다.' 미당의 초기 시에 많은 감동을 받았으며 보들레르와 비유된다고 말했다. 또한 미당의 작품 중에는 예이츠도 있다고 했다. 그는 "생전에 미당에게 외국의 어떤 시에서 영향을 받은 것이 있었느냐고 잠깐 물었더니 '전혀 없다'는 대답을 들었다고 했다. 미당은 충분히 노벨상을 받을 만한 좋은 시들을 썼다"면서 "안타깝게도 일제 때 친일했던 부분, 전두환 정권 당시 약간의 실수를 하고 말았다"고 안타까워했다. 미당과는 아일랜드에서 만난 추억도 있다.

"더블린 중국집에서 미당과 저희 할아버지 등 셋이서 만났습니다. 미당의 시집을 더블린에서 출간했는데 기념차 방문했지요. 당시 할아버지는 90세, 미당은 80세였습니다. 영어와 한국어를 섞어가면서 통역 없이 3시간 동안 얘기했습니다. 할아버지나 미당이나 서로 말을 잘 알아듣지 못했지만 아주 오래 얘기했어요. 아직도 기억이 생생합니다."

아일랜드 출신 작가 중 노벨상을 받은 사람은 예이츠나 사무엘 베케트 등이 있다. 한국의 시와 소설을 접하면서 '노벨상 감'에 대해서는 어떻게 생각하는지 물었다.

"노벨상을 기다리는 것 자체가 우습고 문인은 그런 것을 초월해야 합니다. 그러나 중요한 것은 한국 정부나 문단에서 밀어야 합니다. 아일랜드에는 현재 시인 10여 명, 소설가 5, 6명이 주목받고 있지만 어떤 상을 기다리지 않습니다."

최근 들어 한국 시단에 대해서는 난해한 시가 늘어나는데 사물의 본질을 꿰뚫어보는, 깨달음을 담은 시는 줄어들고 있다고 평했다. 얼른 시란 무엇인지 물었다.

"시는 가슴속에 있는 감각과 감정의 덩어리입니다. 그것을 말로 표현할 때 항상 남게 되지요. 그러나 많은 말이 필요하지 않습니다. 한국은 말씀의 나라입니다. 말이 적을수록 시가 좋습니다. 결국 시 작품은 상징입니다. 한국에는 좋은 선시들이 많습니다. 10년 전에 읽었던 시도 지금에 읽으면 달라집니다. 모럴 중심으로 시를 가르치고 배워야 합니다."

한국 문학에는 유교라는 큰 짐이 깔려 있다고 했다. 그래서 문학을 망칠 뻔했고 서거정과 김시습, 서산대사 등이 그 짐을 다소 회복했다고 말한다. 황진이는 어떠한지를 물었더니 "황진이 시는 12수가 있는데 대부분 사랑에 대한 시다. 세상에서 사랑은 중요하지만 작품에서 전부는 아니다. 서거정, 김시습의 시는 황진이보다 앞서 간다"면서 그러나 비교 자체가 무의미한 것이기 때문에 결국 좋은 시가 좋지 않느냐고 말한다. 시조 중에는 「어부사시사」가 으뜸이며 연시조로 아주 멋있는 작품이라고 말한다. 이어 우리 문단의 풍토에 대한 쓴소리가 나온다.

"한국 문학은 작품에 대한 가치보다 사업이 돼버렸어요. 문학은 서로 나눠야 해요. 영월에 가서 김삿갓 시 못 사요. 안동에 가서도 못 사요. 전철 타면 시가 여럿 있는데 시조나 한시가 없어요. 높은 양반들 시집 선물 안 합니다. 아주 쉬운 것들을 안 합니다. 한국 사람들이 외국인에게 시 선물을 안 합니다. 우리나라 문화를 소개하려면 그런 것부터 해야 합니다."

과거에는 문학 전집이 나오면 달려나가 번역하고 싶었는데 요즘에는 그렇지 않다고 했다. 중간에 에이전트가 있고 출판사에서 허락받아야 번역할 수 있어 복잡하다고 했다. 작가가 쓴 초고를 보고 눈물이 나와야 번역을 잘할 수 있는데 이러한 것을 미리 받아들이는 출판사가 없다는 것이다. 아울러 요즘에 미당이나 박목월 같은 큰 시인이 없다고 했다. 우리 문단의 미래를 어떻게 보느냐고 물었다.

"20년 전만 하더라도 문학 속에 유교 정신이 지배적이었어요. 그러나 요새 김중혁 같은 젊은 작가들에 의해 많이 달라졌어요. 『유리방

패』는 유교를 희롱합니다. 재치 있습니다. 옛날 무거운 문장보다 가볍고 좋아 번역하기도 쉬워졌습니다. 김동리나 염상섭 같은 작품보다 훨씬 쉬어졌지요. 어려웠던 한국 문장이 이제는 영어와 많이 같아졌다고 할 수 있습니다. 또 영어로 작품을 쓰려면 룰이 많아요, 그러나 한국 랭귀지는 작가 마음대로 룰을 정합니다. 그래서 한국 문학의 미래는 매우 밝습니다."

한국 땅을 밟은 지 올해로 꼭 50년이다. 어느덧 팔순을 바라보는 나이다. 그러나 한국 문학에 대한 열정, 한국 문학을 세계에 알리고 싶어 하는 간절한 생각만큼은 아직도 왕성하다.

〈2014년 5월〉

오록은

아일랜드 더블린 인근에서 태어났다. 더블린에서 고등학교를 졸업하고 대학에서 신학을 전공한 뒤 1964년 한국에 신부(성 골롬반 외방 선교회)로 선교차 왔다가 한국 시가 마음에 들어 1982년 연세대에서 박사학위를 받았다. 그동안 조선 시대 시조 번역을 1,000수 이상 했다. 정철의 가사와 윤선도의 「어부사시사」 등의 연시조도 번역했다. 신라 시대 시조집도 펴냈다. 그동안 번역해낸 한국 시와 소설이 책으로 25권 분량이고 신라 시대부터 오늘에 이르기까지 시와 시조 번역은 모두 2,000여 수에 이른다. 2012년부터 한국문학번역원 이사를 맡고 있으며 현재 경희대 명예교수로 있다.

559년 전 터키 역사를 캐낸 전 국회의장

김형오

역사를 알면 인생의 재미가 열 배는 더 있다. 교훈이 있고 아픔이 있고 느낌이 있다. 산다는 것은 과거가 있고 현재가 있고 미래가 있기 때문이다. 그것이 어우러져야 한 인생의 스토리를 얘기할 수 있다.

여기에서 문제 하나. 콘스탄티노플에 대해 어느 정도 알고 있으며 그 속에 진정 무엇이 담겨져 있을까. 역사책에는 비잔틴의 최후 도시로 알려졌다. 사실상 비잔틴은 동서양의 역사가 오롯이 담겨져 있는 곳이다. 그러나 이 중요한 역사를 제대로 다루지 않고 있다. 스티븐 런치만이 지은 『콘스탄티노플 최후의 날』의 서문을 잠깐 들여다본다. '역사가들이 좀 더 단순했던 시절, 그들은 1453년의 콘스탄티노플 함락을 중세가 끝나는 특징적인 사건으로 여겼다. 하지만 오늘날 끝없이 흘러가는 역사의 흐름을 가로막을 장벽은 없다는 것을 우리는 너무도 잘 알고 있다. 중세가 근세로 바뀌는 것은 아무런 의미가 없다. 탐험가들이 해상로를 개척하여 세계 경제를 바꾸어놓게 한 것은 비잔티움의 쇠망과 오스만튀르크족의 승리였다. 비잔티움 학문이 르네상스에서 그 나름대로의 역할을 한 것은 분명한 사실이었다.' 에궁, 뭐든지 설명이 길면 감동이 없는 법이다.

김형오 전 국회의장. 그가 쓴 『길 위에서 띄운 희망편지』의 첫 페이지를 열면 이런 대목이 눈길을 끈다. '1947년 대한민국에서 태어났다. 대학원 졸업 후 첫 사회생활을 기자로 시작했다. 국무총리실, 대통령 정무비서관으로 공직을 수행했다. 1992년 14대 국회부터 국회의원 직분으로 최선을 다하고 있다…….' 2009년 3월에 발간된 책이니 과거형이다. 이젠 국회의원이 아니다. 기자 출신이고 수필문학가로 등단한 문인이라는 게 오히려 낫겠다. 국회의장과 국회의원이란 옷을 벗어던지고 나서 2012년 11월 『술탄과 황제』라는 방대한 역사서를 펴냈다. 주위에서는 다들 놀라워했다. 정치인에서 흔치 않은 역사 탐험의 길을 걷는 모습에서 일단 그랬다. 또 어째서 콘스탄티노플이냐는 것. 더욱 흥미로운 것은 오스만튀르크에 의한 콘스탄티노플의 함락 과정을 소설적인 기법으로 풀어나갔다는 점이다. 1,400년간 지속된 로마제국 최후의 날 외에도, 동양의 이슬람문명에 의해 정복된 서양의 기독교문명, 중세에서 근대로 넘어가던 시대를 흥미진진하게 엮어냈다는 점에서 역사적 의미가 크다고 평가했다. 황제의 가상 일기장과 이에 대한 술탄의 비망록이라는 구성을 통해 전쟁을 치르는 두 리더의 전략과 고민을 새로 끄집어냈고 559년이 흐른 2012년, 현대 시점에서 비잔틴제국의 멸망이라는 역사적 사실을 추적하는 작가의 이야기를 이스탄불을 배경으로 생생하게 기록했다. 이 책이 출간되자 언론에서는 김형오 전 국회의장과의 인터뷰 등을 통해 관심 있게 다뤘다.

김 전 국회의장과 만난 것은 『술탄과 황제』를 펴내기 직전인 2012년 6월 4일이었다. 늘 넥타이를 맨, 꽉 낀 정장 차림의 모습만 보다가 가벼운 옷차림의 그를 보니 털털한 인상이었다. 정치인이라는 냄새를 빡빡 씻었다고나 할까. 악수를 하면서 그는 "국회의원을 그만두니까 넥타이를 안 매게 됩디다. 아주 편해요"라고 한다. 또 이어진다. "요새는 신문도 잘 안 보게 되고 정치 뉴스도 안 보고 참 좋다"며 웃는다.

그를 만난 이유는 19대 국회 총선 불출마를 선언하고 홀연히 터키로 출국한 것 때문이다. 왜 불출마 선언을 했으며 터키는 또 왜 갔는지 등이다. 요즘 터키에 흠뻑 빠져 있다. 그것도 이스탄불, 다시 말해 콘스탄티노플의 역사다. 2009년 1월 국회의장 신분으로 터키를 방문했다. 우연히 군사박물관에 잠시 들렀을 때 놀라운 충격을 받은 뒤 콘스탄티노플에 관심을 가지기 시작했다.

"무엇보다도 저를 전율시킨 것은 오스만튀르크의 술탄 메흐메트 2세가 함대를 이끌고 갈라타 언덕을 넘어갔다는 사실이었습니다. 우리 속담에 '사공이 많으면 배가 산으로 간다'고 하잖아요. 그런데 술탄 메흐메트 2세는 해상으로 (콘스탄티노플이 쳐놓은) 쇠사슬을 돌파하지 못하자 배들을 산으로 끌고 천혜의 요새인 성곽으로 진입합니다. 이런 사실을 접하면서 저는 비잔틴의 몰락과 오스만튀르크의 부상 등에 대해 역사적 지식이 부족했던 점을 부끄러워하게 됐고 이후 터키를 다섯 차례 다녀오면서 그 깊이에 매료됐습니다."

그는 최종적으로 2012년 4월부터 47일간 터키에 머물렀다. 역사와 전통을 자랑하는 터키 최고의 명문 국립대학 보아지치대학교 방문교수로 초빙돼 이 대학 도서관과 연구실에서 지냈다. 하지만 진짜 속셈은 오래전부터 구상해온 과제를 매듭짓기 위해서였다. 무슨 과제? 그것은 콘스탄티노플의 역사를 캐는 작업이다. 그는 여기에서 화해와 공존을 상징하는 의미로 '이스탄불'과 '콘스탄티노플'을 합성해 '이스탄티노플'이라는 신조어를 만들기도 했다.

"터키에서 머무는 동안 대외활동, 그러니까 강연이라고 해두지요.

그 대학에서 한국 정치의 60년 역사를 강의했습니다. 아주 재미있어하더군요. 처음에는 30분을 약속했지만 나중에 질의응답까지 포함해 1시간 40분가량 됐습니다. 북한 갔던 일, 미국 스탠퍼드에서 강의했던 일 등 동아시아를 비롯한 한국의 정치, 역사를 얘기했습니다. 반응이 그렇게 좋을 줄 몰랐어요."

그가 열심히 캐는 콘스탄티노플의 역사는 어느 정도일까. 현장 방문 수차례, 자료 수집 완료, 초고 정리 끝이란다. 곧 팩트 위주의 두꺼운 책을 내놓겠다고 했다. 말 그대로 개봉박두. 현재 이와 관련된 책은 스티븐 런치만의 『1453 콘스탄티노플 최후의 날』과 시오노 나나미의 『콘스탄티노플 함락』 등이 있다. 전자가 팩트에 비중을 둔 책이라면 후자는 소설 형식을 빌렸다.

"1453년 비잔틴제국의 수도였던 콘스탄티노플, 그 정복 전쟁은 지상전, 지하전, 해전, 공중전, 심리전, 첩보전, 외교전 등 모든 전략과 전술이 총동원된 전쟁이었습니다. 이로 인해 세계사의 물결이 확 바뀌었지요. 오스만튀르크가 그쪽을 장악하자 유럽에서는 대항해시대를 열어야만 했고 콜럼버스의 항로, 아프리카 희망봉의 항로를 개척하게 됩니다. 그동안 세계 각국에서 출간된 저작물에 한 권을 보태는 것은 별 의미가 없습니다. 오스만의 술탄 메흐메트 2세, 비잔틴제국의 콘스탄티누스 11세의 인간성과 리더십에 초점을 두려 합니다."

특히 그는 오스만튀르크가 고구려와 흉노, 그리고 우랄알타이어 계통이라는 뿌리를 함께 깔면서 세계사에 큰 획을 그은 업적이 있음에도 불구하고 왜 동서양 역사에서 관심을 덜 받고 있는지도 밝힐 예정이다. 그에게 술탄 메흐메트 2세가 터키에서 어떤 대접을 받고 있는지 물었더니 "우리의 세종대왕과 이순신을 합친 인물로 추앙받는다"고 했다.

아울러 "열네 살에 왕이 됐다가 왕좌에서 내려와 열아홉 살에 다시 왕이 돼 스물한 살에 철옹성 콘스탄티노플을 함락한 사실이 매우 흥미진진하지 않으냐"고 반문한다. 그 젊은 왕이 아버지의 아버지도 못 이룬 업적을 해냈다는 점은 참으로 역사적인 것이라고 역설한다.

"오스만튀르크로 인해 유럽은 200여 년 동안 길을 잃어 전전긍긍하게 됩니다. 콘스탄티노플은 실크로드의 기점이자 종점이었지요. 그래서 유럽이 항해시대로 눈을 돌릴 수밖에 없었습니다. 역설적으로 오스만튀르크는 그걸 모르고 있다가 다시 서양한테 당하게 됩니다. 이를 거울삼아 우리는 글로벌 시각을 가져야 합니다. 남북한이 대치하고 또 눈앞의 이익을 위해 아등바등 싸우고 그럴 필요가 없다는 것이지요. 책을 쓰게 된 동기도 바로 이런 이유에서입니다."

그러면서 질문하고 싶었던 '불출마 선언'의 이유를 말한다.

"내 나이 65세입니다. 60세가 지나면서 한 달이 다릅니다. 100페이지 되는 책을 읽고 돌아서면 금방 50페이지밖에 생각이 안 나고, 일주일이 지나면 10페이지로 줄어듭니다. 지난해 8월쯤인가 그래요. 국회의장까지 한 제가 국회의원을 한 번 더 하면 제 이력에 무슨 보탬이 될 것인가를 생각했지요. 그러면서 제가 쓰고 싶은 글, 국회의원을 더 하면 영원히 못 쓸 것이라고 말입니다. 그래서 국회의원은 안 하겠다고 다짐했지요. 또한 4월 6일부터 5월 29일까지, 술탄 메흐메트 2세하고 콘스탄티누스 11세가 대치하는 기간이었습니다. 5월 29일이 비잔틴 최후의 날이지요. 하여 모든 생각을 접고 터키로 갔던 것입니다."

다시 비잔틴 최후를 얘기한다. 당시 60여 일 동안 벌였던 전투에는 세계 전투사에서 유례를 찾아볼 수 없을 만큼 첨단 무기들이 총동원됐다는 것이다. 배를 끌고 언덕을 넘은 것도 그렇지만 헝가리인이 구상한 최대의 대포 등 흥미롭게 들여다볼 대목이 아주 많다는 것이다. 그는 "술탄 메흐메트 2세와 콘스탄티누스 11세의 인간적 캐릭터에 대한 연구는 별로 없다"면서 이런 부분에 중점을 두고 집필하고 있다고 강조했다. 아울러 흥망성쇠의 역사를 보면서 우리가 교훈으로 삼을 것은 어떤 것인지도 담을 것이란다.

"저는 다시 종군기자가 된 셈입니다. 타임머신을 타고 559년 전으로 시간여행을 가는 기분입니다. 콘스탄티노플의 마지막 날을 온몸으로 느낀다고 생각하면 가슴이 절로 뜁니다."

〈2012년 6월 7일〉

김형오는

1947년 경남 고성에서 태어나 부산 영도에서 자랐다. 1966년 경남고를 졸업하고 1971년 서울대 외교학과를 나왔다. 1976년 서울대 대학원 정치학 석사과정을 수료했다. 1975년 〈동아일보〉 기자로 사회생활을 시작했고 1982년 대통령 비서실을 거쳐 1992년 14대 국회의원에 당선되면서 이후 15, 16, 17, 18대 국회의원을 지냈다. 1999년 수필가로 등단했으며 한나라당 부산시지부위원장(2000), 한나라당 17대 총선 선거대책본부장(2004), 한나라당 사무총장(2004), 한나라당 원내대표(2006), 대한민국 국회의장(2008) 등을 지냈다. 저서로는 『돌담집 파도소리』, 『길 위에서 띄운 희망편지』 등 다수가 있다. 현재 부산대 석좌교수로 있다.

대중과 호흡하는 거리의 철학자

강신주

인문학은 여전히 죽었다? 흔히 인문학의 위기라는 말을 한다. 아마 태생적으로 권력, 자본주의 사회와 불화할 수밖에 없다는 뜻에서일 것이다. 어떻게 돈을 벌고 어떻게 쇼핑해야 하는지에 세상은 관심이 더 많다. 그런데 인문학을 멀리할 만큼 지금 우리는 돈을 잘 벌고 쇼핑을 잘 하고 있을까. 성추행, 학교폭력, 실직자, 추락하는 경제, 쓸쓸한 은퇴, 대책 없는 노년의 삶……. 말만 들어도 머리 아픈 일들만 늘어나고 있다. 왜 갈수록 고통과 어두운 그림자만 많아지는 것일까. 그렇다면 철학에 담긴 삶을 만나보는 것은 어떨까.

요즘 사회적 현상을 치유라도 하듯 새삼 철학의 중요성을 깨우고 그 온기를 열심히 데우는 사람이 있다. 철학박사 강신주 씨. 흔히 '사랑과 자유의 철학자', 대중과 호흡하는 '거리의 철학자'로 알려졌다. 10여 년 전 홀연히 강단에서 내려와 전국을 돌며 대중에게 이 시대의 진정한 철학, 인문학의 속살을 한 꺼풀 한 꺼풀 흥미진진하게 벗겨 보여주고 있다. 흔히 인문학 책은 2,000부 이상 팔기도 힘들다는 출판계의 현실에서 2010년 그가 쓴 1,000페이지나 되는 방대한 분량의 책 『철학 vs 철학』은 3만 부나 팔렸다. 또 2011년 출간된 『철학이 필요한 시간』은 무려 10만 부 넘게 팔렸다. 이 두 권 말고도 30권에 가까운 책을 펴내 철학과 삶을 꾸준히 연결하며 인기를 얻고 있다. 얼마 전에 펴낸『감정수업』역시 베스트셀러가 됐다.

그는 하루에 2곳 이상 강의를 소화하고 한 달에 20일 가까이 지방 강연을 나간다. 요즘 들어 그의 철학 강연을 원하는 곳이 점점 더 늘어나 금쪽같은 시간을 쪼개느라 분주하다. 철학 강연의 핵심은 사람에 대한 사랑과 자유, 그리고 '나의 단독성'과 '나다움'을 찾아야 한다는 것이다. 또 대중과 직접 마주하면서 단순히 고민을 위로하지 않고, 쾌도난마처럼 본질을 거침없이 건드리고 동강 내며 스스로 꿰매고 해결책을 찾도록 유도한다. 오프라인 매체는 물론 팟캐스트 등을 통해 그가 주창하는 '사랑과 자유의 철학'이 계속 번져나가는 것도 이런 까닭에서다.

2013년 5월 13일 오후 서울 신문로에 있는 집필실에서 그를 만났다. 간밤에 밤새 글을 쓰고 이제 막 정신을 차렸다며 반갑게 맞이했다. 어떤 글이냐고 묻자 "새벽에야 드디어 화두가 터졌다"면서 "사찰 선가(禪家)에서 수행자를 지도할 때 사용되는 죽비(竹篦)가 있다. 그런데 그것을 죽비라고 해서 안 되고 또 죽비가 아니라고 해서도 안 된다. '그럼 뭐라고 할래?'라는 화두를 던지고 나서야 비로소 글을 쓸 수 있었다"며 웃는다. 아니, 불교철학까지? 간화선은 화두를 근거로 수행하는 참선법이라는 설명도 이어진다. 그는 불교에도 심취해 있다. '선문답' 같은 어록으로 생활 속 이야기를 밝혀내고 가끔 스님들을 상대로 강연 시간을 갖기도 한다. 불교와의 인연은 대학원 시절 나가르주나의 '중론'을 접하면서 시작됐고 바수반두의 '유식', 원효의 '대승기신론소' 등 논서를 다양하게 읽었다. 그는 임제 선승을 좋아한다. 강연도 임제처럼 직설명료하며 결코 포장하는 일이 없다.

대화의 방향을 인문학 쪽으로 틀었다. 대체적으로 인문학 책이 여전히 잘 안 팔리는데, 정녕 인문학은 죽어 있느냐고 물었다.

"스마트폰이 나오면서 인문학 책은 더 약해지고 있습니다. 개성 없이 표준화된 인문학은 인터넷으로 대부분 찾아볼 수 있기 때문이지요. 이제는 자기 색깔을 분명히 내야 합니다. 저자의 강력한 개성이 필요할 때입니다. 저자만이 가지고 있는 개성으로 오케스트라처럼 버무려나가는 강한 지휘자가 돼야 합니다. 니체 또한 '나'로 강하게 요리를 해야지요. 독창적이고 강한 '저자성'이 있어야 위기를 극복할 수 있습니다."

그러면서 인문학은 고유명사이며 궁극적으로 인문학자의 지향점은 자신의 학문을 만드는 것이라고 설명한다. 다시 말해 강신주가 철학자라면 '강신주의 철학'을 만드는 것이란다. 니체가 니체의 철학을 만들었듯이 말이다.

그는 연세대 화학공학과 출신이지만 서울대와 연세대 대학원에서 철학을 전공했다. 연세대 대학원 철학과에서 '장자 철학에서의 소통의 논리'로 박사학위를 받았다. 이후 대학 강단에 섰지만 곧 내려와 자신만의 '고유철학'을 들고 전국을 돌아다녔다. '현장 철학자', '거리의 철학자'라는 별칭이 붙은 것도 여기에서 비롯된다. 이에 대해 그는 "남들이 뭐라고 불러주든 그들의 자유가 아니냐"며 웃는다. 그는 서울 홍대 앞 '상상마당'에서 5년 동안 젊은이들과 철학으로 만났고 대학로 카페에서 대중과 한 달에 한 번씩 만났다. 고상한 철학을 강의하는 것이 아니라 참석한 대중의 고민을 듣고 즉석에서 철학적으로 풀어가는 '철학상담'이다. 소문을 듣고 전국에서 찾아오는 사람들도 있다. 보통 저녁 7시 30분쯤 시작하지만 새벽까지 이어지기 일쑤일 만큼 열기가 뜨겁다. 왜 '강신주의 철학'을 원하는 사람들이 늘어나는지를 물었다.

"정직하게 얘기합니다. 고민의 본질을 피해가지 않고 고상하게 얘기하지도 않습니다. 정공법으로 얘기합니다. '여러분은 산모다. 고통 없는 산모가 어디 있느냐. 나는 산파역이다. 가족을 사랑하는 것도 아니고, 그렇다고 사랑하지 않는 것도 아니고 각자 집에 가서 생각해보라'는 식으로 강하게 자극하지요. 사람들이 고민하는 속으로 들어가야 제 강연을 듣습니다. 결국 자신의 치부가 드러났을 때 평화로운 것이지요."

이를 위해서는 강연 현장에서 5분 안에 그들의 고통을 읽어내야 한다. 또 이들과는 다시는 안 만나겠다는 처절한 각오로 머릿속에 있는 것을 다 쏟아내야 한다는 강연 원칙을 지킨다. 대중이 '강신주의 철학'을 찾는 이유가 바로 여기에 있다고 스스로 밝힌다. 대학에서 처음 강의를 맡았을 때다. 70여 명의 학생이 철학 시간이라는 선입견을 가지고 있어서인지 3분의 1 정도가 잤지만 이들을 2주 안에 모두 깨웠을 때에도 이런 방법을 택했다. 대학 강의를 그만둔 까닭을 묻자 "강신주 식으로 강의를 하면 안 된다는 얘기를 들었고, 또 교수 사회의 자유롭지 못한 분위기, 학교 내의 권력과 권위 등이 싫었다. 아울러 후배들이 학위를 받는 모습을 보면서 이제는 대학 울타리 밖으로 뛰쳐나가 단독 플레이를 펼쳐야겠다는 생각이 들었다"고 대답한다. 그때부터 줄곧 현장의 남녀노소들과 철학적 소통을 해오고 있는 것.

2012년 말에는 시인, 소설가 등 문학가들을 상대로 강연을 한 적이 있다. 그는 평소 시나 글이 잘 안 읽히는 이유에 대해 '나'(읽는 사람)라는 단독적인 삶이 거의 없고 어머니, 학교, 사회의 울타리 안에서 흉내 내며 살아왔기 때문이라고 강조한다.

화제를 바꿨다. 요즘 어두운 우리 사회현상에 대해 어떤 철학적 안경으로 들여다볼지 궁금했다.

"모두 사랑의 상실에서 비롯됩니다. 사랑을 하게 되면 내가 소유하는 것을 주게 됩니다. 법정 스님의 '무소유'도 아무것도 없는 상태를 말하는 것이 아니라 '무'를 동사형으로 해석해 '없애겠다'는 뜻입니다. '내가 소유하는 것을 없애겠다'는 것이지요. 사랑하지 않고 소유하는 것은 동물의 탐욕입니다. 공동체도 자기 탐욕 때문에 무너진 것입니다. 학교에서의 '왕따'도 사랑의 원리가 없기 때문입니다. 자크 데리다가 주창한 환대의 철학도 '네 방을 내어주라'는 것입니다. 병원을 뜻하는 '호스피털'(hospital)도 원래 타인에 대한 환대를 뜻하는 것이지요."

누구나 다 유아독존이며 그래야 자유로워지고 당당하게 사랑할 수 있단다. 이 당당함이 곧 인문학이며 저마다 글을 쓸 수 있고, 때문에 표절이란 있을 수 없다고 말한다. 아울러 인문학이 발달하면 민주주의가 발달하고 사회가 밝아진다고 역설한다. 그러면서 "사랑에 빠지면 강해지며 자유를 감당할 수 있게 된다. 이게 공동체의 핵심 논리"라고 외친다.

그는 고등학교 시절부터 인문학 책을 다독하면서 인문학자가 되려고 했으나 취직이 우선이라는 부모의 강권에 못 이겨 공대에 진학했다. 하지만 전공과목은 뒷전이고 인문학에 푹 빠지면서 철학으로 다시 돌아섰고 동서양을 넘나드는 연구 끝에 오늘날 '강신주 철학'이라는 고유명사를 탄생시켰다. 인터뷰를 마치면서 앞으로 강신주의 철학 방향은 어떻게 전개되느냐고 하자 "최근 2~3년 사이에 (철학적) 판을 벌려놨다. 그 판을 더 키우는 것"이라며 웃었다.

〈2013년 5월 16일〉

강신주는

1967년 경남 함양에서 태어났다. 고등학교 시절부터 인문학 책을 즐겨 읽었다. 연세대에서 화학공학과를 전공했지만 서울대와 연세대에서 다시 철학을 공부했다. 연세대 대학원 철학과에서 '장자 철학에서의 소통의 논리'로 박사 학위를 받았다. 잠시 대학 강단에 섰으나 10년 전부터 대중 강연과 책을 통해 '강신주의 철학'을 설파하고 있다. 주로 대중이 찾는 카페에서 철학을 강의하고 한 달에 20일 정도 지방 강연을 나간다. 오프라인 매체에 틈틈이 칼럼을 쓴다. 그동안 지은 책으로는 『철학, 삶을 만나다』, 『장자, 차이를 횡단하는 즐거운 모험』, 『상처받지 않을 권리』, 『철학적 시 읽기의 즐거움』, 『철학 VS 철학』, 『김수영을 위하여』, 『철학의 시대』, 『회남자 & 황제내경』 등 20여 권에 이른다.

생명의 노래 30년 화백

김병종

2015년 1월 31일 중국 베이징 금일미술관 3호관은 한국에서 온 김병종 화백에 집중됐다. 〈시진핑의 작가전〉에는 김 화백이 30여 년간 작업을 이어온「생명의 노래」시리즈 등 총 70여 점이 화려하게 걸렸다. 특히 생명의 기운을 전하는 붉은 꽃 그림은 단연 압권이었다. 시진핑(習近平) 중국 국가주석이 2014년 7월 한국을 국빈방문하여 서울대에서 강연했을 당시 서울대 측은 시 주석에게 답례로 김 화백이 서울대의 겨울 풍경을 그린 그림을 증정했다. 이를 계기로 중국 미술계에서 그의 작품에 주목했던 것이다. 가오펑(高鵬) 금일미술관장은 전시장에서 "김병종은 동서양 화법의 절묘한 조화를 추구해온 작가로 중국 화단에도 널리 알려졌으며 특히 생명에 관한 시적이고도 명상적인 고찰이 큰 공감을 이끌어내고 있다"고 말했다. 김 화백이 유럽뿐만 아니라 동양화의 본산인 중국 내에서도 충분히 통할 것임을 시사하는 대목이다. 사실 김 화백은 1980년대부터 프랑스, 독일, 헝가리, 벨기에, 영국 등에서 전시회를 열며 적지 않은 반향을 일으킨 한류 스타작가로 알려졌다. 게다가 김 화백은 중앙일간지 신춘문예를 통해 등단한 작가여서 그의 글, 그림은 항상 남다르게 다가온다.

생명의 그리움, 생명의 존귀함이 새삼 가슴 저미게 다가오는 요즘이다. 서울 종로구 평창동 영인문학관에서는 흔치 않은 전시가 열리고 있다. 제목이 〈생명 그리고 동행〉이다. 얼마 전 『생명의 자본』이라는 책을 통해 '생명'이라는 화두를 던진 이어령 전 문화부 장관과 30년 동안 '생명'을 노래해온 김병종 화백이 만나 '생명과 동행'이라는 메시지를 버무리고 있다. 이 전 장관의 시를 김 화백이 묵필로 썼고 '생명'을 주제로 한 대작만도 20여 점을 내걸었다.

2014년 5월 14일 서울 평창동 영인문학관에서 김 화백을 만났다. 전시실 안으로 들어서자 대영박물관에 소장된 「생명의 노래—숲에서」라는 대형 그림이 걸려 있었다. 길이만 따져도 족히 8미터는 된다. 김 화백의 대표작이자 해외에서도 많은 관심을 받았던 「바보예수」도 눈에 들어온다. 바로 옆에는 「어느 무신론자의 기도」라는 이 전 장관의 시가 보인다. '모든 사람이 잠든 깊은 밤에는/ 당신의 낮은 숨소리를 듣습니다/ 그리고 너무 적적할 때 아주 가끔/ 당신 앞에 무릎을 꿇고 기도를 드립니다'로 시작된다. 또 「미친 금붕어」라는 시도 있다. '어머니 저는 금붕어들이 미쳤으면 합니다/ 날치처럼 어항에서 튀어나와 일제히/ (중략) 어머니 저는 금붕어들이 지느러미 세우고/ 하늘을 날았으면 좋겠습니다…….' 김 화백이 화선지에 직필로 휘갈겨 쓰고 여백에 그림을 그려 넣었다. 시와 묵필이 어우러져 생명의 고귀함을 고스란히 담아내고 있다. 벽에 걸린 김 화백의 그림에는 공통점이 있다. 서로가 서로를 쳐다보며 눈빛으로 뭔가 얘기하는 표정이라는 것이다.

"인간은 언어로 의사 전달을 하지만 다른 생명체들은 눈빛으로 얘기합니다. 꽃에도 눈이 있어 옆에 있는 꽃을 바라보고 찾아오는 벌, 나비와도 눈빛을 마주치지요. 이 그림(카리스 소년)에서는 금붕어와 소년이 서로 바라보며 얘기합니다. 사람의 동행도 둘이 같은 방향으로,

같은 시선으로 바라보는 것입니다."

이번 전시와 관련해 윤상훈 미술평론가는 "그의 「생명의 노래」는 적지 않은 사람들에게 사랑을 받아왔다. 때로는 거칠고 격렬하며 때로는 잔잔하고 화사한 그의 생명 연작들은 수십 년을 두고 다양한 울림과 변주를 이어오고 있다"고 평가한다.

1980년대가 「바보예수」였다면 1990년대에는 「생명의 노래」 시리즈가 이어진다. 유토피아적인 전경 속에서 모든 대상을 화평하게 어울리도록 한다. 그러면서 「바보예수」와 「생명의 노래」의 두 주제를 같은 뿌리에 두고 작업해왔다. 그는 "세계는 생명의 기미로 가득 차 있다. 생명의 정령들이 여기저기에 숨어 있다. 생명의 노래를 통해 비로소 인간 이외의 다른 지평을 바라볼 수 있다"고 말한다.

김 화백은 3개월 전 전북도립미술관에서 〈김병종 30년, 생명을 그리다〉라는 제목으로 저예산 전시를 열었다. 개관 10년 만에 처음으로 마련된 개인 작가의 전관 전시에서 생명 연작을 펼쳐 보인 것이다. 관람객 3만 3,000여 명이 다녀갈 정도로 많은 관심을 끌었다. 개막식 때 이 전 장관이 강연을 했는데 김 화백의 그림에 대해 "바다에 사는 물고기는 바다를 모른다. 오직 가끔씩 바다 위를 날아오르는 날치만이 바다를 볼 수 있다"고 하면서 '생명의 날치'라고 표현했다. 판소리 명창 안숙선 씨는 김 화백이 직접 작사한 것에 곡을 붙인 「사랑가」를 불렀다. 안 명창과는 같은 전북 남원 출신이다.

이 전 장관과는 어떤 인연이 있을까.

"제 아내가 이어령 선생의 딸과 대학교를 같이 다닌 사이였지요. 당시 아내가 이대문학상에 당선됐을 때 이 선생이 문학사상사 주간을 맡고 있었는데 선생이 제 아내에게 너는 결혼에 신경 쓰지 말고 평생 글을 써야 한다고 말씀하셨던 것이 인연의 첫 단추가 된 셈입니다."

김 화백의 부인은 소설가 정미경 씨다. 1987년 〈중앙일보〉 신춘문예에 당선됐고 2002년 오늘의 작가상과 2006년 이상문학상을 받았으며 그동안 창작집을 7권이나 펴낸 중견작가다. 김 화백은 부인보다 7년 앞서 〈중앙일보〉(1980년)와 〈동아일보〉(1981년) 신춘문예로 문단에 데뷔했으며 대한민국문학상과 삼성문화재단 저작상 등을 수상한 작가로 이름을 알리기도 했다. 김 화백은 13세 때 이 전 장관의 책 『하나의 나뭇잎이 흔들릴 때』를 읽고 감명 받은 인연도 있으며 부인이 이 전 장관의 부인인 강인숙 여사와 틈틈이 만나면서 오늘날까지 이 전 장관과 동행의 인연을 이어가고 있다. 김 화백은 〈문학사상〉에 삽화를 그렸고 이 전 장관은 김 화백이 전시할 때마다 전시장을 찾아 강연을 해줄 정도로 돈독한 사이로 발전했다.

김 화백은 1953년 남원에서 태어났다. 초등학교 4학년 때 정문자 선생에게서 '너는 화가가 되라'는 말을 들은 후 화가의 꿈을 키워나갔다. 그러나 집안에서는 '환쟁이가 나오면 안 된다'며 반대했다. 그 때문에 그림을 그려 상장을 받아도 집에 갖고 가지 못하고 종이비행기를 만들어 보리밭에 날려버리는 일이 숱하게 있었다. 그래도 늘 그림을 그렸다. 억눌림과 쫓김, 강박관념에서 벗어나기 위해 땅에다 그리고 허공에다 그렸다. 중학교 2학년 때였다. 그는 남원 시내 다방에서 '유혹'이라는 주제로 전시회를 열었다. 당시 분위기로 봐서 마을 어른들에게 좋은 소리를 들을 리 없었다. 그럴수록 혹시 그림을 못 그리게 될까 봐 조바심이 커졌다. 그 무렵 책을 많이 읽은 것도 강박관념에서 탈피하기 위해서였다. 사르트르, 카뮈, 레마르크, 모파상, 앙드레 지드 그리고 『금병매』와 『벽 속의 여자』까지 빌려 온 책을 방 안 여기저기

쌓아놓고 죄다 읽었다. 그뿐만 아니다. 소설도 몇 편 썼다. 외국의 기성 문인들을 흉내 내 제법 난해한 시들을 쓰기도 했다. 또한 흰 종이만 보면 허기진 듯 그림을 그려댔고 늦은 밤이면 시내로 나가 총천연색의 극장 벽보를 몰래 떼어다 벽에 붙여놓고 며칠씩 들여다보곤 했다. 결국 중학교를 졸업하던 해 좋은 그림을 그리는 화가가 되겠다는 각오로 서울 용산역에 내리게 됐다. 이어 고등학교를 거쳐 서울대 미대에 진학하면서 그의 숨은 재능이 제대로 빛을 보게 된다. 전국대학미전에서 대통령상을 받았고 시와 소설로 서울대문학상을 휩쓸었다.

그 무렵 〈대학입시〉라는, 수험생을 대상으로 한 월간지의 기자가 찾아와 서울대 캠퍼스를 배경으로 소설을 써달라고 부탁했고, 김 화백은 「바람일기」라는 소설을 썼다. 잡지사에서 기획한 '캠퍼스 소설'의 첫 테이프를 끊은 것이다. 두 번째 소설은 이화여대 영문과 학생이 쓴 「바람의 초상」이다. 그 여학생이 지금의 부인이다.

김 화백은 『화첩기행』이라는 책으로 대중과 가깝다. 1998년 시작해 지금까지 5권을 냈다. 그는 이에 대해 "대체로 한 달이면 보름쯤은 그림을 그리고 열흘쯤은 책을 읽거나 글을 쓰게 되는 것 같다. 그렇게 화실과 서재를 왕래하다 보면 이 두 가지 일은 둘이 아닌 하나로 섞이고 만나게 된다. 문장은 수채화 같은 빛깔을 띠고 그림은 글 기운 비슷한 무엇을 발하는 듯한 느낌이 든다"고 말한다. 예컨대 서로 데면데면하게 마주 보는 것이 아니라 뒤섞이고 풀리면서 제3의 그 어떤 모양과 빛깔을 갖게 된다는 것이다. 『화첩기행』은 이렇게 해서 나온 책이다. 오늘날 동행의 느낌을 재현한 것도 미술과 문학이 함께 섞이는 일이라고 한다. 밥과 반찬이 뒤섞이는 작업이란다. 앞으로도 이 같은 동행이 계속 이뤄질 것임은 물론이다.

"살다가 배터리가 방전돼간다고 느껴질 때마다 저는 가방을 꾸리곤 했습니다. 여행에서 돌아오면 그때마다 충전이 조금 되지요. 『화첩기행』을 위해 낯선 공간 속으로 들어가 기록하는 순간의 설렘과 흥분은 저를 새롭게 일어서게 했습니다. 여행은 그런 점에서 진실로 스승을 찾아 떠나는 일이기도 하지요."

앞으로의 계획을 물었더니 "요즘 들판의 잡초처럼 뒷심이 단단해지는 것을 느낀다. 오직 그림을 그려야 한다는, 그림에 대한 사랑과 깊이가 더욱 느껴진다"면서 열정의 가속도가 생기는 만큼 계속 그림에 미치지 않겠느냐고 말했다. 그동안 독일과 프랑스, 미국, 일본 등 해외에서 개인전만 8회를 열었는데 유럽과 중국, 미국 등에서 개인전을 할 예정이라고 말했다. 기계가 주는 무표정하고 비정한 것이 아닌 문인화의 발묵, 발색 같은 여백의 미에 대해 더 많이 고민하게 될 것이라고 했다.

「생명의 노래」에 대해 자신의 시 한 수를 읊는다. '산들아/ 아직도 청정한 그 빛을 잃지 않고 있느냐/ 물들아/ 여전히 그 한 자락을 휘감아 흐르고 있느냐/ 풀들아 숲들아/ 고요히 눕고 힘차게 일어서느냐/ 어린 생명부치들을/ 아직도 땅 위에 네 품을 거느리고 있느냐/ 아아 조선의 땅아, 바람아, 물들아, 애잔하게 스러져 가는 것들아/ 오늘 서툰 붓 한 자루에 실어/ 내 너희 안부를 묻노니.'

〈2014년 5월〉

김병종은

1953년 전북 남원에서 태어나 서울대 미대와 동대학원에서 동양화를 전공했다. 성균관대에서 동양예술 철학 박사학위를 받았다. 1989년 독일 베를린에서 〈바보예수〉 개인전을 시작으로 서울, 프랑스 파리, 미국 시카고, 벨기에 브뤼셀, 일본 도쿄, 스위스 바젤 등지에서 수차례 개인전을 열었다. 국제 아트페어와 광주 비엔날레, 베이징 비엔날레, 인디아 트리엔날레 등에 참여했다. 대영박물관과 온타리오미술관, 국립현대미술관 등에 작품이 소장돼 있다. 문학청년이던 시절 〈동아일보〉(1981년)와 〈중앙일보〉(1980년) 신춘문예를 통해 등단하기도 했다. 서울대 미대학장, 서울대 미술관장 등을 역임했으며 현재 서울대 미대 교수로 있다. 주요 수상으로는 대한민국 문화예술상(1981년), 미술기자상(1989년), 한국미술작가상(1991년), 선 미술상(1995년), 대한민국 기독교미술상(2004년) 등이 있으며 저서로는 『화첩기행』(전 5권), 『중국회화연구』 등이 있다.

문인화로 '힐링아트' 시작한 국민주치의 박사

이시형

'치유'라는 단어가 그 어느 때보다 중요하게 떠오르는 요즘이다. 세로토닌은 몸에 행복감을 주는 신경전달물질이다. 어느 날 한 정신과 의사는 앞만 보고 달려온 한국 사회에 대해 "이제 세로토닌으로 돌아가자"고 외쳤다. '세로토닌문화원'을 설립해 그저 바쁘게만 살아가는 한국 사회의 정신적 폐단을 지적하고 '이젠 다르게 살아야 할 때'라는 메시지를 화두로 던졌다. 현재는 '병원이 필요 없는 사람'을 만드는 새로운 프로젝트에 몰두하고 있다. 그런 그가 최근에 '힐링아트'라는 또 하나의 단어를 꺼내들었다. 바로 '문인화'다. 문인화를 통해 생명과 사물의 본질을 찬찬히 들여다보며 마음의 깨끗한 기운과 여백을 찾아 스스로 치유하자는 것이다.

국민의사, 국민멘토 이시형 박사. 그는 실체가 없다고 여겨지던 화병(Hwa-byung)을 세계 최초로 정신의학 용어로 만든 정신의학계의 권위자이면서 『배짱으로 삽시다』, 『이시형처럼 살아라』 등으로 베스트셀러 작가이자 명강사이기도 하다. 그는 허리디스크로 고생하면서 자연의학에 눈을 돌리게 됐고 2007년 국내 최초의 웰니스마을 '힐리언스 선마을'을, 2009년에는 '세로토닌문화원'을 건립하며 뇌과학의 대중화를 이끌고 있다.

2014년 5월 26일 서울 서초구 서초동에 위치한 세로토닌문화원에서 이시형 박사를 만났다. 문화원 앞마당에서 인사를 나눴다. 아담한 잔디밭 가장자리에는 푸름이 짙은 나무들이 빙 둘러서 있었다.

"지금은 꽃이 대부분 졌지만 때가 되면 이곳에는 목련도 피고, 튤립도 있고, 작약도 있어요. 밤에는 별들도 볼 수 있지요. 주택들이 밀집돼 있지만 아주 조용해요. 회원들도 오고 변호사, 화가 등 여러 지인들이 자주 찾아와 자연과 밤하늘을 함께 노래하기도 하지요."

친숙하게 오랫동안 사귄 벗을 소개하는 듯했다. 그는 6월 4일부터 일주일 동안 서울 종로구 인사동 경인미술관에서 첫 문인화 전시회를 앞두고 마지막 준비 중이다. '치유적 예술로서의 문인화'라는 제목으로 강연 시간도 가진다. 나이 80인 정신과 의사가 문인화 50여 점을 내걸었다는 것 자체가 흔치 않은 일이다. 그는 전시에 앞서 직접 그리고 쓴 그림과 글을 모아 『여든 소년 산이 되다』라는 문인화첩을 냈다. 삶에 대한 깊은 사색, 진정한 치유와 행복을 담고 있다. 책을 펴냄과 거의 동시에 전시회를 갖는 셈이다. 어떻게 해서 이런 일들이 이어졌을까.

"사태(책을 내고 전시하는 일)가 이렇게 심각한 상황으로 빠지게 될 줄은 정말 몰랐습니다. 어떤 치기에서 시작됐지요. 2013년 말쯤 나이 80이 된다고 생각하고 보니 그동안 해왔던 일들이 떠올랐습니다. 모든 것들이 쉽지는 않았지만 대부분 다 이루어졌지요. 그러면서 이제 가장 못하는 일을 한번 해보자고 생각했습니다. 초등학교 때 교실 뒤편 게시판에 제 그림이 한 번도 걸려본 적이 없었다는 사실이 문득 생각났습니다."

그는 즉시 주변 사람들을 꼬드겼다. '초등학교 때 교실 뒷벽에 한 번도 그림이 걸려보지 못한 사람 모여라'고 했더니 20명쯤 됐다. 평소 존경하는 김양수 화백을 찾아갔다. 자초지종을 얘기하고 그림을 가르쳐달라고 부탁했다. 허락을 받아낸 그는 일주일에 한 번 지인들과 함께 김 화백에게 그림을 배우기 시작했다. 대나무, 매화 등 사군자부터 시작했다. 배울수록 그림이 어려워졌다. 다른 사람들은 그런대로 잘 그려나가는데 자신은 영 아니라는 생각이 들었다. 그림 공부를 그만두기로 했다. 하지만 그것마저 마음먹은 대로 되지 않았다. 실컷 바람을 잡아놓고 도중하차한다는 것이 쉽지 않았다. 다시 붓을 들었다. 이번에는 사군자가 아닌 산과 나무, 바위를 그렸다. 초가집과 산골, 홍천의 선마을 풍경을 생각나는 대로 그렸다. 조금은 쉬워졌다. 또 생각날 때마다 글귀를 써넣었다. 차츰 문인화의 구상에 빠졌고 마음이 편해지면서 잡념이 사라졌다. 저절로 치유가 된다는 것을 느꼈다. '힐링아트'라는 말도 떠올랐다.

그림을 시작한 지 5개월쯤 지난 어느 날이었다. 김 화백이 같이 그림을 배운 동료들을 모아놓고 "문인화는 담백하고 순수해야 하는데 이 박사의 그림은 내가 본 것 중 가장 으뜸이다. 잘 그린 그림도 있고 좋은 그림도 있다"면서 "세로토닌문화원 후원 회원을 상대로 경매에 내놓기로 했다"고 말하는 것이었다. 또한 화첩을 만들고 개인전을 열어야 한다는 주장까지 나왔다. 며칠 뒤 김 화백과 인사동 갤러리 골목에 갔더니 갤러리 주인들이 다들 서로 전시하겠다고 나섰다. 아니 이게 웬일이람? 뿐만 아니다. 출판과 갤러리 전시 계약까지 전혀 생각하지도 못한 일들이 계속 벌어졌다. 평소 친하게 지내는 이희수 교수가 책 제목을 '여든, 산이 되다'라고 정했다. 이를 본 서울대 김병종 교수가 '여든 소년의 작품'이라는 말과 함께 '소년'을 추가하게 되면서

『여든 소년 산이 되다』라는 제목으로 출간과 전시를 하게 됐던 것. 그림 여백에 그가 직접 쓴 글귀를 잠시 들여다본다. '세월은 흘러가는 것이 아니라 흘러오는 세월도 넘칩니다', '맨손의 새는 자유로이 난다', '네가 오는 길 달 지고 마중 나가마', '겪어본 사람만이 아는 그런 밤입니다', '사랑은 아프다 하지만 그 아픔이 그립다', '한겨울의 파란 이끼를 피워내는 늙은 바위의 힘' 등이다. 선시(禪詩) 같은 느낌이 든다고 그에게 말했다.

"문인화 수업은 제게 참으로 많은 걸 깨우치게 했습니다. 저는 시인도, 화가도 아닙니다. 그동안 머릿속에 남아 있던 생각과 작업의 과정을 통해 또 다른 창조의 세계로 빠져들게 됐습니다. 무엇보다 자연을 대하는 자세가 달라졌습니다. 무뚝뚝하던 바위에 그렇게 따뜻한 마음씨가 있다는 것을 알게 됐지요."

그동안 보지 못했던 사물의 본질을 보면서 80년 동안 살아온 내공이 자연발생적으로 부려지는 느낌이라고 했다. 그러면서 "문인화는 치유의 예술이라는 것을 알았다. 이번에 같이 문인화를 배운 동료 중에 성질이 급하고 격한 사람이 있는데 최근 그 성질이 다 없어졌다. 앞으로 일반인들에게 힐링아트를 보급하는 프로그램을 개발할 것"이라고 말한다. 또한 요즘 탈산업사회로 넘어가는 추세인 만큼 기업 CEO들도 감성과 부드러움으로 경영하는 '세로토닌 기업문화'로 눈을 돌릴 때가 됐다고 강조한다.

화제를 세월호 얘기로 잠시 돌렸다.

"역사적으로 이런 일은 처음일 것입니다. 이것은 단순한 애도가 아니라 분노입니다. 누구 하나 원칙을 지키지 않았습니다. 선현의 말씀 중에 '설마가 사람 잡는다'는 말이 있지요. 선현이 교훈을 주었는데도 불구하고 우리 사회에는 아직도 '설마'가 있습니다. 언제부터인가 예방에 대한 개념이 없어졌어요."

세월호로 생긴 집단 우울증을 어떻게 치유하는 것이 좋으냐고 물었다.

"사고가 단발로 끝난 것이 아니기 때문에 충격에서 벗어나기가 쉽지 않습니다. 우리의 정서에는 '세월이 약'이라는 말이 있습니다. 슬플 때는 슬퍼하고 아플 때는 충분히 아파해야 합니다. 그것을 막으면 안 되지요. 그러나 이제는 조금씩 일상으로 돌아가야 합니다. 유가족들도 기운을 내야 합니다."

그러면서 세로토닌을 얘기한다. 세월호 사건이 발생한 후 슬프고 힘든 뉴스를 접하면서 세로토닌 균형이 깨지게 됐으며, 자연과 함께 움직이면서 힐링을 하게 되면 세로토닌 분비가 다시 되살아난다고 말한다. 우울증 등을 치료하는 좋은 약도 많지만 세로토닌이 주체가 되어야 한다는 것이다. 이른 아침에 태양을 보면서 30분 동안 걷는 것이 가장 좋다고 귀띔한다.

그는 성장하는 중학생들에게 세로토닌 분비와 스트레스를 풀어주기 위해 지금까지 160여 개의 북을 제작해 각 학교에 보내주는 일을 하고 있다. 원래는 고등학교에는 보내주지 않았는데 단원고만큼은 예외로 하고 그들을 위한 북 제작을 이미 마쳤다. 학교 측이 북을 칠 수 있는 공간을 마련하는 대로 보낼 예정이다. 힘든 마음을 조금이나마 달래주기 위해서다.

건강관리에 대해 물었더니 "아들이나 딸, 손주뻘 되는 사람들과 늘 기분 좋게 만난다. 주말에는 강원도 홍천 선마을에 가서 산에도 가보고 사물도 천천히 관찰하고 그러니 병이 생길 일이 없다"면서 겨울부터 본격적인 문인화 교실을 열어 또 하나의 힐링아트 프로그램을 만들게 되면 더욱 건강해지지 않겠느냐며 웃는다.

"요즘은 100세 시대라고 합니다. 인생이 더 길고 복잡해졌지요. 따라서 후반전을 위해서는 전반전에 미리 준비해야 합니다. 나이 들면 모든 것이 나약해지거든요. 베이비붐 세대들의 자살률이 높아지고 있습니다. 외국에서 300년을 해온 일들을 우리나라는 40년 만에 이루어냈습니다. 베이비붐 세대들이 그 역할을 했습니다. 그들은 세계에서 가장 유능한 사람들입니다. 후반전을 위해 개인의 노력도 우선 중요하겠지만 기업과 정부도 책임을 져야 합니다."

어릴 적 꿈에 대해서는 "중학교 때 주로 유럽 쪽을 무대로 한 세계문학전집을 읽었는데 나중에 커서 혼자 유럽의 낯선 거리를 걸어가는 것을 상상했다. 나이 70이 거의 다 돼 혼자 유럽을 여행하며 직접 꿈을 펼쳐봤다"며 웃는다. 나이 80에 새로운 것, 더구나 제일 못하는 그림을 시작했다는 사실이 다른 사람의 인생사에도 새로운 용기를 주지 않을까.

〈2014년 6월 4일〉

이시형은

1934년 대구에서 태어났다. 경북대 의대를 졸업하고 예일대에서 정신과 박사 후과정을 거쳤다. 이스턴 주립병원 청소년 과장, 경북대·서울대 외래, 성균관 의대 교수, 강북삼성병원장, 사회정신건강연구소 소장 등을 역임했다. 실체가 없다고 여겨지던 '화병'(HWA-BYUNG)을 세계 정신의학 용어로 만든 정신의학계의 권위자로 대한민국에 뇌과학의 대중화를 이끌었다. 또한 베스트셀러 작가로 『공부하는 독종이 살아남는다』, 『세로토닌하라!』, 『배짱으로 삽시다』, 『우뇌가 희망이다』, 『이젠 다르게 살아야 한다』 등 76권의 책을 펴냈다. 2007년 자연치유센터 힐리언스 선마을, 2009년에는 세로토닌문화원을 건립했다. 현재 세로토닌문화원 이사장, 힐리언스 선마을 촌장, 자연의학종합연구원 원장, 서울사이버대 석좌교수, (사)한국산림치유포럼 회장, 생명보험사회공헌재단 이사장, 한국청소년희망재단 이사장 등을 맡고 있다.

'프레스코 기법' 재현 중견 서양화가 · 동국대 교수

오원배

추억의 명화 〈고통과 환희〉는 바티칸 시스티나 대성당에 그려진 천장 벽화 「천지창조」의 탄생 과정을 다룬 내용이다. 찰톤 헤스톤이 주인공 미켈란젤로를 맡아 명연기를 펼친다. 율리어스 2세 교황의 요청으로 벽화를 그리게 된 미켈란젤로가 숱한 고통을 겪으며 완성해가는 과정을 생생하게 그린 영화다. 미켈란젤로는 천장벽화를 그리기 위해 임시로 마련된 18미터 높이의 설치대 위에서 웅크린 채 일을 하다 온몸에 종기가 생기기도 했고, 고개를 뒤로 젖히고 작업을 하다 물감 세례를 받는 경우도 많았다고 한다. 작품은 4년에 걸쳐 완성된다.

미켈란젤로는 「천지창조」뿐만 아니라 당시 많은 벽화를 그릴 때 대부분 프레스코 기법을 사용했다. 프레스코(Fresco)는 이탈리아어로 축축하고 신선하다는 뜻이다. 프레스코화는 신선하고 덜 마른 회반죽 바탕에 물에 갠 안료로 채색한 벽화를 말한다. 그림물감이 표면으로 배어들어 벽이 마르면 그림은 완전히 벽의 일부가 되고 물에 용해되지도 않는 특징이 있다. 따라서 프레스코화는 벽의 수명만큼 지속된다. 미켈란젤로 외에도 라파엘로와 보티첼리 등 르네상스 거장들이 주로 프레스코화를 많이 그렸다. 그러다가 유화가 등장하면서 점차 사라졌고 20세기 들어와 멕시코의 리베라, 오로츠코 등에 의해 재발견

되면서 프레스코의 전통이 다시 이어지고 있다. 그렇다면 우리나라는 어떨까.

중견 서양화가 오원배 동국대 교수는 2007년 5월 서울 인사동에서 개인전을 열 때 다른 여러 그림과 함께 전통 프레스코 기법의 그림 네 점을 내걸어 화단의 관심을 모았다. 국내 중견 화가가 프레스코 기법을 처음으로 시도했다는 점에서 일단 그랬다. 당시 정영목 서울대 서양화과 교수는 "전통적인 방식의 진짜 프레스코를 처음 선보였다" 면서 "젖은 듯 스며든 야릇한 색감과 그 기법상의 성격은 오원배 특유의 형이상(形而上) 회화의 독특한 분위기를 내는 데 아주 적격"이라고 평가했다. 5년 뒤인 2012년 11월 오 교수는 강화도 전등사 무설전 법당에 프레스코 기법으로 후불 벽화를 그려 다시 한 번 화제가 됐다. 보통 불화는 부처 주변에 보살들을 배치하는데, 오 교수는 부처의 제자인 가섭과 아난 등을 부처 가까이에 그려 넣어 눈길을 끌었다. 이후 그는 프레스코화를 본격적으로 그리기 시작했다. 2014년 10월 종로구 통의동 갤러리 아트싸이드에서 그동안의 결과물이라고 할 수 있는 프레스코화 30여 점이 전시돼 또 한 번 주목을 받았다. 600년 전 미켈란젤로 등 르네상스 대가들이 즐겨 그렸던 전통 프레스코 기법을 직접 재현해 일반인들에게 선보인다는 점에서 그랬다.

전시 3개월 전인 2014년 7월 9일 동국대 작업실에서 그를 만났다. 작업이 한창 진행 중이었다. 자리에 앉으면서 작업 과정에 대해 먼저 물었다. 방음벽을 만들 때 사용되는 흡음판을 들고 설명한다.

"이 흡음판에 석회를 입히고 마르기 전에 스케치를 한 다음 색깔을 입히는 것이지요. 젖은 상태에서 그림을 그려야 화학작용이 잘 이루어지면서 흡착력이 좋고 오래도록 변색되지 않습니다. 미켈란젤로의 경우 마르기 전에 그리는 전통 기법을 사용했지만 레오나르도 다 빈치는 마른 상태로 그리는 이른바 프레스코 세코 기법으로 그림을 그렸습니다. 「최후의 만찬」이 여러 차례 보수된 것도 마른 상태에서 그렸기 때문이라고 할 수 있지요."

그의 설명에 따르면 프레스코 회화는 원래 크레타와 그리스 벽화, 폼페이 벽화 등에도 나타난다. 중세 초의 벽화에는 여러 가지 혼합 방법으로 사용되다가 14~15세기 이탈리아 대가들에 의해 프레스코화가 가장 활발해졌다. 또한 아시아 쪽에서는 11~12세기 인도 지방의 일부 벽화에서 프레스코 기법이 전해진 것으로 알려진다. 우리나라의 경우 일부 미술사가들이 고구려 고분벽화나 장군총 등을 프레스코화에 비유하기도 한다.

"인류 최초의 회화는 프레스코라고 할 수 있습니다. 알타미라 석회암 동굴에서 발견된 여러 벽화만 보더라도 알 수 있습니다. 결국 석회암 동굴에 들어가서 그림을 그린 것이 오랜 세월 동안 마모되지 않고 전해지게 된 것이지요."

오 교수가 프레스코화에 처음 관심을 가진 것은 1982년 프랑스 유학 때였다. 그는 당시 파리 시내 몽마르트 언덕 위에 있는 조그마한 호텔에서 지냈다. 말이 호텔이지 꼭대기의 비둘기 집처럼 작고 허름한 곳이다. 아는 사람도 없어 방 안에 혼자 지내는 시간이 많았다. 하루는 이런저런 생각을 하다가 창문을 열고 한참 밖을 바라봤다. 생전 처음 보는 광경이 눈앞에 펼쳐졌다. 지붕 굴뚝의 색깔이나 생김새가 각양각색이었다. 토기로 구운 것, 쇠로 만든 것, 구리로 만든 것 등 그 형태가 달랐다. 또한 같은 집이라도 방의 수만큼 굴뚝이 솟아 있다는 것을 알았다. 묘한 기분이 들었다. 이때부터 시간만 나면 창문을 열고 빨강, 파랑 등 각기 다른 색깔의 지붕과 굴뚝을 보면서 스케치를 하기 시작했다. 또한 보들레르의 플라네르(한가롭게 도시를 돌아다니는 사람들)처럼 할 일 없이 파리 시내 곳곳을 기웃거리며 스케치를 했다. 그러면서 프레스코를 꾸준히 익혔다. 1985년 유학길에서 돌아온 뒤 세 차례 더 파리에 갔을 때에도 계속 스케치를 하며 프레스코화를 틈틈이 그렸다. 그러다가 2007년 인사동 개인전 때 네 작품을 슬쩍 공개한 것이 처음이었다.

유학 시절을 회고하던 그가 잠시 한 일화를 소개한다.

"제가 파리국립미술학교에서 학과대표(아틀리에 양켈)를 맡고 있었습니다. 그 무렵 루브르박물관 앞 광장에 유리 피라미드의 보수공사를 하기 위해 둘레에 출입을 금지하는 펜스를 쳐놓은 것을 보게 됐습니다. 하루는 학생 10여 명과 야간에 급습(?)을 했지요. 그 펜스에다 낙서화를 그린 뒤 '야음을 틈타 프랑스 졸개들을 데리고 와서 한글로 그림을 그리다'라는 글을 써놓았습니다. 매표소로 가려면 펜스를 돌아가야 하는데 사진을 찍는 관광객이 있었고 이를 보고 기분이 좋다는 한국 사람도 있었지요."

유학 시절 재불화가인 한묵 선생과의 인연도 잊지 못한다. 이에 대해 "1961년 홍익대 교수를 박차고 파리로 가서 신문 배달, 페인트칠 등 궂은일을 하면서 꾸준히 작품 활동을 해오신 분"이라고 말한다. 힘든 유학 생활을 어떻게 견디고 또 앞으로 어떤 작가정신으로 걸어가야 할지에 대해 많은 영향을 받게 된다.

인천에서 태어난 그는 어렸을 때부터 만화 형태의 짤막한 그림을 좋아해 흉내를 자주 냈다. 중학교 1학년 때에는 미술반에서 활동했다. 이때 화가인 미술 선생을 만나면서 장차 화가를 꿈꾸게 된다. 크고 작은 규모의 미술대회에 나가 많은 상을 받기도 했다. 고등학교에 진학해서도 마찬가지였다. 또한 시간만 나면 월미도와 차이나타운 등 여기저기 돌아다니면서 그림을 그렸다.

대학 진학 이후에는 주로 '인간'과 '소외'에 관심을 둔다. 1970년대에는 가면이나 탈을 쓴 인간의 이미지를 작품에 주로 담는다. 군대 생활과 맞물려 통제된 사회, 언로가 막힌 시대상을 표현하고자 가면을 동원했다. 또한 1980년대에는 '짐승 혹은 중성화된 생명체(인체) 시리즈'를 선보인다. 이때는 그가 프랑스 유학에서 돌아와 강단에 선 시기에 해당한다. 유학 시절에는 세계적으로 뉴페인팅이 주도하던 시기로 아방가르디아, 신구상회화 등에서 힘을 얻어 거친 표현을 통해 인간의 모습을 형상화했다. 1990년대에는 '암울한 도심 풍경과 배회하는 유령(인간) 시리즈', 2000년대에 들어서는 화면이 양분되고 꽃이 등장하는 '이중적 풍경 시리즈' 등으로 이어진다.

"지난 시대의 미술은 인간 정신의 표현에 그 목적을 두었다고 할 수 있습니다. 오늘날의 회화를 한마디로 정의하면 '소통'이라고 할 수 있습니다. 소통을 나타내기 위해서는 표현 가능한 모든 기법을 동원해야 합니다. 그중 하나가 제게는 프레스코화입니다. 프레스코화는 전통적 회화 기법이지만 제작 과정이 굉장히 까다롭습니다. 그만큼 다양한 해석이 가능하죠. 또 시도가 각기 다른 작품을 한데 모아 전체적으로 하나의 작품으로 표현하는 겁니다."

그는 프레스코화에 자신이 생겼다고 말한다. 파리 유학 시절에 아름다운 지붕을 보면서 시작된 프레스코화를 30년이 지난 지금에야 제대로 표현할 수 있게 됐다는 것이다. 요즘 학생들에게 프레스코의 중요성을 강조하는 까닭도 이 같은 지난한 작가적 연구 정신에서 비롯되고 있다. 우리나라 프레스코화의 전망에 대해서는 "사찰이나 여러 조형물 등에 반영구적인 벽화가 필요하지 않겠느냐"고 에둘러 말한다.

〈2014년 7월 16일〉

오원배는

1953년 인천에서 태어났다. 송도고를 나와 동국대 미술학과를 졸업했다. 동대학교 대학원에서 미술교육학을 전공했다. 1982년 파리로 유학을 떠나 1985년 파리국립미술학교를 수료한 뒤 귀국했다. 1986년 동국대 전임강사를 시작으로 대학 강단에 섰다. 그러면서 파리국립미술학교에 연구교수로 세 차례 다녀왔다. 이달의 작가전(국립현대미술관, 1989년), 올해의 젊은 작가전(조선일보 미술관, 1993년) 등 13회의 개인전과 300회 넘는 국내외 단체전에 참여했다. 동아미술대전, 중앙미술대전 등에서 심사위원을 지냈으며 아시아프 총감독(2012년)을 역임했다. 주요 상훈으로는 파리국립미술학교 회화 1등상(1984), 프랑스예술원 회화 3등상(1985), 〈조선일보〉 올해의 젊은 작가상(1993년), 이중섭미술상(1997년) 등이 있다. 파리국립미술학교, 프랑스 문화성, 일본 후쿠오카 시립미술관, 국립현대미술관, 금호미술관 등 국내외 30여 곳에 그의 작품이 소장돼 있다. 현재 동국대 예술대 미술학부 교수로 재직 중이다.

노경조

보면 볼수록 아기자기하고 재미있다. 색깔이 다른 것 같지만 하나로 잘 어울려 은은함이 있다. 비색 유약 속에 대리석이 자유분방하듯 조용히 새겨져 있다. 여러 모양의 병(甁)도 있고 통(筒), 합(盒)도 있다. 이른바 연리문(練理紋) 기법으로 탄생된 도자기다. 연리문은 대리석 무늬를 의미하는 한국의 전통적인 도예 기술이다. 당나라 때 기원을 두고 있으나 고려 시대에 등장했던 도자 기법이다. 그러나 13세기 이후 거의 사라졌다. 백토, 흑토, 자토(紫土) 등 각기 다른 색깔의 흙을 사용해서 도자기를 빚어내는 제작 과정의 어려움 때문인 것으로 풀이된다.

한국의 전통도예가 노경조 국민대 교수는 그러한 연리문 도자 기법을 부활시키고 40년 넘도록 일관되게 작업을 해와 연리문 도자기의 대가로 유명하다. 이론적 연구와 오래된 가마터를 찾아다니며 여러 도자 파편들을 채집한 뒤 고려 시대의 전통 연리문 기법을 재현시키는 데 최초로 성공한 주인공으로 알려졌다. 그러는 동안 영국과 미국 등 세계 20여 개국 박물관에 자신의 작품을 보란 듯 전시할 정도로 해외에서 많은 관심을 받고 있다. 특히 1982년 한·영 수교 100주년 기념으로 영국 대영박물관에서 첫선을 보인 뒤 1990년대, 2000년대 작품 등 10년 주기별로 그의 대표 작품이 이곳에 영구 소장됐다. 또한 빅토리아 앤

알버트 뮤지엄에서는 1990년대 대표작이 영구 전시될 정도로 인정을 받고 있다. 보통 2년 주기로 주제를 바꿔 도자기를 전시하는 데 비해 노 교수의 작품은 보기 드물게 영구 전시되고 있는 것이다. 또한 그는 한·독 수교 100주년, 한·미 수교 100주년 때에도 도자기를 들고 현지에 나가 한국 도자기의 강점을 알리기도 했다. 현재는 샌프란시스코공항 미술관에서 내년(2015년) 2월까지 예정으로 성황리에 전시되고 있다.

도자기 작업이란 얼핏 보면 단순할 것 같지만 알고 보면 매우 어렵고 까다롭게 진행되는 일이다. 노 교수의 작품은 서로 다른 색깔의 흙을 사용하기 때문에 더욱 그렇다. 이런 과정 속에 노 교수는 한국인의 감성, 한국의 산하를 담아낸다. 다시 말해 한국인의 감성으로 세계를 매료시킨다고 할 수 있다.

2001년과 2011년 세계 유명미술관 큐레이터 30여 명이 한국에서 워크숍을 가진 적이 있다. 이때 대부분의 큐레이터들이 노 교수의 작품을 보고 "천년의 세월을 뛰어넘는 한국의 유산을 이어주는 듯하다. 현대적이면서도 우아한 감성을 잘 담아내고 있다"는 찬사를 하기도 했다. 정양모 전 국립중앙박물관장은 노 교수의 작품에 대해 "그의 연리문은 우리의 전통에서 터득한 여러 가지 맛을 자신의 조형감각에 호소해 새로 창조해낸 것이다"면서 "담담한 연리문 작업을 통해 흙의 참 아름다움과 흙의 참맛, 흙의 참 의미를 우리에게 알려주고 있다"고 평가했다.

이렇듯 그는 연리문의 대가답게 천년 전의 도예 기술을 습득하는 데 성공했고 이것을 현대 도자공예 분야에서 차별화된 스타일로 발전시키고 있다. 그래서 감상하는 이들에게 묘한 흙의 향수를 자극시킨다. 그는 도예뿐만 아니라 회화 작품도 그리고 전시한다. 화가이자 도예가라는 이름을 듣는 것은 이러한 연유에서다.

2014년 7월 7일 서울 정릉동 국민대 연구실에서 노 교수를 만났다. 자리에 앉자마자 한국 도자기의 우수성을 여러 차례 강조한다.

"유럽은 18세기 돼서야 도자기를 자체 생산했고 일본은 17세기에 시작했습니다. 반면 조선은 15세기이고 고려는 더 앞서서 도자기를 생산했지요. 우리는 이러한 문화적 우월성을 가지고 있는 나라입니다. 유럽이나 일본에서는 도자기가 아주 귀중한 문화적 자산인 데다 역사를 담고 있어 황금보다 더 소중하게 여길 정도입니다. 일본은 도자기 때문에 임진왜란을 일으켰고 도자기를 유럽에 팔아서 2차 대전의 물자를 확보했습니다."

우리나라가 도자기 강국답게 지금에라도 각 미술관이나 박물관 등에서 주제별로 정리를 잘 해놓는다면 좋겠다고 말했다. 외국 미술관에 가보면 역사의 흐름을 잘 조망할 수 있는 작품들이 전시돼 있는 데 비해 우리나라는 아직 미흡하다는 것이다. 아울러 도자기는 썩지 않기 때문에 스토리에 따라 제대로 진열해놓으면 오래도록 문화적 자긍심을 간직할 수 있으며 역사를 읽을 수 있는 단서를 오랜 세월 동안 꾸준히 제공해줄 것이라고 역설한다. 그에게 연리문의 특징을 물었다.

"연리문은 서로 다른 흙을 섞어 무늬를 만드는 것이지요. 소고기에 마블링이 있듯이 대리석 물결무늬를 만드는 것입니다. 자토, 백토 등을 바탕으로 여러 가지 문양 유형을 만들어낼 수 있다는 특징이 있습니다. 당나라와 고려 시대 때 사용됐는데 요즘 현대 작가들이 즐기는 기법 중 하나가 됐습니다. 주로 철분이 많은 흙을 사용합니다."

원래 도자기라고 하면 둥근 모양을 떠올리지만 그는 거기에 얽매이지 않고 사각형 등 여러 모양으로 만들어내 마치 회화를 연상케 한다. 거치문 장식이 달린 도자기도 만들어내는 자유분방함이 있다.

그의 작업실은 경기 양평의 자작나무 숲이 있는 곳에 자리해 있다. 그곳에는 여러 가지 모양의 옹기들도 있다. 소주고리도 있고, 조선의 사방탁자도 있다. 이곳에서 자연의 놀라움, 생명에 대한 경외심 등 작품의 영감을 얻는다. 또한 연작 시리즈의 회화 작품도 그린다. 전국의 도요지를 다니면서 오랜 역사를 간직한 도자기의 파편들도 모았다. 그에게는 황금보다 더 귀한 파편들이다.

잠시 그의 손을 쳐다봤다. 나이에 비해 손이 곱다는 생각이 들었다. 그러자 "태어날 때 손과 발만 있었다는 얘기를 전해 들었다. 흙에는 미백효과 물질도 있지 않느냐"며 웃는다. 이어 "흙을 다루는 일은 많은 체력을 요구한다. 모든 과정을 손으로 작업해야 하기 때문이다. 음식에서 할머니 손맛을 내는 것처럼 흙 반죽도 그래야 한다"고 말한다. 한 작품이 탄생하기까지의 시간은 조금씩 다르기는 하지만 1년 정도 걸리는 경우도 있다고 했다. 그만큼 도자기를 빚는 일은 기다림의 미학이요, 숙성의 시간이 필요하다.

"어린아이는 울고 웃으며 신호를 보내지만 흙은 절대 말을 안 합니다. 흙은 아무 말 없이 스스로 깨지고 그러기 때문에 항상 정성껏 살펴야 하지요."

그는 1951년 학구적인 집안에서 태어나 자랐다. 친할머니는 일본의 우에노 음악학원을 수석으로 졸업했고 아버지와 어머니는 서울대 약대를 나왔다. 아버지는 국립중앙의료원 창립 멤버로 병원에서 초대 약국장을 지냈다. 어렸을 때 손이 유난히 커서 할머니는 장차 피아니스트가 되라며 피아노를 가르쳐줬다. 하지만 그림 그리는 것을 더 좋아했다. 그러나 부모는 외아들이 화가가 되는 것을 반대했다. 그는 "피아노는 이성적이고 계산적이지만 그림을 그리면 마음이 아주 편안했다. 사춘기 방황도 그림으로 치유할 수 있었던 것 같다"고 회고한다. 그가 그림을 처음 접한 것은 초등학교 때였다. 미술을 공부하는 동네 형 집에 놀러 다니다가 그림 그리는 것이 재미있어 보여 따라 그리면서 시작됐다.

어릴 적 얘기가 나오자 추억 하나를 회고한다. 서울사범대 부속초등학교에 다닐 무렵이다. 하굣길에 그는 아버지가 일하는 국립중앙의료원에 자주 놀러 갔다. 당시 의료원에는 스웨덴과 노르웨이, 덴마크 등 북유럽에서 파견된 의사들이 있었다. 자연스럽게 그 의사들의 자녀와 만나 친하게 지냈다. 레고 같은 장난감도 선물 받았다. 이 레고는 지금도 보관하고 있을 정도로 소중히 간직하는 골동품이 됐다.

또한 아버지는 당시 스웨덴 등 유럽 출장을 갈 때면 그림엽서를 자주 보내왔다. 그는 이 엽서를 자랑삼아 학교에 가지고 갔고 환경미화 시간이면 그림엽서를 벽에 떡하니 붙이고 그 옆에 세계지도를 그려 넣곤 했다.

그는 화가가 되려고 했으나 "그림보다는 도자기가 더 생산적이지 않느냐. 그리고 나중에 그릇이 부족한 아프리카에 가서 그릇을 만들어주면 추장이 될 수도 있을 것"이라는 할아버지 말씀 때문에 방향을 바꿔 대학에서 요업공예과를 선택했다. 대학에서는 원로 도자공예가 정규 선생을 스승으로 삼으면서 도자공예, 재료학 등을 섭렵하고 틈나는 대로 옹기가마에 가서 수련했다.

1973년 대학을 졸업하자 다시 대학원에 들어갔으며 논문 「고려 상감청자 연구」를 발표했다. 이때 연리문에 대해 깊이 연구했다. 1979년 일본 유학을 마치고 돌아와 서울 돈암동에 가스가마를 만들고 백자와 분청사기, 연리문 작업을 본격적으로 시작하면서 국내외 많은 전시를 통해 도예가로서 명성을 얻었다.

인터뷰를 마치면서 자녀 얘기를 꺼냈더니 "아들 둘을 두었는데 다들 잘 자랐다. 학교 다닐 때에는 성적표 얘기를 한 번도 꺼내지 않았다. 다만 졸업할 때 '사춘기를 잘 보내줘서 감사하다'라고 했다"며 웃는다. 현재 디자인 계통에서 일을 하고 있다고 귀띔한다. 앞으로의 계획에 대해서는 "우리 도자기의 우수성을 알리기 위해 세계 각국 미술관에 계속 전시가 이어질 수 있도록 노력할 것이다. 제자들도 그 뒤를 따르지 않겠느냐"고 말했다.

〈2014년 7월 9일〉

노경조는

1951년 서울에서 태어났다. 경동중·고등학교를 나왔다. 영화배우 안성기와 가수 조용필이 중학교 동창이다. 원래는 화가가 되려고 했으나 경희대 입학 때 요업공예과를 택했다. 대학에서 원로 도자공예가 정규 선생을 스승으로 모셨다. 1973년 대학을 졸업하고 다시 동대학 대학원에 들어가 졸업 때 「고려 상감청자 연구」라는 논문을 발표했다. 이때 연리문에 대해 깊이 연구했다. 1977년 일본에 가서 우리 도자공예와 다른 도자기공예를 2년간 접했다. 1979년 일본에서 돌아와 서울 돈암동에 가스가마를 만들어 본격적인 연리문 작업을 시작했다. 그해 공간사 공모전에서 도예상을 시작으로 동아공예전대상 등 많은 상을 받았다. 개인전은 일본 가나자와갤러리(1979년), 서울공간미술관(1981년), 미국 버밍햄박물관 초대전(1982년), 미국 뉴올리언스박물관(1983년), 노경조 도예 30년전(서울, 2005년) 등 수십여 차례 열었다. 영국 대영박물관, 미국 세인트피터즈버그미술관과 스미스소니언박물관, 이탈리아 파엔자 도예학교, 중국 의홍박물관 등 해외 20여 개국의 박물관에 그의 작품이 소장돼 있다. 국민대 조형대학장을 지냈으며 현재 조형대학 도자공예학과 교수로 재직 중이다.

제주의 흙으로 '오름' 빚어내기 25년 도예가

송충효

작은 산, '오름'이다. 대체로 둥그런 모습을 하고 있다. 태곳적부터 켜켜이 쌓인 흙이 비바람에 묵묵히 견디었기에 그랬다. 제주에는 오름이 360여 개나 있다. 이 오름들은 1만 8,000여 개의 신화를 만들어냈다. 사람들은 오름에서 태어나 오름에서 살다가 오름으로 돌아간다. 민초들의 얼과 혼이 서려 있으며 항쟁과 여러 사건을 고스란히 묻어둔 곳이기도 하다. 하여 둥그런 모습의 오름은 온갖 아픔을 품은 어머니의 따뜻한 가슴이기도 하며 잉태와 생명을 간직하고 있다.

도예가 고우(古牛) 송충효 씨는 25년 동안 이러한 오름을 오롯이 그릇에 담아내는 작업을 해오고 있다. 이를 위해 오랜 기간에 걸쳐 많은 오름을 오르고 또 올랐다. 아름답게 뻗어나간 곡선, 세월의 아픔을 쓸어안은 분화구 등은 예나 지금이나 늘 활화산처럼 생명력 있게 다가온다. 오름의 분화구에서 밤을 지새우는 일도 많았다. '낮의 오름'과 달리 '밤의 오름'만이 가지고 있는 느낌을 흙에 버무리고 또 버무려서 그릇을 만들어냈다. 주로 사발 그릇이다. '도자기' 하면 대부분 이천, 여주, 강진 등 소문난 육지의 흙으로 빚어내는 것으로 인식되지만, 그의 그릇은 제주의 흙으로 만들어지고 있다는 점에서 신선하게 다가온다. 한 가지 더 있다. 초등학교에서 교편을 잡다가 어느 날 그만두고 도예의 길로 들어섰다는 것이 그렇다.

“제주 오름을 사랑합니다. 평소부터 오름을 작품에 담고 싶었어요. 제주에 있는 대부분의 오름에서 텐트를 치고 잠을 자기도 했지요. 그림에는 재주가 없어서 흙으로 재현하려고 했습니다. 몇 년 하다 보면 오름 하나는 만들겠지 했는데 그게 쉽지 않더라고요. 그동안 흙덩이들을 어지간하게 고생시켰습니다. 오름의 선은 파도가 뒤집어지는 접시 모양인데 그런 것이 잘 안 나와 초벌구이 전체를 모두 버리는 경우가 많았습니다. 지금도 흙장난이나 하고 있지요 뭐.”

‘흙장난’이라는 말은 아무렇게 만들어도 원하는 작품이 나온다는 뜻으로 들린다. 사실 오름의 분화구를 가만히 들여다보면 대부분 사발 모양을 하고 있다. 또 해안가에서 바라보는 오름은 아름다운 자연의 선(線)을 간직하고 있다. 분화구에서 들여다보고 오름과 멀리 떨어진 해안가에서 오름을 바라다보면서 작품을 하다 보니 어느새 오름의 생명력과 신비함이 담긴 선과 색이 살아났다. 이후 오름뿐만 아니라 범위를 넓혀 제주 자연이 주는 선물, 즉 지형과 바람, 바다 물결이 남긴 선 등도 사발 그릇에 담았다.

그렇다면 제주의 흙으로 그릇을 빚는 일이 가능한 일일까. 이에 대해 그는 “제주의 흙은 철분이 많다. 좋을 수도 있고 나쁠 수도 있다”고 말했다. 그만큼 좋은 흙을 고르는 일이 중요하다는 뜻이다. 그가 주로 쓰는 흙은 오름 도처에서 캐오는 것들이다.

그는 이러한 작업을 하던 중, 2005년 작고한 사진작가 김영갑 씨와 막역한 인연을 맺는다. 성산읍 신풍리에 있는 그의 작업실은 당시 김 씨가 지내는 곳과 멀지 않은 위치에 있었다. 김 씨 역시 오름 등 제주의 자연을 카메라에 열심히 담고 있던 터였다. 둘은 자연스럽게 만나 작품 얘기를 하고 또 작품 소재를 위해 여러 차례 함께 제주를 돌아다녔다. 송 씨가 잠시 회고한다.

"만난 지 20년은 더 됐지요. 김 씨가 처음 제주에서 작업을 할 때 여러 가지 어려움을 겪었어요. 무엇보다 텃세가 힘들었는데, 저는 마을 사람들에게 '제주에는 훌륭한 문화인들이 많이 와야 한다'며 그러지 못하도록 자주 설득했습니다. 그러면서 김 씨와 친해졌지요. 한쪽 눈을 감고 사진을 찍지 말고 양쪽 눈으로 찍으면 전혀 다른 작품이 나온다는 등의 말을 할 정도였습니다. 하루는 움직이는 오름을 찍어보라고 권유한 적이 있습니다. 민둥오름에 억새 흔들리는 모습, 그리고 쥐불놀이 때 용이 상처 나서 꿈틀거리는 모양의 오름 등을 얘기했지요. 그런데 안타깝게도 일찍 세상을 떠나고 말았습니다."

김 씨는 생전에 "제주도만이 간직한 맛과 멋을 느끼고 표현하려고 애쓰는 나로서는 송충효 님의 작품을 되돌아보며 나의 사진 작업을 되돌아보곤 했다. 그의 작업은 억겁의 세월이 남긴 바람의 흔적으로 가득하다"는 글로 그에 대한 존경심을 표현했다. 송 씨는 2003년 9월 김영갑갤러리 개관 때 작품 초대를 받았다. 하지만 전시는 무슨 전시냐며 야외 전시장 빈 공간에 작품 몇 점을 던지듯 뿌려놓는 것으로 대신했다.

그는 법정 스님과도 인연이 깊다. 그가 불혹의 나이에 교직을 그만두고 경기도 곤지암의 보원요(寶元窯)에서 3년 동안 청소, 농사, 장작 패기 등 허드렛일을 하고 지낼 때였다. 하루는 법정 스님이 찾아왔다. 그는 아랑곳하지 않고 장마에 무너진 돌담을 열심히 옮겼다. 그러던 차에 도예 스승 김기철과 법정 스님의 대화를 우연히 엿듣게 됐다. 스승이 법정에게 "(그를 가리켜) 새로 들어왔는데 저렇게 일을 잘하고 있다"고 했고 법정은 "고생을 더 시켜야 한다"고 말했다. 이 말을 들은 송 씨는 안 그래도 땀을 뻘뻘 흘리며 일을 하던 터에 화가 나서 한마디 욕을 뱉었다. 나중에 둘은 깊은 인연으로 이어졌다. 법정은 제주에 올 때마다 송 씨와 만나 도자기 형태, 도자기 디자인 등에 대해 자주 의견을 나눌 정도로 송 씨의 그릇 마니아가 됐다. 제주 살빛과도 닮은 은은한 찻잔인 이른바 '법정 스님 찻잔'은 법정과의 인연에서 탄생된 것이다. 또 송 씨는 작업에 몰두하는 동안 틈틈이 법정의 책을 읽으며 마음을 가다듬곤 했다. 속리산 방에는 법정이 직접 사인하고 보내준 책만 10여 권이 된다.

그가 도예의 길로 들어선 까닭은 어릴 때 꿈을 이루기 위해서였다. 제주 표선에서 태어난 그는 초등학교 5학년 때 선생으로부터 "너는 커서 뭐가 될래?"라는 질문을 받고 지체 없이 도공이 되겠다고 대답했을 정도로 도공에 대한 열망이 강했다. 하지만 제주에는 가마가 없을뿐더러 도예를 공부하기가 쉽지 않았다. 결국 1969년 제주사범고등학교를 졸업하면서 교직 생활을 하게 된다. 그렇게 22년이 지난 어느 날 교직을 그만두고 도예 공부를 하려고 서울로 왔다. 얼마 후 평소 알고 지내던 아동문학가 정채봉의 소개로 보원요에서 도예를 배우게 된 것이다. 이에 대해 김기철 선생은 "안정된 교직을 박차고 나와 도자기를 해보겠노라고 처음 나를 찾아왔을 때 솔직히 황당한 생각이 들기도 했다. 그러나 꾸준히 뜻을 굽히지 않고 많은 역경을 이겨냈으며 타고난 예술성에 고맙고 감개무량하지 않을 수가 없었다"고 회고한다. 이후 단국대 박종훈 교수한테 도예를 더 배운 뒤 제주 신풍리에 작업장을 만들면서 불가의 선수행처럼 도선일계(陶禪一界)의 길로 들어선다.

그는 작업을 하는 동안 여러 분야의 인사들과 만난다. 정종섭 서울대 교수, 동양화가 박대성·김행복·최환채, 서양화가 김만수, 문인화가 구지회 등을 비롯해 수안 스님, 일장 스님, 대안 스님, 서예가 김종원, 유학자 오문복, 옻칠공예가 이가현 등도 함께 작업에 동참한다. 그릇의 형태가 어느 정도 만들어지면 함께 만나 그림을 그리고 글도 쓰며 작업을 완성해나가는 일이다

그의 작품세계에 대해 미술평론가 김현돈 제주대 교수는 "그는 꾸밈을 극도로 자제한다. 그가 일관되게 추구하는 것은 비정제·무정형의 파격이다. 애써 예쁘게 꾸미지 않고 타고난 자연의 결을 살려나가는 도가(道家)의 예술성에 맞닿아 있다"면서 "그릇 전체에서 풍기는 미적 정조는 질박하고 영혼을 정화하는 청정무구의 아름다움"이라고 평가한다.

앞으로의 계획을 물었더니 그는 "어느 날 때가 되면 그동안 만들어온 그릇을 모두 오름에 내던질 것이다. 나를 좋아했던 사람은 알아서 가지고 가고, 좋지 않은 감정이 있었던 사람은 그 자리에서 깨버리게 하는 일을 할 것"이라고 대답한다.

〈2014년 8월 20일〉

송충효는

1944년 제주 표선에서 태어났다. 1969년 제주사범고를 졸업한 뒤 22년 동안 교직에 몸담았다. 불혹의 나이에 교직을 그만두고 경기도 곤지암 보원요에서 김기철 선생을 스승으로 모시고 도예를 배웠다. 이후 단국대 박종훈 교수에게서 도예를 더 배운 뒤 제주 신풍리에 작업실을 만들고 본격적인 도예의 길을 걸었다. 제주 오름을 비롯해 해안, 바람, 바다 물결 등 제주의 모습을 그릇에 담았다. 도예를 하면서 많은 인사들과 인연을 맺는다. 정종섭 서울대 교수, 동양화가 박대성·김행복·최환채, 서양화가 김만수, 문인화가 구지회 등을 비롯해 법정 스님, 수안 스님, 일장 스님 등과 교류하면서 작품을 함께 만들었다. 현재 제주시 오남동 '속리산방' 방장이다.

40년간 화폭에 노송 담아온 화백

이영복

기품이 당당하다. 스스로 길지(吉地)에서 생기와 절개를 묵묵히 뿌리 내린다. 천년 세월, 어떤 모진 비바람도 견딘다. '남산 위에 저 소나무 철갑을 두른 듯 바람서리 불변함은 우리 기상일세~'. 그랬다. 거친 우리 민족사를 도도히 지켜왔다. 조선 시대에는 소나무를 '생명의 나무'로 여겼다. 퇴계 이황은 34세 나이에 이렇게 읊었다. '바위 위에 자란 천년 묵은 저 불로송/ 검푸른 비늘같이 쭈글쭈글한 껍질 마치 날아 뛰는 용의 기세로다/ 밑이 안 보이는 끝없는 절벽 위에 우뚝 자라난 소나무/ 높은 하늘 쓸어내고 험준한 산봉을 찍어 누를 듯~/ 한겨울 눈서리에도 까닭 없이 지내노라.' 소나무가 가진 장쾌한 기운이 그대로 살아 있는 느낌이다.

'추위가 온 뒤에 그 푸르름을 더한다'는 소나무는 예로부터 나무 중에 으뜸으로 여겼다. 소나무는 한자로 송(松)이다. 흥미로운 일화가 전해져 온다. 진시황이 천하를 통일한 직후 군대를 이끌고 산길을 가다가 갑자기 소나기를 만났다. 진시황은 엉겁결에 주변에 있는 큰 나무 아래에서 비를 피했다. 비가 그친 후 나무를 자세히 쳐다보니 마치 용틀임하는 자세였다. 진시황은 소낙비를 가려준 고마움으로 공(公)이라는 벼슬을 내렸다. 그래서 나무 목(木)에 공(公)이 더해져 송(松)이 됐다고 한다. 우리나라에서 유일하게 벼슬을 받은 소나무는 '정이품송'으로 속리산에 있다.

예나 지금이나 우리나라 사람들은 대부분 소나무를 좋아한다. 산야 어디를 가든 만날 수 있는 것이 소나무이기도 하고 풍광이 뛰어난 곳에는 항상 소나무가 보란 듯이 의연하게 고고한 자태로 뽐을 내고 있다. 소나무를 예로부터 정절과 기개의 표상으로 삼아왔다. 조선시대 사대부들이 주고받는 '시 놀음'에 단골 소재로 등장하는 이유도 여기에 있다. 어디 시뿐일까. 추사 김정희의 「세한도」에 있는 소나무는 말 그대로 지조와 의리의 상징으로 여겨지고 있다.

창원(蒼園) 이영복 화백은 40년 동안 전국의 고송과 노송을 찾아다니며 현장 스케치를 하고 그 기상과 기품을 오롯이 화폭에 담아와 우리나라의 대표적 '소나무 화가'로 알려졌다. 그의 호 '창원'은 1970년대 초 이당 김은호 화백이 부채에 잉어 그림을 그려주면서 지어준 것이다. 그는 단순히 노송을 찾는 기행이 아니라 오랜 벗이나 스승을 찾아 떠나는 순례와 같은 여정을 통해 소나무와 교감을 이루어낸다는 점에서 쉽게 범접할 수 없는 경지의 화풍을 일구어냈다는 평가를 받는다. 소나무를 즐겨 그리는 화가들이 적지 않은 현실에서 철저히 사생에 의한 '이 화백의 소나무'라는 점에서 독보적이다. 작화(作畵)에 있어서 사실적 묘사보다는 그때그때 의취(意趣)와 의경(意境)에 따라 심상의 표현에 중점을 두는 것이 그만의 독특한 화풍이다. 미술평론가 오광수는 "그의 그림에서 리얼리티가 높은 것은 말할 나위도 없다. 단순히 그렸다기보다 화면에서 살아 걸어 나오고 있는 모습을 확인하게 된다"고 말한다. 이렇듯 뻗고 휘어지는 필법의 묘를 스스로 취하고, 자연과의 합일을 통해 소나무를 되살리는 구체적 실천을 일관되게 추구해왔다. 지금까지 13회 개인전, 그리고 수많은 단체전과 특별전을 통해 이를 입증했다. 특히 그는 1955년 중학교 3학년 때 제4회 국전에서 「홍성교외」라는 작품으로 입선, 당시 '천재 화가'라는 말을 들으며 화단을 깜짝 놀라게 했다. 이때 세운 국전 최연소 입선의 기록은 아직도 깨지지 않고 있다.

2014년 7월 25일 오전 서울 종로구 필운동에 있는 작업실을 찾았다. 입구에는 부인 염지윤 씨가 운영하는 작은 공방이 자리하고 있었다. 작업실로 들어서자 「쌍룡송」 그림이 맨 먼저 눈에 들어온다. 크기가 500호(400×190㎝)나 됐으며 한 소나무에서 두 마리의 용이 서로 엉켜 포효하는 위용에 저절로 압도된다. 20년 전 경북 영주시 순흥면에 있는 소수서원 주변 노송군락지에 갔다가 쌍룡송을 발견하고 감동을 받아 그림을 그리게 됐다. 또 하나 눈길을 끄는 것은 '우둔하고 바보스러우나/ 격조 높은 운필(運筆)을/ 담대하게'라는 글귀였다. 구부러지고 휘어짐이 자유로워 마치 운필의 묘미를 창출해내는 이 화백의 '붓법'이 아닐까 하는 생각이 들었다. 그는 소나무와 관련된 한시 100여 편을 따로 정리해놓았으며 틈이 날 때마다 한 편씩 꺼내 다시 읽어보며 되새기곤 한다. 그중 '오직 법도를 엄격히 지킨 뒤에라야만 초신진변(超神盡變)하는 것이니 유법(有法)의 극이 무법(無法)으로 돌아가는 것이다'라는 추사의 글을 좋아한다. 무법으로 돌아간다는 뜻은 이미 있어온 많은 법들을 부단히 연마하면 새로운 법이 생긴다는 뜻이라고 풀이한다. 가끔 여러 단체에서 초청을 받아 강연을 할 때 이 같은 내용도 함께 설파한다.

"저에게 소나무는 어떤 가르침을 주는 스승이자 오랜 벗이기도 합니다. 충주 단호사에 있는 적룡송을 스승으로 여깁니다. 500여 년이 된 소나무인데 노송이 갖고 있는 직선과 곡선이 잘 어우러지는 아주 훌륭한 모습을 하고 있습니다. 작년 개인전 때 「단호사 적룡송 서설」이라는 이름으로 첫선을 보였습니다. 1년에 한 번 꼭 스승을 만나러 단호사에 가지요."

단호사 적룡송 같은 웅험한 노송은 그림이 커야 제대로 살아나기 때문에 작심하고 600호(420×200㎝) 크기의 대작을 그리게 됐다고 설명한다. 이는 그의 대표작이기도 하다.

어떻게 해서 소나무와 인연을 맺었을까. 그는 충남 홍성군 홍북면 중계리에서 태어나 자랐다. 아버지는 같은 마을에 사는 고암 이응로 화백과 절친한 친구 사이로 지냈다. 초등학교 때부터 그림을 좋아했던 그는 마을이 월산과 용봉산 사이에 있어 자연스럽게 산을 배경으로 그림을 자주 그리게 됐다. 그러던 중학교 1학년 때 학원사가 주최하는 전국 중고미술대회에서 장려상을 받았다. 중3 때에는 학교 교사와 주위의 권유로 국전에 입선했고 화가의 꿈을 실현시키기 위해 홍익대 미술대학에 진학하게 됐다. 대학 1학년 때 그는 잠시 이응로 선생의 원효로 집에서 유숙을 하게 된다.

"그때가 1958년인가 그래요. 고암 선생이 후암동에 살다가 원효로 집으로 이사했지요. 고암 선생은 새벽에 일어나 대청에 앉아 늘 그림을 그렸습니다. 조금이라도 마음에 안 들면 그림을 다 찢어버리곤 했는데 그 광경이 지금도 눈에 선합니다. 안타깝게도 고암 선생이 동백림 사건에 연루되는 바람에 더 이상 만나지 못했습니다."

그는 대학 재학 때 우리나라 화단의 큰 인물들을 차례로 만나게 된다. 고암에 이어 대학 3학년 때에는 이당 김은호와 함께 한국 동양화의 토대를 이룬 청전 이상범을 학부 담임교수로, 4학년 때에는 운보 김기창 화백을 지도교수로 모시게 된다. 졸업 후에는 이당을 좋아하는 모임인 '후소회'의 총무를 맡아 이당과도 자연스럽게 친분을 맺는다. 당시 '후소회' 회장은 운보였다. 2001년 운보가 세상을 떠나자 운보를 사랑하는 모임인 '운사회'를 결성하는 일에 앞장서게 된다. 지금은 '운사회'의 명예회장을 맡고 있다.

"운보 선생은 현장 수업을 많이 강조했습니다. 그러면서 '전통에만 얽매이지 말고 전통과 현대를 잘 조화 있게 하라'고 말씀하셨지요. 제 그림에 큰 영향을 주신 분이 바로 운보 선생입니다."

대학 졸업 후 그는 홍성 주변의 풍경, 억새 등 산수화를 주로 그렸다. 또 산수화 속에는 소나무가 들어가야 제맛이 난다는 것을 알고 산수에 소나무 그림을 그려 넣었다. 어릴 적 왕솔밭에 황새가 날아오는 모습도 그렸다. 그러다가 소나무가 가지고 있는 의연함에 새삼 느낌이 꽂혀 본격적으로 소나무 그림을 그리기 시작했다. 전국의 고송과 노송이 있다는 곳을 찾아다니기 시작한 것도 이때부터였다. 그럴듯한 노송을 찾게 되면 2~3일 민박하면서 스케치를 하곤 했다. 아침과 낮 그리고 저녁 때 바라보는 노송의 느낌을 담아내기 위해서였다. 요즘 같으면 사진에 의존하는 경우가 많지만 이 화백은 철저히 현장 위주로 노송과 교감을 했다. 이 같은 사생첩은 스케치북으로 수십 권이나 된다.

"소나무의 기상을 표현하기가 쉽지 않습니다. 자칫 현대적으로 치우치다 보면 고절함과 기상을 잃어버릴 수가 있습니다. 소나무는 우연히 가늠하는 신묘한 몸체의 변화에 그 멋이 있습니다. 저는 사생을 통한 노송과 고송의 재구성에 역점을 두고 있지요. 복잡한 것보다 사유하는 철학적 소나무, 간결함과 고고함이 있는 소나무를 표현하는 것입니다. 사람은 늙어가면서 추하게 보이지만 소나무는 그 격조가 더욱 깊어집니다."

이 화백은 사생을 전제로 하면서 온유하고 담백함을 일관되게 표출해왔다. 결국 자기만의 소나무를 창출해 물아일체(物我一體)의 경지를 보여주고 있기 때문에 우리나라의 대표적 소나무 작가로 꼽힌다고 할 수 있다. 그의 작화 일기에 나오는 대목이다. '나는 오늘도 선현들께서 소나무를 의인화한 까닭을 생각하며 붓을 든다. 시도 때도 없이 내리는 빗줄기에도 노송은 오늘도 의연함을 잃지 않고 있다.' 앞으로 변함없는 붓의 여정을 말해주는 듯하다.

〈2014년 8월 6일〉

이영복은

1938년 충남 홍성에서 태어났다. 홍성고를 나와 홍익대 미술대에서 동양화를 전공했다. 1955년 열여섯 살 때 국전에 최연소로 입선했다. 대학 때는 고암 이응로, 청전 이상범, 운보 김기창, 이당 김은호 등 당대를 풍미했던 화가들과 인연을 맺는다. 졸업 후에는 산수화를 그리다가 1974년부터 소나무 그림에만 몰두했다. 동아미술제 심사위원(1992·1998년), 서울미술대전 추진위원(1998년), 대한민국미술대전 심사위원 한국화 분과위원장(2001년), 대한민국미술대전 심사위원 및 운영위원(2001·2008년), 남농미술대전 심사위원(2011년) 등을 역임했다. 주요 초대전으로는 〈서울신문사〉 기획 동서양화(1986년), 한국현대미술전 국립현대미술관(1987~1992년), 한국방송공사 특별기획 KBS-TV미술관 방영작가전(1989년), 예술의전당 전관개관기념(1993년), 서울정도600주년기념 서울국제현대미술제(1994년) 등이 있으며 13회 개인전과 수십 차례 단체전에 참여했다. 그의 작품은 국립현대미술관(자운/음양), 영남대학교박물관(반구대), 타이베이 화강박물관(부귀도), 서울시립박물관(알터), 크리스찬 아카데미하우스(도봉영산) LG인력개발원(환희) 등에 소장돼 있다. 현재 한국미술협회고문, 운사회 고문, 대한민국미술대전 초대작가로 활동하고 있다.

히말라야 14좌 화폭, 산꾼 화가 / 곽원주

'불광불급'(不狂不及)이라는 말이 있다. 즉, '미쳐야 미친다'는 뜻이다. 남이 이루지 못할 경지에 도달하려면 그 일에 미치지 않고서는 안 된다는 말이다. 조선 후기의 화가 우봉 조희룡(1786~1856)은 한평생 매화에 미쳐 살았고 매화 그림으로 이름을 날렸다. 침실에 매화가 그려진 병풍을 세워놓고 매화로 만든 차를 마셨다고 한다. 또 매화 벼루에 매화 먹을 갈아서 매화 시를 썼을 만큼 광적으로 매화를 좋아했다. 그는 추사 김정희보다 세 살 연하였으나 스승으로 깍듯이 예를 갖췄다. 우봉은 추사의 심복으로 지목돼 신안 임자도에서 3년간 유배생활을 했다. 그는 유배지에서 오두막집을 짓고 '만구음관'(萬鷗吟館: 갈매기 1만 마리가 우는 집)이라는 편액을 내걸어 화아일체(畵我一體)의 경지까지 체험하기에 이르렀다. 힘찬 용틀임과 곳곳에 흐드러지게 꽃을 피운 매화가 조화를 이루는 「용매도」(龍梅圖)라는 그림도 이곳에서 그린 것으로 알려진다.

곽원주 화백은 '산꾼 화가'로 통한다. 그저 단순한 산꾼 화가가 아니다. 평생 산에 미쳤고 그림에 미쳐 사는 사람이다. 국내 섬산을 두루 거쳤고 백두대간, 낙동정맥 등 국내 산 1,000여 곳을 올랐다. 이어 중국과 일본의 명산 100여 곳까지 올랐다. 또한 히말라야 14좌를 모두 다녀왔으며, 그 8,000미터급 14좌의 힘찬 모습을 화폭에 담아내 2014년 9월 동양화가로는 처음으로 전시를 가졌다. 그가 이렇게 산과 그림에 미친 계기는 섬산을 다닐 때 임자도에서 만난 우봉의 '불광불급' 정신에서 비롯됐다.

2014년 1월 2일 서울 종로구 인사동 화실에서 곽 화백을 만났다. 붓을 들고 화선지에 그림을 그리다가 잠시 멈추고 "일출을 보기 위해 동대산(오대산국립공원 내)을 다녀왔다. 일출이 너무 아름다워 올해는 좋은 일이 많을 것 같다"며 자리에 앉는다. 먼저 왜 히말라야인지 물었다.

"삶이 무료하고 답답하다고 느낄 때 대부분 여행을 떠나지요. 정보가 부족한 오지로 떠나는 여행은 처음 접하는 신비감 때문에 삶에 새로운 활력소가 될 수 있어 더욱 그렇습니다. 그러다가 혼자 상상했던 것과 전혀 다른 세상이 펼쳐진다면 한없는 환희와 걷잡을 수 없는 희열을 느끼게 됩니다."

그림 하나를 보여주면서 다시 설명을 한다.

"카트만두에서 포카라를 거쳐 딩보체에서 바라본 마차푸르레입니다. 물고기 꼬리를 닮았지요. 이곳은 신의 영역입니다. 일본 등산객 다섯 명이 주민들 허락 없이 이곳에 갔다가 조난당했습니다. 신성스러운 곳인데 인간이 함부로 발을 디뎌 그랬다고 하더군요."

히말라야 그림은 바로 그 신들의 파노라마를 그리는 작업이라고 했다. 묵묵히 세상을 바라보면서도 아무 말 없는 히말라야를 우리 인간 세상에 내려놓는 일이라고 했다. 네팔 쪽에 있는 히말라야 7좌 14폭의 병풍 그림을 이미 마무리했고 현재는 파키스탄 쪽에 있는 히말라야를 그리고 있다고 했다. 히말라야는 고대 산스크리트어로 눈(雪)을 뜻하는 히마(hima)와 거처를 뜻하는 알라야(alaya) 2개 낱말이 결합된 복합어라는 설명도 곁들인다.

왜 히말라야인지 다시 물었더니 "불광불급이다. 그 신들과의 만남이다"는 대답이 돌아온다. 곽 화백은 2011년 9월부터 지난해 11월까지 낭가파르바트, K2, 브로드피크 등 히말라야 14좌의 베이스캠프를 다니며 사진을 찍고 스케치를 했다. 해발 3,700미터에서 6,000미터에 이르는 베이스캠프에서 바라본 정상의 아름다운 광경들을 화폭에 담았던 것. 안나푸르나, 다울라기리, 에베레스트, 로체 등의 절경을 고스란히 재현해내고 있다.

처음에는 히말라야가 동양화에는 어울리지 않는다고 생각했다. 하지만 발을 내딛는 순간 흠뻑 매료됐다. 눈앞에 펼쳐진 형형색색의 야생화, 짙은 녹음과 가을, 설경 등 한 시야에 사계절이 펼쳐지는 모습이 장관이었다. 망설일 것도 없었다. 동양화가 가지고 있는 모든 기법을 총동원할 수 있는 새로운 장르를 개척해보겠다는 생각을 하게 됐다. 다시 말해 '히말라야 산수화'인 셈이다. 신들이 잠든 모습과 '세상에서 가장 행복한 사람'들로 표현되는 관념성을 접목시켰다. 중국의 산수화는 먹의 농담(濃淡)으로 산의 형상을 표현하고, 일본의 경우 채색 산수화, 그리고 우리나라 산수화는 실경에 주자학적 관념성을 반영한다고 그는 설명한다.

"산꾼으로서 히말라야를 가고 싶지 않은 사람이 어디 있겠습니까. 하지만 동양화에는 안 맞는다고 생각했지요. 산이 각지고 음영이 심하잖아요. 그런데 막상 가보니 붓을 저절로 들 수밖에 없었습니다."

그래서 곽 화백의 화풍은 전통 산수화에서 현대적 실경 산수화로 바뀌었다. 히말라야의 바람, 느낌, 풍경, 그리고 오묘한 신들의 메시지를 담아야 했기 때문이다. 히말라야를 혼자 가는 경우도 있지만 등정 원정대와 같이 가는 경우도 있다. 히말라야 10좌를 등정한 한국도로공사 소속 김미곤 씨와 동행할 때가 많다.

"네팔의 히말라야가 지리산에 비유해 여성적이라면 파키스탄 발토로빙하에 솟아오른 히말라야 산군은 한겨울 설악산을 빼닮아 강한 남성적 느낌을 갖게 합니다. 그래서 히말라야를 걷다 보면 제가 히말라야를 오르는 것이 아니라 히말라야 산들이 저를 오르게 한다는 사실을 느끼게 합니다."

처음에는 히말라야에 대해 두려움이 어느 정도 있었지만 막상 가 보니 한국의 지리산, 설악산과 비슷한 느낌이었다는 것이다. 특히 해발 4,000~5,000미터의 트레킹 코스는 한국의 여러 둘레길처럼 친숙하게 다가왔다고 했다. 힘든 경우는 없었을까.

"히말라야를 가려면 세 가지 조건이 있어야 합니다. 고지대를 걸을 수 있는 체력, 경제적인 문제, 그리고 30일 정도 걸리는 시간이 허락돼야 합니다. 그것만 해결된다면 한국의 산을 오르는 것과 크게 다를 것이 없습니다. 아마 다른 화가들도 히말라야를 가고 싶어 하겠지만 이런 문제 때문에 주저하고 있지 않나 생각합니다."

그가 스케치하던 베이스캠프 인근에서 탈레반의 습격을 받아 아찔했던 순간도 있었고 강력한 거머리를 보고 섬뜩했던 적도 있었다. 그러면서도 가장 인상적인 것은 열악하게 살아가지만 행복하고 만족하는 현지인들의 표정이었다.

그가 히말라야와 인연을 맺은 것은 2011년 5월 〈한·중·일 3국 명산전〉, 그러니까 우리나라 백두대간, 낙동정맥, 중국과 일본 명산 50곳을 화폭에 담아 전시할 때였다. 우연히 전시장을 들른 강태선 블랙

야크 회장에게서 '히말라야를 가봤느냐. 히말라야를 그릴 생각이 없느냐'는 적극적인 권유를 받고 시작됐다.

그가 산꾼이 된 것은 1969년 제주 여행을 갔다가 한라산을 오르면서였다. 산 중턱에 있는 나무숲과 백록담을 보고 스케치를 하고 그림을 그렸다. 이전부터 그림을 틈틈이 취미로 그렸으나 한라산을 보고 난 뒤 산 그림으로 방향을 틀었다. 이어 비금도, 거문도, 욕지도, 임자도 등 남도 섬산을 찾아 화폭에 담았다. 임자도에서의 기억을 잠시 더듬는다.

"임자도(荏子島)는 한자 뜻에서 보듯 들깨섬을 말합니다. 이곳에서 우봉 조희룡의 마음을 헤아려본 적이 있습니다. 한양에서 불원천리 임자도까지 온 우봉은 바닷가 밝은 달을 쳐다보며 무슨 생각을 했을까. 외로운 마음을 달래려고 그림에 미친 불광불급을 떠올려봤지요."

이런 마음으로 백두대간과 낙동정맥 등 국내 산들을 스케치북을 들고 섭렵했다. 이렇게 그의 산꾼 인생은 섬산에서 시작돼 국내를 거쳐 중국과 일본 그리고 히말라야로 이어진다. 중국의 경우 무이산, 안탕산, 장가계, 숭산, 화산, 태산 등 우리가 흔히 들었던 명산을 다니면서 화폭에 담았다.

그는 전남 고흥 출생이다. 어릴 때부터 스케치북을 들고 등산하는 것을 좋아했다. 임진왜란 당시의 성터에서 바다를 바라보며 호연지기를 키웠다. 대학 다닐 때에는 낙수회라는 문학동호회를 결성해 시화전 등을 주관했다. 또 산과 그림에 대한 책을 많이 읽었다. 이 가운데 김찬삼의 여행기를 읽고 감동을 받아 제주도로 무전여행을 떠난 것이 산과의 인연이 됐다. 군 복무를 마치고 제약회사에 다니면서 산악회를 조직해 전국의 산을 찾아다녔다. 그러다가 전업작가가 된 것은 40세 때였다.

그는 지금도 주말이면 '산예모'(산과 예술을 사랑하는 모임) 멤버들과 가벼운 산행을 하면서 산과 예술에 대해 공감을 나눈다. 올해는 어떤 계획이 있을까.

"오는 9월 히말라야 전시가 끝나면 킬리만자로로 갈 것입니다. 아시아에서 아프리카와 남미까지 말의 해를 맞아 말처럼 달리면서 멋진 고봉들을 화폭에 담아볼 생각입니다."

〈2014년 1월 8일〉

곽원주는

1950년 전남 고흥에 태어났다. 순천대학을 졸업했다. 국립현대미술관, 중국 시안(西安) 섬서미술관 초대작가이다. 대한민국 미술전람회, 대한민국 신미술대전, 동아 국제미술대전 심사위원 등을 역임했다. 저서로는 『백두대간을 화폭에 담아』가 있다. 〈3국 명산전〉 등 개인전 20회, 한·중 문화교류 3인전 등 국내외 단체전 150여 회를 가졌다. KBS1 TV 〈학자의 고향〉에 그림 연재를 했다. 현재 국민예술협회이사, 한국미술협회 회원, 현대한국화협회 회원 등으로 활동하고 있다.

천에 자연 입히는 섬유예술가

장현승

세상에서 가장 아름다운 색깔은 무엇일까. 레오나르도 다 빈치는 빨강을 보고 경탄했고 앙리 마티스는 노랑과 빨강 등 원색의 대담한 병렬을 좋아했다. 그러나 뭐니 뭐니 해도 가장 아름다운 것은 자연의 색깔이 아닐까 싶다. 당장 가까운 작은 숲에만 가더라도 아름다운 나무와 꽃이 지천으로 깔렸다. 연분홍, 진분홍, 노랑, 보라, 정열의 장미 등 자연이 뿜어내는 색깔을 보면 색의 향연을 느낄 수 있다. 결국 색이란 만물 조화의 극치라 할 수 있다. 인간은 그 만물에서 색감을 얻고 물건을 만들어내며 많은 작품을 탄생시킨다. 그래서 자연은 색의 근원이자 보고(寶庫)다.

2014년 6월 20일 제주도 조천읍 중산간로에 위치한 작은 숲 속 집을 찾았다. 자연을 천에 입히는 섬유예술가 장현승 씨를 만나기 위해서였다. 먹구름이 잔뜩 낀 오후였지만 옹기종기 서로 의지하며 나란히 이어진 돌과 돌담길, 집과 작업실 주변에는 산수국들이 저마다의 위치에서 아름다움을 뽐내고 있다. 어둠이 있으면 밝음이 있고, 노랑이 있으면 빨강이 있다. 키 큰 나무 옆에는 작은 나무들이 기대고 있다. 이름 모를 야생화들도 많다. 마치 빼어난 조경술사가 공들여 배치한 것처럼 나름대로의 질서를 이루고 있다. 마당에는 고르게 잘 다듬어진 잔디밭이 있다. 낮에는 천을 말리는 장소가 되고 밤에는 별 세계를 바라보는 곳이다. 집과 작업실도 장 씨가 직접 지었다. 모든 것이 그가 추구하는 작품을 만들어내기 위한 공간이기 때문이다.

장 씨는 작업실에서 형형색색으로 물들여진 옷감을 만지고 있었다. 하지만 옷을 자주 만들지는 않는다. 원단을 사다 집 주변에 있는 꽃과 나무 등 자연의 색을 이용해 변화무쌍한 실험을 통해 아름다운 색깔을 창출해내는 일을 주로 한다. 2007년 서울 인사동 갤러리에서의 첫 전시를 시작으로 나주천연염색관 회원전(2008년), 코엑스 패션쇼(2010년), 코엑스 차문화축제 초대전(2010, 2011년), 대한민국 패션쇼 2부 염색담당(2010년), 인사동 나눔갤러리 초대전(2010~2013년), 수다공방패션쇼 염색담당(2011~2013년), 인사동 나눔갤러리 초대전(2011~2014년), 제주돌문화공원 기획전(2013년) 등 지금까지 15차례의 전시를 통해 독특한 예술 솜씨를 표현해왔다. 한국패션대전 부문에서 염색을 담당했을 때는 많은 사람들로부터 '명품염색'이라는 찬사를 받았다.

특히 그는 다른 섬유예술가와는 달리 매염제를 전혀 쓰지 않는다. 말 그대로 온전히 자연적인 기법을 고집한다는 점에서 주목받고 있다. 2013년 9월 제주 돌문화공원에서 〈장현승—색으로 섬을 말하다〉 기획전을 할 때 미술평론가 김유정 씨는 "장현승에게 천연염색은 자연을 넘어선 독특한 문화가 됐다. 그의 노력은 바다에서 한라산까지 혹은 땅 위에서 땅속까지 화산 땅의 매력을 찾고 있는 것으로 이어진다"면서 "천에 물들여진 온갖 식물에서 나온 색은 다시 바람과 햇살에 의해 새로운 자연 문양을 가진 여러 색으로 태어난다"고 평가했다. 강효실 제주돌문화공원 학예연구사는 "장현승은 일관되게 '섬유'라는 재료에 집요하게 전념하며 그것이 갖고 있는 무한한 가능성의 변위를 실험해 밀도 있는 작업을 창출하는 섬유예술가"라고 했다. 변위의 요소들이 잘 조율되면서 수작업이라는 노동 집약적 특성을 놀라울 정도로 잘 포함하고 있다는 것이다. 그러면서 섬유가 갖는 고유의 물질적 특성을 끊임없이 실험하며 부드러운 섬유를 '강함'으로 변화시킨다고 설명한다. 아울러 "기능적 측면들에서 벗어나 빛과 제주 자연이라는 비물질적인 요소를 포괄해 환경의 영역으로 확장한다"면서 "수공예적인 능력과 정신이 예술의 영역으로 새롭게 구현된 것이 장현승 작가의 작업"이라고 평가했다.

이처럼 장 씨는 섬유 자체의 재료성에다 자연을 유입시켜 섬유와 유연하게 만나는 방법을 추구한다. 캔버스에 그림을 그리는 것처럼 섬유에다 자연의 붓으로 그림을 그리는 셈이다. 제주의 허파인 곶자왈의 모습을 자연 그대로 섬유 위에 올려놓기도 하고 자연 요소들을 서로 뒤엉키게 해 한 폭의 추상화를 연출하기도 하며 때로는 진경산수까지 그려낸다. 또 섬유가 갖고 있는 고유의 재료성뿐만 아니라 방염법, 감물염색, 쪽염색 등의 염색 기법과 가공 방식 등에 대한 다양한 실험을 통해 작가 고유의 작품세계를 구축해왔다.

그의 작업실에는 이 같은 결과물들이 쭉 늘어서 있거나 차곡차곡 포개져 있다. 감물과 먹물 작업을 끝낸 원단, 아무렇게나 걸쳐 입을 수 있는 옷들도 많다. 공통적인 것은 '자연'이다. 자연의 색을 입혔다는 것이다. 그가 화학 성분의 매염제를 사용하지 않는 것도 최대한 자연스러움을 표현하기 위해서다. 그는 목과 손등을 자주 긁었다. 궁금해하자 "풀독 때문"이라고 했다. 하루에도 여러 번 자연의 색을 찾아 주위 숲을 드나들기 때문에 풀독이 자주 오른다는 것이다.

그는 어릴 적부터 꽃밭을 가꾸고 그림을 그리는 등 손재주가 남달랐다. 또한 천이 있으면 가위를 들고 이리저리 자르는 버릇이 있었다. 고등학교를 졸업한 뒤 서른 살 무렵 일본에 살고 있는 친구에게 놀러 갔다. 일본말이 어느 정도 익숙해지자 도자기를 배웠다.

"도자기를 배우기 시작한 지 석 달쯤 지났을 때 근처에 염색하는 선생님이 혼자 외롭게 사는데 가끔 가서 말벗을 하는 게 어떻겠냐는 권유가 있었지요. 귀가 솔깃했습니다. 그래서 선생님을 만나러 갔는데 작업 과정이 너무 좋았어요. 도자기를 그만두고 염색을 배우러 다녔지요."

그의 스승인 나카가와 기요미는 인위적인 것을 가르치지 않았다. 늘 천연작업과 수작업을 강조했다. 그러면서 항상 자연스러워야 한다는 것을 가르쳤다. 취미로 배우기 시작한 염색은 어느새 장래성을 인정받는 수준에 이르렀다. 스승에게 "너는 평생 염색을 할 것"이라는 말을 자주 들었다. 하지만 스승은 작업 과정을 자세히 설명해주지 않았다. 그저 작업하는 걸 잘 지켜보라고만 할 뿐이었다.

그러던 2003년 어머니의 병간호를 위해 귀국했다. 어머니가 휠체어를 타고 마음대로 드나들 수 있도록 둥근 집을 짓기도 했다. 그러나 이듬해 어머니가 세상을 떠났고 한 달 뒤에는 일본에 있는 스승이 세상과 이별했다. 이때부터 혼자서 염색을 시작했다. 산으로 들로 돌아다니며 풀과 꽃을 찾았다. 가장 자연적인 색깔을 내기 위해서였다.

"제 눈에 보이는 모든 자연은 염색재료가 됩니다. 새로운 색을 내고 싶을 때 바다를 찾고 오름에 오릅니다. 뽕잎, 참나무잎, 예덕나무 등 염재가 무궁무진합니다. 자연이 좋아 길을 나섰고 그 길 위에서 색을 만났지요. 돌에도 자연의 색이 녹아들어 있습니다. 거친 현무암에는 다양한 색이 스며들어 있어요. 그런 것들과 만날 때 가장 행복합니다."

흔히 염색이라고 할 때 사람들은 '물들인다'고 표현하지만 그는 '천 위에 그림을 그린다, 자연을 입힌다'는 마음으로 염색을 한다.

염색은 반복의 예술이라고 말한다. 마음과 일치하는 색이나 원하는 질감의 느낌이 나올 때까지 손을 놓지 못하는 지난한 수공예이기도 하다. 그는 원단에 처음 색을 입힐 때 주로 감물과 먹물을 사용한다. 화산섬의 속살이자 제주의 전통을 잇는 기본색이기 때문이다.

"염색은 천이 기본이고, 또 천의 기본은 면입니다. 개인적으로 명주와 삼베를 좋아하지요. 염색은 의상 디자인을 위한 기본 단계이자 원천이기 때문에 정성과 마음을 다해 신중하게 작업해야 합니다."

그가 만들어낸 옷에는 오름이나 초가의 선들도 묻어난다. 틀에 얽매이지 않고 자유분방하다. 선과 색이 자연스러워야 하며 입었을 때 가장 편한 옷이 돼야 한다는 게 그의 철학이다. 그에게 천연염색은 삶의 활력이자 인생의 동반자다. 색을 사유하는 영성체이며 자기 색을 고집하는 예술가로서의 길을 걷는다. 억지를 부리지도 않는다. 그는 이 세상에서 가장 많은 재산을 가진 부자인 셈이다. 산과 들, 바다, 하늘, 돌, 공원, 꽃, 나무들을 품고 있기 때문이다. 그래서 살아 있는 동안 꾸준히 자연을 만나고 자연과 벗하며 새로운 생명을 탄생시킬 것이다. 하늘에서 빗방울이 조금씩 떨어졌다. 빗방울 역시 그의 것이다. 그는 아직 제자를 두지 않았기에 혼자 외롭게 작업한다. 해마다 서울 인사동 등에서 전시를 열고 있다.

〈2014년 6월 25일〉

장현승은

1951년 제주에서 태어났다. 1985년 일본에서 나카가와 기요미에게 염색을 배웠다. 2007년 서울 인사동 회원전을 시작으로 나주천연염색관 회원전(2008년), 코엑스 패션쇼(2010년), 코엑스 차문화축제 초대전(2010, 2011년), 대한민국 패션쇼 2부 염색담당(2010년), 인사동 나눔갤러리 초대전(2010~2013년), 수다공방패션쇼 염색담당(2011~2013년), 인사동 나눔갤러리 초대전(2011~2014년), 제주돌문화공원 기획전(2013년), 코이카(국제개발협력사업) 주최 네팔 빈곤 여성 염색교육 등을 담당했다.

풍류 피아니스트 /

임동창

우리가 흔히 장난스럽게 하는 말이 있다. '놀고 있네'다. 하는 행동이나 몸짓에 대한 빈정거림의 뜻으로 들린다. 그런데 어설픈 것이 아니라 '제대로 놀고 있다'면 뭐라고 해야 할까. '아무것도 헐 것이 없구나/ 그저 놀기만 허면 되는 것을....../ 논다는 것은 삶을 흐르게 두는 것이며/ 바람과 하나 되는/ 숨결을 이루는 것이다/ 이것이 풍류다.' 피아니스트 임동창 씨가 읊어대는 논다는 것에 대한 '허튼소리'다. 그에게 피아니스트, 작곡가, 허튼가락 창시자, 수도승 중 어느 것이 제일 맞느냐고 하면 항상 '노는 사람'이라고 대답한다. 열일곱 살 때 목적지를 향해 달려가는 사람들을 보고 '허무'와 '안타까움'을 느꼈고, 몰입과 몰아의 과정을 거쳐 자유로운 영혼의 열쇠로 '풍류'의 세계를 열었다. 그래서 사람들은 신명의 소리를 만드는 천재 작곡가라는 말과 함께 세상의 모든 음악을 자유롭게 유희하는 풍류 피아니스트라고 한다.

클래식, 국악, 가요, 가곡, 불교음악 등 그의 음악은 자유자재로 경계를 넘나든다. 2012년에는 서양에서 유입된 지 100년이 넘은 피아노를 국악기로 만든 '임동창 피앗고'를 내놓아 음악계를 깜짝 놀라게 했다. 이렇게 살아온 그의 음악 인생이 40년을 맞고 있다. 열다섯 살 때 무당 신내림 받듯 피아노 공부를 시작했고 열일곱 살 때 주체할 수

없이 터져 나오는 악상으로 작곡에 빠져들었으며 스무 살 때 피아노 페달에 구멍이 난 후 피아노로부터 자유로워진다. 그 다음은 출가로 이어지고……

2013년 6월 19일 오후 서울 서초구 서초동 예술의전당 분수대 앞에서 그를 만났다. 까만 티셔츠에 헐렁한 흰색 바지, 그리고 분홍색 양산을 썼다. 머리는 유약을 바른 도자기처럼 빛났다. 양산이 썩 잘 어울린다고 하자 머리를 쓱쓱 만지면서 "여름날 양산을 안 쓰면 머리가 너무 뜨겁다"며 파안대소. 이것저것 거두절미하고 '임동창의 풍류'란 무엇인지 물었다.

"제가 하늘로부터 부여받은 네 가지 숙제가 있습니다. '자유로운 연주', '오롯한 내 음악', '사랑이란 무엇인가', '이 뭐꼬?' 등이지요. 나이 50이 넘어 겨우 끝냈고 제 인생의 족쇄가 풀렸습니다. 숙제를 끝낸 어린아이와 다를 바 없지요. 지금까지 살아온 제 삶의 결정체가 바로 풍류입니다. 어떻게 해야 건강하고 행복하고 아름답고 신명 나게 살 수 있을까에 대한 제 나름의 답이지요."

인간의 본성에는 하늘의 이치, 자연의 이치, 즉 풍류성이 본디 들어 있다는 그는 풍류성을 깨어나게 해서 사느냐, 잠든 상태로 사느냐 하는 것이 문제이며 "풍류성이 안 깨어나면 불감증으로 살 수밖에 없다"고 말한다. 따라서 풍류성을 깨워서 아름답게 건강하게 신명 나게 살아야 한다는 것이다. 우리의 음악 속에, 핏속에 그 절대 자유의 에너지 풍류가 녹아 있으며 그가 풀어낸 '허튼가락'도 바로 이러한 풍류에서 비롯됐음은 물론이다. '허튼가락'은 틀에 박힌 박자를 허문 순수한 내면의 소리, 즉흥의 소리, 자유의 소리를 말한다. 그는 2010년 이 같은 새로운 장르의 음악 「동창이 밝았느냐」를 발표하면서 주목을 끌었다.

"사람의 마음과 몸은 직선활동을 합니다. 이 직선활동은 에너지가 있어 얻는 것이 많아 보이겠지만 하나도 손에 잡히지 않습니다. 곡선활동은 아무것도 얻는 것이 없는 듯하나 단 하나도 내 손 안에 잡히지 않는 것이 없습니다. 보이는 것은 물이 흐르듯, 보이지 않는 것은 바람이 불 듯 이것이 '허튼가락'이지요."

그는 '풍류학교'를 전북 완주에 설립하고 끼 있는 학생들과 수시로 호흡을 같이하고 있다. 7년 전 충남 서천의 한 중학교에서 음악 영재들을 위해 방과 후 학습으로 '풍류' 프로그램을 선보인 적이 있다. 이때 부모와 자식 간 불통의 문제가 심각하다는 것을 실감하고 '마음이 통하는' '사랑으로 통하는' 그런 풍류학교를 만들어야겠다고 다짐했다.

"제가 풍류학교에서 가장 강조하고 싶은 것은 '풀어짐'입니다. 풀어짐만이 사랑을 회복할 수 있는 유일한 길입니다. 그래서 제가 정리한 몸짓, 마음짓, 흥짓으로 몸을 풀고 머리를 텅 비우고 어두운 감정의 찌꺼기들을 날려버리는 '푸는 법'을 가르치고 있습니다. 풀어져 저절로 몰입이 될 때 우리는 비로소 사랑을 회복할 수 있거든요. 아울러 학생들의 재능과 꿈을 찾아주는 일도 할 것입니다."

아마 '세계 최초의 풍류학교가 아니냐'고 했다. 그가 풀어낸 네 가지 숙제 가운데 '이 뭐꼬?'에 대해서는 "인천 용화사 행자승 시절 송담 스님한테 '이것이 무엇인고'라는 화두를 받을 때였다. 수식관을 할 때 수를 세었던 그 자리에 경상도 사투리로 줄여서 '이 뭐꼬?'라는 질문을 수없이 던지면서 풀어낸 것이었다"면서 '이 뭐꼬?'는 소리도 듣고, 냄새도 맡고, 돌도 고르고, 붙잡으면 달아나고, 놔주면 돌아오고 결국 피아노 치는 것과 너무도 똑같으며 해도 해도 끝이 없다는 뜻이라고 설명한다.

군산 바닷가에서 태어난 그가 피아노와 처음 만난 것은 중학교 2학년 때였다. 당시는 수업이고 뭐고 관심이 없던 개구쟁이 시절이었다. 하루는 친구들과 신나게 떠들고 있을 때 음악 선생이 「고향집」이라는 노래를 피아노로 연주했다. '고향집에 홀로 계신 어머님 그리워~.' 아무도 관심이 없었지만 그에게는 이때까지 느껴보지 못한 짜릿한 전율이 일었다. 수업이 끝나자마자 음악 선생한테 달려가 막무가내로 음악실 열쇠를 잠시만 달라고 했다. 건반을 이리저리 눌러봤다. 신기하게 악보도 없이 「고향집」이 비슷하게 흘러나왔다. 둘째 날도 그랬다. 왼손을 두 배로 빠르게 쳤다. 완전히 신이 났다. 이후 머릿속에는 온통 피아노 생각뿐이었다. 고등학교에 진학해서도 학교 수업은 뒷전으로 하고 피아노 연습에만 몰두했다. 낮에는 이길환 선생한테 레슨을 받고, 저녁에는 교회 피아노로 연습을 하고, 밤에는 계단 틈에서 잠을 잤다. 그러다 보니 고3 때 자퇴 처리가 됐고 야간학교에 진학해 겨우 고교 과정을 마칠 수 있었다. 그는 고교 졸업 무렵 한양대에서 열린 제1회 월간음악 콩쿠르에서 고등부 1위를 차지해 실력을 인정받았다. 하지만 그는 무대에서 꼼짝없이 얼어버렸던 자신에게 끊임없이 질문을 던진다. '왜 얼었을까.' 스무 살이 되면서 그는 어느 날 몸과 마음이 완벽하게 풀어진 상태에서 피아노를 쳐보았다. 손가락이 건반을 치면 소리가 난다는 사실이 새삼 신비스럽게 느껴졌다. 한 음 한 음을 칠 때마다 그 신비로움이 텅 빈 자신의 몸을 채웠다. 마치 신이 내리듯 영혼이 자유로워졌다. 피아노를 시작한 지 5년 만의 일이었다

그는 고등학교 때 좋아하던 여학생을 집에 바래다주던 중 밤하늘의 별을 보고 영감을 받아 독학으로 작곡 공부를 시작하게 됐다. 그러나 마음대로 잘 되지 않았다. 불교 책 두 권을 읽고 '나를 알아야 나의

음악을 작곡할 수 있다'는 사실을 깨닫고 출가를 하게 된다. 용화사에서 9개월 동안 공양주로 지낸 뒤 상법 스님을 은사로, 송담 스님을 계사로 사미계를 받았다. 법명은 '보림'(寶林)이었다. 그러던 어느 날 입대 영장을 받게 됐다. 논산훈련소에서 신병교육을 받다가 피아노 실력을 인정받아 영천에 있는 육군 제3사관학교 군악대에 배치 받았다. 그런데 절에 있을 때 수행했던 '이 뭐꼬?'가 안 돼 탈영을 결심했다. 여러 가지 방법을 모색하던 중 고향에 계신 어머니를 꼭 봐야 한다는 핑계로 2박 3일 특별휴가를 얻었다. 부대를 빠져나온 그는 먼저 피아노를 가르쳐준 이길환 선생한테 인사드리고 용화사에 올라가 군복, 군화, 군번줄, 군모 등을 모두 아궁이에 넣어 태워버렸다. 승복으로 갈아입은 후 고향으로 내려가 시청으로 가서 대뜸 본인 사망신고를 하러 왔다고 말했다. 될 일이 아니었다. 다시 용화사로 발길을 옮겼다. 진허 스님이 "군대 생활 3년도 못 하는 사람이 어찌 평생 중노릇을 하겠는가"라고 꾸짖었다. 결국 부대로 들어가 일주일 동안 자대 영창 신세를 진 뒤 한 달간 대구에 있는 5관구 헌병대 감옥에서 지냈다. 이때 하루 종일 가부좌를 튼 채 '이 뭐꼬?'를 했다. 그래서 얻은 별명이 석가모니였다.

군 복무를 마치고 사회에 나온 후에는 재즈와 작곡 공부를 다시 했다. 아울러 서울시립대 작곡과에 진학했다. 대학에서는 작곡 공부뿐만 아니라 지휘 공부도 하게 된다. 대학 2학년 때에는 김자경 오페라단에서 지휘자로 활동하기도 했다. 졸업 후에는 연극 음악을 했다. 국립극단의 〈넋씨〉를 비롯해 〈왕자호동〉, 〈메디아〉, 〈봄날의 꿈〉 등에 참여했다.

그가 머리를 지금처럼 빡빡 밀기 시작한 것은 대학을 졸업하면서였다. 속세와의 인연을 끊기로 다짐했다. 이후 그의 인생은 오롯이 음악

만을 향했다. 그는 지금도 컴퓨터를 안 쓰고 휴대전화도 없다. 굳이 이유를 말한다면 자유롭게 음악적 구도자의 길을 가고 있기 때문이라고 할까. 인터뷰를 마치면서 꿈을 물었더니 "음악에 진정성 있는 젊은이들을 발굴해 세계를 감동시키는 음악을 하게 하는 것"이라며 웃는다.

〈2013년 6월 26일〉

임동창은

1956년 군산에서 태어났다. 15세 때 피아노 공부를 시작했다. 17세 때부터 독학으로 작곡 공부를 했다. 21세 때 인천 용화사로 출가했다. 법명은 보림. 30세에 서울시립대에 입학해 작곡을 전공하며 최동선·박인호 선생을 사사했다. 35세 때 김덕수 사물놀이를 만나 국악의 최고 명인·명창들과 함께 공연하면서 국악을 심도 있게 탐구하기 시작했다. 45세 때 모든 외부 활동을 접고 '수제천'을 소재로 작곡에 전념하면서 1년 2개월 동안 500여 페이지를 작곡했다. 46세 때 '텅 비워져 조상을 만났다'라는 허튼가락 장르를 개척한 뒤 영산회상, 여민락, 대취타, 전래동요, 민요, 산조 등을 새롭게 작곡했다. 51세에는 제자들과 재즈 무대를 펼쳤다. 55세 때에는 『임동창의 풍류, 허튼가락』 작품곡집 중 1~6권을 출간했다. 대표 앨범으로는 〈임동창〉(1993년), 〈오이디푸스와의 여행〉(1997년), 〈여우야 여우야 뭐하니〉(1997년), 〈이생강 임동창의 공감〉(1998년), 〈영산회상〉, 〈경풍년/염양춘/수룡음〉, 〈수제천〉(2010년), 〈1300년의 사랑 이야기1—정읍사〉(2011년), 〈1300년의 사랑 이야기2—달하〉(2012년) 등이 있다. 주요 저서는 『임동창 풍류 마음의 거울』, 『임동창 풍류 사랑의 거울』, 『임동창 풍류 거울경』(2011년), 『노는 사람 임동창』(2013년) 등이다.

세계적 팝페라 테너

임형주

어느 날 그에게 정결한 여신이 다가왔다. '은색으로 빛나는 정결한 여신이여. 이 신성한, 이 신성한 태고의 나무들, 우리에게 향하소서, 당신의 아름다운 얼굴을. 아~ 구름에 끼지 않고 안개에 가려지지 않은 아~ 지상에 평화를 뿌리소서, 당신이 천국을 만드소서~.' 벨리니의 오페라 〈노르마〉에 나오는 아리아 「정결한 여신이여」의 일부 대목이다. 마리아 칼라스(1923~1977)가 불러 세계적으로 유명해졌다. '칼라스의 노르마냐 노르마의 칼라스냐'고 할 정도였다. 비록 마리아 칼라스는 세상을 떠났지만 불멸의 디바 소프라노의 전설로 남아 있다

1998년의 일이다. 겨우 열두 살 나이에 공개방송 프로그램 〈이소라의 프로포즈〉에 나가 「마법의 성」과 「아르헨티나여, 울지 말아요」를 불러 시청자들을 깜짝 놀라게 했다. 클래식 오버 앨범(클래식, 뮤지컬, 팝 등)을 내는 등 한국 음악계의 '신동'이 탄생했다는 찬사가 쏟아졌다. 그러나 부모의 반대가 컸다. 아버지는 장차 기업의 최고경영자(CEO)가 되기를, 어머니는 외교관이 되기를 간절히 원했다. 남자가 음악을 하면 안 된다는 부모의 고집 또한 셌다. 할 수 없이 신동은 음악을 접기로 했다.

방황이 시작됐다. 그렇게 3~4개월이 흘렀다. 그러던 어느 날 우연히

마리아 칼라스의 「정결한 여신이여」라는 영혼의 소리를 듣게 됐다. 단박에 매료됐다. 이때부터 성악가로 방향을 틀었으며 「정결한 여신이여」는 단골 레퍼토리가 됐다. 이후 신동은 예원학교, 줄리아드 예비학교(영재교육) 입학은 물론 하는 공연마다 '최연소'라는 수식어를 만들어내며 세계 무대에 우뚝 섰다.

세계적인 팝페라 테너 임형주 씨. 벌써 세계 무대에 데뷔한 지 12년이 훌쩍 넘었다. 국내 데뷔는 18년이다. 그는 2012년 11월 8일 국내 데뷔 15년, 세계 데뷔 10년을 맞아 서울 예술의전당 오페라극장에서 아주 특별한 공연을 가져 주목을 끌었다. 대관 심사가 까다롭기로 유명한 예술의전당 오페라극장에서 국내 모든 아티스트를 통틀어 조수미, 조용필, 조영남 이후 네 번째 단독 콘서트를 펼쳤다는 점도 그렇고, 특히 1988년 개관 이후 역대 최연소인 스물일곱 살의 나이로 가지는 공연이어서 그랬다.

2012년 11월 5일 서울 염곡동에 있는 아트원문화재단에서 임 씨를 만났다. 인터뷰를 앞두고 머리 손질과 간단한 화장을 하고 있었다. 약간 긴 머리에 깨끗한 동안(童顔)이 인상적으로 다가왔다. 무슨 얘기부터 꺼낼까 생각하다 그가 일본에 다녀왔다는 것이 떠올라 먼저 일본 공연이 어땠는지 물었다.

"도쿄 시나가와 큐리안 대극장 무대였습니다. 일본에서 데뷔한 것도 10년이 됩니다. 그래서 제 이름 석 자를 내걸고 독창회를 하게 돼 감회가 남다르더군요. 특히 요즘 한·일 관계가 조금 경색돼 있잖아요. 120분 넘게 공연을 가졌는데 앙코르곡으로는 우리의 가곡 「임진강」을 불렀습니다. 이때 두루마기 한복을 입었습니다. 일부에서 한복 입는 것을 만류했지만 당당히 한복 차림으로 무대에 섰지요. 공연이 끝나고 일본 기자들이 '역시 임형주의 음악은 위대하다'는 찬사를 보냈고 일부 팬은 '한복을 입은 모습에 크게 감동을 받았다'고 하더군요."

국내 팬들은 주로 30~40대인 데 반해 일본에서는 50~60대까지 폭이 넓어졌다는 것을 실감했다며 웃는다. 특히 국내 팬클럽 회원 30여 명이 자비를 들여가며 비행기 타고 원정을 와 너무 고마웠단다. 일본에서는 '형주 오우지(왕자)'라는 별명이 붙을 정도로 인기가 높다.

그다음에는 '아트원문화재단'이 궁금해졌다. 그는 달변 수준이었다. 어떤 질문에도 지체 없이 답이 줄줄 나온다.

"2008년에 설립된 비영리 재단입니다. 국내 데뷔 10년, 세계 데뷔 5년을 맞이하면서 어머니께서 '그동안 네가 번 돈을 다 모아놨으니 어디에 쓰고 싶으냐'고 하시더군요. 저는 얼른 좋은 일에 쓰고 싶다고 했지요. 재능은 있으나 가정 형편이 어려워 음악 공부를 못 하는 후배들을 가르치고 싶다고 했습니다. 제가 비록 20대지만 좋은 일 하는 데는 나이가 필요 없잖아요. 그래서 서울시에 100억 원을 기부채납해서 이 위치에 재단을 설립하게 됐지요."

재단에서는 '멘토 & 멘티' 프로그램을 통해 학생들에게 공부할 기회를 열어주고 있다. 아트원 홀, 갤러리 등을 두어 다양한 예술 공간도 마련했다. 특히 재단 산하에 유치부를 두어 어린이 교육 사업에도 정열을 쏟고 있다. 처음 3년 동안 사재를 털어 운영해야 할 정도로 어려움이 많았으나 올해 들어 조금 나아졌다고 귀띔한다. 유치부 어린이들에게는 7세까지 재단에서 지원해주고 있다. 어린이 얘기가 나오자 얼른 그의 어린 시절로 화제를 돌렸다.

"유치원이나 초등학생 때에는 미술대회와 웅변대회에 자주 나갔는데 특히 미술인 경우 대상을 많이 받았습니다. 초등학교 4학년 때에는 방과 후 특활반이라는 것이 있었죠. 동요 부르기반에 들어갔더니 선생님이 저에게 '너는 참 잘 부른다. 장차 성악가로 대성할 수 있다'고 하더군요. 그때 전국 동요대회에 나가 1등을 여러 번 했습니다. 음악적 재능을 인정받은 셈이지요. 기분이 우쭐해지면서 노래 부르는 것을 좋아하게 됐습니다. 나중에 가수 신승훈이나 조성모 씨 같은 발라드 가수가 돼야겠다는 생각도 했습니다."

그러던 어느 날 어머니와 친분이 있는 삼성영상사업단 관계자를 만나게 됐다. 저녁 자리였는데 즉석에서 노래를 하게 됐다. 감탄한 그 관계자는 임씨에게 "너는 프로로 데뷔해야 한다"면서 어머니에게 당장 계약하자고 제의를 했다. 그래서 그의 첫 앨범이 나오게 됐고 언론과 방송 등을 통해 알려지면서 공개방송 프로그램에도 출연했다.

하지만 부모의 반대로 음악을 중단했다가 마리아 칼라스의 목소리를 듣고 다시 시작하게 됐다. 곧바로 성악을 두 달가량 공부하고 예원학교에 입학했으며 매번 실기 1등을 차지하면서 수석 졸업을 하게 된다. 이때 청소년 음악대회에 나가 웬만한 상은 거의 휩쓸 정도로 진가를 발휘했다. 국내에서는 경쟁자가 없다는 생각에 시야를 세상 밖으로 넓혔다. 영재들만 가르친다는 줄리아드 예비학교로 유학을 떠났다. 하지만 이때도 부모의 반대가 있어 임씨는 잠시 미국 여행을 다녀온다는 핑계를 대고 미국행 비행기에 올랐다.

"사실 그날 이후 미국에서 승부를 걸기 전까지는 한국에 오지 않겠다고 결심했습니다. 부모님을 속인 셈이지요. 곰팡이가 나는 반지하 방에서 혼자 살면서 인터넷 등 수소문 끝에 뉴욕 메트로폴리탄 메조소프라노인 웬디 호프먼의 집을 무작정 찾아갔습니다. 때마침 그의 남편이자 루치아노 파바로티의 수석 반주자를 만나게 됐고 여러 번 설득 끝에 오디션을 보게 됐습니다. 그 자리에서 웬디 호프먼은 '내가 너를 기꺼이 받아줄 테니 집으로 자주 오라'고 하더군요. 그러면서 정통 성악보다는 팝페라 뮤지션의 대가가 되라고 했습니다. 이후 스승과 제자의 연을 맺게 됐습니다."

타고난 노래 솜씨는 미국에서도 통했다. 줄리아드 예비학교 입학 때 보기 드물게 심사위원들로부터 박수갈채를 받으며 만장일치로 합격하는 기록을 세웠다. 이 자리에서 다음 해 열릴 오페라 주역까지 제의받았을 정도였다. 그러던 어느 날 학과장이 곱고 높은 소리는 훌륭하지만 파바로티나 도밍고 같은 큰 성량을 내기 위해선 이탈리아에서 공부하는 것이 바람직하다는 의견에 오페라의 본고장인 피렌체 음악원에 들어갔다. 그렇지 않아도 웅장하고 육감적인 바로크 음악에 관심이 많았던 터라 선뜻 받아들였다. 이 무렵 그는 한국에 잠시 들러 노무현 대통령 취임식 때 최연소 애국가 독창자로 등장해 많은 사람들을 놀라게 했다. 이것이 인연이 돼 2003년 6월 카네기홀에서 독창회를 하게 되면서 세계 무대에 그의 이름을 알리기 시작했다.

마리아 칼라스가 아니었다면 아마 대중가수가 됐을 것이라고 말하는 그에게 음악 외적으로 어떤 일에 관심이 있느냐고 하자 "어릴 적에는 화가나 뉴스 앵커, 신문기자가 되고 싶었다"면서 지금도 보는 신문이 10여 종류가 되며 꼭 소리 내어 읽는 버릇이 있다고 했다. 신문을 보면 논리정연해지고 많은 지식을 얻을 수 있단다. 지난해 '올해의 신문 읽기 스타상'(신문협회)을 받기도 했다.

인터뷰를 마치면서 여자 친구에 대해 묻자 "없어요. 이상형은 강수연, 이영애, 심은하 같은 스타일"이라고 대답했다. 공연 때 단골 앙코

르곡은 무반주 「어메이징 그레이스」이며, "조수미 선배는 롤모델이고 나중에 마리아 칼라스 같은 불멸의 음악가가 되는 것이 꿈"이라면서 해맑게 웃는다.

〈2012년11월 8일〉

임형주는

1986년 5월 서울에서 태어났다. 예원학교 성악과를 수석 졸업했으며 뉴욕 줄리아드 음대 예비학교 성악과를 심사위원 만장일치로 합격했다. 이탈리아 피렌체에 있는 산펠리체 음악원을 졸업(학사)했다. 2012년 현재 오스트리아 빈 슈베르트 음대 성악과 '초청학생'으로 석사과정에 재학 중이다. 1998년 국내 무대에 데뷔했고 2003년 뉴욕 카네기홀에서 세계 데뷔 독창회(세계 남성 성악가 중 최연소)를 시작으로 뉴욕 링컨센터, 로스앤젤레스 할리우드볼과 월트디즈니콘서트홀, 파리 살 가보, 네델란드 콘서트 헤보, 잘츠부르크 미라벨궁전, 빈 콘체르트 하우스, 일본 국제포럼, 타이완 국부기념관 등에서 공연했다. 2003년 노무현 대통령 취임식 때 역대 최연소로 애국가를 선창했다. 베를린교향악단 및 빈교향악단, 도쿄필하모닉, 체코심포니 등과 협연했다.

프로복서 출신 오페라 가수, 테너

조용갑

정열적인 오페라 하나 잠시 감상해본다. 「노래에 살고 사랑에 살고」, 「별은 빛나건만」으로 유명한 푸치니의 〈토스카〉 내용이다. 호색한 스카르피아는 국가의 주요 행사 때마다 무대에 서는 오페라 가수 토스카의 미모에 반해 어떻게든 그녀를 차지하려고 호시탐탐 노린다. 하지만 토스카는 카바라도시와 열애 중이다. 이 사실을 알게 된 스카르피아는 카바라도시를 정치범으로 엮어 교수대로 보내고 토스카를 차지할 계략을 꾸민다. 토스카는 간교한 스카르피아의 덫에 걸리고 카바라도시는 스카르피아의 집무실에서 모진 고문을 당한다. 연인의 목숨을 구하려는 토스카는 극한의 고통과 갈등 속에서 '예술과 사랑을 위해 살았을 뿐 누구에게도 몹쓸 짓을 한 적이 없는 저에게 왜 이런 가혹한 벌을 내리시나요?'라는 노래를 애절하게 부른다. 그러면서 토스카는 '스카르피아, 하느님 앞에서 보자!'라는 말을 남기고 안젤로 성벽 꼭대기에서 몸을 던진다.

1900년 1월 14일 로마에서 초연된 〈토스카〉는 격정적인 내용으로 공포와 괴기극 기법을 도입, 관객들로 하여금 한시도 눈을 떼지 못하도록 한다. 1막의 성 안드레아 성당, 2막의 파르네제 궁, 3막의 성 안젤로 성채 등 로마의 명소이자 역사적인 장소들을 무대로 삼았다는 점도 흥미를 끄는 대목이다. 호른의 음색이나 양치기의 서글픈 노랫가락, 성당의 종소리 등도 인상적이다. 여기에서 토스카의 연인 카바라도시(테너)에 주목해본다. 화가이자 자유주의자로 정치적 사상을 가지고 있지만 열정적인 사랑을 추구하는 순수함을 간직하고 있다.

유럽 무대에서 카바라도시 역할로 많은 인기를 얻은 한국인 오페라 가수, 테너 조용갑 씨. 이탈리아와 프랑스, 독일 등지에서 300여 회 공연을 가져 '동양의 파바로티'로 불린다. 특이하게도 그는 프로복서 출신이다. 하여 '가장 드라마틱한 테너'로 유럽 무대에서는 꽤 유명하다. 그가 국내 무대에 처음 선 것은 2011년 7월이었다. 예술의전당 오페라극장에서 카바라도시 역할로 국내 팬들과 만났던 것. 유럽에서 오페라 가수로 활약해온 지 14년 만의 일이다. 이때 그의 파란만장한 인생 역정이 알려졌다. 어부의 아들-신문 배달원-자장면 배달부-복싱 선수-오페라 가수로 이어지는 그의 삶은 참으로 드라마틱하다. 그는 목포에서 남서쪽으로 136킬로미터 떨어진 가거도에서 3남 1녀 중 장남으로 태어났다. 가거도는 인구가 400여 명밖에 안 되고 흑산도에서도 65킬로미터를 더 가야 하는 말 그대로 적막한 절해고도(絶海孤島)다. 여기에서 유럽 무대를 평정하는 오페라 가수가 나왔다는 것 자체가 경이롭다.

2011년 6월 13일 국내 기자로서는 처음 조 씨를 만났다. 서울 방배동에 있는 '베세토 오페라단'(이사장 강화자) 연습실이었다. 상대역인 토스카 김지현 씨와 한창 연습 중이었다. 음악에서 남성의 최고 영역답게 테너의 목소리가 쩌렁쩌렁하면서도 감미롭다. 사랑을 주고받는 정열적인 동작은 더욱 인상 깊게 다가온다.

잠시 후 연습실 한쪽에서 조 씨와 마주 앉았다. 국내 첫 공연을 갖는 소감이 어떠한지부터 물었다.

"한국에는 가끔 옵니다. 어머님도 시골에 계시고……. 그동안 한국 무대를 늘 그리워했습니다. 얼마 전 한국에 왔다가 제2회 대한민국 오페라 페스티벌 무대가 열린다기에 공개 오디션에 응했고 기쁘게도 발탁이 됐지요. 14년 전 성악가의 꿈을 안고 이탈리아로 떠난 후 이제야 국내 무대에 비로소 서게 됐습니다. 저에게는 매우 뜻 깊은 일입니다. 잘해야 한다는 긴장감도 있고요."

유럽 무대에서는 어떤 활약을 했는지 물었다.

"소프라노 조수미 씨가 졸업한 산타 체칠리아 학교에서 음악 공부를 하다가 캄포바소(Campobasso)라는 국립음악원을 졸업했습니다. 국제 콩쿠르에서 20여 회 입상한 경력을 인정받아 그동안 오페라 주역으로 300회 정도 공연을 했지요. 2009년에는 현존하는 최고의 바리톤 레나토 브루손과 함께 〈오셀로〉 주역을 맡아 이탈리아 순회공연을 성공적으로 마치기도 했습니다."

이에 앞서 2006년 독일 레겐스부르크 국립극장에서 오페라에서 가장 어렵고 최고로 여기는 〈오셀로〉의 주역을 맡아 각종 신문과 잡지에서 '리틀 파바로티'라는 찬사를 받았다. 대개 성악가라고 하면 음악대학을 나와 성악의 본고장 이탈리아로 유학 가는 것이 일반적인 코스로 알려졌다. 하지만 조 씨는 음대 출신이 아니다. 더구나 프로복싱계에 몸담았다.

그렇다면 어떻게 해서 프로복서가 됐을까.

"고2 때였지요. 괴롭힘을 당하는 친구를 도와주다가 패거리들한테 엄청 맞은 적이 있습니다. 너무 억울해서 친구와 청량리에 있는 권투

도장에 갔지요. 복수를 해줄 생각이었어요. 처음 3개월 동안은 잽만 가르치더라고요. 나중에 스파링을 1년 넘게 한 사람이 아마추어 시합을 앞두고 저보고 스파링 상대를 하라고 하더군요. 별로 배운 것도 없었던 상태였습니다. 그렇게 스파링 상대를 해주는데 맞아서 코피가 나잖아요. 화가 나서 막 공격을 했더니 관장님이 근성이 있다고 하면서 제대로 가르쳐주더군요."

이때 그는 서울기계기술고등학교 전자과에 다니면서 신문팔이, 자장면 배달, 호떡 장사로 아르바이트를 했다. 그러면서 고등학교를 졸업하자 해군에 입대했고 제대 후 곧바로 프로로 전향했다. 집이 워낙 가난해서 돈벌이를 위해 무작정 프로 무대에 뛰어들었던 것. 스물두 살 때의 일이다. 이 무렵 남동생도 시골에서 올라와 권투를 시작했다.

"저 때문에 동생도 프로복서가 됐지요. 원래 저는 군 제대 후 목사가 되려고 신학교에 진학했습니다. 전철에서 물건을 팔면서 학비를 충당했는데 프로복서가 훨씬 돈벌이가 되더라고요. 시합을 하고 나면 돈이 일단 생기니까요. 그렇게 5년 정도 복서 생활을 했습니다."

전적이 궁금해졌다. 그는 "한국 챔피언 전초전까지 치렀다. 9전 5승 정도, 그러니까 (승률) 반타작은 한 것 같다"며 웃는다. 동생은 동양챔피언 3차 방어까지 치렀다고 귀띔했다.

복서에서 성악 공부를 하게 된 계기는 무엇일까.

"공릉동에 있는 드림교회에 다녔습니다. 목사님이 '자네의 목소리는 조영남 씨와 비슷하다. 성악을 공부해보면 어떠냐'고 권유하더군요. 그래서 금전적인 도움을 받아 1997년 1월에 이탈리아로 떠나게 됐습니다. 그 목사님은 아버지나 다름없는 분이지요. 그렇게 해서 페루자에서 1년 동안 어학 공부를 한 뒤 산타 체칠리아 학교에 입학하면서 본격적으로 성악 공부를 하게 됐습니다. 하루 여덟 시간 이상씩 하느라 목에 결절이 생겨 위험한 순간을 겪기도 했습니다."

이탈리아에 유학한 지 2년 만인 1999년 오르비에토(Orvieto) 국제 콩쿠르 1위에 입상하면서 이름을 알렸고 이듬해 오페라 〈라보엠〉의 주역을 맡아 오페라 무대에 정식 데뷔했다. 한국에서 음대를 나와 같이 유학했던 동료들보다 일찍 무대에 올랐다. 이쯤 되면 천부적인 목소리를 타고났다고도 할 수 있겠다. 가거도에 대한 얘기로 이어진다.

"아버지는 어부 생활을 했고 어머니는 약초 캐러 다니시고……. 빚에 쪼들려 제대로 먹지도 못했습니다. 그럴 때마다 아버지의 한 맺힌 노래를 들었고 어머니의 눈물을 보면서 자랐습니다. 아버지는 술을 드실 때마다 밤 열두 시가 넘어도 저한테 노래를 시키곤 했습니다. 한을 달래려고 그러셨던 같아요. 저는 그런 것이 싫어서 집을 뛰쳐나오기도 했고 바닷가로 달려가 막 소리를 지르기도 했습니다. 전기도 없이 호롱불을 켜는 열악한 환경에서 자랐지요."

가거도에서 중학교(분교)를 나온 뒤 가난에서 벗어나기 위해 기술을 배우겠다는 일념으로 무작정 서울로 올라와 성수동에서 용접 기술을 배웠다. 그러던 중 누나가 서울로 올라와 "그래도 고등학교 졸업장은 있어야 하지 않겠느냐"고 권유해 할 수 없이 포기했던 고등학교에 진학했다.

그는 결혼한 지 10년째. 부인 최에스터 씨는 소프라노 가수로 활약할 때 만났다. 장모가 이탈리아에 여행을 왔을 때 관광 가이드를 하는 조 씨의 성실함에 반해 딸을 소개해줬다. 슬하에 1남 1녀를 두었으며 여섯 살 된 딸이 노래를 제법 해 훌륭한 성악가로 키울 생각이다.

그에게 복서와 성악가의 공통점이 있느냐고 묻자 "폐활량과 호흡의 리듬이 비슷하다"고 말했다. 그는 이탈리아 국영방송에 네 차례나 단독 출연했다. 2002년 월드컵 때 한국과 이탈리아 축구경기에 앞서 파바로티가 평소 즐겨 불렀던 오페라 〈투란도트〉의 아리아 「네순 도르마」(Nessun Dorma: 승리하리라)를 열창해 이탈리아 전 국민을 잠 못 이루게 했다.

그에게 꿈을 물었더니 "내년 한국과 이탈리아를 오가며 정명훈 씨가 지휘하는 〈오셀로〉를 공연할 예정"이라면서 한국인으로 자랑스럽게 세계 무대를 누비는 것이라고 말했다. 인터뷰를 마치면서 토스카 역의 김지현 씨에게 조 씨의 노래 실력이 어떠냐고 물었더니 "소탈하고 아주 멋지다"는 말로 대신했다.

〈2011년 6월 17일〉

조용갑은

1970년 전남 신안군 흑산면 가거도에서 어부의 아들로 태어났다. 중학교(분교)를 졸업한 뒤 서울로 올라와 성수동에서 용접공 생활부터 시작해 신문 배달, 호떡 장사 등 궂은일을 닥치는 대로 했다. 서울 기계기술고 2학년 때 권투도장에서 스파링 상대역을 했고 해군 제대 직후 프로복서 무대에 뛰어들었다. 전적은 9전 5승. 한국챔피언 전초전까지 치른 뒤 1997년 27살의 늦은 나이로 이탈리아 유학길에 올랐다. 안정환 선수가 몸담았던 페루자에서 어학 공부를 마친 뒤 조수미 등 세계적인 성악가를 배출한 산타 체칠리아(Santa Cecilia) 학교에 입학하면서 본격적인 성악 공부를 시작했다. 테너의 거장 잔니 라이몬디(Gianni Raimondi) 등에게 사사를 받았고 2000년 〈라보엠〉에서 주역을 맡아 오페라 무대에 정식 데뷔했다. 이후 파르마에서 열린 베르디 콩쿠르(2005)에서 1위 등을 비롯해 20여 회 국제콩쿠르에서 우수한 성적으로 입상했다. 2002년 한·일 월드컵 때 이탈리아의 국영방송(RAI)에 한국을 대표하는 성악가로 출연, 전 유럽에서 실력을 인정받았다. 그는 〈카발레리아 루스티카나〉, 〈라 트라비아타〉, 〈토스카〉, 〈라보엠〉, 〈가면무도회〉, 〈아이다〉 등에서 주역을 맡았고 이탈리아, 프랑스, 독일 등지에서 모두 300여 회의 공연을 가졌다.

1930년대 유행 풍자가요 부르는 아리랑 가수

최은진

왕년의 노래 한 곡을 잠시 음미해본다. '오빠는 풍각쟁이야 뭐/ 오빠는 심술쟁이야 뭐/ 난 몰라 이 난 몰라 이/ 내 반찬 다 뺏어 먹는 건 난 몰라/ 불고기 떡볶이는 혼자만 먹구/ 오이지 콩나물만 나한테 주고/ 오빠는 욕심쟁이/ 오빠는 심술쟁이/ 오빠는 깍쟁이야~.'

1938년 처음 발표된 「오빠는 풍각쟁이」의 가사다. 가수 박향림이 불렀다. 간드러진 콧소리와 가사의 내용이 절묘하게 조화를 이루며 당시 많은 사랑을 받았다. 이 노래는 2004년 개봉돼 1,174만 명의 관객을 동원한 영화 〈태극기 휘날리며〉의 초반부에 배경음악으로 깔리면서 대중에게 다시 알려졌다. 여기에서 궁금증 하나가 생긴다. '오빠'는 과연 누굴까. 1930년대의 여학생들은 장래 남편감으로 의사나 상인이 아닌 회사에 다니는 '샐러리맨 오빠'를 가장 선호했다고 한다. 시간만 나면 명동극장(당시 명치좌)으로 공연을 보러 다니고 술집도 마음대로 다니면서 불고기, 떡볶이 등 고급 음식을 맘껏 먹고 다녔으니 그럴 만도 했으리라. 이 노래 3절 가사에 샐리리맨 오빠에 대한 얘기가 잠깐 언급된다. '~날마다 회사에선 지각만 하구/ 월급만 안 오른다구 짜증만 내구/ 오빠는 짜증쟁이/ 오빠는 대포쟁이야.' 샐러리맨 오빠를 바라보면서 사랑과 투정을 부리는 대목이다. 당시에도 오빠부대를 쫓아

다니는 여성 팬들이 많았나 보다.

풍각쟁이는 원래 악기를 들고 사람이 많은 곳이나 시장터를 찾아 다니는, 즉 떠돌이 인생을 말하지만 인생의 희로애락을 노래로 풀어내는 광대라는 뜻도 있다. 일제강점기 때의 암울한 세상에서 세태를 풍자하고 희화한 만담(漫談)이 생겨났고 동시에 이를 노래로 만든 만요(漫謠)가 유행했다. 이 가운데 히트를 쳤던 만요로는 「오빠는 풍각쟁이」를 비롯해 「신접살림 풍경」, 「엉터리 대학생」, 「다방의 푸른 꿈」, 「화류춘몽」, 「아리랑 낭낭」, 「다방의 푸른 꿈」, 「연락선은 떠난다」 등이 대표적이다. 이러한 1930년대 대중음악 개화기 때의 노래들이 80년 세월을 머금고 요즘 다시 한 번 등장해 인기를 모으고 있다.

2010년 5월 8일 저녁이었다. 서울 홍대 앞 상상마당 라이브홀에서는 흔치 않은 무대가 펼쳐졌다. 보통 때 같았으면 젊은이들이 인디밴드의 음악에 맞춰 신나게 춤을 출 텐데 이날만큼은 낯설게도 「오빠는 풍각쟁이」와 「엉터리 대학생」 등의 음악에 맞춰 박수를 치고 흥겹게 노래를 따라 부르며 환호했다. 무대 위에서는 어린아이에서 아가씨의 목소리, 중년의 살롱가수 같은 고혹적인 음색을 가진 여성이 분위기를 사로잡았다. 연주는 '기타리스트 하찌와 악단들'이 맡아 클라리넷과 바이올린, 아코디언을 적절하게 섞어가며 과거와 현대를 넘나들었다. 이날 무대는 〈풍각쟁이 은진, 새로 부른 근대가요 13곡〉 앨범 발매 기념 쇼케이스 자리였다. 이후 소문이 번지면서 여러 차례 공연이 이루어졌다.

풍각쟁이 가수 최은진 씨는 젊은이들 사이에 그렇게 등장했다. 이에 앞서 2008년 11월 두산아트센터 기획콘서트 〈천변풍경 1930〉에 가수 이상은, 강산에 등과 함께 출연해 흑백영화의 성우처럼 특유의 교태와 아양으로 만요를 불러 관객들의 애간장을 녹이기도 했다.

2014년 2월 26일 서울 종로구 안국동에 있는 작은 문화공간 '아리랑'에서 최 씨를 만났다. 2003년 〈아리랑〉 음반을 내고 나서 1930년대의 만요를 본격적으로 찾기 위해 마련한 공간이다. 창문 입구에는 〈은진이는 풍각쟁이〉 등 그동안 공연했던 여러 포스터들이 붙어 있었다. 안에는 고풍스러운 해골마이크가 손님을 반기듯 홀로 우뚝 드러나 있었다. '어떻게 이곳에 자리를 잡았을까' 궁금해하자 그는 "(건너편에 있는 헌법재판소 정원을 가리키며) 목련과 산수화를 볼 수 있고 새소리를 들을 수 있으며 뻥 뚫린 하늘을 바라볼 수 있다. 이 집에서 일어났던 일들을 기억하는 까치도 함께 있다. 하늘, 달과 별 등 모든 자연이 맑고 순수하다"며 웃는다.

"처음에는 1930년대 목소리를 가진 여자가 있다며 알음알음 소문을 듣고 사람들이 찾아왔습니다. 그러다가 〈풍각쟁이 은진〉 앨범 이후 많이 알려졌습니다. 화가, 사진작가, 패션디자이너, 요리연구가, 영화 관계자 등 문화 예술을 알고 사랑하는 사람들이 많이 오지요. 그들이 오면 자연스럽게 해골마이크를 붙잡고 질펀하게 풍각쟁이 노래를 들려줍니다."

풍각쟁이가 부르는 만요의 바탕에는 재즈도 있고 엔카도 있다고 설명한다. 예를 들어 '우리 옆집 대학생 호떡주사 대학생은/ 십년이 넘어도 졸업은 캄캄해~'로 시작되는 「엉터리 대학생」은 스윙재즈에다 엔카(演歌)의 형식을 띠고 있다는 것이다. 또한 대부분의 만요는 세태를 풍자하고 희화한 노래로 얼핏 보면 가사가 엉터리 같지만 참으로 맑고 순수하다는 것을 느낄 수 있다고 설명한다. 그러면서 시대의 아픔이 잘 녹아들어 있다고 강조한다.

"1930년대는 시인들이 가사를 써서 한국적인 정서로 음악을 만들던 시기였지요. 고향, 꽃 피고 새 우는 것을 노래하고 가슴에도 꽃이 핀다는 것을 노래하던 시절이었습니다. 현대적인 편곡보다 당시의 분위기를 최대한 복원하려고 노력했습니다. 다행히 이런 노력에 공감해 주는 젊은이들이 많아 고맙지요. 그동안 하나의 음악 장르로 대접받지 못했던 만요가 당시 민초들의 애환을 엿볼 수 있는 자산으로 평가되길 바라는 마음에서 노래를 부르기 시작했습니다."

그가 만요 되살리기에 앞장선 계기는 2000년 어느 날 재즈음악을 공부하기 위해 뉴욕으로 떠날 채비를 하던 중이었다. 그런데 갑자기 아리랑협회에서 최 씨에게 아리랑과 관련된 자료를 건네주면서 '나운규 탄생 100주년'을 앞두고 '아리랑 노래에 대해 뭔가 할 일이 있을 것'이라며 여러 가지 주문을 했다. 「아리랑」이 운명처럼 가슴에 다가왔다는 것을 느낀 그는 뉴욕행을 포기하고 다시 「아리랑」을 찾는 일에 몰두했다. 서울 종로구 삼청동 재즈카페에서 〈개발새발 아리랑〉이라는 노래와 연극을 합친 1인극을 무대에 올리기도 했다. 또한 일제강점기 때 우리나라에서 불린 각종 「아리랑」을 복원해 〈아리랑 소리꾼 최은진의 다시 찾은 아리랑〉이라는 음반을 냈다. 그러면서 자연스럽게 1930년대의 노래를 접하면서 '만요 복원'이라는 사명을 스스로에게 부여하게 됐다.

이쯤 해서 그의 인생 내력을 알아보자. 인천에서 자란 그는 어릴 때부터 이미자의 노래는 죄다 불러 동네 사람들의 인기를 독차지했다. 초등학교 4학년 때였다. 하루는 학교를 가는데 동인천역 옆 한 전파사 스피커에서 나오는 노래를 듣고 꼼짝할 수 없었다. 사이먼 앤 가펑클의 「사운드 오브 사일런스」였다. '아, 나도 가수가 될 거야'라고 다짐했다. 그는 당시를 회고하면서 "만약 학교에 안 들어가 음악을 계속했더라면 천재 소리를 들었을 것이다. 지난번에 낸 만요 음반도 누구한테 배워보지 않고 혼자 흥이 나는 대로 저절로 불렀다"고 말한다.

고등학교를 졸업하고 잠시 인천의 한 연극단에서 창단 멤버로 활동하다가 신학대학에 들어갔다. 고교생 때 잠시 빠져들었던 신앙을 체계적으로 공부하기 위해서였다. 하지만 중도에 그만두고 다시 연극무대에 섰다. 〈방자전〉, 〈약장수〉 등에 출연했고 노래 「광화문 부르스」를 불러 주목을 끌었다. 서른 살 무렵, 연희단거리패에서 무대에 올린 연극 〈오구〉와 〈산씻김〉 그리고 〈아시아 1인 연극제〉 등에서 연기를 했으며 그림자극과 인형극에서 장구를 치기도 했다. 특히 〈오구〉와 〈산씻김〉으로 도쿄 연극제 무대에 오르기도 했다. 연극판에서 '잘나간다'는 얘기를 들을 무렵 결혼을 했다. 애를 낳고 살림을 하다가 다시 무대로 나온 것이 마흔 되던 해였다. 1999년 한 케이블TV 방송에서 성대모사를 하는 '슈퍼 보이스 탤런트 대회'가 열렸다. 그는 신문광고를 보고 출전해 가수 양희은, 뽀빠이, 아동 TV극 텔레토비의 보라돌이 등을 그럴듯하게 흉내를 내 우수상을 받았다. 대상 수상자는 배칠수였고 사회는 임성훈 씨가 맡았다.

이후 그는 자유로운 영혼이 됐다. 재즈와 「아리랑」에 심취하고 음악사적으로 묻힌 만요를 끄집어내는 작업을 벌여나갔다. 환경운동에도 관심이 많은 그는 2001년 4개월 동안 주변에서 모은 일회용품 쓰레기를 명성황후의 커다란 비녀에 매달아 서울에 있는 국립민속박물관에서 환경 퍼포먼스를 펼치기도 했다.

그는 인터뷰를 하는 동안 노래면 노래, 영화면 영화, 책이면 책에 대한 얘기를 흥미롭게 풀어나간다. 이에 대해 "1년에 영화 70~80편을 보고 음악을 많이 듣고 고전을 좋아한다"고 말한다. 앞으로의 계획을 물었다.

"인생은 한 번 왔다 가는 것입니다. 제대로 먹고 마시고 잘 놀아야 하지 않겠습니까. 뭐든지 제대로 하고 제대로 보여주자는 것입니다. 문화살롱을 여러 곳에 만들어 인생의 희로애락이 담겨진 만요를 부르며 좋은 사람들과 함께 질펀한 인생을 살아보는 것이지요."

〈2014년 3월 5일〉

최은진은

1960년 인천에서 태어났다. 고등학교를 졸업하고 신학대학에 들어갔으나 중도에 그만두고 극단 미추홀 창단 멤버로 참여했다. 이후 연극배우로 활동하면서 〈방자전〉과 〈약장수〉, 〈오구〉, 〈산씻김〉 등에 출연했다. 결혼으로 활동을 잠시 접었다가 1999년 성대모사 경연대회에서 우수상을 차지하면서 다시 무대에 섰다. 2001년 환경 보호를 주장하는 '쓰레기 퍼포먼스'를 펼쳤다. 2003년 〈다시 찾은 아리랑〉이라는 음반을 낸 후 '아리랑 소리꾼'으로 불렸다. 2008년 두산 아트센터의 기획콘서트 〈천변풍경 1930〉 무대에 강산에, 백현진, 이상은 등과 참여해 1930년대에 유행했던 만요를 선보였다. 2010년에는 〈풍각쟁이 은진, 새로 부른 근대가요 13곡〉 음반을 냈다. 요즘에는 서울 안국동에 있는 자신의 문화공간 '아리랑'에서 만요를 알리고 있다. 틈틈이 여기저기에서 초청을 받고 작은 공연을 열기도 한다.

이 시대의 마지막 어릿광대 국악인

김뻑꾹

살면서 가장 좋은 재미를 꼽으라면 어떤 것이 있을까. 보는 것, 아니면 듣는 것일까. 대체적으로 보는 것보다는 듣는 편이 낫다고들 말한다. 눈을 감고 음악을 듣는 재미가 특별하기 때문이다. 재담(才談)은 익살과 재치를 부리며 재미있게 이야기한다는 뜻이다. 창작보다는 전승(傳承)에 기초를 두고 흥미롭게 이야기를 실타래처럼 풀어나간다. 장구와 북을 치며 서로 주고받는 재담과 여러 타령으로 관객들을 즐겁게 한다. 그렇다면 잠깐, 남녀가 주고받는 재담의 한 장면을 들어보자.

남: 억조창생 만민시주님네, 이 내 말을 들어보소. 청춘이 가고 백발이 올 줄 알았으면 10리 밖에다가 가시철망을 쌓을걸(나무관세음보살 목탁 소리를 한다).

여: 이봅세 아즈바이, 이봅세 아즈바이, 어쩌면 그 소리를 잘 지르시지비?

남: 아즈마이~ 여기가 어니 고장, 어니 댁이지비? 함경도 어랑타령 고장 아니메~ 아즈마이 가만히 관상 보니 혼자 삼동?

여: 말 맙소, 갈라새끼 술지방 앙카이(남편이 술집 여자를 데리고 도망갔다는 함경도 지방의 욕) 옆에 차고 후르륵 날러 혼자 삼동. 어쩌면 좋겠소, 어쩌면 좋겠소, 가슴 답답해서 못 살겠다. 내 눈에 햄세국물(김

칫국)이 쫄쫄 흘리메, 정말 가슴 답답해서 못 살겠다. 아즈바이 아까 잘하던 소리 한번 아니 들려주겠소?

남: 니가 먼저~ 살자고~ 옆구리 꾹꾹 찔렀지, 내가 먼저 살자고 계약에 도장 먼저 찍었나?

여: 무주공산 뜬 달은 뜨나마나 하구요, 멍텅구리 새서방은 있으나마나 허다.

이어 둘이 합창을 한다.

'날 버리고 가시는 님은 십 리도 못 가서 발병이 나고, 이십 리 못 가서 불한당 맞고, 삼십 리 못 가서 되돌아오리리라, 아하하 어이야 어야더야 내 사랑아. 아리랑 고개에다 초가삼간 짓고 양친부모 모셔다가 천년만년 살자~.'

김뻑국을 아시는가. 젊은이들에게는 생소하겠지만 40대 후반 이상의 사람들에게는 추억의 이름으로 남아 있다. 재담의 명인 김뻑국 씨는 한국의 찰리 채플린이라는 별명을 얻을 정도로 한 시대를 풍미했다. 나이가 벌써 팔순이다. 예전처럼 화려하진 않지만 여전히 공연 무대에 올라 특유의 민요재담을 펼치면서 대표적 만담 콤비로 알려진 '장소팔·고춘자' 이후 마지막 재담꾼으로 외롭게 명맥을 유지하고 있다. 2013년 9월에는 국립민속박물관 대강당에서 〈김뻑국예술단의 소리여행〉이라는 제목으로 소리극 공연을 열고 관객들에게 웃음을 흠뻑 선사했다. 최근에도 기업체와 단체에서 초청을 받아 2인극 형식으로 제자와 함께 조용한 무대를 갖는다. 앞에 언급된 남녀의 재담 장면에서 남자는 김뻑국 씨, 여자는 제자 김순녀 씨가 맡고 있다. 특히 둘은 무대에서 영어, 일본어, 중국어로 「아리랑」을 부르기도 한다.

서울 종로3가 국악로에 있는 '김뻑국예술단' 사무실에서 그를 만났다. 민요재담이 대중으로부터 멀어져가고 있는 현실에서 무슨 인터뷰를 하느냐고 했다. 재담 인생 55년에 요즘도 열심히 공연을 다니고 있지 않느냐고 했더니 "재담은 춥고 배고팠던 시절 민초들의 해학이고 한풀이이자 격조 높은 풍자였다"면서 파란만장한 세월을 먼저 회고한다.

그는 일제 때 일본에서 태어나 광복이 되던 열한 살 때 부친의 출생지인 충남 보령에 정착했다. 하지만 적응이 잘 되지 않았다. 초등학교 시절부터 학생들한테 '일본 하꼬짝(궤짝)'이라고 놀림을 받으며 '왕따'를 당했던 것. 한글을 잘 모른다는 이유에서였다. 쫓아다니면서 때리는 등 못살게 구는 학생들 때문에 도망치듯 기차를 타고 서울로 왔다. 정처 없이 떠돌아다니다가 뚝섬 근처에서 우연히 국악인 이충선 씨를 만나 1년 넘게 머슴살이를 했다. 굿판이나 질펀한 놀이마당이 펼쳐지는 날이 씨를 따라다니며 구경하는 것이 큰 재미였다. 그러다가 6·25전쟁이 발발하자 인천과 수원을 거쳐 용인 남사초등학교에서 숨어 지냈다. 끼니는 빈집 광을 뒤져 남아 있는 씨알로 근근이 해결했다. 그렇게 1년 3개월을 지낸 뒤 다시 서울로 왔다. 탑골공원에서 배회하고 있을 때 공연 중인 국악인 최경명 씨를 만났다. 이후 그는 최 씨를 따라다니면서 장구와 피리, 배뱅이소리를 어깨너머로 배웠고 인천과 강화 등지에서 약장수 생활을 했다. 그러다가 배뱅이굿을 하는 이은관 씨의 공연을 보고 감동을 받아 이 씨와 인연을 맺고 40년 동안 같이 지내게 된다.

"하루는 육영수 여사의 초대를 받고 소록도 위문공연을 가게 됐습니다. 「쾌지나 칭칭나네」를 부른 김상국, 「노란 샤스 입은 사나이」의 가수 한명숙 씨도 함께 갔지요. 이때 다른 분들은 10분 정도 노래를 불렀으나 저는 이충선 씨를 따라다니면서 배운 재담으로 30분 가까이 무대 위에 섰지요. 환자들도 막 웃고 그러니까 무대가 화기애애했어요. 육영수 여사도 좋아하시면서 몸소 무대까지 다가오시더니 악수를 청하더군요. 엊그제(10·26) 박정희 전 대통령을 추모하러 간 것도 그런 인연에서였습니다."

김 씨가 재담가로 유명해진 결정적인 계기가 있다. 박정희 정권 때 이후락 중앙정보부장과의 만남이다. 사연은 이렇다. 1972년 7·4남북공동성명 발표 직후였다. 김 씨는 이은관 씨와 함께 종로 3가에 있는 요정집 '오진암'으로 초대받았다. 가보니 김지미, 서수남, 하청일 등 유명 연예인 20여 명이 모여 있었다. 이후락 부장이 북한에 무사히 다녀온 기념으로 파티를 연 자리였다. 이 부장은 술을 한 잔씩 돌리면서 각자 노래 한 곡씩 부르게 했다. 당시 중앙정보부장이라고 하면 매우 근엄한 위치여서 다들 조용하게 불렀다. 그러나 김 씨 차례가 오자 원래 하던 대로 소리 내어 불렀다. '네가 먼저 살자고 옆구리 꾹꾹 찔렀지. 내가 먼저 살자고 계약에 도장을 찍었나'를 민요풍으로 불렀다. 분위기가 확 반전됐다. 이 부장이 기분이 좋았던지 "바로 그거야, 한 번 더 불러 봐"라고 했다. 이왕 내친김에 야한 노래를 했다. '○○산 자리봉에 좁쌀 서말 심었더니 공알새가 날아와~.' 다들 웃으면서 박수를 쳤다. 이 부장은 "저런 사람 세 사람만 있으면 남북통일도 문제없어"라고 하면서 김 씨를 옆자리에 앉힌 뒤 백지수표(100만 원 이하) 한 장을 건넸다. 당시 100만 원은 집 한 채 값이었다.

"그 수표를 들고 한국은행을 갔습니다. 은행장이 직접 나와 인사를 하더군요. 이후락 씨 사인을 보더니 다들 굽실굽실하는 거예요. 어떻게 받았으며 다 찾아갈 거냐는 등 아주 친절하게 물어 왔습니다. 그래서 10만 원만 우선 달라고 했지요. 그것으로 양복점에 가서 옷을 맞춰 입고 남대문시장에 가서 해군 단화를 구입했습니다. 나머지는 안비취, 묵계월, 박동진 등 국악인들에게 공연을 하도록 도와주었지요."

아울러 '김뻑국예술단'을 창단한 뒤 전국 면 소재지까지 가서 암울했던 시절에 해학과 웃음을 선사할 수 있었다고 술회했다. 그러면서 재담 한마디 툭 던진다.

"서방님의 양말을 꿰맬 때 본처는 이빨로 실을 끊고, 둘째 마누라는 가위를 사용합니다. 셋째는 냄새를 맡고는 아예 양말을 버리지요. 하하하."

김 씨는 살아온 세월이 그래선지 팔순의 나이에도 악동(樂童)처럼 웃는다. 얼핏 보면 동자승 같기도 하고 철없는 촌놈 같기도 하다. 김뻑국이라는 이름은 방송국 데뷔 시절 '뻑국 뻑뻑국'이라는 소리를 잘 내서 그렇게 됐다고 말한다. 본명은 김진환이다. 김 씨는 2010년 자신의 예술 인생 50년을 맞아 남산 국악당에서 화려한 공연 무대를 가졌다. 이때 각계 인사들이 참여해 한마디씩 덕담을 건넸다. 단국대 명예교수인 서한범 문학박사는 "김뻑국은 모르는 사람이 없을 정도로 널리 알려졌다. 이름이 재미있어 그렇기도 하겠지만 그보다 재담과 소리, 몸짓과 연기로 청중을 몰고 다니는 유명세 때문이다. 선생은 익살스러운 말이나 행동, 노래와 춤으로 사람들을 불러 모으는 능력이 있어 이 시대의 마지막 어릿광대라는 이름이 잘 어울리는 분이다"라고 했다.

그랬다. 어린 시절 피리의 명인 이충선을 따라다니면서 굿당의 대감놀이를 배웠고 김윤심의 재담과 소리를 익히기도 했으며 최경명에게는 장구와 피리, 1960년도에는 이창배 문하에서 경기민요를 배웠다. 그러면서 김뻑국만의 독특한 스타일의 영역을 개척하면서 많은 국악인들의 앞날을 열어주기도 했다. 꿈은 무엇일까.

"일본에는 재담이나 만담 문화재들이 많은데 우리나라에는 한 명도 없습니다. 꼭 인간문화재가 아니더라도 '명예문화재'라는 증서 하나라도 있으면 좋겠습니다. 그리고 재담을 배우려는 제자들이 없는 게 안타깝습니다."

그러면서 노래를 한다. '만나보세~ 만나보세~ 어머님 아버님 앞마당에서 만나보세~ 얼쑤.' 팔순에 눈을 감고 장구 치고 북 치며 달밤에 외로이 홀로 앉아 있다.

〈2013년 11월 6일〉

김뻑국은

1934년 일본에서 태어났다. 본명은 김진환이다. 11세 때 광복을 맞아 아버지 출생지인 충남 보령에 정착했다. 초등학교 5학년 때 서울에서 정처 없이 떠돌아다니다가 국악인 이충선 씨를 만나 머슴살이를 했다. 6·25전쟁을 겪은 뒤 국악인 최경명 씨를 만나 피리와 배뱅이소리를 배웠다. 인천과 강화도에서 약장수를 하던 시절 배뱅이굿을 하는 이은관 씨를 만나 40년을 같이 지냈다. 1960년 이창배의 문하에 입문해 본격적으로 경기민요를 배우게 된다. 이정업의 장구, 김천흥의 춤, 박동진의 판소리, 박해일의 재담을 배우면서 독자적인 영역을 개척한다. 1974년 남북적십자회담 환영공연을 했으며 1975년 '김뻑국예술단'을 창단했다. 최근에는 「정선아리랑」 연주법을 독창적인 기법으로 개발했고 우리 「아리랑」을 영어, 중국어, 일본어로 부르면서 세계화에 앞장서고 있다. 현재 '김뻑국예술단'의 단장이다.

송서·율창 예능 보유자 무형문화재 41호 명창

유창

'유인(有人)이 문래복(問來卜)하되 여하시화복(如何是禍福)일고/ 아휴인시화(我虧人是禍)요 인휴아시복(人虧我是福)이라.' 명심보감에 나오는 대목이다. '어떠한 것이 재앙이고 행복인가 묻는 사람들이 있는데, 내가 남을 해롭게 함은 재앙이요, 남이 나를 해롭게 함은 행복이다'라는 뜻이다. 얼핏 보아 짧은 문장인데도 불구하고 외우기가 썩 쉽지 않아 보인다. 그렇다면 옛날 선비들은 책 한 권 분량의 고전을 어떻게 다 암기하고 이해를 했을까. 그것은 다름 아닌 소리 내어 읽는 방법이다. 길고도 긴 문장을 소리 내어 읽는 것을 반복하며 차곡차곡 외워 나갔다. 그렇게 소리 내어 읽는 것을 송서(誦書)라고 한다.

예부터 집안을 기쁘게 하는 세 가지 소리가 있다. 삼희성(三喜聲), 즉 '글 읽는 소리, 아기 우는 소리, 다듬이 소리'다. 특히 과거시험을 보는 집안에서는 글 읽는 소리가 끊이지 않아야 합격할 수 있다고 믿었다.

송서는 주로 고전을 읽는 것이고 율창(律唱)은 한시를 읊는 소리를 말한다. 무작정 읽고 읊는 것이 아니다. 송서는 글을 읽을 때 음악적인 멋을 넣어 구성진 성악으로 표현하는 예술이다. 즉 음악적 예술성을 토대로 경전이나 산문을 외워서 가창하는 것이다. 또 율창은 한시에 청(淸: 목소리)을 붙여 일정한 장단 없이 오언절구, 칠언절구, 칠언율

시 등을 가락에 올려 부른다. 둘 다 선비문화의 대표적 음악 유산으로 고품격의 멋스러움이 묻어나는 격조 있는 소리로 여긴다.

경기민요 명창으로 잘 알려진 유창(55, 본명 유의호) 씨는 이 같은 송서·율창으로 '600년 선비의 숨결'을 이어가고 있는 대표적 소리꾼이다. 그는 2009년 서울시 무형문화재 41호 '송서·율창 예능보유자'로 지정받았으며 송서의 정통 계보인 이문원-묵계월 선생의 대를 이었다. 송서·유창을 발표하는 국악인은 유 씨가 국내에서 유일하다. 그는 타고난 목소리와 음악성으로 이미 경기 서도의 좌창이나 입창은 물론 가곡과 시조를 오래전에 두루 섭렵했다. 송서와 율창에 매진하면서부터 특유의 남성다운 성량과 기교, 그리고 독특한 창법을 개발한 소리꾼으로 정평이 나 있다. 그는 2014년 11월 소리 인생 35년을 기념하기 위해 서울 대학로 동숭아트홀에서 관련 세미나를 여는 등 '특별한 송서·율창의 무대'를 펼쳤다. 이때 초중고 학생들을 많이 초청해 어떻게 하면 잘 외우는 것인지 실연해 보이기도 했다. 그는 또 2012년 세종마을 선포 1주년을 맞아 『훈민정음』 반포 재연행사 때 『훈민정음』을 송서로 불러 주목을 끌었다. 이처럼 송서는 글을 읽는 낭독의 소리이기 때문에 어떤 고전이든 여러 창법으로 부를 수 있다.

그를 만난 것은 2014년 9월 4일 서울 종로구 국악로 연습실에서였다. 연습실은 작은 공연 무대로 꾸며져 있었다. 『대학』, 『중용』, 『격몽요결』 등의 고전과 고대 문장가들이 애독하던 진귀한 시문이 담긴 책자들이 눈에 들어온다.

"송서·율창은 얼마 전까지만 해도 일반인은 물론 국악 전공자들도 어렵고 딱딱하다는 이유로 이해와 관심이 그다지 높지 않은 편이었습니다."

묵계월 선생한테 송서를 배울 때 처음에는 여러 사람이 함께 시작했지만 시간이 지나면서 다들 배우기를 기피했고 오로지 좋은 목소리를 타고난 유 씨만이 끝까지 남아 자신의 예술 세계를 이어나가고 있다. 유 씨는 '송서'라는 말 자체가 일반인들에게 다소 생소할 뿐이지 알고 보면 매우 흥미롭다고 강조한다. 2013년 8월 〈송서·율창 꽃 피우다〉라는 무대를 통해 「삼설기」, 「적벽부」, 「추풍감별곡」 등 송서와 율창 스물두 곡을 담은 새로운 음반을 출시하면서 신개념의 독서운동을 열창한 것도 좀 더 대중과 가까이하기 위해서였다.

송서·율창은 조선 후기 사대부 독서인들의 인식과 가치관을 담고 있다는 점에서 다른 국악과 차별화된다고 그는 말한다. 단순히 눈으로만 글 읽는 소리가 아니라 고전의 내용을 음미하고 행동으로 실천하기 위한 위기지학(爲己之學)의 총체적 의미를 내포하고 있다는 것. 국악사적 의미에서 고유의 창법과 리듬, 선율 등 여러 면에서 훌륭한 전통성을 보유하고 있지만 6·25를 지나면서 급격히 쇠락했다. 또한 한글 중심의 교육체계가 도입되면서 극장무대와 라디오 등에서 점차 다른 공연 종목에 밀리게 됐다. 유 씨는 이런 상황을 안타깝게 여겨 꾸준히 무대에 서는 한편, 제자 양성에도 소홀히 하지 않고 있다. 그런 노력 덕분에 요즘 들어 송서에 관심을 보이는 학생과 일반인들이 늘어나고 있으며 이수자와 전수자 등 제자들도 많아지고 있다고 유 씨는 말한다.

"인문학적 소양이 더욱 요구되는 현대 사회에서 송서·율창은 아주 중요합니다. 고전 교육의 부활을 통해 청소년 인성 교육에 기여하는 동시에 '고전의 재발견, 현대적 재창조'를 화두 삼아 '살아 숨 쉬는 전통음악 구축'을 실현할 수 있기 때문이죠."

송서는 조선 시대 과거시험 때 배강(背講)이란 과목으로 채택됐다. 다시 말해 시험장에서 책을 앞에 놓고 뒤돌아 앉아 그 책의 내용을 줄줄 외우는 것이다. 따라서 성균관, 향교, 서원, 서당 등 당시 모든 교육과정에서 가장 중시됐다. 그 덕분에 조선은 공부의 나라요, 글 소리의 천국이었다. 위로는 임금과 세자, 아래로는 입신출세를 마음에 둔 선비들의 글 소리가 전국 방방곡곡에서 끊이질 않았다고 유 씨는 말한다.

"송서는 독서인들의 공부 방법이자 생활이었습니다. 송서는 사회적 신분 상승의 수단이기도 했지만 그보다 독서인들의 인격 수양과 실천을 위한 방법이었습니다. 당시 사랑방과 서당을 돌며 공연했고 대상층은 사대부가에서 남성 중심의 식자층과 독서인들이었습니다."

음악적 창법의 특징으로는 멜로디 자체가 틀에 짜여 있지 않고, 목청이 좋고 성량이 튼튼해야만 소리를 자유자재로 구사할 수 있다고 설명한다. 그러면서 감정을 억제시키고 심정(心情)을 정화시키는 것을 특징으로 한다는 것이다. 유씨는 "송서·율창은 대한민국의 대표적 전통 성악"이라고 거듭 강조하면서 "전통 송서의 보존과 동시에 교육적 기능이 큰 창작 송서의 개발, 율창의 복원 등 국악의 대중화 및 전통문화 콘텐츠의 확장에 많은 관심을 가져야 한다"고 덧붙였다. 특히 인류 무형문화유산으로서 충분히 가치가 있기 때문에 그 역할은 더욱 중요하다고 역설한다. 사라질 뻔했던 송서·율창의 창법을 꺼내 맥을 잇는 것도 이 같은 까닭이다. 그는 1999년 9월 19일 서울 운현궁에서 첫 발표 무대인 〈송서의 밤〉을 가졌다. 잠시 당시를 회고한다.

"공연 날짜를 잡고 보니 공교롭게도 숫자 9가 많은 날이었습니다. 저는 한옥 노락당에서 글을 소리 내어 읽었고 관객들은 마당에 설치된 천막 안에서 관람하는 상황이었습니다. 그런데 비가 엄청나게 쏟아졌습니다. 많이 걱정이 되더군요. 하지만 300여 관객 중 한 사람도 자리를 뜨지 않았습니다. 나중에 공연이 끝났을 때 한 교수님이 '송서에 대한 관심이 예사롭지 않다'고 하더군요. 그때 이후 사라져가는 송서를 열심히 보급하겠다고 다짐했지요."

어떻게 해서 소리와 인연을 맺었을까. 충남 서산 출신인 그는 어릴 때부터 시조와 시창에 능한 아버지의 영향을 받으면서 자랐다. 자연스럽게 아버지의 시조창을 따라 부르다 보니 소리가 점점 좋아졌다. 그러다가 고등학교를 졸업한 직후인 1979년 박태여 선생에게 경기민요와 서도소리를 정식으로 배우기 시작했다. 이후 이은주 선생을 거쳐 1992년 묵계월 선생을 만나면서 〈삼설기〉 및 〈12잡가〉 등을 전수받았다. 1998년 전주대사습 경기민요 부문에서 남자로서는 최초로 장원을 차지하는 등 발군의 실력을 발휘한다. 이듬해 운현궁에서의 첫 무대를 시작으로 매년 경기소리와 송서·율창 발표 무대를 꾸준히 이어오고 있다. 앞으로의 계획에 대해서는 "송서는 책을 읽고 낭독하고 외우는 암송의 예술이다. 그런 예술과 교육의 효율적 접목을 통해 도덕적 가치 구현을 실현하는 데 이바지하겠다"고 말한다.

〈2014년 9월 10일〉

유창은

1959년 충남 서산에서 태어났다. 어릴 때부터 시조에 능한 아버지의 영향을 받았다. 1979년 박태여 선생한테 경기 서도소리를 배우기 시작했다. 1994년 묵계월 선생의 문하로 들어가 〈삼설기〉와 〈12잡가〉를 익혔다. 1996년 중요무형문화재 제19호 선소리 산타령을 이수했다. 1999년 제1회 송서의 밤 발표회를 가졌다. 2000년 소리극 〈장대장타령〉의 주연을 시작으로 다수의 소리극에 출연했다. 2001년 〈유창 경기 12잡가〉 이후 매년 발표회를 가졌다. 2001년 중요무형문화재 제57호 경기민요 전수조교로 인정받았다. 2009년 서울시 무형문화재 제41호 송서·율창 예능보유자로 지정받았다. 주요 수상으로는 전주대사습 민요 부문 장원(1998년), 전국 경서도창대회 대통령상(2000년), KBS국악대상 민요상(2003년), 옥관문화훈장 서훈(2012년) 등이다. 음반과 저서 활동으로는 〈송서 삼설기〉 취입(1999년), 〈12잡가, 송서〉 음반 출시(2004년), 『삼설기 연구』 출간(2000년), 『묵계월 경기소리 연구』 발간(2003년) 등 다수가 있다.

판소리 신동에서 철학박사가 된

오정해

'큰 소리꾼이 되어라, 마음의 한을 품어라, 큰 소리꾼이 되어라.' 1993년 개봉된 영화 〈서편제〉는 그렇게 심금을 울렸다. 아버지가 딸을 진정한 소리꾼으로 만들기 위해 눈을 멀게 하는 장면이다. 앞이 안 보이는 딸은 "이제는 소리밖에 할 수 없지요"라고 애절하게 울부짖는 모습이 눈에 선하다. 한국 영화 최초 100만 관객 돌파라는 신기록을 세우면서 그야말로 '서편제 신드롬'을 일으켰다. 판소리와 소리꾼에 대해 잘 몰랐던 사람들도 이 영화를 통해 새롭게 이해하게 됐다. 그만큼 사회적 이슈였고 눈부신 영상에 녹아든 여주인공 송화의 목소리에 울고 감동했다. 한국을 대표하는 정서와 한을 토해내는 장면이 압권이었다. 이 영화는 1993년 상하이영화제 최우수 감독상(임권택), 최우수 신인여우상(오정해), 제31회 대종상 최우수 작품상·감독상, 제14회 청룡영화상 최우수 작품상·최다관객상·대상·남우주연상(김명곤)·신인여우상(오정해)·남우조연상·촬영상, 제4회 춘사영화예술상 대상·작품상·감독상·여우주연상(오정해)을 수상하면서 많은 화제를 불러일으켰다.

오정해 씨와 만난 것은 비가 추적추적 내리는 2012년 11월 13일 오후였다. 연기 생활 20년을 맞는 감회가 어떤지, 또 어떻게 바쁘게 살아가는지에 대한 궁금증을 풀기 위해서였다. 그는 "얼떨결에 〈서편제〉에 출연했지만 영화가 대박을 터뜨릴 줄 몰랐다. 지금 생각해도 울면서 연기를 했던 기억이 선하다"고 말하는 그와 안양의 한 중국집 2층에서 마주 앉았다. 중국집은 '퓨전 중식' 메뉴로 남편이 운영하고 있다. 처음에는 남편을 도와 중식당에 가끔 나왔지만 지금은 바빠서 거의 도와주지 못하고 있다. 오 씨와는 구면이어서 오랜만이라고 인사했다. "그때나 지금이나 세월이 좀 지났는데도 얼굴이 변하지 않는다"고 하자 "저는 숫자를 잘 몰라요, 나이를 세면 뭐해요"라며 웃는다. 그는 원래 솔직 털털한 성격이다. 책 읽는 것, 조근조근 대화하는 것도 좋아한다.

"지난주 토요일 경기 광주에서 〈오정해의 소리이야기〉(부제: 당신이 있어 고맙습니다)라는 제목으로 관객들과 편하게 만났습니다. 그때 그랬지요. 지난 세월을 살아오면서 데뷔 20주년이라는 말을 처음 꺼냈습니다. 전화를 주시지 않았으면 그조차도 잊고 살았을지 몰라요(웃음)."

원래부터 숫자를 좋아하지 않는다는 그는 "나이나 몇 월 며칠 세는 것이 중요한지 모르고 살아간다"고 말한다. 얼마 전 결혼 15주년인 것도 잊었었고 생일도 가끔 '까먹는' 경우가 있단다. 정말 그렇게만 지냈을까. 따지고 보면 세월의 무게, 세월의 힘이란 무시할 수 없다. 최근 철학 박사학위를 땄고 〈오정해의 소리이야기〉라는 새로운 무대도 시작했다. 또 판소리 다섯 마당과 「아리랑」 연구에 관심을 갖고 자료 수집 등 책자 발간 준비에 박차를 가하고 있다. 오 씨와 만나면서 〈서편제〉 얘기를 안 할 수가 없다. 개인적으로 보더라도 인생의 중요한 전환기였기 때문이다. 그 영화를 떠올릴 때 가장 생각나는 것은 무엇일까.

"〈서편제〉는 보는 사람마다 다 다른 것 같아요. 자기 안에서 찾는 영화의 장면이 달라요. 화면도 그렇고 음악도 그렇고요. 제 개인적으로는 영상과 음악이 아주 잘 어울리는 완벽한 작품이라고 생각합니다. 우리 민족의 한과 정서가 잘 함축된 음악, 그리고 북을 치는 동호와 회포 푸는 장면 등 제가 불과 스물두 살 때 겪었던 감동이 지금도 생생합니다."

그는 당시가 더 어른스러웠다며 웃는다. 지금은 아이 낳고 엄마가 됐지만 그때는 뭣도 모르고 자신만만하게 모든 일을 했던 것 같다고 술회한다. 또한 주위에서 많이 이끌어주었기에 더욱 그랬단다. 자연스럽게 이야기는 '미스 춘향' 시절로 돌아갔다. 타고난 노래 솜씨를 보이던 그는 주변의 권유로 판소리를 시작했다. 열세 살 때 전주대사습놀이 판소리에서 최연소로 장원을 하면서 명창 김소희(1995년 작고)의 제자가 됐다. 이후 KBS 국악마당에 두 번 출연하면서 한복연구가 허영(2000년 작고)과 인연을 맺었다. 결국 '한복이 너무 잘 어울린다'는 칭찬에 '미스 춘향' 대회에 나가게 되면서 〈서편제〉를 찍게 됐다.

"어떤 대회나 무슨 행사에 나갈 때마다 주위에서 제 손을 꼭 잡아주셨던 분들이 많았습니다. 어린 나이에 한 시대를 풍미하게 되는 엄청난 행운이었죠. 도움을 많이 받았고 따라서 책임감 또한 컸습니다. 소리꾼 오정해로서 흐트러지지 않으려고 조심조심 걸어왔다고나 할까요. 또 〈서편제〉라는 명찰이 붙어 있으니 부담이 없어요. 어떤 무대든, 어떤 장소든 그 명찰로 100% 편하게 다가갈 수 있어요. 관객들의 기대치도 그런 것 같고요."

그는 지난 20년 연기 생활을 돌아보면서 아이 낳고 딱 한 달 집에서 쉰 것 외에는 거의 매일 빡빡한 일정을 소화한 것 같다고 회고한다. 관객들과 호흡할 수 있는 라이브 무대를 꾸준히 가졌다. 월요일에 한복을 입으면 이튿날에는 드레스를, 또 그다음 날에는 연극무대복으로, 일주일 동안 매일 옷을 갈아입으며 관객들과 만났다. 그도 그럴 것이 〈서편제〉 이후 영화, 연극, 뮤지컬, 방송 진행, 학생, 선생으로 살아왔다. 그러다가 얼마 전에는 박사학위까지 땄다며 수줍게 웃는다. 내용을 묻자 대단한 일은 아니라면서 부각시키지 말아달라고 했다. 그래도 연기자 중에는 보기 드문 철학박사가 아니냐고 거듭 물었더니 다음과 같은 대답이 돌아온다.

"원래 저는 다도(茶道)에 취미가 있어요. 우리나라에는 엄마 문화가 없잖아요. 교육 문제도 그렇고 아이를 학교에만 맡긴다고 되는 게 아니라고 생각해요. 음식, 예절, 꽃, 그릇, 사물에 대한 관심을 갖다 보니 원광대에 계신 교무님을 알게 되면서 원광대에서 동양철학을 공부하게 됐고 7년 만에 박사학위를 받았어요."

그의 논문 제목은 「판소리 심청가의 예술성 연구」다. 〈심청가〉를 모성애적 차원에서 새롭게 풀어 써 관심을 끌었다. 인당수 자체가 곧 '모성'이라는 것이다. 그는 논문을 쓰고 나서 아쉬운 점이 많았다. 많은 자료들을 모았지만 논문에 다 풀어내지 못해 좀 더 연구하면서 책으로 펴낼 준비를 하고 있다. 내친김에 〈심청가〉에 이어 판소리 다섯 마당까지 접근하겠다는 생각이 있다. 또 있다. 「아리랑」을 연구하겠단다.

"외국 사람들이 「아리랑」이 무엇이냐고 물으면 선뜻 대답을 잘 못합니다. 지방마다 다르고 외국 교포 사회에서의 「아리랑」도 다르고 그렇잖아요. 누군가 쉽게 정리해줄 필요가 있다고 생각해요. 이번에 박사과정 공부를 하면서 우리 것에 대한 관심이 새삼 더 생겼다고나 할까요."

공부하면서 느꼈던 고충도 털어놓는다. 익산(원광대)까지 오고 가느라 직접 운전(지프 형식의 SUV 차량)을 하는 것도 그렇고 멀미하는 것, 방송과 무대 출연하는 것, 특강 시간을 쪼개가며 공부하는 것 등이 힘들었다고 했다. 그래도 다행인 것은 '오늘에 충실하려는 버릇' 때문에 무사히 공부를 마친 것 같다며 웃는다.

"저는 단기 기억상실증처럼 살자는 주의입니다. 오늘에 충실하는 것이지요. 과거는 흘러간 것이고 다가올 미래에 대해 미리 불안해할 필요도 없잖아요. 또 어느 순간 일이 많다고 생각하면 그냥 놔버려요. 오늘 다 움켜쥘 필요가 없어요. 시간이 지나면 놔버렸던 것이 다시 오거든요. 20년 전에는 책임감으로 살았지만 지금은 놔버릴 수 있다는 마음의 여유가 생겼어요."

겨울이 되면 길가의 가로수가 나뭇잎조차 내려놓는 것과 마찬가지 아니냐고 했더니 고개를 끄덕이며 웃는다. 그는 20년 전에 입었던 옷을 지금도 입는다고 했다. 중간에 '돼지'처럼 살찌기도 했지만 지금은 당시에 직접 만들었던 옷을 입을 수 있게 됐다고 했다. 그의 집에는 애지중지하는 재봉틀이 있다. 본인의 옷은 물론이고 아들 옷, 조카들 옷까지 손수 만들어주기도 한다. 시간이 되면 동대문시장에 가서 원단을 직접 고른다.

인터뷰를 마치면서 머릿속으로 20년을 다시 정리했다. 소리꾼 오정해는 판소리를 예술적으로 접근하는 일을 시작했고, 또 〈오정해의 소리이야기〉라는 특별한 무대로 관객들과 만나고 있으며 내년에는 본인이 작사한 노래로 음반을 낸다. 아울러 집착이라는 단어를 버리고 편안하게 '오늘주의'로 홀가분하게 살아가고 있다. 꿈이 무엇이냐는 질문에 "행복한 오정해가 되는 것이며 오늘이 행복해야 미래가 있는 것 아니냐. 철학을 공부하다 보니 대답이 모호해진다"며 웃는다.

동갑인 남편과는 친구처럼 지낸다. 영화, 독서 등 취미도 비슷하다. 17년 전 뮤지컬 〈쇼 코미디〉에 출연했을 때 동료 배우 최정원 씨의 소개로 남편을 만났다. 슬하에 중학생인 아들이 있다.

〈2012년 11월 15일〉

오정해는

1971년 전남 목포에서 태어났다. 6세 때 고전무용을 시작했다. 한복을 뒤집어 쓰고 사극을 흉내 내는 것을 좋아했다. 이후 주위의 권유로 국악과 판소리, 가야금을 배웠다. 13세 때 전주대사습놀이에서 최연소로 장원, 주목을 끌었다. 이때 인간문화재 김소희 선생의 직계 제자가 됐다. 중학교 2학년 방학 때부터 서울과 목포를 오가며 판소리를 공부했다. 〈춘향가〉 이수자인 그는 학창 시절부터 국악경연대회나 명창대회에서 여러 차례 수상했다. 1992년 미스 춘향 '진'으로 선발되면서 임권택 감독에 의해 영화 〈서편제〉(1993년)로 데뷔했다. 한국 영화 사상 처음으로 서울 관객 100만 명 돌파 등 최고의 흥행 기록을 세운 〈서편제〉로 스타가 된다. 이후 영화 〈태백산맥〉(1994년), 〈축제〉(1996년), 〈천년학〉(2007년) 등에 출연했다. 2008년에는 마당극 〈학생신위부군〉에 출연, 호평을 받았다. 중앙대 국악예술학 석사를 거쳐 최근 원광대에서 동양철학 박사학위를 받았다.

신명으로 지구촌 누비는 한예종 교수

김덕수

'신명으로 승부를 걸어라.' 이 외침은 철학이요 존재의 이유였다. '신명'이라는 말은 듣기만 해도 저절로 신이 난다. 그런데 직접 보고 느끼면 어떻게 될까. 만나는 모든 이들에게 잠자는 '신명'을 들춰낸다. 동양이든 서양이든, 흑인이든 백인이든, 그 '신명'과 만나는 사람은 다들 흥이 절로 나 그만 '신병'에 걸리고 만다. 인간의 혼을 두들겨 기어코 깨어나게 하기 때문이다. 박자측정기로는 도저히 파악이 안 되는 사물놀이, 그것은 '신명'으로 몸 구석구석까지 카타르시스로 파고든다.

일본 다이코(大鼓: 큰북)의 명인 하야시 에데스는 '김덕수의 사물놀이'를 접하고 나서 이렇게 언급했다.

'처음 듣는 소리인데도 그리웠다. 알지도 못하면서 야단법석을 떨게 되었다. 작은 해협 저쪽에 부는 바람은 지금도 먼 옛날 사람들의 기억이나 통곡을 품고 거칠어지고 있는 것일까. 그 소리에 한번 칼날을 대면 선혈이 튀어 오르는 광경이 보일 듯하다. 이만큼 북받쳐 오르는 소리를 만난 것은 처음이다. 사물놀이, 나는 그들을 계속 질투하고 있다.'

과연 일본 최고의 명인다운 찬사다. 맞다. 사물놀이를 만나는 외국인들은 한결같이 감동의 메시지를 표현하는 데 주저함이 없다. 최소한 인간의 혼을 마구 두들겨 깨어나게 하기 때문이다. 또한 박자측정기로는 도저히 측정될 수 없는 음악, 그 '신명'을 몸 구석구석까지 카타르시스를 던져주니 말이다.

1978년 12월. 서울 원서동에 건축가 김수근이 세운 공간 사옥의 지하 소극장 '공간사랑'에서 '남사당의 후예'를 자처하는 김덕수, 김용배, 이광수, 최종실 등 네 명의 청년이 등장했다. 이들은 북과 장구, 징 그리고 꽹과리를 들고 나와 신들린 듯 두들겼다. 듣도 보도 못한 현란한 앙상블에 다들 넋이 나갔다. 그렇게 걸쭉한 난장판이 끝나자 민속학자 심우성 씨는 '사물(四物)놀이'라는 이름을 지어주었다. 마침내 세상을 울리는 '지구촌 사운드'가 탄생되는 순간이었다.

2012년 10월 11일 '신명'으로 지구촌을 누비는 김덕수 한국예술종합학교 교수를 서울 석관동 한국예술종합학교 연구실에서 만났다. 그의 아호는 '신명'이다. 하여 신명으로 태어나 신명으로 승부를 걸며 살아가고 있다. 되돌아보니 벌써 60년 세월이 흘렀다. 학교에 강의 나온 지 얼마나 됐느냐는 질문을 던지면서 자리에 앉았다. 15년 전 (이 학교에) 연희과가 생기면서 지금까지 계속 학교에 나오고 있다며 학생들과 만나는 게 아주 즐겁다고 웃는다. 60주년 기념공연 준비는 잘 되고 있는지 묻자 "그럼요. 이번 공연은 아주 재미있을 겁니다. 꼭 보러 오세요"라고 말했다. 일단 출연진만 해도 화려하다. 명창 안숙선, 판소리 오정해, 한국무용가 김리혜(김덕수의 부인) 등을 비롯해 외국 대표로 볼프강 푸쉬닉, 자말라딘 타쿠마 등도 참가한다. 제자 60명이 모처럼 모이는 뜻 깊은 자리이기도 하다.

"인생에 있어서 60세는 이제 한 바퀴 도는 것입니다. 따라서 다시 시작한다는 의미라고 할 수 있지요. 연희와 사물놀이의 탄생, 그리고 제가 다섯 살 때, 그러니까 처음 무동이 됐을 때부터 성장하는 과정 등 사물놀이와 김덕수의 과거, 현재, 미래 등을 함께 버무린 신명 나는 무대를 준비했습니다. 오랜 세월 김덕수를, 그리고 사물놀이를 사랑해준 국민들에게 바치는 헌정 무대입니다."

김 교수는 또 "이번 무대의 특징 중 하나가 흑인 대표(자말라딘 타쿠마, 뉴욕), 백인 대표(볼프강 푸쉬닉, 오스트리아), 한국 대표(김덕수와 제자들) 등이 나와 서로 신명 나게 난장판을 벌일 것"이라며 자신 있게 웃는다. 그는 인터뷰 내내 거침이 없었다. 진지했다가 크게 웃는 모습이 인상적이었다. 때로는 악동 같아 보이기도 했다.

광대 인생 60년 기념공연을 갖는 소감을 묻는 질문에 "인생이든 사물놀이든 어떤 정리는 또 다른 시작의 근원이 아니냐"고 몇 번 강조한다. 이때 미국에 있는 제자한테서 전화가 걸려왔다. 그는 사물놀이로 지구촌 곳곳 안 가본 데가 없다. 제자들이 어느 정도일까.

"외국 무대 진출 35년 동안 5대양 6대주를 다니다 보니 현지 제자들이 아주 많습니다. 사물놀이를 창단한 목적은 사물놀이가 전통문화의 핵심이기 때문입니다. 리듬의 언어이며 자연의 울림이지요. 어느 민족이라도 그들만의 리듬을 가지고 있습니다. 그 리듬에 우리의 신명을 불어넣어주면 저절로 우리를 따르고 좋아합니다. '덩더쿵'이라는 신명으로, 말없이 몸으로 선생과 제자들이 만납니다. 그렇게 35년이 되다 보니 이제 세계 각국의 음악대학에서 고정적으로 학점을 줄 정도가 됐습니다. 제가 외국에 나갈 때마다 그 학교에 악기를 선물로 주고 우리의 신명을 가르친 결과지요."

1984년 영국과 유럽 등지에서 사물놀이를 가르치기 시작해 미국의 하버드대와 예일대, MIT공대, 인디애나주립대 등에서도 여러 차례 강의했다. 최근에는 영국의 케임브리지대 개교 800주년 행사 때에도 사물놀이에 대해 감동 깊게 설파해 좋은 반응을 얻었다.

"한국학 교수 제자들이 세계 곳곳의 대학에 포진해 있습니다. 이제는 현지 제자들이, 그곳에서 자주 공연을 합니다. 60년 세월에서 이게 가장 큰 기쁨이자 보람이지요."

세계를 향한 그의 사물놀이 전도는 여기서 그치지 않는다. 매년 '세계 사물놀이 대축제'를 열고 있다. 여기에는 세계 각국의 인종이 참여한다. 벌써 20년째다. 외국인 제자들도 양성해내고 있다.

"외국인들은 하체가 약합니다. 우리는 다리는 짧지만 하체가 강하거든요. 우리 문화는 곡선이며 감아 싸는 멋과 감기는 맛이 있습니다. 외국인들도 그걸 알고 있습니다. 이제는 그들의 생활 속에 파고들어가야 합니다. 우리의 된장비빔밥을 그들의 것과 합류시키는 것이지요. 외국 작곡가들도 우리의 신명에 대해 곡을 쓰기 시작했습니다. 이제부터 업그레이드시켜야 합니다. 선진 문화로 가려면 그동안 먹고사느라 잊었던 문화를 살려내야 합니다."

이 대목에서 그의 목소리는 더욱 커진다.

"우리나라에서는 중산층을 구분할 때 아직도 중형차와 아파트 평형을 기준으로 합니다. 선진국은 그게 아닙니다. 집에 어떤 악기를 가지고 있는지, 외국어는 어느 정도 구사하는지 등을 따집니다. 우리나라도 이제는 문화적으로 한 단계 올라서야 선진국으로 갈 수가 있습니다. 사실 중국과 일본의 경우 문화만큼은 우리에게 꼼짝 못합니다. 가수 싸이의 말춤을 보세요. 우리의 신명입니다. 마당에서 신명나게 추는 막춤입니다. 기마민족의 후예로 말춤을 만들어내는 것도 우리 신명의 비결입니다. 도약과 감기는 것, 사물놀이도 그 같은 신명의 막

춤과 다를 바 없습니다."

그러면서 우리말도 신명의 씨앗이듯 그 신명을 살려야 할 때가 비로소 도래했다고 강조한다. 아울러 문화를 살리기 위해서는 학교 다닐 때 1인 1기의 풍류를 가르치는 등 교육체계도 재점검해봐야 할 필요가 있다고 목소리를 높인다. 그동안 경제적으로 어려웠다는 이유로 우리 문화를 잊었다면 이제는 그것들을 되찾아 '덩더쿵' 신명이 세계문화의 근본이 되도록 해야 한다는 것이다.

그의 인생에 있어서 마지막 꿈은 무엇일까.

"전 세계 어느 나라든 사물놀이 악기가 있는 것입니다. 서양악기가 우리나라에 온 것이 100년밖에 안 됩니다. 학교마다 서양악기가 다 있잖아요. 우리라고 못 할 것 없지요. 이미 터전을 닦아놨으니 30년 계획을 세우고 실행에 옮기면 얼마든지 가능합니다."

대전에서 태어난 그는 어릴 적부터 남사당인 아버지(벅구놀이의 명인)를 따라 장구를 다루며 놀았다. 다섯 살 때 무동으로 전통예술 무대에 올랐고 1959년 불과 일곱 살의 나이로 '전국농악경연대회'에 참가, 대통령상을 받아 일찍부터 '장구의 신동'으로 알려지기 시작했다.

장구와 쇠가락은 양도일, 송순갑 선생 등을 사사하고 김소희, 정권진, 진영희 선생 등 민속악계의 명인들로부터 넓은 음악세계를 접했다. 아울러 국악예술고에 진학하면서 체계적인 국악 이론과 실기를 배웠다. 국악예고 시절에는 2년 선배인 박범훈 전 중앙대 총장과 함께 자취하다시피 지내며 음악적 우정을 쌓기도 했다.

국악예고 졸업 후 전통예술공연단체의 일원으로 전 세계 순회공연을 다니며 자신감을 얻은 그는 1978년 '사물놀이'를 창단, 국악으로 세계를 누비는 역사를 쓰기 시작했다. 미국과 영국, 캐나다, 일본 등 1

년에 150여 회씩 순회공연을 펼쳤다. 또한 그는 '전통을 붙잡느니 차라리 이단이 되겠다'고 선언하며 변화하는 시대에 맞게 전통을 변용해 다양한 장르와의 퓨전공연을 시도했다. 힙합가수와도, 바이올린과도 척척 호흡을 맞췄다. 까닭에 한국 문화 발전과 성장에 기여한 공로로 국민훈장 은관문화훈장 등을 받았으며 해방 이후 '가장 영향력 있는 50인'으로 선정되기도 했다.

현재는 한울림예술단을 구성해 제자들과 함께 강원도 오지 5일장, 육군훈련소 등 전국 곳곳에서 연 100회가 넘는 공연을 펼치고 있다.

김 교수는 일찌감치 경기도 양평에 악기공방을 차렸다. 품질 좋은 전통악기를 생산해내기 위해서다. 무용가인 부인과 슬하에 두 아들을 두었다. 첫째 아들이 가수와 MC로 활동하는 수파사이즈이며 둘째는 금융 계통에서 일하고 있다. 인터뷰를 마치면서도 그는 "한국이란 좁은 땅에서 세계를 감동시키는 것은 문화밖에 없다"고 거듭 강조했다.

〈2012년 10월 18일〉

김덕수는

1952년 대전에서 태어났다. 5세 때 남사당인 아버지의 영향으로 장구와 놀며 무동(舞童)으로 처음 무대에 올랐다. 7세 때 '전국농악경연대회'에서 대통령상을 받았다. 이후 장구와 쇠가락은 양도일, 송순갑 선생 등을 사사했다. 1970년 국악예술고를 졸업했으며 1978년 김덕수 사물놀이패를 창단했다. 이후 1년에 150여 회 세계 공연을 다녔다. 1982년 미국 댈러스 세계타악인대회, 1984년 캐나다 밴쿠버 월드드럼페스티벌, 1988년 서울올림픽 성화봉송 축하공연 등을 통해 사물놀이의 신명을 세계에 알렸다. 1995년 사물놀이패 한울림을 창단했다. 2001년 전통문화 벤처기업 난장컬처스 대표, 2005년 한국문화예술위원회 전통예술위원을 거쳐 현재는 한국예술종합학교 전통예술원 연희과 교수로 재직 중이다. 대표 음반으로는 〈난장—뉴호라이즌〉(1995), 〈김덕수 사물놀이 결정판〉(1996), 〈풍물 데뷔 40주년 기념 앨범—미스터 장구〉(1997), 〈김덕수 예인인생 50주년—길〉(2007) 등 다수가 있다.

국민소리꾼

장사익

산 너머 저쪽이다. 어머니는 배추를 팔러 나갔다. 돌아오는 언덕길이 꼬불꼬불 멀었다. 오늘도 늦으시려나……. 헤일 수 없이 수많은 밤을 그렇게 기다렸다. 어느 날엔가 막차의 기적 소리가 들려왔다. 어쩔 거나, 어머니가 걱정된다. 그래서 읊었다.

'열무 삼십단을 이고/ 시장에 간 우리 엄마 안 오시네/ 해는 시든 지 오래/ 나는 찬밥처럼 방에 담겨/ 아무리 숙제를 천천히 해도 엄마 안 오시네/ 배추잎 같은 발소리 타박타박/ 안 들리네, 어둡고 무서워/ 금간 창틈으로 고요히 빗소리/ 빈방에 혼자 엎드려 훌쩍거리던/ 아주 먼 옛날~.'

1989년 요절한 기형도의 시 「엄마 걱정」에 나오는 대목이다. 「엄마 걱정」은 2010년 10월 서울 세종문화회관에서 시작해 연말 제주 무대에 이르기까지 노래로 불려 많은 사람들의 심금을 울렸다. 〈장사익 소리판 역(驛)〉이란 제목으로 전국 투어에서 선보였던 것. 공연 도중 기형도 씨의 어머니를 초청해 아들의 「엄마 걱정」을 눈물 나도록 불러 관객들과 함께 감루(感淚)의 바다로 빠지게 했다. 장사익 씨 자신도 참외 장사를 했던 어머니의 추억을 마구마구 토해냈음은 물론이다.

그런 「엄마 걱정」에서 장사익 씨는 7집 앨범 〈역〉을 냈다. 원래 노래

풍도 그렇고 소재를 선정하는 스타일도 '한 많은 우리 것'을 찾고 있지만 〈역〉은 특유의 '토장'(土醬)을 더욱 진득하게 담아낸다. 「산너머 저쪽」, 「엄마 걱정」 등의 신곡에다 「삼식이」, 「아버지」, 「여행」, 「섬」 등 열한 곡을 맛깔스럽게 버무린다. 장 씨는 다른 가수와 달리 신곡이 나오면 먼저 무대 공연을 통해 선보인 다음 녹음 과정을 거친다. 장씨는 1995년 〈하늘 가는 길〉로 시작해 2014년 〈꽃인 듯 눈물인 듯〉까지 모두 8집의 앨범을 내는 동안 갈수록 중장년층에게 폭발적인 인기를 끌고 있다. 예를 들어 〈역〉인 경우 국내 양대 공연장인 세종문화회관 대극장과 예술의전당 콘서트홀에서 유료 관객 점유율을 집계한 결과 전체 좌석 중 유료 관객 점유율 97%로 1위에 올라 인기도를 입증했다. 특히 2015년 2월, 1959년에 「열아홉 순정」으로 데뷔해 55년 동안 한결같은 목소리로 국민들의 마음을 울린 트로트의 여왕 이미자 씨와 국악뿐 아니라 대중음악과 재즈를 넘나들며 열정적인 목소리를 토해내는 국민 소리꾼 장사익의 합동 무대는 보는 이들에게 많은 감동을 선사했다.

장 씨는 「찔레꽃」으로 많은 팬들의 애간장을 충분히 녹였음에도 불구하고 그의 노래 제목처럼 여전히 '이게 아닌데'라고 하면서 차원을 높인다. 그럴 것이 북악산을 바라보는 집 창가에 찾아오는 새들과 그 산 기슭에 드러누운 부처와도 대화를 나눈다. 또한 날이 갈수록 깊어지는 '묵향'과 함께 튼튼 60대 세월로 '독공'(獨功)의 길을 걷고 있다.

서울 종로구 홍지동에 위치한 장 씨의 집. 10여 개의 풍경이 앞마당 나뭇가지에 매달려 있다. 각자 불어오는 찬바람에 의지해 겨울 소리를 내고 있었다. 녹차를 마시면서 한 시간여 이야기를 나누는 동안 장 씨의 오랜 친구들이 계속 찾아온다. 비둘기와 까마귀, 참새들이 나뭇가지에 와서 교대로 떠들고 재잘거리고 뭐라고 지껄인다. 뒷산 언덕 높이에서는 이를 시샘하듯 매 한 마리가 크게 날갯짓을 한다. 뿐만 아니다. 연못에서 동면하는 개구리 10여 마리도 아직 기척은 없지만 목청을 가다듬으며 때를 기다리고 있는 듯했다.

장 씨 집에는 계절별로 번갈아가며 노래를 부르는, 그런 자연의 오케스트라가 있다. 겨울에는 새들이 저마다 고운 목소리로 멋을 내고 4, 5월이 되면 개구리가 뒤질세라 울어댄다. 개구리들은 영특하게도 여름에 매미 소리가 나와야 비로소 입을 다문다. 또 그 매미들은 가을이 오는 길목에서 풀벌레한테 인계를 한다. 다시 겨울이 오면 참새들이 울면서 자연의 크리스마스카드를 연출한다.

하여 장 씨는 이들에게 노래할 수 있는 공간과 분위기를 만들어준다. 클래식과 국악이 함께 나오는 FM라디오 음악을 잔잔하게 하루종일 틀어준다. 새들이 얼마나 음악을 좋아하고 잘 듣는지 장 씨 스스로 깨닫는다. 때문에 굳이 창문 열고 사람 소리를 내지 않는다. 혹 사람의 소리가 나면 그들은 얼른 도망가버린다. 장 씨는 새들에게 곰팡이 생긴 쌀을 먹이로 준다. 이런 평화로움에 지나가던 고양이도 잠시 낮잠을 즐기고 간다. 전원교향악이 따로 없다. 올봄에는 닭 몇 마리를 새 식구로 불러들일 생각이다.

"(그들이) 울다가 지치면 딴 놈이 와서 울어줍니다. 아주 자연스러워요. 일 년 사계절이 그럴진대 요즘 세상에서는 한꺼번에 뛰려는 사람들이 많아요. 자가용 타는 것이 왠지 슬퍼져서 대중교통을 이용합니다. 그러다가 지하철에서 여러 사람이 휴대전화에 의존하는 모습을 볼 때 소름이 끼친다는 생각도 듭니다. 올해에는 주변을 살피면서 느리게 가보면 어떨까요. 휠체어를 탄 장애우들은 이것저것 살피면서 아주 천천히 움직이잖아요."

문득 그의 노래가 대부분 느리면서 호소력 짙다는 생각이 들었다. 대표곡 중 하나인 「봄날은 간다」가 떠올랐다. '~꽃이 피면 같이 웃고, 꽃이 지면 같이 울던 알뜰한 그 맹세에 봄날은 가~안다.'

요즘 그는 서예에 푹 빠져 있다. 아침에 일어나면 여지없이 먹을 갈고 한 시간여 동안 붓을 잡아 화선지에 자신이 개발한 독특한 글씨체를 일필휘지로 써내려간다. 「동백아가씨」, 「찔레꽃」 등의 노래가사는 기본이고 마음에 드는 시 구절 등 주로 한글로 쓴다. '느림의 미학'과 '위안과 희망'이 장사익 류의 소리라면 또 다른 '장사익 류의 서체'를 개발해낸 셈이다. 지인들에게 안부 편지를 쓸 때도 꼭 붓글씨를 고집한다. 주위에서는 전시를 해도 손색이 없을 만한 작품 수준의 경지라고 평가한다.

그는 조선 후기 3대 명필 중 한 사람이었던 창암 이삼만(李三晩)의 글씨체를 무척 좋아한다. 장 씨는 "창암의 서예전이 다음 달 27일까지 예술의전당에서 열리고 있다"면서 글씨의 근본을 오로지 자연에서 구했기에 물처럼 흐르는 멋이 물씬 풍긴다고 말했다. 또한 평론가들도 "먹이 농담하듯 곡선과 직선, 음양의 요소를 조화로움의 극치로 풀어낸다. 자연의 소리가 글씨에 스며들어 붓이 춤추듯 노래하는 것 같다"고 평한다.

"한글을 본격적으로 사용하기 시작한 것은 100년 정도입니다. 한자인 경우에는 추사 김정희 서체니 중국의 아무개 서체니 하고 있지만, 한글은 쓰는 사람이 임자입니다. 계속 쓰다 보면 아름다운 글씨가 나오고 그게 곧 자신의 글씨체가 되겠지요. 노래가 몸에서 나오는 것이라면 서예는 노래를 집중하게 하는 정신력의 소산이라고 생각합니다."

그러면서 2004년 작고한 음악인 김대환 씨를 예로 든다. 평생 「아리랑」과 『반야심경』 구절만 쓰다 보니(앞으로 썼다가 뒤로 썼다가 반복하면서) 왕희지 서법보다 더 자유분방해졌다는 것이다. 김 씨는 1990년에 쌀 한 톨에 283자의 『반야심경』을 모두 써넣어 세계 기네스북에 등재돼 화제가 되기도 했다.

이런 얘기를 하고 있을 때 부인 고완선 씨가 떡과 과일을 가져왔다. 고 씨는 남편에게 "사진촬영도 하는데 기왕이면 옷을 갈아입고 하시지"라고 했다. 그러자 장 씨는 "어때 뭐, 원래 노숙자 차림이 내 모양인데 뭐"라고 웃어넘긴다. 알콩달콩한 미소를 주고받는다. 마룻바닥 한쪽에 오래전에 부부가 함께 만든 병풍이 눈에 들어온다. 제목은 '백년가약서'다. '하늘 고완선과 땅 장사익은 금후 100년 동안 항상 사랑하고 존경하고 늘 행복함을 유지시킨다는 약서(約書)를 씁니다. 단, 100년 후에는 영원으로 계약 조건을 변경합니다.'

전직 카센터 직원, 독서실 운영, 가구점 총무, 전자회사 직원, 보험회사 직원……. 장 씨는 마치 죽장에 삿갓 쓰고 그러하듯, 일찍부터 방랑과 고난의 길을 걸었다. 인생살이의 산전수전을 겪은 다음 40대 중반에 소리꾼으로 데뷔했다. 다른 사람보다 늦었지만 삶의 내공이 쌓여서인지 무대 위에서 넘어지고 깨진 것을 얘기할 수 있어 오히려 음원이 시원했다. 일찍 '국민 소리꾼'이 된 것도 여기에 있겠다.

"노래는 진솔해야 한다고 생각합니다. 또 노래는 맑아야 하고 울기도 하고 웃기도 하고, 희망도 있고 위안도 있어야 합니다. 그래야 관객들과 같아지겠지요. 지금 생각하면 노래를 참 잘 택했구나 하고 있습니다."

장 씨는 가수라는 말을 쓰지 않는다. 그냥 소리꾼일 뿐이라고 한다. 애정을 얻어도 고통이요, 또 애정을 버려도 고통이라는 말이 있다. 소리를 얻었을 때도 많은 고통이 있었을 테고, 또 언젠가 버려야 하니 더 많은 고통을 생각하고 있을 터. 그래서 요즘도 '이게 아닌데'로 스스로 채찍을 가하고 있는지도 모르겠다. '장사익 소리판'은 지금도 국내외에서 계속 펼쳐지고 있다.

〈2011년 1월 29일〉

장사익은

1949년 충남 홍성군 광천읍 광천리 삼봉마을에서 7남매 중 맏이로 태어났다. 당시 부친은 소문난 장구잡이였다. 소리의 기질을 자연스럽게 이어받았다. 장씨는 초등학교 때 웅변을 잘했다. 어릴 때는 장차 정치가를 생각했다. 하지만 먹고사는 것이 시급해 1965년 서울 선린상고에 진학했다. 전 프로야구 선수 김우열 씨와 동기동창. 고3 때 종로에 있는 생명보험회사에 취직했다. 이때 인근 낙원동 음악학원에 다니며 노래 연습을 틈틈이 했다. 직장 생활 3년 후 공병으로 군 입대를 했지만 소리 솜씨가 좋아 31사단 문선대에서 근무했다. 1972년 제대 후에는 무역회사, 전자회사 영업사원, 노점상, 카센터 등을 전전했다. 그러면서 정악피리와 태평소 등을 스스로 익혔다. 1993년에는 김덕수 사물놀이패 등을 따라 전국을 돌아다녔다. 때마침 그해 전주대사습놀이에서 「공주농악」으로 장원에 뽑혔다. 또 전국민속경연대회에서 「결성농요」로 대통령상을 탔다. 이듬해 전주대사습놀이에서도 「금산농악」으로 장원에 올랐다. 그러던 1994년 11월 주위의 권유로 서울 신촌에서 첫 공연을 했다. 100석 규모의 극장에 300여 명이 몰려 대성황을 이루었다. 내친김에 1집 앨범 〈하늘가는 길〉을 발표하면서 정식 가수로 데뷔해 오늘날에 이르게 됐다. 지금까지 〈기침〉(1999년), 〈허허바다〉(2000년), 〈사람이 그리워서〉(2006년), 〈꽃구경〉(2008년), 〈역〉(2012년), 〈꽃인 듯 눈물인 듯〉 등 8집의 앨범을 냈다.

손숙

한 시대의 어머니로 살았다. 여자이기 때문에 말 한마디 못 한 채 참으로 모진 '여자의 일생'을 살았다. 글공부는 근처에도 못 갔다. 첫사랑과 헤어지고 다른 남자와 억지 결혼을 했다. 남편의 바람기와 혹독한 시집살이, 게다가 자식의 죽음까지 가슴이 찢어지듯 처절하게 감내해야만 했다. 어머니는 손녀에게 자신의 이름 석 자를 배우고, 죽은 남편을 따라 저승으로 가면서 유리창에 자신의 이름을 쓴다. 그렇게 일제강점기와 한국전쟁, 분단의 현대사를 눈물로 겪은 어머니였다. 연극 〈어머니〉에 나오는 내용이다.

이 연극은 1999년 2월 정동극장에서 초연된 이후 지금까지 매년 공연되고 있다. 초연 당시 어머니를 맡은 배우 손숙 씨는 앞으로 20년간 이 작품에 출연할 것이라고 약속해 화제가 됐다. 2015년 2월 명동예술극장무대에 〈어머니〉로 다시 섰으니 15년 동안 그 약속이 계속 이어지고 있다. 그래서 어머니 하면 손숙이고 또 손숙 하면 어머니로 통한다. 초연 당시 어머니 역으로 백상예술대상 연기상을 받았고 그해 5월 러시아 타캉가극장에 초청돼 '마마'라는 환호 속에 기립 박수를 받았다.

2013년 1월 18일 연극무대 데뷔 50년을 맞는 손 씨와 서울 중구 태평로 한국프레스센터 카페에서 만났다. 단발머리에 편한 티셔츠 차림, 그리고 소탈한 웃음이 인상적이다. 무대에 오른 지 어느덧 50년 세월이 흘렀다고 하자 "글쎄 바쁘게 살다 보니 인생의 반은 다른 인생으로 산 것 같다"고 웃으면서 "힘든 시절도 있었지만 연극으로 견딜 수 있었고 다시 일어서게 됐다. 고스란히 내 인생만 살았다면 무척 힘들었을 것이다. 관객들의 박수에 많은 용기를 얻었다"고 말한다. 특히 〈어머니〉는 연극 인생 중 자신에게 각별한 작품이라고 의미를 부여한다. 〈어머니〉 덕분에 자신의 고향인 밀양에서 매년 연극제가 열리는 계기가 되기도 했다. 〈어머니〉는 10여 년 동안 늘 밀양연극제 폐막작으로 무대에 오르는 단골 레퍼토리가 됐다. 이를 보려는 지역 주민들이 객석을 꽉꽉 채운다. 자연스럽게 고향 시절 얘기가 먼저 나왔다.

"밀양에서 초등학교에 입학하던 해에 6·25가 발발했습니다. 우리는 학교에서 쫓겨나고 대신 육군병원으로 바뀌었지요. 그러는 바람에 입학식만 본교에서 하고 여기저기 떠돌아다니면서 공부를 했습니다. 강변 솔나무나 들판 돌멩이 위에 칠판 올려놓고 공부하고 겨울에는 창고를 빌려서 공부했던 기억이 지금도 눈에 선합니다. 전쟁과 가난이라는 환경 속에서 우유가루와 학용품 등 구호물자를 실은 미군 트럭이 오면 그렇게 반가울 수가 없었습니다."

당시는 말 그대로 춥고 배고팠지만 지금 생각해보면 초등학교 시절을 시골에서 보낸 것이 큰 축복으로 남는다고 술회한다. 또한 밀려오는 피란민들을 보면서 전쟁의 참상이 어떠한지 생생하게 목격하게 됐다. 중학교는 부산에서 다녔다. 그러다가 부산여중에 입학한 지 6개월 만에 어머니의 손에 이끌려 무작정 서울로 왔다. 잠시 어머니를 회고한다.

"어머니는 교육열이 대단했습니다. '여자도 배워야 한다. 배우지 않으면 여자의 일생이 힘들다'고 입버릇처럼 말했지요. 어머니는 열여섯 살에 결혼했지만 아버지는 일본으로 유학을 떠나버리고 시집살이를 혼자 도맡아 했습니다. 그러던 어머니는 자식들이라도 배워야 한다며 저와 동생을 데리고 서울로 오게 됐습니다."

서울로 온 손 씨는 돈암동에 살면서 시골 아이 취급을 받아 처음엔 적응이 힘들었다. 하지만 풍문여고에 진학하면서 문학소녀의 꿈을 키워나갔다. 글짓기 대회에서 여러 번 상을 받기도 했다. 문예반장을 맡아 인근 고등학교에 다니는 황석영·조해일 등 여러 학생들과 문학의 밤 행사를 개최하기도 했다. 그때만 해도 손숙 학생은 작가가 되려고 했다. 프랑스 시인 보들레르와 폴 발레리 등에 심취했다. 종로 2가에 있는 음악홀에서 국내외 유명 시인들의 작품을 얘기하는 것이 공부보다 훨씬 재미있게 느껴졌다. 매년 신문사에서 주관하는 신춘문예에도 몇 차례 도전할 만큼 작가 지망에 대한 열의를 가졌다. 그는 살아오면서 『울며 웃으며 함께 살기』, 『손숙이 만난 사람』, 『섬마을 소년 김대중 전 대통령』 등의 책을 썼는데 이 또한 그의 문학적 바탕에서 이루어졌다.

그 문학소녀는 고3 어느 날 서울 남산드라마센터에서 유진 오닐의 연극 〈밤으로의 긴 여로〉를 접하게 됐다. 이해랑 선생이 연출하고 황정순·장민호·여운계 등 당대의 기라성 같은 배우들이 출연한 이 작품은 문학소녀의 마음을 송두리째 사로잡았다. 갑자기 찾아온 연극의 전율은 인생의 방향을 바꾸게 했다.

고려대 사학과 재학생이던 그는 1963년 개교 60주년 기념 연극 〈삼각모자〉(스페인 작가 알라르콘 이 아리사의 작품)의 여주인공으로 발탁돼 꿈에 그리던 남산드라마센터 무대에 올랐다. 남자 주인공은 당시 고대 극회 선배인 김성옥(목포시립극단 예술감독) 씨가 맡았다. 이런 인연으로 사랑이 시작돼 2년 뒤 결혼하게 된다. 1968년에는 극단 동인극장에 들어가 유진 오닐의 〈상복을 입은 엘렉트라〉에서 주인공 엘렉트라 역을 맡아 직업 배우로 연극 인생을 시작했다. 이후 극단 산울림 창단(1969년)에 참여해 평생 스승으로 모시는 임영웅 연출가와 인연을 맺었다. 또한 2년 뒤에는 국립극단에 들어가 이해랑(1989년 작고) 선생을 만나면서 새로운 활력을 얻었다.

그는 자신의 연극 인생을 회고하면서 "산울림과 국립극단에서 청춘을 다 바쳤다"고 말했다. 잊지 못할 작품으로는 산울림 시절의 〈그 여자에게 옷을 입혀라〉, 〈홍당무〉, 〈바다의 침묵〉 등을, 국립극단 시절의 〈파우스트〉, 〈간계와 사랑〉, 〈천사여 고향을 보라〉 등을 꼽았다. 그는 "15년 동안 지낸 국립극단 시절에는 훌륭한 스승과 선배들을 만나 나름대로 좋은 면도 있었으나 여러 가지 제약과 작품의 한계도 많았다"면서 "이런 분위기가 시간이 갈수록 점점 맞지 않아 자꾸 반발했더니 미운털이 박히고 나중에는 싸움닭이 되더라"며 웃었다.

다시 현재진행형인 〈어머니〉로 화제를 돌렸다. 환경부 장관과 맞바꾼 연극이기 때문이다. 하여 당시 상황을 물었다. (그는 러시아 공연 때 한국 기업가한테 격려금을 받았다는 구설수로 32일 만에 환경부 장관직을 그만두는 시련을 겪었다.)

"러시아 공연 1주일 전에 장관 제의를 받았습니다. 그런데 그 이전에 체결된 국가 간 공연 약속을 도저히 취소할 수 없었습니다. 결국 공연을 강행했지요. 평생 잊지 못할 무대였습니다. 관객들이 15분 동안 '마마'를 외치며 기립 박수를 쳤습니다. 그런 분위기에서 무대에 올라온 기업인들로부터 액수도 모른 채 격려금을 받았지요. 단원들에게 나눠주고 지방 공연을 하지 못해 위약금으로 썼는데 그게 뇌물이라고 하더군요. 장관직 사퇴 후 너무 억울해서 열흘 동안 잠도 못 자고 울었습니다."

마음을 달래기 위해 미국 그랜드캐니언으로 친구와 함께 여행을 다녔다. 얼마 후 귀국한 그는 임영웅 선생한테 위로의 전화를 받고 다시 연극무대로 돌아오게 된다. 돌이켜보면 〈어머니〉로 시련을 겪었지만 오히려 〈어머니〉로 빨리 제자리를 다시 찾을 수 있었다.

그는 동료 배우들이 TV드라마로 넘어갈 때에도 오로지 연극무대를 지켰다. 하지만 먹고살기는 여전히 빡빡했다. 게다가 남편이 사업에 실패한 후 많은 빚을 졌다. 때마침 라디오 진행 섭외가 들어와 지푸라기라도 잡는 심정으로 1989년부터 MBC 〈여성시대〉를 진행하게 됐다. 이때 다양한 청취자들의 사연을 접하면서 사회에 관심을 갖게 됐다. 여성과 환경 문제 등에 대해 공부를 하면서 칼럼과 강연 등을 통해 자신의 생각을 조금씩 뱉어냈다.

"연극은 관객과 같이 호흡하는 현장 예술입니다. 배우와 관객이 서로 시선을 마주하고 호흡하는 것은 굉장한 일입니다. 또 스크린이나 TV드라마와 달리 관객으로부터 치유 받을 때도 많지요. 연극이 열악한 환경이긴 하지만 그걸 다 초월해 연극을 사랑하고 있습니다."

그는 연극 인생을 다시 회고하면서 〈담배 피는 여자〉, 〈그 여자〉, 〈셜리 발렌타인〉 등 모노드라마를 잊지 못한다. 일흔을 바라보는 나이에선 지금, 자신의 인생 모노드라마를 잠시 떠올리는 것 같다. 앞으로의 인생 모노드라마는 어떻게 이어나갈까. "대사를 외울 수 있을 때까지 연극을 하지 않겠느냐. 연극을 할 때마다 늘 새로운 관객을 만나는 일이 매우 즐겁다"고 말하면서 그런 관객을 위해 연습하러 가야 한다며 자리에서 일어섰다.

〈2013년 1월 24일〉

손숙은

1944년 경남 밀양에서 태어났다. 초등학교 졸업 후 부산여중 시절 서울로 왔다. 풍문여중과 풍문여고를 졸업했다. 고려대 사학과 1학년 때 개교 60주년 기념 연극 〈삼각모자〉의 주인공으로 데뷔했다. 1969년 극단 산울림 창단 멤버로 참여했고 1971년 국립극단에 입단, 고 이해랑 선생 등 당대 최고의 연출가들과 작품을 함께했다. 1989년 MBC 〈여성시대〉를 시작으로 20여 년 동안 라디오 방송을 진행하고 있다. 1999년 환경운동연합 공동대표를 맡았고 환경부 장관을 지냈다. 이 밖에 '아름다운 가게' 공동대표(2002) 등 여러 사회단체에서 봉사활동을 펼치고 있다. 〈활화산〉(1975), 〈객사〉(1979), 〈어머니〉(1999)로 백상예술대상 여자연기상을 세 차례 받았다. 이 밖에 대한민국연극제 여우주연상(1986), 이해랑연극상(1997), 은관문화훈장(2012) 등을 받았다. 저서로는 『울며 웃으며 함께 살기』, 『손숙이 만난 사람』, 『여성수첩』, 『섬마을 소년 김대중 전 대통령』 등이 있다.

장애인을 무대에 올리는 무용가

윤덕경

태초의 언어는 '몸짓'이었다. 하여 인간 본연의 모습은 몸으로도 말을 한다. 때로는 귀로 듣는 말보다 진하고, 때로는 노래보다 더 감동스럽다. 허공을 향하는 무한한 몸짓은 구슬프며 이는 감동의 예술로 승화된다. 그 모습은 영원한 잔영으로 가슴을 붙들어 매게 한다. 작품 하나를 잠시 감상해본다. '열 두발 상모 흥에 취해 돌고 잦은 가락 속에 서로는 어깨를 들썩이고 어느새 판은 하늘 별 구름 달 벗삼네/ 지난밤 꿈자리 뒤숭숭해 벌떡 일어나 달빛 고요한 곳에 물받아 올려 몸을 씻는다/ 고통은 천년의 시간을 뛰어넘어 생은 다시 이어지고, 어이 할까 어이 하리~/ 생은 여전하고 나와 너 오늘처럼 여전하기를, 펄럭이는 대지가 그저 바람을 닮기를, 그 바람을 타고 여전히 말 달리기를~.'

무용 〈어~ 엄마 우스섯다〉에 나오는 장면이다. 이철용(장애인문화예술진흥개발원 이사장) 전 국회의원의 원작 대본을 새롭게 각색했다. 이 작품은 2014년 10월 21일 인천 장애인아시안게임 선수촌 무대에 올려져 많은 관심을 받았다. 소외된 정신지체 장애자의 문제를 중점적으로 다루면서 그런 자녀를 둔 어머니의 심정을 생생하게 표현했다. 장애자들이 가장 소외된 문화 장르인 '춤'으로 형상화됐다는 점에서 나름의 의미를 갖는다. 장애인과 비장애인들이 함께 공연을 관람하면서 서로의 가슴과 머리를 맞대고 어우러져 살아가는 세상이 되기를 간절히 바라는 내용이다.

윤덕경 서원대 교수는 1997년 서울 예술의전당 토월극장에서 이 작품을 의욕적으로 처음 무대에 올려 눈길을 끌었다. 이후 60여 회 공연하면서 사회에 적잖은 이슈를 던져왔고 대표적 장애인 소재의 창작무용으로 꾸준한 관심을 끌고 있다. 2014년 인천 장애인아시안게임 문화공연의 일환으로 올려진 〈어~ 엄마 우스섯다〉는 새로운 안무와 각색을 통해 장애인 아들을 둔 어머니의 아픔을 사랑과 주변 공동체의 힘으로 확장했다. 스토리텔링의 극적 전개의 이미지도 새롭게 보여줬다. 아울러 춤이 사회에 기여할 수 있는 부분이 무엇인지에 대한 자문자답의 형식을 새로 추가했다. 윤 교수가 안무도 하고 직접 출연했다.

2014년 8월 6일 춤 인생 40년을 맞는 윤 교수와 서울 용산구 동빙고동 연습실에서 만났다. 그 세월 동안 인간을 주제로 인간이 있어야 할 그 자리를 매김하고 인간 삶의 여정을 진지하게 고민하는 내용들을 주로 다뤄왔다. 사람과 사람의 만남, 사람과 자연의 올바른 만남을 밖에서 관조하듯 바라보는 것이 아니라 그 고민 속으로 깊숙이 들어가 춤동작, 춤의 언어로 치열하게 토해냈다. 1982년 서독을 시작으로 미국과 유럽 등에서 공연을 했고 1988년 서울올림픽 폐회식 때 「떠나가는 배」의 안무를 맡아 국내외에서 그 진가를 발휘했다. 전문 무용단이 부재했던 1989년 '윤덕경무용단'을 창단해 현재까지 체계적인 한국 창작무용의 표현법을 꾸준히 연구해오고 있다. 〈어~ 엄마 우스섯다〉를 무대에 올리게 된 배경부터 물었다. '~우스섯다'는 더듬거리는 장애인의 발음을 그대로 표현한 것.

"이철용 선생님을 1995년에 처음 만났을 때 장애인을 소재로 한 대본을 써줄 테니 무대에 올려보라고 하더군요. 처음에는 많이 망설였습니다. 장애인 자식을 둔 아픔을 경험해보지 못했기 때문이었죠. 고민을 하다가 시각장애인을 만나 여러 가지 불편한 경험을 들었고 대학로에서 종로 5가까지 휠체어를 직접 타고 가면서 자신을 얻었지요."

1996년 12월 크리스마스를 앞두고 시각장애인을 소재로 한 첫 작품 〈우리 함께 춤을 추어요〉를 대학로 아르코극장 무대에 올렸다. 객석이 텅텅 비면 어쩌나 걱정을 했으나 예상과 달리 많은 관객들이 찾아왔다. 대성황이었다. 내친김에 〈어~ 엄마 우스섯다〉를 이듬해 무대에 올리면서 지금까지 60회가 넘는 국내외 공연을 하게 됐다. 2000년 독일국제무용예술제에 초청받았으며 미주 한인 이민 100주년 기념사업회 일환으로 워싱턴 케네디센터, 노스캐롤라이나와 뉴욕 공연에서 성공리에 공연을 하면서 많은 찬사를 받았다. 〈어~ 엄마 우스섯다〉는 씻김굿과의 접목을 시도한 작품이다. 어머니의 이미지를 한국 정서에 부합해 부모의 아픔을 춤으로 표현하고 결국 어머니와 자식의 관계에서 함께 극복해나간다는 내용으로 장애인에게 무관심한 한국 사회를 반영하고 있다. 윤 교수는 이러한 작업을 위해 수화를 배우고 장애인 자식을 둔 어머니들의 모임에 참여하는 등 적극적인 체험을 통해 그들의 감정 표현에 충실해왔다. 특히 2010년에 〈하얀 선인장〉을 통해 국내 무용작품 사상 보기 드물게 신체 장애인 무용수를 직접 무대에 등장시켜 주목을 끌었고 이런 인연으로 장애인 제자까지 생겼다.

이에 대해 무용평론가 김경애 씨는 "신체 장애인들이 출연함에도 불구하고 안무자는 의욕을 갖고 멀티미디어를 동원해 입체적인 무대를 만들었다. 기량 있는 전문 무용수들의 춤과 감동을 주는 장애자들의 참여 노력, 그리고 시각적인 연출력으로 상생의 효과를 잘 드러냈다"고 평가했다. 이때 윤 교수는 주위를 수소문해 장애 1급부터 5급 척추장애, 뇌병변장애 등 여덟 명의 장애인과 호흡을 함께했다. 휠체어 다섯 대가 무대 위에 굴러다니며 음악에 맞추고 흩어지는 춤사위를 연출한 것도 윤 교수만의 독특한 연출 기법이었다.

이렇듯 그는 1990년대 중반부터 장애인을 위한 무용에 집중한다. 원래 그는 첫 창작 작품 〈연에 불타올라〉(1983년)를 시작으로 한국 여인을 생각나게 하는 〈가리마〉(1986년), 〈사라진 울타리〉(1987년), 〈빈산〉(1989년), 〈밤의 소리〉(1991년), 〈보이지 않는 문〉(1992년) 등을 발표하면서 인간에 대한 인식과 확인, 인간과 자연에 역점을 두었다. 다시 말해 그의 춤 인생 전반부는 자연의 섭리를 다루면서도 그 속에서 나타나는 인간 내면의 갈등이나 이념을 표현했으며 중반 이후에 들어서 장애인에 관심을 두게 된 것이다. 춤으로 사회에 봉사하는 예술가의 길로 들어섰다고 할 수 있겠다.

"현실적으로 감동을 줄 수 있는 작품에 대한 의욕이 강해졌다고나 할까요. 그러면서 누구나 함께 공감할 수 있는 작품, 그리고 제 작품을 통해 사람들의 사회적인 인식에 작은 변화를 줄 수 있는 그런 작업이면 좋겠다고 생각했지요. 그래서 1996년부터 장애인을 소재로 작품을 만들게 됐습니다. 사회의 냉대와 무관심 속에 사막 한가운데 있는 선인장 같은 장애인들은 하얀 가시로 제 살에 상처를 내며 분노와 절망으로 몸을 방어하며 살아가거든요."

그의 이 같은 호소와 노력으로 문화체육관광부에 장애인예술과까지 생겨났고 음지에 있던 장애인들을 양지로 나오게 했다. 그가 대극장 무대 위주로 공연을 하는 것도 이런 까닭에서 계속되고 있다. 또한 서울시 내 고등학교 세 곳을 찾아가 직접 장애아들을 지도해오고 있다. 춤은 사람의 마음을 움직이는 가장 직접적이고 아름다운 예술이라는 신념에서 여러 가지 활동을 하고 있는 것이다. 사단법인 장애인문화예술진흥개발원 부이사장도 겸직하고 있다. 이와 관련, 그는 "그동안 장애인에 대한 사회 인식을 개선하는 사업으로 무용 공연, 장애인 예술가와 비장애인 예술가가 함께하는 융·복합공연 등 다양하고 새로운 시도를 하고 있다"고 설명했다.

그가 무용과 인연이 된 것은 초등학교 3학년 때였다. 하굣길에 우연히 장구 소리를 듣고 그곳을 찾았더니 동네 무용학원이었다. 여러 사람들이 장구를 치고 있는 광경이 신기하고 흥미로웠다. 이때부터 자주 무용학원에 들러 장구 치는 모습을 보게 됐고 아버지한테 무용학원에 보내달라고 졸랐다. 그러나 아버지는 "무슨 춤이냐, 공부나 열심히 하라"며 반대했다. 이를 본 어머니가 아버지 몰래 학원비를 주고 무용학원에 다니게 했다. 고기가 물을 만난 것처럼 춤을 추고 장구를 배우는 일이 신났다. 그렇게 중·고등학교 때까지 무용을 배웠고 이화여대 무용과에 진학했다. 그때야 반대하던 아버지도 무용가가 되는 것을 허락하면서 본격적으로 무용 공부를 하게 됐던 것이다. 대학 때는 무용가 김매자 씨를 지도교수로 삼았다. 이화여대 대학원에서 석사과정을 마치고 박사학위는 건국대에서 받았으며 고 한영숙 선생과 강선영 선생에게 한국 춤을 별도로 배웠다. 현재는 중요무형문화재 제92호 태평무 이수자로 지정받아 한국 전통무용의 맥을 이어오고 있다. 이화여대 무용과 졸업생으로 이루어진 '창무회' 대표를 맡아 창작춤 발전에 많은 노력을 하기도 했다. 장애인 무용 외에도 1년에 한 번씩 창작춤 발표회를 갖는다. 윤 교수만의 춤의 미학은 계속 이어지고 있다.

〈2014년 8월 13일〉

윤덕경은

1953년 서울에서 태어났다. 동덕여고를 나온 뒤 이화여대 무용과를 졸업했으며 동대학 대학원에서 석사학위를 받았다. 건국대 대학원에서 박사학위를 취득했다. 고 한영숙과 강선영 선생한테 한국 전통춤을 배웠다. 이화여대 졸업생으로 이루어진 '창무회' 대표를 맡아 창작춤 발전에 많은 노력을 했다. 1989년 '윤덕경무용단'을 창단해 현재까지 체계적인 한국 창작무용의 표현법을 연구해오고 있다. 주요 국외 공연으로는 독일과 미국의 뉴욕, 워싱턴, 하와이, 캘리포니아, 홍콩 등지의 예술제에 참가했으며 헝가리 세계무용제를 비롯해 멕시코·독일·캐나다 국제무용제, 인도네시아 자카르타 예술공연제, 중국 선전 등의 공연에도 참가했다. 1988년 서울올림픽 폐막식 안무를 맡아 서울올림픽 문화기장을 받았으며, 장애인에 관한 문화예술 활동과 복지 증진에 기여해 대통령 표창을 받았다. 현재 서원대 체육교육학과 교수로 재직 중이며 사단법인 한국무용연구회 이사장, 사단법인 장애인문화예술진흥개발원 부이사장을 맡고 있다. 중요무형문화재 제92호 태평무 이수자로 지정받아 한국 전통무용의 맥을 잇고 있다.

대중가요 3,500곡 작사

정두수

1961년 어느 봄날이다. 하루 종일 비가 내렸다. 서울 서대문에 살던 그는 걸어서 남대문 직장까지 출퇴근했다. 하여 덕수궁 돌담길을 하루에 두 번씩 걸어 다녔다. 당시 돌담길은 우마차도 안 다니던 한적한 산책로였다. 그러나 주말이면 젊은 연인들의 데이트 코스로 인기를 끌었다. 그럼에도 불구하고 '이 거리를 걸었던 연인들은 대부분 사랑에 실패한다'는 속설도 생겨났다. 대학을 나오면 대체로 남자는 군대를 가고 여자는 시집을 가는 결혼 적령기에 이른다. '덕수궁 돌담길을 가지 마라, 징크스가 있다'는 생각을 하며 약간 취기에 젖은 채 늦은 밤 덕수궁 돌담길을 걸었다. 제대복을 입은 한 청년이 돌담길에 기대 처절하게 울고 있었다. 무슨 사연일까. 그는 집에 와서 펜을 들고 써내려갔다.

'비 내리는 덕수궁 돌담장길을/ 우산 없이 혼자서 거니는 사람/ 무슨 사연 있길래 혼자 거닐까/ 저토록 비를 맞고 혼자 거닐까/ 밤비가 소리 없이 내리는 밤에~.'

그로부터 2년 후였다. 부산문화방송 전속 가수로 있던 고등학교 동창생이 시 한 편 달라기에 「덕수궁 돌담길」을 아무 생각 없이 건네줬다. 어느 날 정두수 작사, 한산도 작곡, 진송남 노래로 방송을 타기 시작했다. 게다가 품위 있고 격조 높은 서정가요로 선정되면서 주목을 끌었다. 제1회 〈국제신보사〉 제정 작사상을 비롯해 문화공보부와 전국예술인총연합회 제정 작사상을 받았다.

이후 그는 「마포종점」, 「흑산도 아가씨」, 「가슴 아프게」, 「마음 약해서」 등 온 국민의 심금을 울리며 한국 가요를 대표하는 작사가로 인기를 끌었다. 이미자, 패티김, 남진, 나훈아, 배호, 문주란, 최희준, 하춘화, 주현미, 조용필, 태진아, 설운도, 조항조 등 명가수들과 함께하며 우리나라 대중가요사를 썼다. 그가 작사한 노래만 해도 무려 3,500곡이 넘는다. 시대를 초월해 항상 가요 현장에서 '정두수 작사, 박춘석 작곡'이라는 명콤비는 말 그대로 '가요산맥'의 중심에 서 있었다. 그의 노래 시(詩)들은 대중성뿐만 아니라 작품성까지 인정을 받았고 각종 시상식에서 390여 차례 넘는 수상 기록을 남겼다. 고향 하동 등 전국 열세 곳에 노래비가 세워져 있는 것이 이를 입증한다.

2014년 2월 6일 우리나라 가요사의 살아 있는 전설로 불리는 작사가 정두수 씨를 경기 광주 자택에서 만났다. 그는 시인 정공채의 동생이다. 4월 말 고향에 정 시인과 나란히 시문학관이 생긴다는 얘기와 함께 환하게 웃으며 담배를 한 대 피운다.

"그동안 작사도 작사지만 시를 쓴 것도 많아요. 서사집이자 장시집인 『백두대간』도 있고 『사랑으로 꽃핀 노래』 1, 2권도 있어요. 형님은 '정공채 문학관', 저는 '정두수 시문학관'이 생기니 가슴이 뭉클합니다. 정두수 노래비도 그 옆에 있지요."

정 씨는 『알기 쉬운 작사법』, 『한국가요 걸작선집 해설』, 『노래 따라 삼천리』 등 책을 여러 권 썼다. 시집은 네 권이다. 다 함께 전시된다. 잠시 회상을 한다. 담배 한 대를 더 입에 문다. 그래서 물었다.

"선생님 대표곡을 굳이 꼽으라면 어떤 것일까요."

"「흑산도 아가씨」, 「가슴 아프게」 등 많지요."

시곗바늘을 돌린다. 1965년 봄이다. 작곡가 박춘석 씨와 충무로에서 가수 신카나리아가 운영하는 다방에서 만났다. 석간신문을 펼치다가 순간적으로 시선을 고정시켰다. 다름 아닌 '흑산도 어린이들과 청와대 육영수 여사의 이야기'였다. 내용은 이러했다. '흑산도 어린이들의 꿈, 이뤄지다! 영부인 도움으로 해군 함정에 실려 와 서울 구경도 하고 청와대를 방문해 학용품을 받다'이다. 방학을 이용해 서울로 오고 싶었지만 그때마다 거센 풍랑으로 꿈을 이루지 못했다는 소식을 듣고 육 여사가 나서서 소원을 들어줬다는 미담 기사였다. 정 씨는 박 씨에게 "이번 이미자 노래는 흑산도로 합시다. 어린이 대신 아가씨로 해서……"라고 말했다. 그러면서 다산 정약용의 둘째형 정약전이 조선 정조 때 유배지 흑산도에서 죽었다는 내용과 당시 전남 강진에 유배된 정약용도 바다를 바라보며 흑산도의 형을 간절하게 그리워했다는 내용 등을 귀띔했다. 박 씨도 '좋다'고 했다.

'남몰래 서러운 세월은 가고/ 물결은 천 번 만 번 밀려오는데/ 못 견디게 그리운 아득한 저 육지를/ 바라보다 검게 타버린 검게 타버린 흑산도 아가씨~.' 이때부터 '정두수 작사, 박춘석 작곡, 이미자 노래'라는 셋을 하나로 묶는 고정 레퍼토리가 시작됐다. 「그리운 가슴마다」, 「삼백리 한려수도」, 「황혼의 블루스」, 「한번 준 마음인데」 등이 연이어 탄생한 것이다.

이번에는 「가슴 아프게」를 뒤적인다. 1966년 어느 봄날이다. 인천 연안부두에서 비를 맞으며 술잔을 기울이고 있었다. 젊은 여주인이 혼자 라디오 앞에 앉아 열심히 연속극을 듣고 있었다. 그때였다. '부웅~' 하는 뱃고동 소리가 들려왔다. 순간 술집에서 뛰쳐나왔다. 소년 시절 부산 광안리 바닷가에서 보낸 시절이 떠올랐다. 궂은 날씨 때문인지 바다는 보이지 않았다. 가슴이 답답했다. 저절로 '무엇이 이토록 가슴을 아프게 하는가. 바다와 나 사이를 짓누르는 것이 무엇인가'라고 중얼거렸다. 그렇게 써내려갔다. 19세의 신예 남진이 혜성같이 등장했고 국내는 물론 일본열도까지 뜨겁게 달군 한류 1호 '망향의 노래'로 빅히트했다.

"노래마다 대부분 사연이 조금씩 있어요. 「마포종점」은 마지막 전차에서 이별하는 것이고 나훈아가 불러 크게 히트시킨 「물레방아 도는데」는 어린 시절 헤어진 삼촌과 애틋한 그리움을 담은 것이지요. 1972년에 써서 문주란이 부른 「공항의 이별」은 서독으로 가는 광부와 간호사들이 김포공항에서 가족들과 이별하는 내용을 다룬 것입니다. 이미자와 남진한테 약 500곡씩 써준 것 같네요."

그의 휴대전화 컬러링은 「물레방아 도는데」로 했다. 가장 애착이 가느냐고 물었더니 "고향 하동을 노래했고 '소식도 없는 주인공'은 바로 일제강점기에 전쟁터로 끌려가 주검으로 돌아온 삼촌이기 때문에 그렇다"고 대답했다.

그의 문학성과 음악성은 한학자인 조부, 시인인 형, 그리고 하동포구라는 지리적 배경이 한몫한다. 특히 어릴 때 하모니카 불기를 좋아해 항상 주머니에 넣고 다녔다. 동래고 2학년 때 진주 개천예술제 시 부문에 참가해 재능을 인정받았다. 이 무렵 고향이 진주인 가수 남인수 씨를 만나 음악에 대한 얘기를 나누면서 시를 써주기도 했다. 또한 '남인수 모창'을 그럴듯하게 했다. 1961년 국민재건운동본부에서 주최한 시 현상 공모에서 「공장」이란 제목으로 당선했다. 이듬해 KBS의 건전가요 가사 공모에 「즐거운 여름」으로 최우수상에 뽑혔다. 작사가로 이름을 알리기 시작한 것이다. 이 「즐거운 여름」은 원래 현인 씨가 불렀으나 나중에 서수남·하청일 씨가 불러 히트시켰다.

"시인이 되려면 신춘문예나 〈현대문학〉 등 문예지를 통해 등단해야 하는데 당시 국내에는 공식적인 작사가 등용문이 없었어요. KBS 공모전에 당선하니 모두 작사가로 인정해주더군요. 상금도 많아서 전세금으로 충당했습니다. 그러다가 1963년 MBC 전속 가수였던 양병철 씨가 대중가요 전문 작사가의 길을 가라고 권유했어요. 그래서 미리 써둔 「덕수궁 돌담길」을 주었지요. 한산도 씨가 작곡을 하고 진송남이 불러 히트시키면서 지구레코드사 소속 전속 작사가가 된 것입니다."

작사가, 작곡가, 가수 중에 누가 영향력이 큰가, 라는 우문을 던졌다. 노래 내용이 있어야 작곡을 하고 부르는 것이 아니냐고 지체 없이 반문한다. 역사성과 아픔이 적힌 시를 보고 곡을 만든다는 것이다. 따라서 작사는 아버지이고 작곡은 어머니로 표현할 수 있다고 설명한다. 시와 작사의 한계에 대해 물었더니 "둘 다 어렵다. 요즘도 생각이 날 때마다 메모를 하지만 마음에 안 드는 경우가 많다"며 웃는다. 그러면서 최근에 작사한 것을 잠시 보여준다.

'비 오는 날은 가수 배호가 어떨는지요/ 그의 노래는 비 오는 날 더 흐느끼기 때문이다/ 결박당한 야수의 울부짖음처럼~.'

"일반인들은 (작사가를) 그저 유행가 가사나 적는 사람으로 여길지 몰라도 시대의 정서를 정확히 읽어야 합니다. 시인은 작사가를 한 수 아래로 보려고 하지만 그들에게 유행가 노래 한번 만들어보라고 하면 아마 도망갈걸요. 가수의 성향과 음색, 작곡자의 취향까지 모두 고려해야 하거든요. 조용필, 이미자가 생명력이 긴 것도 바로 옛 가요의 정서를 바탕으로 현실을 노래하기 때문이지요."

현재 작사가로 활동하는 사람은 1만여 명 되는 것으로 전한다. 인터뷰를 마치면서 저작권료는 얼마나 되느냐고 하자 "좀 받고 있지만 얼마인지 정확히 모른다. 왜냐하면 집사람 주머니에 들어가기 때문"이라며 웃는다. 부인은 경희대 성악과 출신이고 슬하의 딸 셋 중 둘째는 성악을 하고 있다.

〈2014년 2월 12일〉

정두수는

1937년 경남 하동 출생이다. 부산 동래고와 서라벌예대 문창과를 나왔다. 1961년 국민재건운동본부가 주최한 시 현상 공모에서 「공장」이라는 제목으로 당선했다. 1962년 KBS 건전가요 공모에서는 「즐거운 여름」이 당선됐다. 1963년 가요 「덕수궁 돌담길」로 대중 작사가로 데뷔했다. 이후 「흑산도 아가씨」의 이미자, 「가슴 아프게」의 남진, 「물레방아 도는데」의 나훈아, 「공항의 이별」의 문주란, 「그 사람 바보야」의 정훈희를 비롯해 조용필, 하춘화, 진송남, 은방울 자매, 패티김, 들고양이, 최희준, 김부자, 설운도 등 인기가수 100여 명이 그의 노래를 불렀으며 지금까지 작사한 곡은 3,500여 곡에 이른다. 1995년 장시 「지리산」, 「섬진강」, 「백두대간」, 「하동포구 이야기」 등을 발표했다. 그의 노래비가 전국 열세 곳에 세워져 있다. 주요 저서로는 『알기 쉬운 작사법』, 『시로 쓴 사랑의 노래』 등이 있다.

대중가요계의 살아 있는 전설

김희갑

「사랑아 내 사랑아」,「진정 난 몰랐네」 등으로 존재를 처음 알렸다. 추억의 노랫말을 잠시 음미해본다. '그토록 사랑하던 그 사람/ 잃어버리고/ 타오르는 내 마음만/ 흐느껴 우네/ 예전에는 몰랐었네/ 진정 난 몰랐네'에 이어 세월이 지나 「그 겨울의 찻집」으로 옮겼다. '바람 속으로 걸어갔어요/ 이른 아침의 그 찻집/ 마른 꽃 걸린 창가에 앉아/ 외로움을 마셔요/ 아름다운 죄 사랑 때문에…….' 이번에는 「킬리만자로의 표범」으로 변신했다. '먹이를 찾아 산기슭을 어슬렁거리는 하이에나를 본 적 있는가/ 짐승의 썩은 고기만을 찾아다니는 산기슭의 하이에나/ 나는 하이에나가 아니라 표범이고 싶다…….' 어디 이뿐이랴. 「사랑의 미로」와 「향수」 등 수많은 히트곡마다 한국의 대표적 정서를 담아냈다. 하여 이루 다 말할 수가 없다. 대중가요 3,000여 곡, 영화음악 300여 편, 뮤지컬 세 곡 등 우리나라 대중음악계에 커다란 획을 '쫘악' 긋는다. 그래서 대중가요계의 살아 있는 전설이자 불후의 명품 작곡가라고 한다.

2012년 5월 21일 오전 경기도 용인 자택에서 김희갑 씨를 만났다. 확 트인 창가를 배경으로 부인 양인자 씨가 커피 한 잔을 권한다. 양

씨에게 「그 겨울의 찻집」의 가사는 아무리 들어도 감미롭다고 했더니 남편 김 씨가 "요즘에는 그런 찻집이 없어요"라고 대신 대답을 한다.

김 씨는 여전히 모자를 쓰고 있었다. 고등학교 시절 미8군 부대에서 연주할 때 빡빡머리를 감추기 위해 모자를 쓰기 시작한 것이 습관이 돼 60년 넘도록 거의 벗어본 적이 없다. 김씨는 70대 나이인데도 얼굴 피부색은 훨씬 젊어 보였다. 둘은 잉꼬부부로 소문나 있기도 하지만 작사·작곡계의 명콤비로 알려졌다. 둘은 1985년에 만나 2년 뒤에 결혼했다. 마침 부부의 날이었다. 양 씨는 "안 그래도 다음 달 결혼 25주년을 맞아 기차여행을 떠나기로 했다"며 웃는다. 김씨는 "알 만한 사람 부부 여섯 쌍이 함께 간다"며 즐거운 듯 활짝 웃는다. 김 씨 부부는 원래 경기도 분당에 살았다.

"용인으로 이사 온 지는 4년 됐나요. 원래는 여기보다 더 조용한 곳인 강원도 문막 정도로 가려고 했어요. 그랬더니 우리 집사람 친구들이 멀리 이사 가면 아예 인연을 끊겠다고 협박을 하더군요. 그 바람에 여기에 머물렀습니다(웃음). 사실 내년이면 다시 판교 쪽으로 이사를 갈 겁니다. 그곳에 아파트를 하나 장만했거든요."

양 씨가 주방에서 떡과 차 한 잔을 꺼내오며 권한다. 김 씨는 "고맙습니다"라고 깍듯이 인사한다. 늘 반말이 아닌 존대어를 쓰는 모양이다. 김 씨에게 올해가 작곡가로 데뷔한 지 45년째라고 했더니 "(가요사 등) 일부 기록에는 1967년으로 나와 있는데 레코드사에 알아봤더니 1965년이라고 하더군요. 그거나 이거나 그렇게 세월이 흘렀네요."

기타 연주는 고등학교 때부터 시작했다. 그렇다면 그의 음악적 환경은 어떠했을까. 평양에서 태어난 김 씨는 의사 집안에서 자랐다. 할아버지는 한의사, 아버지는 의사였다.

"아버지는 독자였고 저는 맏아들로 태어나 할아버지한테 귀여움을 많이 받았습니다. 어릴 때부터 보약을 자주 먹었던 기억이 지금도 선합니다. 아마 열두 살까지 매일 먹었지요(웃음). 아버지는 의사였지만 음악을 무척 좋아했습니다. 제가 여섯 살 때 평양에서 40여 리 떨어진 평남 강동에서 아버지가 병원장을 맡았습니다. 사택이 있었는데 아버지는 시간 날 때마다 대학 때 음악 활동을 같이했던 친구들을 불러 음악 연주를 자주 했습니다. 나중에는 악단을 조직해 시골 여러 곳에 다니면서 공연을 하곤 했지요. 8·15광복 이후에는 의사라는 신분을 감추고 국가 지정 음악당, 그러니까 남한으로 치면 예술의전당 같은 곳을 맡아 운영을 했습니다. 아버지는 아코디언 같은 것을 잘 연주했습니다."

김 씨는 원래 축구 선수가 되고 싶어 했다. 초등학교 때 레프트윙 포지션으로 학급 대표로 출전했을 만큼 축구 실력이 남달랐다. 내친김에 학교 대표로 출전하고 싶었다. 그 무렵 음악 활동을 하는 아버지를 보고 음악에 관심을 갖기 시작했다. 그러다가 6·25전쟁이 발발했고 1·4후퇴 때 김 씨 집안 식구들은 임진강을 거쳐 대구까지 월남하게 된다. 먹고사는 것이 어려워졌다. 대구에 있던 미25야전병원에 취직하려고 했으나 아버지가 갖고 있던 의사면허는 인정이 되지 않았다. 할 수 없이 아버지는 미군 부대 장교식당에서 접시닦이로, 아들 김 씨는 친구와 함께 하우스보이로 아르바이트를 하게 됐다.

"오후 2시 30분쯤이 쉬는 시간이었습니다. 그때마다 같이 일을 하는 친구가 주머니에서 작은 하모니카를 꺼내 연주했습니다. 그 모습이 너무 좋아 아버지한테 음악을 배우겠다고 했지요. 흔쾌히 허락을 하신 아버지한테 악보 읽는 법을 배웠습니다. 그때 처음 만진 악기가 만

돌린이었습니다. 중고품이었는데 선이 끊어지면 미군들이 사용하는 전화선을 연결해 사용하곤 했지요. 6개월 정도 하니 웬만한 연주가 가능해지더군요. 그러던 어느 날 아버지한테 김영순(김트리오 부친) 씨가 놀러 왔는데 트럼펫과 기타 연주를 기가 막히게 했습니다."

이후 김 씨는 '바로 기타야, 기타!'라고 생각하며 기타에 푹 빠지기 시작했다. 아버지가 가르쳐주는 대로 가사를 적고 노래를 배웠다. 말 그대로 밥숟가락만 놓으면 새벽 4시까지 기타를 배웠다. 또한 작곡가 박시춘 선생과의 만남 등을 통해 장차 훌륭한 음악인이 되겠다고 다짐했다. 그렇게 중학교를 졸업한 지 2년 세월이 지나서야 고등학교에 진학했다. 때마침 고등학교에 악단이 하나 생겼는데 김 씨는 곧바로 악단장을 맡았다. 웬만한 편곡은 그의 손을 거칠 정도로 음악 실력을 인정받았다. 자신감을 얻은 그는 고등학생 신분으로 미 공군 클럽에서 기타 연주를 했다. 사실상 프로 생활을 시작했던 것. 고등학교를 졸업하면서 대구에서 '음악 연주자 베스트 7'에 뽑혀 서울로 올라와 '록쇼' 악단에 합류했다.

"그때 오산에 있는 미군 부대에서 주로 활동하면서 전국 곳곳을 다녔습니다. 그러던 1년 뒤에는 제가 직접 악단장을 맡게 됐지요. 악단 명칭도 록쇼에서 'A1쇼'로 바꿔 활동 무대를 넓히게 됩니다. 운 좋게도 미8군 클럽에서 세 손가락 안에 드는 연주자로 소문이 나기도 했지요. 이후 7년 동안 A1쇼 악단을 이끌었습니다."

그가 미군 부대와의 인연을 접은 것은 1962년이었다. 다시 음악 공부를 하고 싶은 열정이 생겼기 때문이다. 당시 해군 군악단 단장을 지냈고 작곡가로도 유명한 이교숙 선생을 찾아가 작곡과 편곡 등을 강도 높게 배웠다. 그렇게 2년 정도 시간이 흘렀을 무렵 작곡가 박춘석 씨를 만나게 됐다. 박 씨의 곡을 녹음할 때 기타 연주를 해주고 박 씨에게 편곡을 더 배우게 됐다. 아울러 작곡가 김영광 씨의 부탁으로 편곡을 해주면서 이 방면에 이름을 알리기 시작했다. 섬세한 작곡 솜씨가 일품이라는 소문까지 자자했다.

"하루는 오아시스레코드 손진석 사장이 찾아와 작곡 앨범을 내자고 하더군요. 처음에는 건성으로 대답했는데 거의 매일같이 집요하게 부탁을 했습니다. 특히 대중가요의 중요성을 강조하며 작곡의 명분론으로 설득하더군요. 그래서 「사랑아 내 사랑아」(태원), 「불타는 연가」(남진), 「진정 난 몰랐네」(김상희), 「모래 위를 맨발로」(이시스터즈) 등 열두 곡을 네 명이 세 곡씩 나눠 부른 이른바 〈김희갑 작곡 제1집〉이 탄생하게 됩니다."

이후 본격적인 작곡 활동을 하면서도 '김희갑 악단'을 계속 이끌어오다 드라마 주제가를 작곡하면서 크게 히트를 친다. 1983년 KBS 주말드라마 〈청춘행진곡〉에서 노주현과 정윤희의 '러브송'을 하나 만들어달라는 요청을 받고 최진희를 발탁, 「그대는 나의 인생」을 작곡했던 것이다. 이 노래는 가수 최진희를 탄생시키고 우리나라 최초의 뮤직비디오 음악이라는 찬사를 받을 만큼 많은 인기를 끌었다. 이어 「사랑의 미로」, 「우린 너무 쉽게 헤어졌어요」 등이 담긴 제2집 작곡 앨범이 나오면서 악단을 해체하고 작곡과 연주 등 솔로로 활동하면서 오늘에 이르렀다.

앞서 언급했듯이 그가 지금까지 작곡한 노래만 무려 3,000곡이 넘는다. 이 가운데 부인 양 씨와 함께 작사·작곡을 한 것은 400여 곡에 이른다. 예를 들어 「킬리만자로의 표범」, 「그 겨울의 찻집」, 「서울 서울 서울」 등 조용필의 히트곡을 포함해 「타타타」, 「우리도 접시를 깨트리자」, 「립스틱 짙게 바르고」, 「그 사람 이름은 잊었지만」, 「그대는 나의 인생」, 「하얀 목련」 등이 대표적인 부부 합작 국민 애창곡이다. 얼마 전에는 TV프로그램 〈불후의 명곡〉에서 젊은 가수들에 의해 불려 다시 한 번 주목을 받았다. 요즘 대중가요계의 흐름에 대해서는 어떤 생각을 갖고 있을까.

"음악적으로 재능이 대단한 가수들이 있습니다. 하지만 전체적으로 볼 때 그룹 쪽으로 치우친 것이 아쉽습니다. 재즈, 댄스, 트로트 등 다양한 장르를 통해 듣는 사람이 좋아하는 음악을 선택할 수 있어야 하거든요. 앞으로는 '대중음악을 감상하는 시대'가 올 거라고 생각합니다."

그래서 김 씨는 요즘 모종의 작업을 하고 있다. 발성의 기본기를 확실히 갖춘 남자 세 명, 여자 한 명으로 이뤄진 중창단을 만들어 대중음악의 새로운 장르를 개척하는 일이다. 40대 중후반 한 팀, 20~30대 젊은 성악가 한 팀 등 두 팀을 만들어 실내악 분위기의 대중음악을 올가을쯤 선보일 예정이다. 필생의 역작이나 다름없다. 새로운 꿈과 희망, 식지 않은 열정으로 그 일에 집중하고 있다.

〈2012년 5월 24일〉

김희갑은

1936년 평양에서 태어났다. 중학교를 졸업하고 의사인 아버지에게 음악을 배웠다. 대구에서 대성고에 다닐 때 학교 악단장을 맡아 발군의 음악 실력을 발휘했다. 아울러 미8군 부대에서 프로로 활동하기 시작했다. 고등학교 졸업과 동시에 서울에 있는 '록쇼' 악단 멤버로 활동했다. 이후 'A1쇼' 악단장으로 7년 동안 활동했다. 1962년 미군 부대 위주의 활동 무대를 접고 본격적으로 작곡 공부를 시작했다. 5년 뒤 오아시스레코드사에서 〈김희갑 작곡 제1집〉 앨범을 냈다. 1983년 KBS 주말드라마 〈청춘행진곡〉 주제가를 작곡해 크게 히트 쳤다. 1985년 이후에는 김희갑 악단을 해체하고 솔로 활동에 전념했다. 지금까지 3,000여 곡을 작곡했으며 1987년에 양인자 씨와 결혼한 뒤 함께 400여 곡을 작사·작곡했으며 300여 편의 영화음악과 뮤지컬 〈명성황후〉 작곡 등으로도 유명하다. 취미는 골프와 분재.

남진

그때 스무 살의 한 청년은 「서울 플레이보이」란 노래로 세상 무대를 처음 노크했다. '나는 못생겼지만/ 머릴랑 깎지 않고 수염마저 길렀지만/ 멋쟁이 서울 플레이보이'라고 했다. 별 반응이 없었다. 그러자 '울려고 내가 왔나/ 낯설은 타향 땅에 내가 왜 왔나'라고 다시 한 번 호소했다. 여전히 냉담했다. 오기가 생겼다. 이듬해 청년은 「가슴 아프게」라는 카드를 꺼냈다. '당신과 나 사이에 저 바다가 없었다면/ …… 갈매기도 내 마음같이 목메어 운다.' 흐느끼듯 가슴속을 후벼 파는 분위기를 연출했다. 비로소 통했다. 세상 사람들이 그를 주목하기 시작했다. 내친김에 그는 당시 톱스타 문희와 함께 영화에 출연하는 사고(?)까지 쳤다.

하지만 청년은 불붙은 인기를 뒤로하고 훌쩍 떠나버렸다. 어디로? 해병대에 입대해 베트남전에 참전했던 것. 청룡부대의 노래처럼 '월남의 하늘 아래~'에서 군 복무를 마친 청년은 귀국 직후 국내 가수로는 처음으로 단독 콘서트 무대를 열었다. 소문을 듣고 많은 여성 관객들이 찾았다. 공연이 끝날 무렵 누가 먼저랄 것도 없이 '오빠, 오빠'를 외쳤다. 이날부터 청년에겐 '오빠부대 원조', '콘서트의 원조'라는 수식어가 따라다녔다. 절정은 서른 살 때의 「님과 함께」였다. '저 푸른 초원

위에 그림 같은 집을 짓고~'라고 요동을 치며 소릴 질렀다. 젊은 남녀들에게는 사랑의 보금자리를 상징하듯 신드롬을 불러일으켰다.

이후 그는 우리나라 가요사를 관통하면서 빅스타의 길을 흔들림 없이 걸었다. 블루스와 트로트를 비롯해 왈츠, 차차차, 트위스트 등 장르를 뛰어넘는 천부적인 가창력과 카리스마 넘치는 특유의 무대 동작으로 변함없는 국민 가수의 인기를 유지하고 있다.

가수 남진 씨. 일흔 살을 바라보고 있지만 여전히 「님과 함께」로 통한다. 그는 2011년 3월 세종문화회관에서 데뷔 45주년 기념공연을 시작으로 전국 투어에 나서면서 신곡 세 곡을 들고 더욱 정열적인 모습으로 팬들 앞에 다시 섰다. 나이는 숫자에 불과한 것, 노래 인생 2막의 커튼을 활짝 열어젖힌다.

2011년 2월 19일 데뷔 45주년 기념공연을 앞두고 서울 서초동 교대역 인근에 있는 '차태일 뮤직 스튜디오'에서 남 씨를 만났다. 열심히 녹음 중이었다. 머리를 흔들고 손동작과 미소를 지으며 역동적으로 노래를 불러댄다. 라이브공연에 맞춰서인지 국민 애창곡 「님과 함께」는 더 빠른 템포로 편곡됐다. 듣는 사람으로 하여금 몸이 덩실덩실 움직이게 했다. 신곡 「잘가라 청춘아」도 불렀다. 노랫말이 흥미롭게 다가온다. '속절없는 청춘아/ 가거든 혼자 가지/ 아무도 모르는 샛길로 찾아와 나까지 데려가나/ 그래도 괜찮다 고맙다 청춘아~.' 4분의 4박자 빠른 리듬풍의 노래다. 「둥지」 등으로 오랜 인연을 맺고 있는 차태일 씨가 얼마 전 작곡했다.

그렇게 30여 분. 녹음을 마친 남 씨와 마주 앉았다. 6년 전 서울 여의도에서 만날 때보다 훨씬 젊어졌다고 했더니 "그때는 살이 많이 쪘었다. 지금은 12킬로그램이나 빠져 (몸 상태가) 아주 좋아진 것 같다"며 웃었다. 거듭된 질문, 젊어지는 비결이 무엇일까.

"언젠가 노래를 알기 시작했습니다. 그때부터 살이 빠지더군요.(웃음) 노래를 알면 알수록 더 노력하게 됐습니다. 무대에 서면 힘찬 박수를 받게 되거든요. 그런 노래의 힘, 팬들의 힘이 저를 젊게 하는 것 같습니다. 앞으로 더 젊어지도록 열심히 해야겠지요."

이번 무대도 그런 노래의 힘을 바탕으로 꾸몄다. 하여 의미 또한 남다를 터. 자신에 찬 목소리로 말한다.

"세종문화회관 공연은 저 개인적으로도 각별한 인연이 있습니다. 1965년 세종문화회관의 전신인 시민회관에서 데뷔곡을 불렀습니다. 또 1971년 첫 단독 공연을 가진 곳이 시민회관입니다. 또 그해 첫 가수왕상을 받은 장소도 시민회관이고요. 이번 무대가 40년 만에 세종문화회관에서 콘서트를 갖는 셈입니다. 물론 지금의 세종문화회관으로 명칭이 바뀐 다음에는 처음이지요. 두 시간여 동안 신·편곡을 포함해 모두 30곡 정도 부를 예정입니다. 이번에 선보이는 신곡은 가사에 느낌이 확 꽂혀 선택했습니다. 기대해도 괜찮습니다."

그는 특히 이번 공연을 위해 「사랑하며 살 테야」라는 타이틀곡으로 45주년 기념음반을 제작했다. 지금까지 성원을 보내준 팬들과 함께 사랑하며 살겠다는 뜻을 옹골차게 담았다. 또한 노래 인생 1막의 완결편 음반이자 전국 투어를 계획한 것도 이런 마음에서였다. 옛날 극장무대 시절에 대한 추억이 있어 전국의 광역시는 모두 다닐 예정이다. 이런 사실이 알려지면서 전국 각지의 팬들로부터 신청곡이 벌써부터 쇄도하고 있다. 그래서 영화 주제가 「사랑」이나 데뷔곡 「서울 플레이보이」 등 당시 노래는 좋았지만 히트 치지 못했던 곡들도 오랜만에 불러보기로 했다.

좀 엉뚱한 질문을 했다. 이번처럼 두 시간 동안 라이브로 30여 곡을 부를 때, 아무리 자신의 노래라고 하지만 사람인 이상 가사를 잊어버리지는 않을까.

"무대 앞쪽에 설치된 모니터에 가사가 뜨긴 하지만 그걸 볼 수는 없습니다. 보면 몰입이 안 되거든요. 예를 들어 「둥지」만 하더라도 수천 번 불렀는데 가사를 잠시 놓치는 경우가 있어요. 그럴 땐 비슷하게 얼버무리면서 얼른 넘어갑니다. 또 감기나 몸살기로 정신이 약간 멍할 때도 가사를 놓치는 경우가 있지요. 20~30대에는 안 그랬는데 나이를 먹어가면서 그런 일이 간혹 있습니다.(웃음)"

'한국의 엘비스 프레슬리'라고 하는데 어떻게 생각하느냐고 물었다. 역시 주저 없이 대답한다.

"가수 데뷔 전에 닐 세다카와 엘비스 프레슬리의 노래를 자주 들었지요. 공교롭게도 엘비스 프레슬리와 몇 가지 닮은 점이 있습니다. 엘비스도 스물한 살 때 「러브 미 텐더」(Love Me Tender)를 부르며 인기를 끌었지만 곧 군 입대를 했습니다. 제대한 뒤에는 저와 비슷하게 영화 수십 편에 출연했지요."

남 씨 역시 스물한 살 때 「가슴 아프게」로 스타가 됐지만 곧 군 입대를 했다. 이후 자신의 노래를 영화화한 〈가슴 아프게〉, 〈울려고 내가 왔나〉, 〈별아 내 가슴에〉 등에 출연했다. 그럴 때마다 헤어스타일이나 몸동작 그리고 하얀 가죽옷에 금속 장식이 있는 프레슬리 의상 차림으로 나와 팬들을 열광시켰다.

지금까지 그가 부른 노래는 1,000여 곡이나 된다. 대부분 애창되고 있지만 '남진' 하면 얼른 떠오르는 대표곡은 역시 「가슴 아프게」와

「님과 함께」가 아닐까 싶다.

일화 한 토막. 1966년 남 씨는 작곡가 박춘석 씨를 만난다. 이때 박 씨는 작사가 정두수 씨에게 가사 하나를 부탁했다. 고민하던 정 씨는 서울 마포의 한 식당에서 점심을 먹고 있을 때 라디오 연속극에서 뱃고동 소리를 들었다. 고향이 경남 하동인 정씨는 갑자기 바다가 그리워져 인천 연안부두로 달려갔다. 하지만 안개가 자욱해서 바다도 보이지 않고 연안 여객선들도 출항하지 못했다. 그러자 승객들 사이에서 '가슴이 아프다'라는 탄식이 나왔다. 귀가 번쩍한 정 씨는 바다로 인해 생기는 이별을 모티브로 가사를 썼다. 처음 제목은 '낙도 가는 연락선'이었다. 그러나 너무 올드패션의 느낌이 들어 고민 끝에 '가슴 아프게'로 바꾸게 됐다.

「님과 함께」는 작곡가 남국인 씨의 부인이 작사한 곡. 처음에는 동요처럼 느껴졌지만 때마침 1970년대 '새마을운동'과 맞물려 삽시간에 남녀노소가 즐겨 부르며 폭발적인 인기를 얻었다.

그가 '남진'이 된 사연도 있다. 본명은 김남진(金湳鎭)이다. 데뷔 직전 문여송 감독이 '남쪽의 보배'라는 뜻을 담긴 '남진'(南珍)으로 예명을 지어주었다. 이름대로 수많은 히트곡을 내며 가요계의 보배로 살아왔다고 얘기하는 데 주저함이 없다.

영원한 청년이자 젊은 오빠인 그는 어떤 꿈을 꾸고 있을까.

"팬들의 힘이 있었기에 제 인생에서 그동안 가수라는 직업으로 열심히 살아왔습니다. 어느 날 세월 깊이 왔다는 것을 알았지요. 데뷔 당시의 초심으로 돌아가 앞으로 정말 좋은 모습으로 노래를 부르고, 가수로서 성심을 다해 잘 마무리하는 것이 제가 해야 될 일이라고 생각합니다."

인터뷰 내내 자신에 찬 목소리였다. 다시 녹음실로 간 그는 신곡 「너 말이야」 중에서 '널린 게 행복이잖아~'를 힘차게 불렀다. '그렇구나'라는 찐한 느낌표를 뒤로하면서 헤어졌다.

〈2011년 2월 25일〉

남진은

1945년 자유당 시절 국회의원을 지낸 아버지의 장남으로 태어났다. 1956년 목포 북초등학교를 나온 후 아버지를 따라 서울에서 경복중학교를 다녔다. 다시 고향으로 가서 1962년 목포고를 나온 뒤 평소의 꿈인 영화배우가 되고 싶어 한양대 영화과에 진학했다. 하지만 아버지가 돌아가시던 1965년에 어머니의 지원을 받아 가수로 데뷔했다. 가수 활동을 하면서 끼를 살려 60여 편의 영화에도 출연했다. 당시 윤정희, 남정임, 문희 등 트로이카 여배우들과 자주 출연했다. 1965년 데뷔 당시 「서울 플레이보이」, 「울려고 내가 왔나」 등을 발표했으며 이듬해 공전의 히트곡 「가슴 아프게」를 발표했다. 1969~71년 베트남전에 참전했다. 귀국 직후인 1971년 서울시민회관에서 첫 리사이틀공연을 벌였고 한국무대예술상 그랑프리를 2회 받았다. 1969, 73년 TBC 남자 가수상 대상을 3회 받았다. 한국연예협회 가수분과위원장(1991)과 한국연예협회 이사장(2000) 등을 지냈다. 대표곡으로 「가슴 아프게」, 「별아 내 가슴에」, 「미워도 다시 한번」, 「님과 함께」, 「그대여 변치 마오」, 「빈잔」, 「둥지」 등이 있다. 남 씨의 부인은 부산 출신이다. 슬하에 3녀 1남을 연년생으로 두었다. 건강관리를 위해 자택인 경기 성남시 분당의 헬스클럽을 가끔 찾는다. 골프 핸디캡은 10 정도이며, 이탈리아 칸초네와 프랑스 샹송을 듣는 취미도 있다. 추억의 팝송도 자주 듣는다.

이용

해마다 10월이면 어김없이 가장 생각나는 노래가 있다. 「잊혀진 계절」이다. '지금도 기억하고 있어요/ 시월의 마지막 밤을/ 뜻 모를 이야기만 남긴 채/ 우리는 헤어졌지요/ 그날의 쓸쓸했던 표정이/ 그대의 진실인가요/ 한마디 변명도 못하고/ 잊혀져야 하는 건가요~.' 30여 년 전 발표하자마자 크게 히트를 쳤다. 지금도 10월만 되면 중장년층은 물론 젊은이들에게도 애창된다. 그랬다. 가수 이용은 '10월의 가수'로 혜성같이 등장했고 지금도 그렇게 통한다. 매년 10월이면 1년 중 가장 바쁘게 움직이는 가수이기도 하다. 그도 그럴 것이 가을이 되면 라디오 등에서 가장 많이 선곡되면서 전파를 타고 여기저기에서 출연 요청이 쇄도한다. 감수성이 절절한 가사 내용과 특유의 가창력 있는 목소리가 10월과 딱 맞아떨어지는 느낌을 선사한다.

2014년 10월 1일 서울 영등포구 여의도공원에서 그를 만났다. 나무 사이로 쏟아지는 가을 햇살이 따사로웠다. 운동하는 사람들도 있고 공원 벤치에서 사색에 잠긴 사람들도 더러 있다. 나이 지긋한 어르신, 아줌마, 젊은 연인들도 그를 알아본다. 벤치에 같이 앉으면서 "10월은 이용의 달이라 많이 바쁘겠다"고 인사를 건넸다.

"맞습니다. 1년 중 가장 바쁜 달입니다. 옛날에는 헬기를 임대해 하루에 제주, 부산, 다시 서울에서 공연 일정을 소화한 적도 있어요. 10월은 1년 중 출연료를 가장 많이 받는 달이기도 합니다(웃음)."

왜 「잊혀진 계절」이 인기가 있는 것일까. 비결을 물었다. 이에 대해 "10월은 더웠다가 시원해지는 계절이다. 또한 단풍과 낙엽을 연상하게 하는데 그 밤이 왠지 쓸쓸해지는 계절이기도 하다. 연인끼리 만남도 있지만 헤어지는 경우도 많으며 그러다 보니 자연스럽게 「잊혀진 계절」을 생각하게 되는 것 같다"고 말한다. 이어 "주한미군이 한국에 올 때 먼저 왔던 고참들이 신참들에게 세 가지를 미리 알려주는데, 첫 번째는 한국의 장마이고, 두 번째는 빨리빨리 문화, 세 번째가 연인끼리 기념하는 날이 많다는 것"이라고 하면서 10월은 결국 연인의 계절이 아니겠느냐고 말한다. 이 곡의 노랫말은 시인이자 작사가인 고 박건호 씨가 자신의 실제 이별 경험담을 풀어낸 것으로 알려지고 있다. 낙엽과 함께 '그날의 진실했던 표정이 진실인가요~'라고 하면서. 이 노래를 소재로 1984년에 제작된 영화 〈잊혀진 계절〉에 이 씨가 직접 출연해 전국적으로 개봉, 60만 관객을 동원했다.

"이 노래는 원래 조영남 씨한테 주려고 했으나 바쁜 일정으로 약속이 틀어지는 바람에 지구레코드사 사장이 고음을 잘 내는 가수한테 주라고 해서 제가 부르게 됐습니다."

이 씨는 이 노래로 1980년대 초반 조용필을 능가할 만큼 최고의 인기 가도를 달린다. 1982년 MBC 10대 가수 가요제 최고 인기상을 시작으로 그해부터 3년 동안 MBC 10대 가수상을 계속 받았다. 또한 1982년부터 1983년까지 역시 3년 내리 KBS 가요대상을 받았다. 뿐만 아니라 1982년 〈동아일보〉 '올해의 인물' 선정, 1983년 주한 외신기자 선정 '올해의 가수상' 등을 받았다. 그동안 평양, 금강산, 개성 등 북한 공연을 여섯 차례나 다녀오면서 북한에서도 인기를 얻었다. 그는 "북한 사람들은 「잊혀진 계절」에 대해서는 잘 알지만 가수 이용이라는 사람에 대해서는 그렇지 않은 것 같다"며 웃는다. 「잊혀진 계절」 외에도 그가 부른 「바람이려오」, 「서울」, 「첫사랑이야」, 「후회」 등의 노래도 한동안 많은 인기를 누렸다. 지금까지 12집의 앨범을 냈으며 자신이 직접 작곡한 노래도 80여 곡은 된다. 김지애의 「몰래 한 사랑」, 하춘화의 「사랑은 길어요」가 대표적이다.

그는 1956년 3월 경기도 수원에서 태어났다. 아버지는 출생신고를 2년 늦게 했다. 13개월 위인 형과 동시에 군대를 가면 안 된다는 이유에서였다. 당시는 6·25전쟁이 끝난 지 얼마 안 된 상황이어서 그런 일을 우려했던 것이다. 아버지는 평북 정주 출생으로 월남 후 육사를 나와 고급장교로 근무했다. 어머니는 수원여고를 졸업했다. 그가 어릴 때에는 외갓집인 수원에서 자랐다. 외할머니를 친어머니로 여길 정도로 잘 따랐고 많은 사랑을 받았다. 외갓집은 당시 제재소를 운영했는데 모르는 사람이 없을 정도로 부유한 집안이었다. 어머니는 평소 만약 아들 둘을 낳게 되면 첫째는 명문대에 보내 판검사를 시키고 둘째는 가수를 시켰으면 좋겠다고 생각했다. 하지만 아버지는 엄격한 성품이어서 연예인이 되는 것을 원치 않았다.

어린 시절을 수원에서 지낸 후 인천에서 학창 시절을 보냈다. 아버지가 군 전역 후 인천에서 의료 사업을 했기 때문이다. 이런 덕분에, 이 씨는 신장염으로 한동안 고생을 했지만 잘 극복할 수 있었다고 한다. 아버지는 이어 시멘트블록 사업에 손을 대면서 사업을 번창시켜 나갔다. 하지만 뜻대로 되지 않아 하루아침에 망하고 말았다. 그러자 가족들이 서울 한남동 빈촌으로 이사를 했다. 이때가 휘문고 2학년 재학 때였다. 학비를 대지 못할 만큼 집안 형편이 갑자기 어려워졌고 교회에서 쌀을 타다가 끼니를 때울 정도였다. 그는 이런 사정을 생각해서 등록금 걱정이 없는 육사에 진학하려고 했다. 당시 그의 가방에는 노래책만 있을 정도로 노래를 무척 좋아했다. 결국 고3 때 한 학기 등록금을 못 냈다. 학교를 그만두어야 할 판이었으나 때마침 지인의 도움으로 등록금을 내고 고등학교를 겨우 마칠 수 있었다. 대학 진학을 포기하고 우선 돈을 벌어야겠다는 생각에 여러 호텔을 전전하며 청소부 겸 노래 부르는 일을 했다.

그렇게 2년을 보낸 뒤 1977년 전방 백골사단에 입대를 하게 된다. 그는 운이 좋게도 이곳에서 '백골쇼' 단원으로 발탁되면서 노래를 하게 된다. 특히 입대 동기인 한규철 씨와 함께 부른 노래, '사랑하는 그대여 날 좀 봐요 날 좀 봐요/ 날 좀 봐주세요~'라는 「밀양머슴아리랑」은 단연 인기였다. 당시 사단장이었던 박세직 장군은 물론 다른 여러 장교한테 많은 칭찬을 받았다. 이런 인연으로 그는 사단통신대대에서 대대장 당번병으로 근무했고 백골쇼가 있을 때마다 수시로 노래를 불렀다. '백골쇼'로 사실상 노래에 입문하게 됐으며 '노래가 내 인생'임을 깨달았다. 33개월 만에 만기제대한 그해 11월 대학입학 예비고사에서 240점을 받고 연세대에 응시했으나 낙방하고, 서울예전에 전체 수석으로 입학했다. 대학 1학년 때 '국풍81' 가요제에서 금상을 수상하면서 정식 데뷔하게 된다. 그는 학교의 명예를 빛낸 공로로 서울예전 재학 내내 '동랑 유치진' 장학금을 받았다. 졸업 후 「바람이려오」와 「잊혀진 계절」을 불러 여기저기에서 '가수왕, 가수왕'이라는 찬사를 받으며 단박에 인기가수 반열에 올랐다.

그러다가 그는 절정의 인기를 뒤로하고 1985년 홀연히 미국으로 떠났다. 예기치 않은 소문에 휩싸여 모든 것을 잠시 내려놓고 공부나 할 생각으로 템플대 음대에 진학했다. 재학 중 부모 같은 테일러 교수를 만나면서 마음의 평정을 되찾아 음악 공부에 전념했다. 이때 「몰래 한 사랑」을 작곡했고 노래가 아주 좋다는 평가와 함께 A플러스 장학금을 받았다. 이 무렵 아버지의 건강이 좋지 않아 귀국했다. 그는 1988년 4월 아버지로부터 일생일대의 중요한 유언을 듣게 된다. "아버지께서는 '네가 가수 생활을 하다가 스캔들이 난 거니까 다시 가요계에 컴백해서 명예를 회복하라'고 하셨어요. 아들이 가수가 되는 것을 원치 않았던 분이 세상을 떠나기 직전에 '가수 컴백'이라는 말씀을 해주신 겁니다."

이때부터 그는 하루에 밤무대를 아홉 군데나 뛰어다니며 노래를 열심히 불렀다. 그렇게 어느 정도 시간이 지나자 조그마한 집이라도 장만해야겠다는 생각이 들었다. 인천에 있는 한 아파트분양 사무실에 가서 '3순위라도 없나요'라고 사정을 해 어렵게 분양을 받았다. 밤무대에서 번 돈으로 착실히 중도금을 마련해 갚아나갔다. 입주 6개월 전 한 지인으로부터 "과천에 단독주택 하나가 경매 나온 것이 있으니 관심을 가져보라"는 얘기를 들었다. 때마침 부인이 알레르기 천식을 앓아 공기 좋은 데 살았으면 하는 생각을 하던 터였다. 그렇게 해서 분양받은 아파트를 중간에 팔고 은행 융자금을 보태 40대에 들어서 처음으로 집을 장만했다. 그 무렵 방송 출연을 하게 되면서 꼬였던 노래 인생도 서서히 풀렸다. 2003년 신곡 「후회」가 방송 1위곡에 올랐고 2004~2005년 MBC라디오 〈두시만세〉 '꽁노래방'에 고정게스트로 출연하는 것을 시작으로 라디오와 TV방송 프로그램 진행을 맡았다.

그러면서 여기저기에서 출연 요청이 쇄도했고 바쁜 가수 생활로 다시 한 번 전성기를 걷게 됐다.

그는 틈틈이 양로원과 고아원, 재소자를 위한 봉사활동을 벌인다. 선행시민상을 수상하기도 했다. 앞으로 그는 무슨 계획을 갖고 있을까.

"저는 피아노, 기타, 하모니카 등 레슨을 한 번도 안 받고 음악을 해 왔습니다. 직장을 그만둔 베이비부머들에게 희망을 주는 역할을 하고 싶습니다. 그분들을 위해 젊어지라고 외치며 노래를 부르고 싶습니다. 그것이 곧 저의 의무라고 생각하고 있지요. 젊은 생각은 또 다른 제3의 인생을 찾게 하지 않을까요."

〈2014년 10월 8일〉

이용은

수원에서 태어나 1975년 휘문고를 졸업했다. 백골사단에서 만기제대한 뒤 서울예술대학을 졸업했다. 1985년 미국으로 건너가 템플대에서 음악 공부를 했다. 1981년 「바람이려오」로 데뷔했다. 주요 히트곡으로는 「잊혀진 계절」, 「서울」, 「사랑, 행복 그리고 이별」, 「태양의 저편」, 「첫사랑이야」, 「후회」 등이 있다. 1981년 대학가요제 금상 수상을 시작으로 1982년 MBC 10대 가수 가요제 최고 인기상(가수왕 상), 1982~1984년 MBC 10대 가수상, 1982~1984년 KBS 가요대상, 1982년 〈동아일보〉 '올해의 인물' 선정. 1983년 제2회 가톨릭 가요 대상, 1983년 주한 외신기자 선정 '올해의 가수상', 1983년 전국 프러덕션 연합회 주최 가수상, 1984년 〈선데이서울〉 주최 '올해의 7대 가수상', 1989년 미국 내쉬빌 초청 가요제 본상(내쉬빌 시장상), 1992년 서울 선행시민상, 1993년 환경처장관 유공자 표창 등을 받았다. 지금까지 12집의 앨범을 냈다.

Mr. Pinetree, 소나무 사진작가

배병우

사진은 진실이다. 진실은 감동이다. 감동은 사랑이다. 여기에서 문제 하나, 피사체를 담는 카메라는 언제부터 나왔을까. 궁금하다. 잠시 어원을 들여다본다. 카메라 옵스큐라(Camera Obscura), 라틴어로 어두운 방이다. 아리스토텔레스는 방 안을 어둡게 한 뒤 한쪽 벽면에 바늘구멍을 뚫어놓으면 방 밖에 있는 물체의 영상이 방 안의 벽면에 비친다는 것을 알았다. 화가 레오나르도 다 빈치는 네모난 상자의 한쪽 면에 바늘구멍을 뚫어놓고 반대 면에 종이를 붙여 그림의 윤곽을 잡았다. 바늘구멍이 향하고 있는 쪽의 영상이 상자 속으로 들어와 종이에 비치는 기능을 활용했다. 이 같은 '카메라 옵스큐라'의 원리는 오늘날의 사진기, 즉 카메라의 어원이 됐다.

재미난 과거의 뉴스 하나. 1839년 프랑스인 다게르에 의해 현재의 사진기가 처음 개발됐을 때 당시 유럽의 언론들은 "하느님의 형상과 같은 인간의 모습을 포착한다는 것은 불가능할뿐더러 신(神)에 대한 모독이다. 이런 기계를 만들었다고 떠드는 다게르는 분명 바보 중의 바보다"라고 비난했다. 아마 사람의 얼굴에 카메라를 들이댄다는 것이 영혼을 빼앗는 걸로 여겼던 것 같다.

사진작가이자 예술인으로 유명한 배병우 씨. 1984년부터 소나무를 찍었다. 팝 가수 엘튼 존이 그의 그림을 2,700만원을 주고 샀고 이명박 전 대통령은 오마바 대통령이 방한했을 때 배 씨의 소나무 사진을 선물했다. 2006년에는 동양인 사진작가로는 최초로 스페인 티션미술관에서 개인전을 열었다. 이후 스페인 정부의 의뢰로 세계 문화유산인 알함브라 궁전의 정원을 2년 동안 촬영하기도 했다. 배 씨는 소나무로 유명하지만 원래는 바다에 풍덩 빠진 사람이다. 서해안, 남해안, 제주도 바다를 무척이나 좋아하는 사람이다. 2012년 8월 19일 오후 사진 인생 40년을 맞는 배 씨를 만나기 위해 경기 파주 헤이리마을 작업실로 갔다.

어라, 약속된 시간인데도 탁구를 치고 있는 것이 아닌가. 작업실에 있는 조교랑 주거니 받거니 잘도 한다. 약이 올랐다. 탁구 라켓을 잡고 같이 치자고 했다. 그런데 배 씨는 왼손잡이. 약간 주눅이 들었지만 왕년의 탁구 실력을 발휘해볼 생각에 열심히 덤벼들었다. 오른쪽, 왼쪽으로 푸싱을 했다. 그런데 잘도 받아낸다. 20분쯤 지났다. 땀이 눈을 자극했다. 항복했다.

그러고 나서 "선생님 왜 그렇게 체력이 좋으세요"라고 인사했다. 60이 넘었는데 민첩하게 탁구를 잘도 친다. 돌아오는 답이 "이건 아무것도 아니지. 탁구에는 급수가 있어요. A급은 프로선수고 B급은 아마추어인데 내가 B급 정도는 되지"라고 한다. 그러고는 슬쩍 웃는다. 흘리는 땀을 닦으며 자리에 앉았다. 물과 냉커피를 갖다 준다. 얼른 물었다. "여수 바닷가 출신이지요?"라고. 배 씨는 6월 30일까지 여수에서 〈대양을 향하여〉라는 제목으로 사진전을 열고 있었다.

그는 소나무보다 사실은 바다로 먼저 시작했다. 1970년 대학에 들어가면서부터 바다를 그리워했다. 태생이 바다였기 때문이다. 배 씨에게 다시 "탁구는 일주일에 몇 번 치세요?"라고 물었다. "왼손잡이는 오른손잡이한테 강합니다." 그러고는 다시 웃으면서 말한다. "내가 고등학교 다닐 땐 유도를 했습니다. 탁구는 초등학교 때부터 했고요." 잠시 시간이 흐른다. 창밖에는 6월의 열정으로 가득 찬 나무들이 있다. 배 씨는 그것을 잠시 응시하면서 말했다.

"1999년이죠. 아내가 죽었을 때 탁구장 회원 등록을 했어요. 술을 많이 먹었습니다. 규칙적인 생활을 해야 되겠다는 생각을 했지요. 건강도 생각해야 했고요. 그때부터 했어요, 탁구를……. 일주일에 세 번 정도는 탁구를 칩니다. 한 시간 30분 정도씩……. 웬만한 상대를 만나도 자신 있습니다."

배 씨는 건강에 대해서는 자신 있단다. 건강해야 예술을 할 수 있다는 의미로 들리기도 했다. 얘기를 여수 전시로 돌렸다. 지난달 경주 전시에 이어 여수엑스포에 맞춰 전시 중이다. 소나무 작가인데 왜 바다인가라는 질문을 했다.

"제 나이 스물아홉 살 때 제주를 처음 갔지요. 카메라 들고 말입니다. 그 바닷가가 너무 좋았어요. 그때부터 계속 바다를 찍었습니다. 지금도 1년의 3분의 1은 제주도(바다), 또 3분의 1은 경주(소나무), 나머지는 서울에 있지요."

다음 전시는 언제 하는지 물었다. 피식 웃으면서 답을 한다. 늘 하는 건데 새삼 묻느냐는 의미로 다가온다.

"올 11월 4개국에서 동시에 전시를 합니다. 따로따로 하는 경우는 있었는데 동시에 하는 것은 처음입니다. 서울, 파리, 베를린, 안트베르펜(벨기에)에서 합니다. 주제는 바다로 3년 동안 찍은 제주 바다를 전시합니다. 아직 제목을 정하지 않았지만 바람과 바다를 접목시켜 정하려고 합니다."

그는 생선 장수의 아들이다. 그래서 바다를 좋아한다. 어머니로 생각하기 때문이다. 어릴 때 바다를 보면서 수채화를 그렸고 나중에 미술대학을 갔다. 하지만 카메라를 들었다. 그리고 바다로 갔다. 어머니 품을 담으려고 했다. 고향이었고 삶 그 자체였다. 울릉도도 가고 서해안과 남해안 섬에도 갔다. 제주 마라도에도 갔다. 그러던 서른세 살 때 소나무를 찾았다. 소나무는 아버지였다.

그는 사진을 어떻게 찍을까. 손의 떨림, 시선은 어떻게 할까. 이런 생각이 들어 질문을 했다.

"열 명이라고 합시다. 각자의 신체, 손이나, 손가락의 움직임, 감각, 숨결, 사상, 재능 따위가 다르겠지요. 한마디로 말하면 인문학의 차이라고나 할까요. 이미지와 플러스알파, 뭐 이런 것도 있고요. 사진은 온갖 것을 찍을 수도 있지만 자연을 대할 때는 마음가짐이 좀 달라집니다. 사람의 자질도 자연을 대할 때 각자 달라지겠지요."

소나무로 다시 돌렸다. 전국 방방곡곡 소나무 숲을 전부 다녔을 터이니 말이다. "바다를 찍다가 우리나라의 상징이 무엇인가 고민하던 중 소나무를 찾게 됐다"면서 "지금은 소나무가 많이 사라져 안타깝다"고 말한다. 제주도 자리돔이 울릉도에 와 있듯이 온도 변화로 활엽수가 침엽수를 이기고 있다는 것이다. 그동안 갔던 숲 중에 가장 인상 깊은 곳이 어디냐는 물음에 "가야산 숲이 최고다"라고 대답한다.

잠시 침묵이 흐른다. 창밖으로 시원한 바람이 불어온다. 배 씨 뒤에는 온갖 책들이 있다. 사진집, 미술 서적. 대부분 영어로 된 책이다. 문득 사진예술가로 살아오면서 누구를 좋아하는지 물었다. "에드워드

웨스턴이 멘토였어요. 만나지는 못했지만 집에 가서 남겨놓은 작품들을 살펴봤습니다." 그러면서 책꽂이에서 사진집을 꺼냈다. '캘리포니아 오두막에 살면서 사진관도 하고 자연과 인간의 삶을 담아낸 작가'라는 설명이 나온다. "보세요, 누드도 얼마나 잘 찍었는지……."

배 씨가 세계적으로 유명해진 까닭 중에 하나는 2005년 팝스타 엘튼 존이 2,700만원을 주고 배 씨의 사진을 구입한 일이다. 이 얘기를 꺼냈더니 그는 "엘튼 존이 애틀랜타 별장에 사는데 거기에다 걸어놨다는 얘기를 들었다"면서 "사실 스페인, 스웨덴, 독일 등 유럽의 귀족들 별장에도 많이 걸려 있다"고 말한다. 하기야 그는 스페인에서 2년 동안 알함브라 궁전만 찍었다. 그러면서 사귄 유럽 친구들도 많다고 했다. 어디 유럽뿐일까. 2009년 호주에서 사진 발명 170주년에 맞춰 선정한 세계적인 사진작가 60인에 들기도 했다. 그는 아직도 필름을 사용한다. 디지털이 영 안 맞는다고 했다. 린호프(4x5) 카메라를 주로 들고 다닌다.

"내가 필름을 사용하는 마지막 세대가 될 겁니다. 필름이 없어지는 것을 대비해서 2년치는 구입해놨지요."

그래서일까. 그가 찍은 사진에는 사람이 없지만 사람의 기척 같은 것이 있다. 있는 그대로의 자연이기는 한데 인간의 모습이 숨어 있다. 사람의 숨결이 감돌고 있다. 인터뷰를 끝내면서 그와 술잔을 기울였다. 술병, 술잔, 도자기, 달력 등등 모두가 배 씨의 그림이 새겨져 있음을 알게 됐다. 그런 거 저런 거 묻기가 부끄러워 술친구들 많이 있느냐고 했다. 잠시 생각하더니 다음과 같은 대답이 돌아온다.

"인문학이라고 하잖아요. 사진도 그래요. 역사를 살피는 것, 자연을 살피는 것은 바로 인문학입니다. 내가 디자인을 전공했잖아요. 그런데 카메라를 들고 바다로 갔어요. 그리움이 있기 때문이죠. 그리움을 갈

망합니다. 어떻게 살 것인가 하는 조용한 기다림이라고나 할까요."

다시 술잔을 기울인다. 잠시 후 시계를 본다. 약속이 있다고 했다. 그에게 고약한(?) 질문을 했다. 혼자 살기 때문에 여자 친구가 있는지라는 말을 꺼냈다. "귀찮아요"라고 일축해버린다. 에구 역시 잘못 물었나 보다.

〈2012년 6월 21일〉

배병우는

1950년 여수에서 태어났다. 여수고를 나와 1974년 홍익대 응용미술학과를 졸업했다. 1978년 동대학 대학원 공예도안과를 졸업하고 독일 빌레펠트대학에서 연구 생활을 했다. 대학 때부터 카메라를 들고 바다를 찾았다. 사진은 독학이다. 1984년부터 사진작가 배병우의 이름을 세상에 널리 알린 소나무 작업에 매달렸다. 자신이 태어난 바다와 산과 제주 오름 등 한국의 자연에 천착했다. 국내는 물론 프랑스, 일본, 캐나다, 미국, 스페인, 독일 등 국외에서도 많은 전시를 열었다. 세계적인 팝 가수 엘튼 존이 작품을 구입해 화제가 되기도 했으며, 세계 유수의 아트 경매에서 1억 원을 호가하며 낙찰되는 등 세계적인 작가로 활동 중이다. 사진 찍는 법을 물어 오는 이들에게 "손 대신 발이 부르트도록 대상물을 찾아다닌다"고 말한다. 〈풍경을 넘어서〉, 〈사진—오늘의 위상〉 등 다수의 기획전과 개인전을 했으며, 일본 국립근대미술관 〈90년대 한국미술〉(1996), 토론토 파워 플래닛 〈Fast Forward〉(1997), 파리 OZ갤러리 〈배병우 개인전〉(1998), 서울 박영덕갤러리 〈배병우 개인전〉(2000) 등의 전시 경력이 있다. 1981년부터 최근까지 서울예술대학 사진과 교수를 역임했으며 주요 작품집으로 『종묘』(1998), 『청산에 살어리랏다』(2005), 『Sacred Woo』(2008), 『창덕궁: 배병우 사진집』(2010), 『배병우 빛으로 그린 그림』(2010) 등이 있다.

빈자의 미학 건축가

승효상

우리가 살면서 한 번씩 떠올려보는 말이 있다. 어떤 '인생의 집'을 설계할까. 부자가 아니어도 좋다. 가난해도 행복해할 줄 알면 되겠다. 그렇다면 집이란 무엇일까. 사람이 집을 만들고 집이 사람을 만든다. 하이데거는 말했다. '인간이란 존재는 땅 위에 정주하면서 비로소 이루어진다'고. 따라서 집은 인격이며 존재 방식이다. 그래서 건축은 진실해야 하며 그런 건축에 거주함으로써 우리의 영적 성숙이 이루어진다. 그렇다면 좋은 집이란 어떤 것일까. 선함과 진실함, 아름다움이 있어야 하겠다. 가난한 집에 살더라도 떠오르는 태양을 보고 감격하고 지는 해를 바라보며 아름다운 감수성에 젖으면 되겠다.

'빈자의 미학'이다. 오랜 세월 그렇게 설계해왔고 앞으로도 그럴 것이다. 이 시대의 대표 건축가 승효상 씨. 그는 평소 '주택이란, 그리고 건축이란 무엇인가'라는 질문에 "윤리의 공간이며 공공적 가치를 지닌다. 건축이란 돈이 아닌 절제이며 본질은 공간에 있다. 건축가는 건축주에게 봉사하는 것이 아니라 사회와 더불어 공유하는 것이다. 따라서 건축 설계는 우리 삶을 조직하는 일이며 건축은 어디까지나 삶에 관한 이야기다"라고 답한다. 2012년 그는 책을 한 권 펴냈다. 제목이 『오래된 것은 다 아름답다』이다. 유홍준 전 문화재청장은 발문에

"건축가 승효상은 글을 잘 쓰는 문필가로 이름 높다. 그러나 정확히 말해서 그는 글재주가 아니라 건축을 보는 안목이 높은 것이다. 승효상은 자신의 건축에 관해서나 남의 건축에 관해서 반드시 구조와 기능은 물론이고 그것의 역사성과 현재성을 모두 아우르며 말한다. 그래서 그의 건축 이야기는 언제나 인문 정신의 핵심에 도달해 있고 승효상은 글을 잘 쓴다는 말을 듣는다"고 썼다.

승효상 씨의 건축학은 앞에 언급한 대로 '빈자의 미학'이다. 그렇게 고 김수근 선생한테 15년을 배우고 홀로 그런 철학을 추구한 지 20년이 넘었다. 2013년 1월 서울 종로구 동숭동 사무실에서 승 씨를 만났다. 중국 산시성에서 주문한 주상복합 건물을 설계하느라 바삐 보내고 있었다. 여러 설계 도면과 한 움큼의 몽당연필이 눈에 들어왔다. 불쑥 연필을 하루에 몇 자루나 소비하느냐고 물었다. 돌아온 대답이 '3'이라는 숫자였다. 중국과는 어떤 인연이 있느냐고 하자 "중국에 진출한 지 12년이고 현지에 법인도 있다. 베이징 장성호텔, 하이난성 리조트 타운, 칭다오(靑島) 인근의 역사도시 재개발 프로젝트 등에 참여했다"고 말한다. 완공된 것이 세 개, 설계 중인 것이 다섯 개 등 모두 20개 정도 된다. 중국 외에도 미국 로스앤젤레스, 말레이시아, 중동 등 많다고 했다. 이쯤 되면 국제적 건축가라고 할 수 있겠다. 국내에서는 현재 용산공원을 설계 중이다.

그의 건축가 인생은 크게 두 시기로 나눌 수 있다. 하나는 김수근 선생과의 15년이고, 다른 하나는 '빈자의 미학'으로 걸어온 20여 년이다. 먼저 김수근 선생과의 인연을 물었다.

"대학교 4학년 때 김수근 선생님을 뵈었지요. 카리스마가 철철 넘치고 거만하시고(웃음). 졸업을 앞두고 존경하는 은사님의 소개로 만났습니다. 선생님이 1986년에 돌아가셨고 이후 3년 동안 김수근 선생님의 유언을 받아서 '공간' 대표를 했으니까 15년을 김수근 선생 문하로 있었던 셈이지요."

그때 건축가로서 삶이 어떤 것인지를 철저히 배웠다. 건축의 기본은 물론 사회적 역할에 대해서도 고민하는 시간이었다. 그러면서 속으로는 김수근 선생을 극복하고 넘는 것이 목표였다. 선생이 설계도면 열 장을 주문하면 스무 장을 그려냈다. 하지만, 매번 논리적으로, 미학적으로 실력이 달렸다. 야단맞기 일쑤였다. 선생이 세상을 떠나자 자연스럽게 홀로서기를 한다. 1990년 초 '승효상의 건축'은 무엇인가에 대한 방황에서 시작됐다. 정체성에 대한 의문이 계속 생겨났다. 어느 날 이른 아침 종묘를 찾았다. 문득 느낌이 왔다. 일그러진 서울의 중심을 회복해주는 경건한 장소이며 우리의 전통적 공간 개념인 '비움의 미학'을 극대화하는 건축임을 알게 됐다. 그 비움 속에 마음을 스스로 던졌다. 탐욕을 지우고 혼돈을 걷으며 저 깊이에서 들려오는 맑은 영혼의 소리를 들었다. 그것은 절대 무위였으며 궁극 공간이었고 무한 침묵이었다. '승효상 건축'의 방향타를 움켜쥐는 순간이었다.

"사실 '비움'이라는 것은 현재 서양의 현대 건축에서 새로운 키워드가 돼 있지만, 우리 선조의 상용어였고 우리의 옛 도시와 건축의 바탕이었죠. 그러나 언제부터인가 우리에게 비움은 추방해야 할 구악이 됐고 채우기에 몰두한 나머지 우리 도시는 악다구니하는 한갓 조형물과 건조물로 가득 차고 말았습니다. 우리의 삶과 공동체는 그래서 서서히 붕괴하고 있다고 생각합니다."

다시 강조하는 얘기. 좋은 건축과 건강한 도시는 우리 삶의 선함과 진실됨, 아름다움이 끊임없이 일깨워지고 확인될 수 있는 곳이며 그것은 비움과 고독을 통해 얻어진다는 것이다. 과도한 물신의 탐욕이 지배하는 이 시대에 잃어버렸던 우리의 고독을 다시 찾아 이를 마주하고 우리의 근원을 다시 물을 수 있도록 비워진 곳, 그런 비움의 도시가 결국 우리의 존엄성을 지킨다고 강조한다. 결국, 도시 건축의 아름다움은 채움에 있지 않고 비움에 있다는 것이다. 여기에서 그의 대표작을 잠깐 살펴보자. 그는 유홍준 전 문화재청장의 집 '수졸당'(1993)과 하얀 집 '수백당'(1998) 등을 설계하면서 이름을 알렸다. 이후 장충동 웰콤시티, 대전대학교 혜화문화관, 파주출판단지 등을 설계하면서 2002년 미국건축가협회 명예 회원으로 추대됐다. 또 같은 해 건축가로서는 최초로 국립현대미술관 '올해의 작가'로 선정돼 〈건축가 승효상〉전을 열기도 했다.

"건축물은 심성을 변화시키는 특별한 능력이 있습니다. 공간이 인간을 사유케 하고 그래서 좋은 공간에 살면 좋은 사람이 되고 나쁜 공간에 살면 나쁜 사람이 되겠지요. 수도하는 사람이 암자를 찾는 것도 작고 검박한 공간이 자신을 바꿔줄 것이라는 생각에서 비롯된 행동이거든요."

그는 집이란 '배부른 돼지가 아니라 배고픈 소크라테스'가 사는 곳이어야 한다고 말한다. 그의 사무실 이름은 이로재(履露齋)다. '이슬을 밟는 집'이라는 뜻이다. 『소학(小學)』에 보면 옛날에 가난한 선비가 연로한 부친을 모시고 살았는데, 이른 아침 이슬 내린 길을 밟으며 노부의 처소에 가 문안을 드린다는 뜻이 담겨 있다. 이는 '승효상 건축'의 실마리이자 사고의 근간을 이룬다.

그는 한국전쟁 때 북한에서 피란 나온 일곱 가구가 깊은 마당을 두고 모여 사는 집에서 태어나 어린 시절을 보냈다. 부산의 구덕산 기슭 밑에 지어진 그 마당 깊은 집의 풍경은 지금도 뚜렷한 비움의 이야기로 존재한다. 화장실과 우물이 하나씩 있는 기다란 마당. 아침은 매일 북새통이었고 해 질 녘엔 저녁밥 짓는 냄새와 웃음이 늘 마당을 메웠다. 곧잘 비워진 마당은 햇살과 빗줄기를 시시때때로 받았다. 그게 하이데거가 이야기한 거주의 아름다움이며 인간의 존재 자체라는 것을 나중에야 알게 됐다.

"우리 선조가 일군 모든 집의 마당은 아름다움을 가졌습니다. 그 마당은 대개는 비어 있지만 언제든지 삶의 이야기로 채워집니다. 어린이들이 놀든, 잔치를 하거나 제사를 지내든, 그 공간은 늘 관대하게 우리 공동체의 삶을 받아들였고 그 행위가 끝나면 다시 비움이 되어 우리를 사유의 세계로 인도했습니다."

비록 불확정 비움이라 하더라도 우리 선조의 아름다움이었다고 강조한다. 그런 아름다움을 버리고 서양의 미학을 좇으며 마당을 없애 버린 것이 지금의 우리이며 오히려 서양인들은 우리의 마당을 찾으니 황망할 따름이라는 것. 그의 건축 설계 철학에서 배어 나오는 얘기다.

다시 물었다. 빈자의 미학이란 무엇이냐고. "가난한 사람의 미학이 아니라 가난할 줄 아는 사람의 미학"이라고 웃으면서 답한다. 우리나라 건축의 흐름에 대한 질문에 "건축 밀도가 가장 높음에도 세계 중심에 서지 못하고 있다. 뭐든지 바쁘게 만든다. 한가해야 건축이 제대로 설계되지 않겠느냐. 그동안 마구잡이로 지었다. 반성의 시간이 필요하다"고 말한다. 그는 슬하에 1남 2녀를 두었다. 아들이 영국 런던에서 건축 설계를 하고 있다. 인터뷰를 마치면서 앞으로 계획을 물었더니 "실수하지 않는 건축을 하는 것이다. 70대에는 지금보다 조금 더 좋은 작품이 나오지 않겠느냐"는 대답이 돌아온다.

〈2013년 1월 3일〉

승효상은

1952년 출생이다. 서울대학교를 졸업하고 빈 공과대학에서 수학했다. 15년간 김수근 문하를 거쳐 1989년 이로재(履露齋)를 개설했다. 1998년 북런던대학의 객원교수를 역임하고 서울대학교와 한국예술종합학교에 출강했다. 20세기를 주도한 서구 문명에 대한 비판에서 출발한 '빈자의 미학'이라는 주제를 그의 건축의 중심에 두고 작업하면서 '김수근 문화상' '한국건축문화대상' 등 여러 건축상을 받았다. 10년 동안 파주출판도시 설계를 맡아 2002년 미국건축가협회 명예회원으로 추대됐다. 건축가로는 최초로 국립현대미술관에서 주관하는 '2002 올해의 작가'로 선정돼 〈건축가 승효상〉전을 가졌다. 미국과 일본, 유럽 각지에서 개인전 및 단체전을 가지면서 세계적 건축가로 이름을 알렸다. 2007년 '대한민국 예술문화상'을 받았으며 2008년 베니스비엔날레 한국관 커미셔너를 거쳐 2011년 광주디자인 비엔날레 총감독으로 선임됐다. 주요 저서로는 『빈자의 미학』(1996), 『지혜의 도시』(1999), 『건축, 사유의 기호』(2004), 『지문』(2009), 『오래된 것은 다 아름답다』(2012) 등이 있다.

전통 고택 경주 수오재에 옮겨 짓는 기행작가

이재호

인생을 살면서 '나 자신'을 지키지 못해 벌어지는 일은 얼마나 많을까. 나를 오롯이 지켜내는 일이 어디 쉬운 일이기나 할까.

정약용의 『여유당전서』에 '수오재'(守吾齋)에 대한 얘기가 등장한다. '수오재는 나의 큰형님 정약현께서 당신이 사시는 집에 붙인 이름이다. 나는 처음에는 그런 이름을 붙인 데 대해 의심을 했다. 내가 장기로 귀양 온 이후 홀로 지내면서 조용히 앉아 곰곰이 생각해보았다. 그러던 중 어느 날 어렴풋이 그 이름의 의문점에 대해 떠오르는 것이 있었다. 나는 벌떡 일어나 스스로 말하였다. 대체적으로 천하의 물건은 모두 지킬 만한 것이 없고, 오직 마음만은 지켜야 한다. 나의 밭을 지고 도망갈 자가 있겠는가? 밭은 지킬 만한 것이 못 된다. 내 집을 이고 달아날 자가 있겠는가? 집은 지킬 만한 것이 못 된다. 나의 원림(園林)에 있는 꽃나무, 과일나무 등 여러 나무들을 뽑아 갈 수 있겠는가? 그 뿌리는 땅에 깊이 박혀 있다. (중략) 그런데 마음은 어떤가. 이익과 작록이 유혹하면 그리로 가고 위엄과 재화가 위협하면 그리로 간다. 유독 나의 큰형님만은 당신의 마음을 잃지 않고 수오재에 편안히 앉아 계시니 어찌 본디부터 지킴이 있어 마음을 잃지 않았기 때문이 아닌가. 이것이 큰형님께서 당신의 집 이름을 그렇게 붙인 까닭인 것이다.' 그러면서 '나(吳)를 지키지 못해' 자신이 귀양살이를 하고 있다는 뜻을 내비친다.

경북 경주시 배반동 효공왕릉 앞 한적한 동산 자락에 '수오재'라는 한옥 고택 네 채가 있다. 수오재의 주인장은 이재호 씨다. 그는 기행작가이면서 수필가로 활동하고 있다. 또 동국대 인문대 객원교수, 울산문화재연구원 이사, 반구대사랑시민연대, '경주길' 대표 등의 직함도 가지고 있다. 『천년고도를 걷는 즐거움』, 『삼국유사를 걷는 즐거움』 등의 책도 펴냈다.

그는 원래 서울에서 살았다. 1987년부터 유홍준 교수와 전국의 문화유산을 함께 오랫동안 답사했다. 그러던 중 1994년 사라져가는 문화유산을 세상에 전하기 위해 경주에 터전을 마련했다. 경주를 택한 이유는 세 가지다. 첫째 저녁노을을 볼 수 있는 곳, 둘째 주변에 문화유산이 있어야 할 것, 셋째 영원히 개발되지 않을 곳 등이다. 그래서 신라 52대 임금인 효공왕릉이 있는 곳으로 정했다.

그는 이곳에 터전을 잡고 살면서 전국을 돌아다녔다. 공단과 도로 개발 등으로 방치된 한옥이 많다는 것을 알게 됐다. 이를 살려보자는 마음으로 그동안 경북(칠곡·영천·경주·마산·거창), 전라남북도(김제·영광·함평) 등지에서 열세 채의 한옥을 옮겨 왔다. 이 중에 네 채를 원래대로 되살려 짓고 나머지 아홉 채는 새로 짓기 위해 준비 중이다. 한옥을 옮기는 방법은 방치된 한옥을 분리해 트럭에 싣고 수오재로 가져오는 것이다. 이 중에는 지은 지 200년이 된 김제의 만경고택, 마산의 황부자집은 거의 문화재급에 해당하는 소중한 것들이다. 옮겨온 것들 중에 지을 돈이 없어 시간이 지나다 보니 썩어버리는 것도 더러 있다. 고택 재현은 그가 직접 팔을 걷어붙이고 한다. 그러다 보니 이러저런 사연들로 수오재는 많은 사람이 찾는 명소가 됐다. 국내 유명인사들은 물론 터키 대사, 슬로바키아 대사 등 외국인들도 많이 다녀갔다.

"대부분의 사람들은 집을 한 채 짓고 나면 다시는 안 지으려고 합니다. 여윳돈이 많든 적든 대개가 인부들 때문에 마음고생을 하게 됩니다. 그런데 저는 반대로 생각합니다. 살아가면서 행하는 것들은 지나고 나면 실체가 없고 잔영과 추억만 남지만 집은 공간과 실체가 남는 최고의 공간예술이고 즐거움이라고 생각합니다."

미친 듯이 20년 넘게 전국의 사라져가는 고택을 옮겨 짓는 것은 그에게 어떤 필연적 인연이 있었기에 가능했다. 경남 의령에서 태어날 때부터 그는 고택 기와집에서 살았다. 한옥의 따뜻한 구들방과 다용도로 이용되는 대청마루라는 공간을 자연스럽게 체험했던 것이다. 집 뒤에는 아주 큰 대밭이 있었고 밤나무밭은 그림처럼 산으로 연결돼 있었다. 대청마루는 지금의 아파트 거실 역할을 했는데 밀폐된 아파트와 달리 자연과 얼마든지 교감이 가능했다. 앵두꽃이 흐드러지게 피면 마음이 울렁거렸고 연노란 감잎이 돋아나면 새로운 만물을 잉태하는 대자연의 순리를 체득할 수 있었다.

"저의 집 마당은 온 하늘을 안고 온 눈비를 맞으며 온 바람과 색깔을 담은 거대한 우주의 그릇이었습니다. 아무리 춥고 지치고 고단해도 군불 지펴 등을 방바닥에 대고 드러누우면 참으로 따뜻한 행복감을 느끼곤 했습니다. 글을 쓰거나 예술을 하는 사람들은 결국 어릴 때의 정서가 매우 중요합니다. 저 역시 어릴 때 한옥에서 자란 자양분이 제 인생의 나침판이 돼 30대부터 한옥을 옮겨 짓는 인연으로 연결된 것이지요."

결국 한옥은 자신에게 따뜻한 정과 아늑한 휴식을 제공했으며 봄, 여름, 가을, 겨울의 사계절을 온몸으로 느끼면서 살아가는 지혜를 알게 했다고 추억한다. 다시 말해 몸과 마음이 한없이 편안하다는 것이 이 씨를 한옥에 미치게 했다는 것이다. 하여 어른이 되면서 인생의 가치관, 즉 '세상에 감동을 주는 것'을 구체화하게 된다. 자연과 인간, 문화유산에서 감동을 받아 세상에 전해주는 것이다. 사라져가는 고택, 방치된 한옥을 다시 짓는 일도 그러하다. 이어 화제를 한옥의 수난사로 돌린다.

"우리나라가 조국 근대화의 물결로 초가집도 없애고 마을길도 넓힐 때 흙과 나무의 천연재료로 지은 우리의 한옥들은 모진 수난을 겪게 됩니다. 특히 1971~1977년 사이에 초가집에서 슬레이트로 바뀐 집이 자그마치 240만 채였습니다. 기와집도 예외는 아니지요. 시멘트에 포위돼 국적 불명의 어설픈 수리가 계속되면서 한옥도 아니고 양옥도 아닌 이상한 집들로 변했습니다. 그나마 다행히 2000년대를 시점으로 서울의 북촌 등지에서 한옥 살리기 붐이 조성되면서 이제는 한옥에 사는 것이 하나의 로망이 되는 현상으로까지 발전하고 있습니다."

하지만 긍정적인 시각으로 바라보지만은 않는다. "거의 모두가 새 나무로 지어진 새 한옥이라 느낌이 없다. 새로 지어진 한옥촌, 한옥호텔 등을 보노라면 아무런 감흥이 오지 않는다"면서 "아무리 돈이 많아도 사업적인 머리를 쓰는 사람은 고택을 옮겨 짓지 않는다. 가장 중요한 것은 집을 얼마나 사랑하고 있느냐"라고 말했다. 만약 자신이 고택에 대한 사랑이 없었다면 돈을 아무리 많이 줘도 고택을 옮겨 짓는 일은 하지 않았을 것이라고 설명했다. 요즘 들어 자신이 하고 싶었던 꿈과 가치관을 실현하면서 현실에서 무릉도원을 만들고 싶은 열정이 갈수록 더 많이 생겨난다고 했다.

"지금도 좋은 고택이 있다면 마음이 흥분되고 벌써 머리로 집을 다 지어버립니다. 사라져가는 한옥을 살린다는 의미도 있지만 제가 살아 있는 당대에 고택의 맛을 즐기고 싶은 것이 가장 큰 욕심입니다. 고택은 최하 50년이 지나야 그 엷은 맛이 나려 하고, 100년은 지나야 고색의 맛이 풍기고, 150년은 지나야 고색창연한 깊은 향기가 풍겨 오는 것입니다."

그의 철학은 수오재에 고스란히 녹아 있다. 옮겨 지은 전체 고택 한옥은 시멘트를 안 쓰고 천연재료로만 지었다. 그러다 보니 천장이 낮거나 반듯하지 못해 찾아오는 이들에게 미안할 때도 있다. 하지만 그런 사람들에게 고택의 맛과 건강을 선사하기 위해 한결같이 흙을 고집해왔다.

"사람은 자기 식의 삶의 방식이 있습니다. 그러나 자신이 정말 원해서 그렇게 살기보다는 살기 위해서 그렇게 사는 것이 대부분입니다. 세상이 아무리 발전해도 근원적인 회귀본능은 자연입니다. 오히려 첨단화될수록 세상은 더 각박해져 자연을 그리워할 것입니다."

그러면서 단원 김홍도의 「삼공불환도」(三公不換圖)를 예로 든다. 이 그림은 김홍도가 원숙기에 들어선 57세에 그린 것으로 삼정승과도 안 바꾼다고 할 정도로 유명하다. 이씨는 「삼공불환도」를 연상하면서 나름대로 수오재에 대한 정경을 읊조린다. '수목이 우거진 정원 속에 대나무가 청아한 바람을 일으키고, 별당아씨는 바람을 안고 그네를 타고, 선비는 담소하다 책을 읽고 누워 휴식을 취하네. 안채 마당에서는 베틀 위에서 베를 짜고 마당에서는 닭들이 한가롭게 노닐며 개들도 여유롭게 바라보고 있다. 여러 채의 기와집들은 저마다 아름다움을 주고받으며 주인과 손님의 품격을 살려준다. 하늘은 고요한데 바람은 일렁이고 정겨운 삶이 그저 한가롭다.'

이 씨는 언제부터인가 수오재 역시 삼정승과도 절대 바꾸지 않겠다는 생각에 '삼공불환 수오재'라고 부르기 시작했다.

〈2014년11월 12일〉

이재호는

경남 의령에서 태어났다. 대학과 대학원에서 미술을 전공했다. 민예총 창립 발기인이며 한국문화유산답사회 초대 총무로 1987년부터 유홍준 교수와 함께 전국의 문화유산을 답사하며 역사기행 문화를 선도했다. 또한 대곡댐 반대, 울산 병영성 살리기, 울산 옥현 유적지 보존, 가지산(석남사) 살리기, 석굴암 모형 반대운동에도 앞장섰다. 1994년 서울에서 경주로 삶의 터전을 옮겼다. 이후 각종 개발 등으로 전국에 방치된 고택 한옥을 경주 수오재에 옮겨다 짓고 있다. 현재 기행작가이면서 수필가로 활동하고 있다. 동국대 인문대 객원교수, 울산문화재연구원 이사, 반구대사랑시민연대, '경주길' 대표 등의 직함도 가지고 있다. 『천년고도를 걷는 즐거움』, 『삼국유사를 걷는 즐거움』 등의 책을 펴냈다.

이어도연구회 이사장

고충석

한때는 상상의 섬이라고 했다. 지금도 그럴까. 가슴에 묻어둔 한 많은 섬이다. 눈을 뜨고 쳐다봐도 그렇고 이내 돌아서더라도 하염없이 눈물 맺히는 곳이다. '이어도 사나 이어도 사나/ 우리 애기 잘도 잔다/ 우리 서방 만선 되어 낼 모레면 돌아온다/ 우리 애기 잘도 잔다~.' 이어도를 바라보며 제주의 어머니들은 그렇게 노래했다. 그러나 배를 타고 나간 아버지와 아들은 끝내 돌아오지 않았다. 기다리다 지친 어머니들은 바닷가로 나가 며칠이고 통곡했다. 이어도 바다를 원망했다. 그래도 혹시나 해서 용왕님께 빌고 또 빌었다. 제발 살아서 돌아오게 해달라고.

이어도에 대한 대중가요도 있다. 양인자 씨가 작사하고 김희갑 씨가 작곡했다. 노래는 김국환 씨가 했다. '너를 불러보았다 이어도/ 그리워서 불렀다 이어도/ 한라산이 열리면서 바닷속에 숨겨놓은 여인/ 마라도 남남서쪽 일백사십구 킬로/ 4미터 물속 아래 숨바꼭질하는 그대/ 오늘도 안녕하신가.' 색소폰 연주자 찰리 김도 이 노래를 자주 연주한다. 1984년 4월에도 이어도에 대한 노래가 나왔다. 부부 가수 정태춘, 박은옥 씨가 불렀다. '저기 떠나가는 배 거친 바다 외로이/ 겨울비에 젖은 돛에 가득 찬바람을 안고서/ 언제 다시 오마는 허튼 맹

세도 없이/ 봄날 꿈같이 따사로운 저 평화의 땅을 찾아/ 가는 배여 가는 배여 그곳이 어드메뇨~.' 정씨 부부는 봄날 꿈같이 따사로운 평화의 땅이자 무욕의 땅인 이어도를 생각하고 노래를 지었다고 당시 말했다. 이런 노래들은 관념적으로 존재했던 이어도를 분명한 실존적 존재로 대중에게 다가가게 했다.

이청준의 소설 『이어도』에 나오는 대목을 잠시 보자. '긴긴 세월 동안 섬은 늘 거기 있어왔다. 그러나 섬을 본 사람은 아무도 없었다. 섬을 본 사람은 모두가 섬으로 가버렸기 때문이다. 아무도 다시 섬을 떠나 돌아온 사람은 없었다.' 비록 그곳에 가면 살아서는 되돌아오지 못하는 경우가 많았지만 사시사철 먹을거리가 많은 곳으로 여겨지는 섬이다. 또한 이승의 삶에서 먹을거리가 없어 지겹도록 고달플 때면 항상 가고 싶어 하는 저편의 섬이기도 했다. 때문에 이어도는 죽음의 섬이기도 했지만 한편으론 구원의 섬이기도 했다.

영화 〈명량〉이 한창 화제가 됐다. 중심에는 이순신이 있다. 왜 이순신일까. 한 나라가 멸망하는 데는 여러 가지 이유가 있지만, 결국은 해상 방위를 소홀히 했을 때라고 할 수 있다. 한국에는 위대한 해양문화의 유산이 있음에도 왜구의 침략과 서쪽 세력이 밀려오는 것에 대한 두려움, 그리고 모반이나 해외 탈주에 대한 대책을 세우지 못했다. 아울러 전통적으로 뱃사람을 비하하는 의식구조로 해양 정신의 몰락을 자초했으며 끝내 망국으로 치달았다. 아마 이순신은 그것을 너무나 뼈저리게 느꼈을 것이다. 임진왜란은 결국 그런 해양 정신으로 적을 막았다. 하지만 일제강점 36년을 생각할 때 따지고 보면 우리가 최소한의 해상권을 가지고 있었다면 과연 조선이 망했을까 하는 질문을 던질 수 있다. 육당 최남선은 '조선은 모처럼 국민정신은 활발하기에 가장 좋은 원동력이 될 바다를 가졌건만 이 훌륭한 보배의 가치를 이용하지 못했다. 조선 국민은 밖으로 내어뻗을 기운을 부당하게 고폐압축(錮廢壓縮)한 탓으로 그것이 국내에서 자가중독 작용으로 전화했다'고 말했다.

2013년 11월 23일 중국은 이어도를 포함시키는 동중국해 방공식별구역을 발표했다. 그리고 한 달 후였다. 외국 군용기 800대가 진입했고 23개국 56개 항공사가 중국민항에 2만여 회의 비행 계획을 통보했으며 방공안보를 위해 중국 정찰기와 조기경보기, 전투기 등 51개 팀이 87회나 긴급 발진하는 등 각종 항공기의 활동 상황을 중국군이 완벽하게 감시·통제하고 있다고 밝혔다. 그 중심 하늘 아래에는 바로 우리의 이어도가 있다.

그렇다면 이어도는 어떤 곳이며, 어떻게 존재의 이유를 국내외적으로 잘 입증해야 할까. 우선 이어도는 우리 한반도에 매년 불어오는 태풍을 가장 먼저 온몸으로 막고 태풍의 진로를 상세히 알려준다. 독도가 동해를 굳건히 지키는 맏형이라면 이어도는 남해에 있는 외로운 막내쯤 되겠다. 그다음은? 사단법인 이어도연구회 고충석 이사장을 만나 자세한 얘기를 들어본다.

"이어도는 옛날부터 바다를 삶의 터전으로 삼아왔던 제주도 사람들에게는 중요한 생활의 자리이자 피안의 섬으로 우리 민족과 함께 살아 숨 쉬어온 역사적 영토입니다. 중국의 이어도 해역 영유권 주장과 그들의 관공선, 어선, 항공기, 군함 등에 의한 침범은 수없이 이루어지고 있습니다. 그럼에도 불구하고 정부는 물론 일반 국민들의 관심은 여전히 미지근합니다."

그의 목소리는 더 높아진다. 독도를 매개로 한 한·일 영유권 문제에는 국회를 비롯해 정부, 사회단체, 학계, 나아가서 국민의 관심이 대단하며 언론도 일상적으로 다루고 있다고 말한다. 애국가에서, 날씨예보를 할 때에도 독도는 늘 화면에서 빠지지 않는다는 것이다. 그러나 이어도는 어찌 보면 무지나 무시에 가까울 정도로 방치되어 있다고 말한다. 이어도는 중국과 해결하지 못한 해양경계 협상이 미완의 과제로 남아 있는 현실을 직시해야 한다고 강조한다.

이어도는 수심 4미터 아래에 있는 남북 1,800미터, 동서 1,400미터 크기의 수중 암초이며 10미터 정도의 큰 파도가 쳐야 이어도 정상이 노출된다. 1900년 영국 상선 소코트라호가 처음 수중 암초를 확인한 후 국제해도에 소코트라 록(Socotra Rock)으로 표기된 바 있다. 이후 1984년 제주대학 팀의 조사에 의해 바닷속 암초 섬의 실체가 확인됐다. 인근 수역은 조기, 민어, 갈치 등 다양한 어종이 서식하는 황금어장이며, 중국·동남아 및 유럽으로 항해하는 주 항로가 인근을 통과하는 등 지정학적으로도 매우 중요한 해역이다. 뿐만 아니다. 이어도 해역은 3,000억 달러를 돌파한 무역대국 한국의 수출입 물량 99%가 통과하는 핵심무역 통로이다. 특히 중동의 원유를 실은 수송선들은 반드시 이 해역을 통과해야 하기 때문에 우리에게는 생명선이나 다름없다. 또한 이어도 주변 해역의 원유 매장량은 줄잡아 100억~1,000억 배럴로 추정되고 있다.

"이어도 주변 해역의 영유권을 둘러싸고 한국과 중국은 오랫동안 협상을 지속해왔습니다. 이어도 해역은 중국으로부터 200해리 이내에 위치해 한·중 양국의 배타적경제수역(EEZ)이 중첩되는 수역이어서 중국이 틈만 나면 자국 영토라고 주장을 펼치고 있습니다. 특히 이어도 종합해양기지 건설과 관련해 중국은 여러 차례의 이의 제기와 건설 중단을 요구했지요."

고 이사장은 이어도의 관할권을 둘러싸고 앞으로 한·중 양국의 마찰이 일어날 가능성이 점차 커지는 상황이라고 우려한다. 2014년 3월에 중국 류츠구이 국가해양국장은 '한국의 배타적경제수역에 있는 이어도는 중국의 관할 해역'이라고 주장하면서 감시선과 항공기로 정기적인 순찰을 하겠다고 밝혔다. 때문에 미래 해양자원의 보고이자 한·중·일 해양관할권 논쟁이 예상되는 이어도는 이제 종합적인 학문 데이터의 축적과 함께 법, 제도, 문화, 역사 등 제반 분야에서 우리의 논리를 차분히 준비해야 한다고 역설한다. 그렇다면 이어도연구회는 어떤 일을 하고 있을까.

"해양영토 문제의 갈등 원인을 정확히 진단하고 적절한 대응 전략을 수립하기 위해 2007년 설립됐습니다. 현재 이어도연구회는 이어도에 대한 학문적 자료를 구축하고 있으며 2003년 건설된 종합해양과학기지를 활용해 주변 해역 관측 자료를 정기적으로 산출, 수집하고 있습니다."

그의 설명에 따르면 연구 대상은 이어도의 해양자원 발굴 및 관리 방법, 법제 연구와 해양수산 정책, 이어도의 역사와 문화적 가치, 영토 관리 및 국내외 홍보 등으로 정리된다. 2010년부터 연구 성과를 책으로 묶어 〈이어도연구 저널〉을 펴내는 한편 이어도를 대중에게 쉽게 전달할 수 있는 문학집, 그리고 세계인들을 위한 영문집도 발간하고 있다. 이어도 관련 국내외 정세를 세밀하게 파악하는 것도 중요한 일이다. 이에 대해 그는 "이어도연구회는 2011년부터 해마다 세계 석학들을 초빙해 해양 갈등을 평화롭게 해결하기 위한 지성의 힘을 모아왔다"면서 "이러한 노력이 크게는 동아시아 해역의 평화 정착에 기여하고 지역의 안정과 공동 번영에 기여하고 있다"고 자부했다.

"탐라인들은 이어도를 항상 섬이라고 불렀으며 이와 관련된 수많은 신화와 전설, 설화가 있습니다. 지리적으로 보더라도 중국에 비해 138킬로미터나 한국에 가까이 있는 것은 물론 고대 이래 문화적으로도 한국의 영역 내에 있음이 객관적으로 확인되는 엄연한 우리의 영토입니다."

지구 면적의 71%를 차지하는 해양을 활용하는 것은 국가 발전의 필수 요소라고 말하는 그는 "태평양으로 향하는 길목에 이어도가 있으며 우리나라는 이를 발판으로 우리의 해양 활동의 영역을 넓혀나가야 한다"고 강조한다. 고은의 시 「이어도」에는 이런 구절이 있다. '이어도로 가리/ 땅이 스스로 넓어진다.'

〈2014년 10월 1일〉

고충석은

1950년 제주 우도에서 출생했다. 연세대 행정학과를 졸업하고 동대학원 행정학과에서 행정이론과 조직론을 전공해 행정학 석사와 박사학위를 받았다. 1979년 11월부터 2013년 8월까지 제주대 행정학과 교수로 재직했다. 2005년 5월부터 2009년 4월까지 제주대 총장을 역임했다. 1992년 3월부터 2001년 9월까지 제주경제정의실천시민연합 공동대표로 비정부기구(NGO)활동을 했고, 2001년 9월부터 2004년 4월까지 제주발전연구원장을 역임했다. 현재 사단법인 이어도연구회 이사장과 제주국제대 총장을 맡고 있다. 주요 저서로는 『유고슬라비아 노동자 자치 관리제도와 조직권력』, 『제주, 어떤 미래를 선택할 것인가』, 『이어도 해양분쟁과 중국 민족주의』(공저), 『대한민국 최남단 이어도』(공저) 등이 있다.

50년간 전통장례문화 물품 수집한 쉼박물관 관장

박기옥

인간이 살아가면서 가장 중요한 화두는 '삶'과 '죽음'일 것이다. 젊었을 때는 어떻게 살 것인지 그리고 나이가 들어서는 어떻게 죽음을 맞이할 것인지를 고민하게 된다. 다시 말해 '웰빙'과 '웰 다잉'이다. 그렇다면 인간은 평생 '삶과 죽음'의 공존 속에 숨 가쁘게 살다가 편안한 '쉼'의 세계로 떠난다고 할 수 있다.

서울 종로구 홍지동에 위치한 '쉼박물관'은 이 같은 삶과 죽음을 동시에 보여주는 독특한 박물관이다. 현충일 이틀 전인 2014년 6월 4일 박물관을 찾았다. 입구 벽에 걸려 있는 명문목판(銘文木板)의 한시(漢詩)가 먼저 눈에 들어온다.

'사람이 나서 백년 누리기는 어려우나 죽어서는 천추를 누리니/ 돌아가는 객의 낯빛 속에 청산이 어리었구나/ 만금의 재물은 모두 덧없는 것이니/ 이 몸은 어디에 들거나 청산으로 가리라'

또 있다. 동화작가 권영상의 「새」에 나오는 내용이다. '가벼운 것일지라도 새들은/ 가끔씩/ 깃털을 버리는가 보다/ 버릴 것은 버리면서/ 가볍게/ 하늘을 나는가 보다'

박물관의 내부 분위기를 어느 정도 느끼게 하는 글귀다. 주택가에 위치한 이 박물관은 2007년 10월 개관했다. 박물관장이 20대 때부터 꾸준히 모아온 상여, 상여 장식, 요여 등 전통장례 용품 1,000여 점을 전시해놓았다. 박물관 내부에는 삶과 죽음에 대한 조상들의 해학과 순수성을 엿볼 수 있다. 먼저 세상을 떠난 남편이 편안히 누워 쉬고 있다는 생각으로 안방 침실에 상여를 전시한 것을 비롯해 옷방과 식당이 꼭두와 용수판, 자개 문갑 등 여러 가지 상여 장식으로 빼곡히 채워져 있다. 1층 전시실에는 물구나무를 선 꼭두 등 눈길을 끄는 많은 목조각들이 진열돼 있으며 화장실에는 『심청전』, 『오성과 한음』, 『도깨비 방망이』, 『이수일과 심순애』 등 전통 이야기에 맞춰 전시품들을 배열하고 있다. 2층 전시실에는 지상과 천상을 연결한다는 용, 봉황, 새, 닭 등 날개 달린 짐승의 상여조각들이 공중에 매달려 있거나 가지런히 벽 쪽에 진열돼 있다. 용을 타고 피리를 불면서 하늘을 오르는 상여조각, 칼을 든 도깨비 양쪽 어깨에 용의 모습이 장식된 상여조각들도 있다. 죽음을 맞이하는 장례문화의 면모를 다양하게 볼 수 있다. 죽음을 장식했기에 박물관은 두려움의 대상이라기보다는 편안함을 느끼게 한다. 특히 창밖으로 보이는 북악산의 경치와 박물관 주변에 빙 둘러 서 있는 나무와 꽃 등이 더욱 그러하다.

이 박물관의 지하 특별전시실은 현대 작가들의 작품을 전시할 수 있는 갤러리로 만들었다. 삶과 죽음 그리고 예술이 함께하는 공간이다. 그동안 이걸재 소리꾼의 서민상여 퍼포먼스(2007년), 미국 출신의 세계적인 빛의 작가 제임스 터렐전(2008년), 한국 보자기와 부채전(2011년), 국제 보자기포럼 특별전(2012년) 등을 비롯해 2010년부터 2013년까지 세계인형전을 매년 열었으며 지금은 독일의 미술가 게하르트 바치전, 그리고 박물관장이 직접 제작한 부채와 보자기전이 열리고 있다. 뿐만 아니라 '조선 시대 상례문화 재조명'이라는 주제로 학술세미나를 여는 등 조선 시대의 장례절차와 분묘, 묘비, 상여에 대한 논문 발표의 장소가 되기도 하며 일제강점기를 거치면서 우리의 장례 문화가 많이 달라졌다는 점 등을 지적하기도 한다.

이 박물관은 개관 당시 혼자 사는 한 여인의 집을 박물관으로 개조했다는 점에서 화제가 되기도 했다. 어떤 사연이 있을까.

"집도 쉼이고, 만남도 쉼이고, 영면도 쉽입니다. 죽음은 분명 슬프지만 제 남편이 자는 듯 숨을 거두는 것을 보고 진정한 쉼이란 이런 것이구나 하는 것을 느꼈지요. 그래서 쉼박물관을 생각하게 됐습니다. 그렇게 시작한 박물관이 비록 서울 도심 복잡한 곳에 있지만 잠깐 쉬듯 관람하는 만남의 장소가 됐습니다."

죽음은 사라지는 것이 아니라 그저 쉬는 것이라고 거듭 강조한다. 삶과 계속 이어지는 것이 죽음의 철학이 아니냐는 것이다. 전시실 한편에 상여꾼들이 상여를 메고 들을 지나는 사진이 걸려 있다. 슬프다기보다는 웃는 모습이다. 어릴 적 시골 동네에서 들었던 소리가 얼핏 들리는 듯하다. '북망산천 멀다더니 대문 밖이 북망일세 에헤 에헤~.' 박 관장은 "예부터 조상들은 죽은 자와 산 자들을 가급적 연결시키도록 했다. 죽은 자의 거처를 마련하고 기념하는 것도 그런 문화에서 비롯된 것"이라고 한다. 왜 살고 있는 집을 박물관으로 만들었느냐고 물었더니 "외국을 여행하다 보면 자기 집을 박물관으로 개조한 것을 쉽게 볼 수 있었다. 그런 것을 보면서 자신감을 가졌다"고 대답한다. 박물관을 만든 계기는 무엇일까.

지금부터 50년 전이다. 평소 우리의 민속품을 좋아해 서울 인사동 등 골동품 가게를 자주 찾았다. 처음에는 나막신이나 떡살, 작은 소반 같은 것을 모았다. 그러다가 어느 날 소박한 상여에 부착된 여인의 목조각, 목조형물 등을 보고 우직한 오방색에 매료돼 그것을 수집했다. 보면 볼수록 옛날 서민들의 삶 등 하나하나에 특색과 의미가 담겨 있다는 것을 느끼면서 계속 모으게 됐다. 결혼 후에도 상여에 부착된 여러 목조각들의 수집은 이어졌다. 남편한테 "그 빈대 나오는 것들 그만 가져오라"는 말을 들었으나 아랑곳하지 않았다. 결혼 생활 10년쯤 지났을 때에는 남편도 오히려 협력자가 됐으며 나중에는 미술 하는 세 딸과 아들도 박 관장의 수집을 이해하고 도와줄 정도가 됐다. 그러던 중 2005년을 전후해 시어머니와 친어머니 그리고 남편이 세상을 떠나면서 죽음을 생각하게 됐다.

"죽음은 영원히 떠나는 것이 아니라 쉬는 것이라는 생각을 했습니다. 2006년 10월 남편의 죽음을 보면서 죽음에 대한 철학이 달라졌습니다. 삶의 과정이자 연장이고 잠자듯 쉬는 거라는 것을 느끼게 됐지요. 또한 우리의 전통장례를 찬찬히 음미해보면 북망산천이 멀리 있는 것도 아닙니다. 죽어서 다시 살 거처도 마련해주거든요. 전통장례는 장엄하고 엄숙하지만 일종의 새로운 곳을 향하는 축제이기도 합니다."

박 관장의 안방에 상여를 배치한 것도 남편이 편히 쉬고 있다는 생각에서 그랬다. 살던 집을 박물관으로 바꾸는 과정에서 인테리어는 박 관장이 직접 했으며 프랑스에서 작가로 활동하던 막내딸이 소장품 배치를 도왔다. 개관 기념으로 소리꾼들을 불러 지게놀이 등 서민 상여 퍼포먼스를 하면서 상여 문화를 전시하는 박물관으로 출발하게 됐다. 7년이 지난 지금은 국내 관람객뿐만 아니라 소문을 듣고 찾아오는 외국인도 많아졌으며 프랑스 박물관 포털사이트에 소개되기도 했다. 또한 지금도 전통장례문화와 관련된 물품들을 모으면서 관람객들에게 볼거리를 제공하고 있다. 박 관장은 남편에 대한 애틋한 그리움이 있기에 잠시 자랑을 하겠다고 말한다. 고인이 된 남편 남방희 씨는 호남정유 계열사 중역으로 일했다.

거제 출신인 남 씨는 1966년 32세 때 당시 호남정유 회사를 설립한 서정기 씨에게 금융계 중역으로 발탁되어 35년간 전문 경영인 회장을 지냈으며, 남몰래 후학들의 학비를 도와주는 등 어려운 사정을 들어주며, 기부문화를 몸소 실천하며 '덕불고(德不孤)'를 가훈으로 살아왔다. 사후 후배들은 묘비에 이러한 고인의 각별한 뜻과 정성을 기리는 내용의 장문의 글을 기록했다.

거제 향인 회장을 2회 연속하면서 문민정부 때 청와대 앞 무궁화 동산이 박 씨의 제안으로 이루어졌다. 또한 2014년 11월 거제 향인회 때 VIP들에게 가슴에 무궁화꽃을 달게 하자고 박 씨가 제의를 해 시범적으로 시행됐다. 아울러 향인회가 모이면 전부가 이웃 4촌, 5촌이라 남 씨가 건배사를 할 적에는 '우리가 남이가'로 우애를 다짐하였고, 그 말이 영원히 함께 지내자는 유행어가 되기도 했다.

"남편은 거제에서 태어났고 남몰래 학비를 도와주는 등 불우이웃들에게 많은 선행을 베풀었습니다. 또한 기부문화를 몸소 실천했고 가족 사랑을 아끼지 않았습니다. 고향 후학들에게는 덕불고(德不孤), 그러니까 덕이 있으면 외롭지 않다는 얘기를 자주 했지요."

잠시 침묵이 흐른다. 주변에 새들이 많다. 땡그랑, 풍경 소리도 들려온다. 평소 알고 지내는 소리꾼 장사익 씨가 바로 윗집에 산다. 그래서 자연스럽게 합류했다. 장 씨는 즉석에서 노래 한 곡을 읊어댄다. '잎사귀 가지 하나 놓는다/ 한세상 그냥 버티다 보면/ 덩달아 뿌리 내려 나무 될 줄 알았다/ 기적이 운다/ 꿈속까지 찾아와 서성댄다~.'

다시 장례 얘기로 돌아왔다.

"예전 장례는 통곡했는데 그 이유가 한이 많기 때문인 것 같아요. 울음으로 한을 표출하잖아요. 물론 슬프지만 축제처럼 슬픔을 승화시켜 기왕 가시는 분에게, 잘 가시라고 하는 마음이 좋은 것 같아요. 그래서 우리 박물관에는 코믹하게 물구나무 놀이하는 꼭두도 있고 장난기 있는 해학적인 조각도 많이 있습니다. 그리고 상여꾼들도 얼마나 무겁고 힘들었겠어요. 그런 모습을 보면서 예술꾼들이 조각도 만들고 조형물도 만들었다고 생각합니다."

그러면서 인터뷰를 하는 동안 여러 차례 강조한 부분을 다시 얘기한다.

"고 박정희 대통령의 장례식 때 국화로 장식한 운구차를 본 당시 프랑스 특파원 리크루크 기자와 서양화가 고 권옥현 씨가 얼굴이 붉어졌다는 일화도 시사하는 바가 컸습니다. 유구한 역사와 전통이 있다고 기대했던 프랑스 기자는 국화로 채워진 고 박정희 대통령의 정체성 없는 영구차에 많은 실망을 했던 것이지요. 물론 국화는 생명력과 향기, 사계절을 상징하지만 목인과 목조각으로 이루어진 전통 상여에 조화로 된 무궁화꽃이 아닌 우리의 얼로 죽음의 길을 장식하면 어떨지 강조하고 싶습니다."

박 관장에게 앞으로의 계획에 대해 물었더니 "삶과 죽음은 공존이다. 적어도 우리나라 국장만큼은 전통장례식으로 치러야 한다"고 뒤돌아서면서 뭐라고 적힌 종이쪽지를 건네준다.

莊子 大宗師 中.

夫大块载我以形, 劳我以生, 佚我以老,

息我以死.故善吳生者, 乃所以善吳死也.

자연은 내게 형체를 주었고,

삶으로 나를 수고롭게 하고,

늙음으로 나를 편하게 하며,

죽음으로 나를 쉬게 해주네.

그러므로

삶과 죽음이란 이렇듯 하나로 이어진 것이니,

내 삶을 좋다 함은 바로 내 죽음도 좋다고 하는 게 된다네.

_'장자의 대종사 중에서'

끝으로, 삼성출판사 김종규(한국박물관협회 명예회장) 관장은 박기옥 관장을 '21세기의 장자'라고 표현했음을 덧붙인다.

〈2014년 6월 11일〉

박기옥은

경북 구미에서 태어났다. 어릴 때부터 옛 물건에 관심이 많았고 골동품 수집을 좋아했다. 이화여대 사학과 1회로 입학하였다. 결혼한 뒤 지금의 박물관 자리에 집을 꾸몄다. 1968년 〈일간신문〉에서 '꽃꽂이'를 테마로 한 대한민국 베스트 드레서 10인 안에 선정되었으며 1969년 〈동아일보〉에서는 '현을 위한 세레나데'를 테마로 집이 소개되었다. 1986년 〈뿌리깊은 나무〉에 '한국의 맛집—미더덕 찜', 1987, 89년 〈행복이 가득한 집〉에 '그림이 있는 집', '고3 방으로' 등으로 소개됐다. 1995년 예술의전당 〈코닝페어전〉을 시작으로 2002년 파리문화원에서 주최하는 한국의 모시작품전 〈Needle Work전〉에 부채와 적삼 등 여러 작품을 출품했다. 2007년 박물관을 개관한 이후 미국 출신의 세계적인 빛의 작가 제임스 터렐전(2008년), 하얏트 호텔 아트페어(2008년), 한국 보자기와 부채전(2011년), 파주 헤이리 예술인마을 국제보자기포럼(2012년), 이기옥박기옥전(2012년), 국제 보자기포럼 특별전(2012년), 경기도박물관, 쉼박물관 나만의 부채전(2013년), 워싱턴 한미 7인 보자기전(2013년), 제주 국제보자기포럼, 코엑스 공예트렌드페어(2014년) 등 매년 굵직한 전시회에 참여하거나 열고 있다.

철물디자이너 쇳대박물관 관장

최홍규

나만의 것을 소유하면 어떻게 지킬까. 외출 나갈 때면 문을 닫고 자물통으로 잠그겠지. 또 방 안에 귀중한 것이 있으면 그것도 꼭꼭 잠그겠지. 가진 것이 많은 사람은 그렇지 않은 사람보다 더욱더 그러하겠지. 소유욕이 많은 사람은 잠그고 열고, 그 자체만으로도 아마 희열을 느끼겠지. '쇳대'를 아시나요. 열쇠의 표준화된 방언으로 자물쇠와 열쇠를 아울러 일컫는다.

지금은 지문 인식과 전자 장치 등으로 전통적으로 내려오는 자물통들이 사라지고 있지만 얼마 전까지만 해도 우리 생활에서 없어서는 안 될 중요한 물건이었다. 시 한 편 감상해본다. '우리들 옛 마음씨가 이러하리라/ 묵중하고 섬세한 쇳대들처럼/ 마음먹으면 누구나 열 수 있는 것/ 그러나 그 안에 든 것들/ 많은 사람들의 노동과 삶이니/ 귀중히 아껴 쓰라 쇳대로 잠그는 것/ 잊혀져 가는 우리들 옛 마음씨처럼/ 도란도란 속삭이는 쇳대들의 이야기.' 시인 박노해 씨가 쓴 「쇳대들의 이야기」 중 일부다. 이 시는 서울 종로구 동숭동에 위치한 '쇳대박물관' 전시장 안에 친필로 걸려 있다.

이 박물관은 국내 유일의 쇳대박물관으로 350여 점이 상설 전시되고 있다. ㄷ자형, 원통형, 물상형, 함박형, 붙박이형, 빗장, 열쇠패 등 통일신라 때부터 고려, 조선, 최근에 이르기까지 역사와 전통이 담긴 쇳대들이다. 철제 자물쇠의 경우 가로, 세로 1센티미터 정도 크기에서 30여 센티미터에 이르는 대형 자물쇠까지 다양하다. 독일과 중국, 아프리카, 중동 등의 쇳대들도 구경할 수 있다. 전시되지 않은 쇳대만 해도 무려 5,000여 점에 이른다. 모두가 최홍규 박물관장의 발과 손으로 모인 귀중한 예술품들이다.

2012년 12월 2일 오후 쇳대 박물관에서 최 관장을 만났다. 입구에 들어서자 '쇳대'라는 범상치 않은 글씨가 눈에 들어온다. 누가 썼을까. 최 관장은 "법정 스님이 생전에 직접 써주셨다"고 대답한다. 그는 법정 스님한테 '혜광'이라는 법명까지 받을 정도로 각별한 인연으로 지냈다. 한 불교 신도가 최 관장의 작품을 법정 스님한테 선물하게 되면서 감동을 받아 최 관장과 한 달에 한 번 정도 만나게 됐다. 최 관장은 이와 비슷한 일로 종교계뿐만 아니라 여러 분야의 문화예술계 인사들과 폭넓은 인연을 맺고 있다.

그는 박물관 상설전시 외에도 국내외에서 많은 초대전을 열고 있다. 2008년 도쿄 '일본민예관'에서 〈쇳대박물관 소장품 특별전〉을 비롯해 오사카, 뉴욕, 와이오밍 등에서 전시회를 가지면서 한국의 전통 쇳대를 해외에 알렸다. 그는 전통을 재현해내는 일에 간단치 않은 관심을 내보인다. 2012년 6월 아들 결혼식 때 국립민속박물관에서 신랑은 백마를, 신부는 가마를 타고 등장했다. 신랑 신부가 전통예복을 입은 것은 물론이고 견마잡이며 가마꾼에 이르기까지 혼례를 거드는 일도 모두 전통한복 차림이었다. 요즘 들어 기억조차 가물가물해진 전통혼례를 깔끔하게 재현해내 화제가 됐다.

"2년 전 '소통'이란 주제로 전시할 때에도 과거와 현재의 소통을 강조했습니다. 잊혀지는 선조들의 미학을 이제는 알아야 하고 제대로 봐야 합니다. 옛것을 현대로 재해석하는 일이 중요합니다. 남들이 쓰레기처럼 버린 것도 한데 모으면 훌륭한 보물로 변하거든요."

지난 35년 동안 발품 팔아가며 쇠붙이를 수집하고 만지고 재해석하는 일을 해온 그의 철학적 배경이다. 쇳대뿐만 아니라 대장장이 집게, 들쇠, 농기구, 토기 등도 닥치는 대로 수집했다. 외국에 나갈 때마다 서양의 농기구 등도 구입했다. 이렇게 모은 것이 쇳대를 포함해 모두 2만 점 가까이 된다니 놀라지 않을 수 없다.

"서양에선 대체로 권위를 상징하는 열쇠가 발달했다면 우리나라 등 동양권에서는 자물쇠 몸통이 소박하고 의미 있게 다양한 형태로 발전해왔음을 알 수 있습니다. 우리나라 자물쇠 형태의 기본은 자물통 옆쪽에 열쇠를 넣게 하는 ㄷ자형입니다. 또 아랫부분을 둥글게 만든 원통형, 열쇠 구멍이 정면에 있으면서 볼록하게 만든 함박형 등이 주류를 이룬다고 할 수 있지요."

고려 시대에 만들어진 것은 조선 시대에 비해 형태와 새겨진 문양들이 정교한 금동제 조각 기술 형식을 구현하고 있다는 설명이다. 예를 들어 고려 때에는 용 형상을 주로 왕실에서 사용했으나 조선 시대에는 일반 사대부까지 쓸 수 있게 되면서 투박한 형식으로 변모했다는 것이다. 또 조선 시대의 자물쇠는 은입사(銀入絲) 방식을 통해 동식물 무늬나 문자를 새겨 넣은 것들도 많은데 모란이나 연꽃무늬로 건강과 장수를 기원하고 있다.

"국내외를 막론하고 자물쇠나 빗장에 십장생 등 동식물 형상이 많이 등장하는 것을 볼 수 있는데 복과 행운을 불러들이고 들어온 재물을 잘 지켜달라는 기원을 담고 있습니다. 물고기 형상은 눈을 뜨고 자는 물고기처럼 밤새 잘 지키라는 뜻과 다산을 기원하고 있지요. 또 자물쇠를 통해 다산을 기원하는 것은 구멍이 있는 자물쇠가 여성을, 열쇠는 남성을 상징하고 있기 때문입니다."

화제를 돌려보자. 어떻게 해서 쇳대와 인연이 됐을까. 서울 구파발역 인근 시골에서 자란 그가 집안 사정으로 대학 진학을 포기한 1975년이었다. 중구 황학동 벼룩시장에 내놓은 온갖 철물들을 구경하는 취미가 있던 그는 을지로 2가에 있는 순평금속이라는 철물점에 취직했다. 하는 일은 심부름과 청소가 대부분이었다. 월급도 오천 원에 불과하지만 아무런 불평 없이 열심히 일했다. 쇠를 자르고 마무리하는 일로 발전했고 나중에는 미군 부대에 군납하는 일까지 맡게 됐다. 부지런하게 일을 해서 그런지 순평금속 사장한테 절대적인 신임을 받았다. 군에 입대했을 때에도 면회를 오고, 또 휴가 나오면 용돈까지 챙겨줄 정도였다. 제대하자마자 철물점에 복직한 그는 더욱 열심히 일해 장사를 아주 잘한다는 평을 받았다. 시간만 나면 황학동과 인사동에 드나들며 버려지다시피 한 철물들을 사 모았고 주문이 올 때마다 손님이 원하는 대로 디자인을 척척 해주었다. 철물디자이너로 소문난 것도 이때였다. 박물관에 찾아가 아이디어를 얻는 한편 독학으로 디자인 공부를 계속했다. 예술의전당 휴지통과 공중전화도 만들어낼 만큼 인정을 받았다. 그러던 1988년 순평금속 사장이 세상을 떠나자 서울 강남구 논현동 뒷골목에 '최가철물'로 독립을 했다. 기린건축자재 백화점 등 가구점들이 많은 곳 근처에 둥지를 새로 틀었던 것. 을지로 철물점과는 달리 그동안 수집했던 철물과 골동품 등으로 가게를 장식했다. 처음에 시작한 주요 제품들은 가구나 문손잡이, 벤치,

간판 등 디자인을 살린 것들이었다. 못 하나라도 손님이 원하는 대로 디자인을 해주었다. 경첩과 안전촛대 등을 만들어내고 원통형이나 레버형밖에 없던 문손잡이도 공예 기법을 도입해 동물의 형상이나 상징물 등으로 표현해냈다. 일부는 특허까지 냈다. 최근에는 경기도 여주군 이포대교 옆 그늘막과 가로등 벤치 등을 설치했고 광교 신도시 아파트의 조형물도 만들었다.

"독립하면서 본격적으로 철물 컬렉션을 하게 됐습니다. 수소문 끝에 수장가들한테 찾아가 물건을 사기도 했지요. 때마침 우리나라가 86아시안게임과 88올림픽을 치르며 강남에 오렌지족 등 현대적인 문화가 생겨나면서 제가 만든 제품들이 인기를 끌었던 것 같아요."

인생은 잘하는 것 하나만 있으면 된다는 생각으로 전국 방방곡곡을 다니면서 부지런히 철물들을 모았고 보관 물량이 많아지자 평소 꿈이었던 박물관을 짓기로 했다. 결국 2003년 지금 동숭동 자리에 부지를 마련하고 '쇳대박물관'을 건립하게 됐던 것. 아이템을 왜 쇳대로 정했을까. 다른 것들은 관심을 갖는 사람들이 많고 자신의 경쟁력은 역시 남들이 관심을 두지 않는 쇳대였기 때문에 택했다고 말한다. 또 모은 유물이 창고에 있으면 고물이지만 전시를 하면 보물이 된다는 생각도 작용했다. 국내 사립박물관 가운데 최초로 유물에 맞춰 박물관을 지은 것도 이 때문이다. 이렇게 해서 10년이 됐다. 이인호 전 러시아 대사, 영화인 김동호 등 사회 저명인사들이 기증한 쇳대들도 많다. 이제 그에게는 또 다른 꿈이 있다. 경기도 양평에 쇳대박물관, 미술관, 공방, 체험공간 등 복합문화공간을 만드는 일이다. 내년 2월이면 착공할 예정이라며 자신 있는 표정을 짓는다.

〈2012년 12월 6일〉

최홍규는

1957년 경기도 고양시 신도읍에서 태어났다. 학창 시절부터 철물 수집에 관심이 많았다. 집안 사정으로 대학 진학을 포기하고 1975년 첫 직장으로 을지로에 있는 철물점에 취직했다. 1989년 서울 논현동에 철물점을 내면서 본격적으로 철물을 수집하고 디자인하는 일에 뛰어들었다. 2003년 서울 종로구 대학로에 국내 최초로 쇳대박물관을 건립했다. 이후 국내외에서 많은 전시를 했다. 예맥화랑 초대전(2000년), 일본 도쿄 민예관 초대전(2008년), 뉴욕 코리아소사이어티 초대전(2009년), 오사카 한국문화원 초대전(2010년), 광주디자인비엔날레 참가(2011년), 미국 와이오밍주립대학 미술관 초대전(2011년) 등이다. 2012년 10월 대한민국 문화예술상(대통령상)을 받았다. 2013년 양평 복합문화공간을 오픈할 예정이다.

40년간 '똥 철학' 설파해온 서울대 인류학과 교수

전경수

"21세기 황해는 똥 바다가 됩니다." 무슨 얘기일까. 실제로 똥 바다가 될 날이 얼마 남지 않았다고 한다. 서해 바다, 또는 황해는 각종 먹거리가 풍부한 황금어장이 아닌가. 우럭, 광어, 놀래미, 숭어, 주꾸미, 꽃게 등 온갖 싱싱한 제철 해산물들이 식탁에 단골로 등장해 우리의 건강과 입맛을 돋운다. 그런데 똥 바다가 된다니?

우선 중국 대륙의 황하와 양쯔 강만 하더라도 황해로 내려 보내는 생활하수의 오염도가 점점 심각해지고 있다. 경제 발전으로 고층 아파트 단지가 계속 늘어나고 그곳에 사는 사람들은 수세식 양변기로 오물을 계속 쏟아내고 있다. 13억 인구가 대부분 수세식 양변기를 사용하는 시대를 상상해보자. 한 사람이 하루에 한 번 양변기에 볼일을 보고 흘려보내는 물의 양이 절수형은 7리터라고 하지만 그렇지 않은 경우는 13리터나 된다고 한다. 따라서 4인 가족이 하루에 한 번 버리는 '똥물'의 양은 약 50리터라는 계산이 나온다. 게다가 똥은 유기물로 구성돼 있어 물속에서 분해되지 못하고 하수구를 통해 바다로 흘러들어 그대로 공해가 된다. 한반도 남북에서도 마찬가지 현상이 일어나고 있다. 서울과 수도권만 하더라도 아파트 밀집 지역의 양변기에서 나오는 똥물은 대부분 한강 등을 통해 서해로 흘러간다. 결국, 21

세기의 황해는 '똥 바다'의 생태 재난지역이 될 것은 불 보듯 뻔한 일이다. 또한, 공해산업에서 쏟아지는 각종 폐수가 황해에서 합쳐진다. 이쯤 되면 어느 정도 설명이 됐을까. 이러한 문제에 대해 오래전부터 꾸준히 그 심각성을 주장해온 사람이 있다.

전경수 서울대 인류학과 명예교수는 보기 드문 '똥 철학가'로 잘 알려졌다. 40년 전부터 똥에 대해 남다른 관심과 애착을 갖고 생태인류학 차원에서 그 중요성을 연구·설파해오고 있다. 세상 사람들이 똥을 더럽다고 생각하고 기피한 결과가 세상을 엉망으로 만들어가고 있다는 지적과 함께 인간과 환경의 문제를 '똥'으로 풀어보자는 것이 그가 주창하는 똥 철학의 핵심이다. 밥 따로 똥 따로 생각해서는 우리 삶을 제대로 이해할 수 없으며 산해진미가 내장기관을 통과하면서 냄새나는 똥으로 성격이 변하지만 알고 보면 똥이 밥이고 밥이 똥이라는 논리를 편다. 아울러 황후의 만찬과 거지의 식사가 등급이 같을 수는 없다 하더라도 똥을 누는 데에는 아무런 신분 차이가 없다는 '똥 평등론'까지 펼친다. 누구나 그랬듯 초등학교 시절에만 하더라도 대통령이나 예쁜 여자 선생님이 똥을 누는 장면은 쉽게 상상되지 않았다. 하지만 누구나 엉덩이를 드러내고 볼일을 봐야만 한다.

전 교수는 바로 이 같은 화두를 던지면서 똥과 함께 살아왔다. '왜 하필이면 똥이냐'는 질문을 수없이 받기도 했지만 그때마다 '똥은 밥 이상으로 중요한 것 아닌가'라고 반문하면서 각종 매스컴과 저술 활동, 국내외 여러 강연 등을 통해 똥의 가치를 부단히 알렸다.

2014년 3월 26일 서울대 연구실에서 그를 만났다. 자리에 앉으면서 그는 "벌써 40년이 흘렀네요"라는 말과 함께 책장에 꽂힌 책들을 잠시 응시한다. 『물걱정 똥타령』, 『똥이 자원이다』, 『백살의 문화인류학』 등 그동안 펴낸 생태인류학과 관련된 많은 책자, 자료들이 잔뜩 꽂혀 있었다. 먼저 황해에 대한 얘기를 꺼냈다.

"중국과 한국의 큰 강이 대부분 똥물에 섞인 채 황해로 흘러들어 갑니다. 온갖 폐기물들이 황해로 모이고 있지요. 환경오염은 서서히 수많은 사람을 죽이는 대량살상무기나 마찬가지입니다. 우리는 이런 문제를 놓고 중국인들과 심각하게 논의를 해야 하고 21세기의 황해를 청정 해역으로 유지할 방안을 시급하게 마련해야 합니다. 그러지 않을 경우 황해 변화의 치명타는 우리가 먼저 받게 될 운명이지요."

똥에도 음양오행이 있다고 말한다. 똥이 흙과 만나면 상생이지만 물과 만나면 상극이 된다는 것이다. 특히 똥의 유기물이 물의 산소를 파괴해 수질을 오염시키는데, 이러한 폐해는 인간이 똥을 제대로 대접하지 못한 탓에 비롯된다고 말한다. 더럽다는 인식과 서양 문명에서 온 수세식 변기 사용 등으로 똥은 엄청난 양의 물과 에너지를 소모하면서 인간에게 나쁜 영향을 주는 쓰레기가 되고 말았으며 이에 따른 물걱정도 이만저만이 아니라고 한다. 똥 철학의 근본도 바로 여기에 있다. 때문에 생활의 편리를 추구하는 사람들이 똥을 업신여기고 환경을 파괴하는 주범이라는 사실을 인식해야 한다고 늘 강조한다.

"사람들이 똥은 더러운 것이라고 외면하지만 자신의 배 속에 항상 간직하고 있는 것이 똥이란 사실을 잊어서는 안 됩니다."

똥은 더러운 것이 아니라 하나의 물질이며 그것이 더러운지 아닌지는 사람의 생각에 달려 있다고 말한다. 똥 누는 일은 먹는 일만큼 중요하며 '소중하게 달래야 할 대상'이라는 것이다. 사실 똥이 더럽다는 우리들의 생각은 수입된 것이라고 한다. 원래 우리의 영농 방식과

돼지 사육 방식에 낯선 서양 사람들이 이 땅에 들어온 이후 똥을 더러운 것으로 간주했고 막무가내로 따라가던 우리의 살림살이 방식이 끝내는 무공해의 사료와 자연산 비료인 똥을 더러운 것으로 생각하기 시작했다는 것이다. 아파트 단지가 생겨나고 모인 똥은 전부 수세식 변기를 통해 마구 버려졌다는 것이다. 그래서 전 교수는 생태학적 순환이라는 자연의 질서를 되찾기 위해 아파트 단지마다 똥통 건설을 법제화하자고 주장한다. 이와 관련해 그는 강남의 한 아파트에 거주할 때 주부들이 주로 참석하는 반상회에 직접 나가 다음과 같이 똥통 건설의 중요성을 설파했다.

"150세대가 살고 있는 우리 아파트에는 매일 아침 이곳에서 많은 분량의 인분이 배출되고 있습니다. 약 150마리의 돼지에게 한 끼로 먹일 수 있는 사료가 그냥 쓰레기로 흘러가는 셈이죠. 한강 오염의 주범이 되고 있지요. 그 똥들을 지하구조물에 가두어두고 발효시킨다면 상당한 양의 천연가스를 대체할 수도 있습니다. 그 천연가스를 각 가정으로 돌려쓴다면 이래저래 좋은 점이 많을 겁니다."

아쉽게도 그의 말에 동의하는 사람은 거의 없었다. 더럽다는 생각과 함께 집값이 떨어진다는 이유 때문이었다. 그는 혼자 나섰다. 아파트 경비원 아저씨한테 양해를 구하고 자신의 집에서 수거된 분뇨를 화단 나무 밑에 넣어두었다. 그러자 하루 뒤 경비원이 초인종을 누르더니 "민원이 들어와 목이 달아나게 생겼으니 똥을 당장 치워달라"고 했다. 결국 전 교수는 그 동네를 떠나 단독주택이 있는 곳으로 이사를 했다. 그래도 생각대로 안 됐다. 마당 한쪽에 구덩이를 파고 재래식 변소를 지었으나 앞집에서 냄새난다며 항의를 하는 바람에 그만두고 말았다.

그가 다른 사람들보다 똥이란 단어를 입에 잘 주워 담는 이유에 대해서는 두 가지를 꼽는다. 첫째는 어린 시절 말이나 소, 나귀가 끄는 달구지에 똥통을 싣고 다니면서 집집에 들러 똥을 퍼 가고 동시에 돈을 받아 가는 광경을 자주 봤다는 사실이다. 그때는 몰랐지만, 똥이란 물질이 여간 소중한 것이 아니며 '똥이 곧 밥'이라는 사실을 나중에 알게 됐다는 것이다. 두 번째는 생전의 아버지가 변비가 심해 내로라하는 의사를 찾고 좋은 약은 다 사 먹어야 했다. 그래서 전 교수는 집에 전화를 걸 때마다 "아버님, 요새 변을 잘 보십니까"로 시작했다. 형제들 사이에 전화를 걸 때에도 가장 중요한 안부였다.

"흔히 동료나 친구 사이에 '밥 먹었나?' 하는 인사는 있지만 '똥 눴나?'라고 하는 인사는 없어요. 물론 밥 먹는 일은 공적이고 똥 누는 일은 완벽하게 사적인 영역에 속하겠지요. 그렇다면 공적 영역은 소중하고 사적인 것은 별거 아니라는 것인가요. 분명한 것은 똥이란 물질은 밥을 만드는 것이고 또 잘 다루어야 할 소중한 물질입니다. 쓰레기란 이름으로 내버릴 수 없는 아까운 것이지요."

그가 똥 연구와 인연을 맺은 것은 1974년 개도국에 대한 환경 문제와 에너지 등을 지원하기 위해 유엔개발계획(UNDP) 차원에서 조사가 이루어질 때였다. 군 제대 후 서울대에서 무급 조교를 하면서 경기 용인 지역에 있는 가정용 메탄가스 저장시설을 보게 됐다. 애초 기대보다 실패작으로 끝난 저장시설의 결과를 보면서 제주도의 똥돼지를 떠올렸다. '똥을 먹는 돼지, 바로 이거다!'라고 생각한 그는 이때부터 생태인류학의 길로 들어섰다. 제주도는 물론 카메라를 둘러메고 각 섬 지방과 민통선 마을 등을 찾아다니면서 연구에 매진했다. 그동안 찍은 슬라이드 필름만 2만여 장에 이른다. 똥 철학 강연은 국내뿐만 아니라 중국, 일본, 미국, 타이완 등 여러 나라에서 초청을 받기도 했다. 특히 일본에서 가장 권위 있는 국립환경연구기관인 '일본총합지구환경학연구소' 평가위원장을 맡을 정도로 연구 업적을 높이 평가받고 있다.

강단을 떠나도(2014년 9월) 똥 연구는 계속되는 것이냐고 묻자 "물론이다. 똥은 100세 시대 생태인류학의 중요한 콘텐츠가 될 것"이라면서 "직장 동료 사이에 점심때가 되면 '밥 먹으러 갑시다' 하는 것보다 '똥 누러 갑시다' 하는 풍토가 하루빨리 생겼으면 좋겠다"고 말한다.

〈2014년 4월 2일〉

전경수는

1949년 부산에서 태어났다. 경남고를 거쳐 서울대 문리대와 동대학원을 졸업했다. 1982년 미국 미네소타대에서 인류학 박사학위를 받았다. 귀국 후 1982년부터 서울대 인류학과 교수로 재직 중이다. 똥 연구는 1974년부터 시작했으며 이와 함께 생태인류학과 문화이론을 중점적으로 연구하고 있다. 제주학회 회장, 진도학회 회장, 문화재위원, 한국문화인류학회 회장, 동아시아인류학협회 회장 등을 역임했다. 일본 규슈대 객원교수, 중국 윈난대 객좌교수 등을 지냈다. 현재 국립 일본총합지구환경학연구소 평가위원장을 맡고 있다. 주요 저서로는 『물걱정 똥타령』, 『똥은 자원이다』, 『인류학과의 만남』, 『한국 인류학 백년』, 『통과의례』, 『백살의 문화인류학』, 『환경친화의 인류학』, 『한국문화론』, 『한국 박물관의 어제와 오늘』 등이 있다.

한국 토종씨앗의 대부

안완식

'토종'이라는 말은 언제 들어도 정감이 간다. 오래전부터 우리 땅에서 온전하게 자라 본래의 맛과 향기를 켜켜이 담고 있기 때문이다. 그런데 토종이라는 말이 점점 우리 곁에서 멀어지고 있다. 수입개방 확대에 따라 사라지는 토종 제품의 수가 급증하고 있는 것이다. 농산물 도매시장이나 전통시장 등에 전시된 농·임산물 가운데 국산을 찾아보기가 갈수록 어려워지고 있다.

안완식 박사는 우리나라의 대표적 토종씨앗 지킴이로 알려졌다. 30년째 이 땅의 기운을 받은 씨앗을 찾아내고 지키며 퍼뜨리는 일을 해오고 있다. 또한, 우리나라 종자은행 개설의 산파역을 했고 유전자원 연구에도 몰두하는 등 '토종씨앗의 대부'로 통한다. 지금은 토종종자와 전통농업으로 생명을 지키는 비영리단체 '씨드림(Seed Dream)'을 이끌면서 우리 종자를 수집하고 보존·보급하는 데 앞장서고 있다. 해마다 3월이면 씨앗을 나눠주는 행사도 가진다.

2014년 2월 설 연휴 직전 경기 화성시 자택에서 안 씨를 만났다. 아파트 거실에는 각종 씨앗 견본들과 관련 책자들이 빼곡하게 진열돼 있었다. 베란다에는 홍매화 등 꽃들이 벌써 활짝 피어 있었다. 잠시 꽃냄새가 코끝에 스쳐온다. 매화 얘기부터 자연스럽게 나왔다.

"보십시오. 예쁘죠? 봄이 오기 전에 다른 어떤 꽃보다도 먼저 꽃망울을 터뜨리는 매화에서 풍겨 나오는 청향(淸香)은 말로 형언할 수 없는 감회에 젖어들게 하지요. 청초하면서도 은은한 향에 취하노라면 세상의 번뇌와 시름을 잠시나마 잊게 되고 정신이 고고하게 승화되고 있음을 느끼게 됩니다."

그는 어려서부터 꽃을 좋아했다. 젊었을 때에는 정절과 선비의 상징인 매화를 좋아했다. 1983년 일본 쓰쿠바 과학도시에 있는 농업생물자원연구소에서 유전자원에 관한 연수를 받을 때 마침 매화의 개화시기여서 그 꽃의 아름다움에 새삼 반했다. 이후 전국에 있는 매화를 접해보고 싶은 충동을 느껴 귀국 후 출장이나 휴가를 얻어 매화를 찾아다니면서 매화 전문가가 되다시피 했다. 이제 곧 날이 풀리면 매화를 다시 만나러 떠날 예정이다.

매화의 감상 요령에 대해서는 지색, 지형, 지향 등 세 가지를 예로 든다. 다시 말해 꽃의 색깔, 꽃의 아름다운 각각의 모양, 꽃에서 풍겨 나오는 꽃 마디의 다른 향을 느끼고 감상하는 것이란다. 선인들이 매화를 감상할 때 가지가 번성한 것보다는 드문 것, 젊은 것보다는 늙어 고태가 나는 것을 더 좋아했다고 말한다. 진한 향보다는 맑고 청아한 것을 높이 여겼고 겹으로 피는 꽃보다는 정연한 홑꽃을 더 고상하게 여겼다는 것이다.

다음은 토종씨앗의 중요성에 대해 설명한다.

"토종은 수천 년 동안 우리 민족의 의식주를 제공해온 우리의 가장 큰 유산이며 생명공학, 신품종 육종, 생물학 등 여러 연구의 기본 자료인 유전자원으로 세계에서 유일무이하며 타국 자원 확보의 밑천이 되기도 합니다. 특히 토종은 식량 주권을 살리는 근간입니다. 그런데 우리는 다국적기업 종자회사 등에 종자 주권을 잃은 지 오래됐지요."

아울러 토종은 유기농업과 친환경농업에 잘 적응되는 필수적인 종자이며 우리의 기후환경에 오랫동안 적응해왔기 때문에 무농약 재배에 적응력이 뛰어나다고 강조한다. 요즘 농촌에서 주로 재배하는 '개량된 씨앗'에 대해서는 "몬산토 등 다국적기업이 한국 종자시장의 70%를 장악했다. F1(잡종1대) 품종, 터미네이터와 트레이터 등은 1회성 품종이기 때문에 농민은 매년 비싼 씨앗을 새로 구입해야 한다"면서 종자 주권을 잃으면 식량 주권도 되돌릴 수 없다고 거듭 강조한다.

그렇다면 요즘에는 어떤 활동을 하고 있을까. 현재 회원이 6,500명인 '씨드림'을 중심으로 토종씨앗을 수집하고 지키는 활동을 펼치고 있다. 또 토종종자 채종포를 통한 종자 증식과 종자은행을 운영하며, '토종학교'를 개설해 토종종자의 보존과 확산 운동을 전개하고 있다. 전국여성농민회와 협력해서 '1농가 1토종 갖기 운동'을 펼치면서 매년 1만여 귀농민들에게도 토종씨앗을 나눠주고 있다. '씨드림'은 우리말로 '씨를 드린다'는 의미도 있고 '씨앗의 꿈'처럼 농민들의 꿈이 씨드림을 통해 이뤄진다는 뜻도 담겨 있다. 전국 각 지역의 지부를 통해 토종이나 전통농법에 관한 정보 교환도 한다. 가장 중요한 것은 매년 3월 '씨드림' 회원들이 직접 증식한 종자를 나눠주는 행사라고 강조한다. 지난해 3월에는 경기 화성시 장안면 사랑리 일대 땅 4,950제곱미터(약 1,500평)을 임대해 토종씨드림농장을 마련했다. 보존 가치가 높은 씨앗들을 심어 받은 씨를 보관한다. 현재 주곡작물, 채소작물, 특용작물 등 모두 2,300여 점이 저장돼 있다.

"처음부터 토종 수집을 하는 것이 쉽지는 않았습니다. 별로 가치가 커 보이지 않는 토종 수집에 열심이냐고 하는 사람들도 많았고 농가 주변을 기웃거린다고 간첩으로 오해받는 경우도 있었습니다. 요즘에도 여전히 이상한 사람으로 취급받을 때가 종종 있지요. 무엇보다 어려운 것은 토종 수집을 위한 예산을 지원받는 곳이 따로 없다는 것입니다."

그가 토종과 인연을 맺은 것은 1969년 농촌진흥청 맥류연구소에서 일을 하면서였다. 그러다가 1976년 농촌진흥청이 종자저장고를 짓자 작물시험장, 원예시험장, 축산기술연구소, 농업과학기술연구원 등에 흩어져 있던 종자들을 한곳에 모으기 시작했다. 1985년 일본 연수를 다녀온 뒤부터 본격적으로 토종 모으기에 앞장섰다. 전국의 농촌지도소 요원과 협력해서 2002년 퇴직할 때까지 약 2만여 점을 수집하는 성과를 거뒀으며 이는 2006년 세워진 국립농업유전자지원센터에 저장된 토종씨앗 3만8,000여 점의 토대가 됐다. '토종모음봉투'도 그의 노력으로 만들어졌다. 아울러 1991년 종자 관리를 위한 유전자원과 신설로 이어졌고 1997년 설립된 한국토종연구회를 통해 토종 보존과 연구를 지속 가능하게 했다.

뿐만 아니다. 1986년부터 1990년대 초반까지 미국을 수차례 다녀오면서 일리노이대 연구실에 보관된 우리 콩 5,000점 가운데 2,000여 점을 돌려받았고 또 미국의 여러 대학에 분산된 밀, 보리, 채소 등의 씨앗을 가져왔다. 1991년 러시아에서 우리의 참외 씨앗 800점을 가져오기도 했다.

퇴직 후에는 매년 전국을 다니며 토종씨앗을 조사, 수집하는 일을 주로 하고 있다. 2008년에는 제주, 강화, 울릉도 등 세 개 섬을 다니며 450점을 수집했다. 제주도에서는 우연히 60년 동안 농사짓는 할머니로부터 구억배추 씨앗을 받아 씨드림농장에 심었는데 배춧속도 꽉 차고 오래 두어도 안 무르는 데다가 맛도 좋아 회원들에게 인기가 좋다. 이후에도 2010년 충북 괴산군에서 360여 점, 2011년 전남 곡성군에서 330점, 2012년 여주군에서 160여 점 등 토종씨앗을 꾸준히 조사해오고 있다.

"1985년에 토종 조사 당시를 100% 상황으로 가정했을 때 1993년 조사할 때는 74%가 소멸됐고 다시 7년 후에는 12%로 줄어들었습니다. 지금은 5%도 안 남았습니다. 말 그대로 씨가 말라가고 있지요. 그러다 보니 농가에서 재배하는 채소 씨앗만 하더라도 대부분 로열티를 내고 구입하는 실정입니다. 지금이라도 토종종자를 다양하게 심어 건강한 생태계를 만들어내는 것이 종자 주권을 되찾는 시작입니다. 토종종자가 개량품종에 비해 수확률이 낮긴 하지만 맛과 품질 면에서는 우수하거든요."

토종이 사라지는 원인에 대해서는 국내외의 새로운 품종이 보급되면서 농가들이 품종을 바꾸고 있기 때문이라고 설명한다. 그는 이러한 현실을 절실하게 느끼면서 우리나라 최초의 토종도감인 『한국토종작물 자원도감』과 토종종자의 가치와 보존의 중요성을 다룬 『내 손으로 받는 우리 종자』라는 책을 집필하는 등 꾸준히 토종에 대한 조사와 수집에 전력을 다하고 있다.

"발병이 나지 않는 한 전국에 돌아다니면서 토종을 수집할 것입니다. 제가 해왔던 것보다 더 토종을 사랑하는 후배들이 나왔으면 합니다. 또한, 우리나라 농업의 중심지인 경기 수원의 어느 한 곳에 우리의 토종을 누구나 볼 수 있는 토종박물관이 세워졌으면 하는 바람입니다."

〈2014년 2월 5일〉

안완식은

1942년 서울에서 태어났다. 서울대 농과대학을 졸업하고 동국대 대학원을 거쳐 강원대에서 농학 박사학위를 받았다. 1969년 농촌진흥청에 연구원으로 들어갔다. 이후 멕시코 국제맥류옥수수연구소, 일본 농생물자원연구소, 미국 오리건대 연수를 마치고 돌아와 밀 육종과 식물 유전자원 연구를 했다. 여러 차례 식물 유전자원 국제회의에 한국 대표로 참석했다. 농업과학기술원 생물자원부 유전자원과장 및 책임연구관으로 있었다. 한국생물다양성협의회 운영위원과 한국토종연구회 회장을 지냈다. 현재 '한국토종연구회 고문' '토종씨드림 대표' '슬로푸드 맛의 방주위원회 위원장' 등으로 활동하고 있다. 저서로는 『우리가 지켜야 할 우리 종자』(1999년), 『내 손으로 받는 우리 종자』(2007년), 『한국토종작물자원도감』(2009년), 『식물유전자원학』(공저, 2004년) 등이 있다. 주요 논문으로는 「한국의 농업유전자원 연구 현황과 발전 방향」, 「한국에 있어서 작물재래종의 소멸 경향 연구」, 「지속적 농업을 위한 식물유전자원의 확보」 등이 있다.

남보원

'웃으면 복이 와요'라는 말이 있다. 어떻게 하면 복이 올까. 우선 일주일간 웃고 사는 방법을 만들어보자. 예를 들어 '월요일에는 원래 웃고, 화요일에는 화가 나도 웃고, 수요일에는 수수하게 웃고, 목요일에는 목청껏 웃고, 금요일에는 금방 웃고 또 웃고, 토요일에는 토끼처럼 예쁘게 웃고, 일요일에는 일어나자마자 웃고' 등이다. 하하, 호호, 헤헤.

웃음은 신이 인간에게 준 가장 큰 선물이라고 한다. 그 선물상자 중 일부를 뜯어보면 이렇다. 10초 동안 웃는 것은 노 젓기 3분, 한 번 크게 웃기는 윗몸일으키기 25번, 15초 동안 박장대소하는 것은 100미터 달리기를 한 것과 같은 효과가 있다. 그만큼 웃음이 우리의 몸과 마음을 긍정적인 상태로 만든다는 의미다. 마음을 즐겁게 먹는 것은 많은 질병을 방어하고 수명을 연장할 수 있는 최선의 약이라는 말도 있다. 실제로 웃음은 혈압을 안정시키고 혈액과 근육 내 산소를 증가시키며 소화를 촉진하는 등의 생리 효과가 있는 것으로 입증되기도 했다. 그렇다면 잘 웃는 방법은 무엇일까. 혼자 실실 웃을 수도 없고…….

이런 고민을 덜어주기 위해 50년 동안 '웃음 배달부'로 살아온 영원한 코미디언 남보원 씨. 그의 이름에서 보듯 웃음 선사에 관해서는 여전히 넘버 원(No.1)이다. 원맨쇼에 관한 한 타의 추종을 불허하는 국보급이다. 여든을 바라보는 요즘도 각종 기념식장이나 결혼식장은 물론 장례식장에서까지 웃음을 선사한다.

2013년 11월 18일 저녁 개그맨 김학래 씨가 운영하는 서울 강동구 성내동의 중식당. 이날 원로 코미디언 구봉서 선생이 '2013 대한민국 대중문화예술상' 시상식에서 은관문화훈장을 받은 것을 기념하기 위해 송해, 남보원, 엄용수 등 선후배 코미디언들이 모처럼 모여 축하 파티를 열었다. 오랜만에 만난 자리여서 그런지 분위기가 쉽게 살아나지 않았다. 이때 남 씨가 자리를 박차고 일어섰다. 남 씨는 원래 2년 전부터 술을 끊은 상태였지만 옆자리에 앉은 송해 씨가 자꾸 술을 권하는 바람에 두어 잔 마신 상태였다. '자, 내가 노래 한 자락 하갔시요'라고 말을 꺼낸 남 씨는 요즘 뜨고 있는 오승근의 「내 나이가 어때서」를 일부 개사해서 불렀다. '야 야 야, 내 나이가 어때서, 사랑하기 딱 좋은 나이인데, 훈장 받는 데 나이가 있나요'라고 했다. 박수 소리가 터져 나왔다. 이어 "(구)봉서 형, 오늘 같은 날 더 젊어지신다. 자, 노래 한 자락 더 나옵니다"고 한 뒤 '청춘을 돌려다오, 못 다한 그 사랑이 태산 같은데' 등을 메들리 형식으로 불렀다. 분위기가 확 달라졌다. 여기저기에서 구봉서 선생을 향한 후배들의 러브송이 이어졌다.

2010년 7월 동료 코미디언 백남봉 씨의 장례식장에서 남씨는 「한오백년」을 불렀다. '한 많은 이 세상 야속한 백남봉아, 정을 두고 몸만 가니 눈물이 나네'를 회심곡 스타일로 불러 주위를 눈물바다로 만들었다. 잠시 후 문상객들이 앉아 있는 자리로 갔더니 가수 조영남 씨가 얼른 다가와 "형님, 내가 죽으면 무슨 노래 불러줄라요"라고 물었다. 그러자 남 씨가 "야, 너는 화개장터밖에 더 있냐"라고 대답했다. 웃음소리가 터져 나왔음은 물론이다.

2013년 11월 22일 오후 서울 서초구 방배동 자택에서 남 씨를 만났다. 자리에 앉자마자 그는 "요즘 나는 세상만사를 노래로 하면서 살아. 노래를 하다 보면 나도 즐겁고 듣는 사람도 즐겁지 아니하겠습네"라며 자신의 고향인 평남 사투리를 섞어가면서 웃었다. 이어 즉석에서 노래를 부르고 색소폰 소리로 반주를 했다. "오늘 기자와 만나 좋은 인연을 맺었으니, 얼씨구나 뿌뿌." 만나는 사람이나, 가만히 있는 사물이나, 스쳐 지나가는 바람 소리도 그에겐 즉석 타령이자 민요로 다가온다. 그러니 어찌 세상일이 즐겁지 않을까. 나이 먹을 겨를이 없겠다고 하자 "고장 난 벽시계는 멈추었는데, 저 세월은 고장도 없네"라는 현철의 노래로 대신한다. 이어 "사는 게 별거 있더냐, 욕 안 먹고 살면 되는 거지, 술 한 잔에 시름을 덜고, 너털웃음 한번 웃어보자 세상아, 시곗바늘처럼 돌고 돌다가 가는 길을." 이렇게 말 대신 자신의 인생을 구성진 노랫가락으로 풀어나간다.

예나 지금이나 늘 오라는 곳이 많다. 그는 몸이 아파도 각박한 일상에 지친 사람들에게 웃음을 배달하는 기쁨과 보람으로 언제든지 달려간다. 축가, 조가, 경음악, 재즈, 서도소리, 판소리 등 다양한 음악 장르로 좌중을 휘어잡는다. 최근에는 「독도는 우리 땅」을 판소리 버전으로 불렀다. '외로운 섬 하나 새들의 고향에, 에/ 아베는 듣거라 독도는 우리 땅이야.' 그러다가 이은관 선생의 서도소리 버전으로 마무리해 뜨거운 박수갈채를 받았다. 여러 지자체 노인잔치와 향우회 모임 등에 자주 초청되지만 10년 전부터는 결혼식장에서 축가를 부르기도 하며 젊은이들과 어울린다. 「사랑을 위하여」를 부른 뒤 즉흥 원맨쇼로 하객들의 배꼽을 빠지게 한다. 예를 들어 "이 자리에 오신 여러분, 주례 선생님이 신랑과 신부의 진실한 사랑에 대해 말씀하셨습니다. 가만있어보자, 어 빠진 거 없나, 아 있다. 여당과 야당의 사랑이 빠졌네요"라고 한다. 다음 달에도 세 차례 결혼식장에서 즉흥 원맨쇼를 벌일 예정이다. "이렇게 저렇게 삼팔선을 넘어 웃음의 배달부로 50년을 살아왔네, 하하하."

그는 전직 대통령의 성대모사를 아주 잘한다. 이승만 전 대통령의 부인 프란체스카 여사의 생일날을 기억한다. 1990년 6월 프란체스카 여사의 90회 생일을 맞아 서울 시내 모 호텔에서 축하연이 벌어졌다. 남 씨는 프란체스카 여사의 수양아들 초청으로 이 자리에 참석했다. 생일 케이크에 불이 켜지고 축하 노래가 이어졌다. 잠시 후 티타임 시간이 되자 남 씨가 자리에서 일어나 이 전 대통령의 목소리를 흉내 내 말했다. "나의 사랑 프란체스카, 당신의 90회 생일을 진정으로 축하하는 바입니다. 오래오래 사시다가 100년 후 스카이라운지에서 다시 만납시다. 하늘나라에서 닥터 이승만." 목소리가 생전의 이 전 대통령과 너무나 닮아 마치 생일을 축하하기 위해 하늘나라에서 내려온 듯한 분위기가 연출됐다.

"어느 직장에 강연을 간 적이 있었지요. 그런데 국민의례 할 때 애국가를 부르지 않겠다는 겁니다. 왜 그런지 알아봤더니 애국가 곡이 준비가 안 됐다고 하더군요. 그래서 제가 애국가 반주를 했습니다. 양손을 입술에 대고 트럼펫 소리로 즉석에서 애국가를 연주했더니 다 따라 부르더군요."

그는 목소리 얘기가 나오자 "부모님이 준 큰 선물이다. 아버지가 「수심가」를 아주 잘 불렀다"면서 "지금의 개그맨들은 잔재주를 부릴 것이 아니라 성대모사를 잘해야 국제적으로도 오래간다. 임기응변보다는 자신만의 개인기가 필요하다"고 후배들을 향해 충고를 한다. 세계 여러 나라를 다니면서 비록 말이 안 통하더라도 성대모사로는 서로 충분히 통한다는 사실을 실감했기 때문이란다.

그는 2005년 나이 칠순에 신곡을 발표해 주목을 끌었다. '나는 나는 삐에로, 삐에로로 살아갈래'로 시작되는 「삐에로」와 '인생은 레디고, 백 년을 다 살아봤자 삼만 육천오백일, 사랑도 인생도 우정도 한 번뿐이야, 인생역전 한방이 이 안에 있다, 돌아라 돌아라 돌아라'라는 내용이 담긴 「인생은 레디고」라는 노래다. 이후 틈이 날 때마다 「눈물 젖은 두만강」, 「선창」, 「내 마음 별과 같이」, 「암스트롱 메들리」 등 열여섯 곡을 모아 CD로 제작했고 앞으로도 그 작업은 계속 진행할 예정이다. 지난 50년 동안의 일 중 어떤 것이 가장 기억에 남았을까.

"지금까지 공연에서 박수를 못 받은 것은 딱 한 번, 평양 공연 때였습니다. 백남봉과 밤새 연습한 것들을 실수 없이 다 보여줬는데도 박수가 전혀 나오지 않았지요. 공연이 잘못된 것도 아닌데 말입니다."

그의 본명은 김덕용이다. 1963년 연예계 데뷔 당시 대부분 '후라이보이', '스리보이' 등의 예명이 많아 고민 끝에 평소 '깡패가 되려거든 우두머리가 되고 딴따라가 되려거든 넘버원이 되라'는 아버지의 말을 떠올려 남쪽 보물의 으뜸이라는 뜻으로 남보원(南寶元)이라고 했다. 그는 연예계에 힘들게 데뷔했다. 성우, 아나운서, 영화배우, 탤런트 시험에 다 떨어진 뒤 20대 후반에야 영화인협회가 주최한 '스타 탄생' 코미디 부문에 합격했다. 데뷔 후 첫 무대는 서울시민회관이었다. 이때 현인, 최희준 등 당대 인기가수의 성대모사와 팔도 방랑기 등을 쏟아내 인기를 끌면서 이후 원맨쇼의 일인자가 됐다.

지금까지 살면서 후회는 없었을까. "원맨쇼도 인간문화재로 지정돼야 하는 것 아니야"고 반문한 뒤 "후계자를 키우지 못했다. 그렇다고 아무나 키울 수도 없고……. 아마도 내가 가고 나면 원맨쇼의 맥도 끊길 텐데 안타깝다"고 말했다. 그러면서 "나 같은 놈이 세상에 툭 튀어나와 웃기는 일도 많이 했다. 앞으로도 국민들에게 박수 받는 일을 계속하겠다"고 회한과 포부를 밝혔다.

〈2013년 11월 26일〉

남보원은

1936년 평안남도 순천에서 태어났다. 본명은 김덕용(金德容). 1951년 1·4후퇴 때 월남했다. 서울 성동공고를 졸업한 뒤 경찰공무원이 되고자 동국대 정치학과에 입학했으나 중도에 그만두고 연예인의 길로 들어섰다. 1963년 영화인협회에서 주최하는 '스타 탄생' 코미디 1위로 데뷔한 뒤 '원맨쇼'를 개척했다. 영화 〈공수특공대작전〉, 〈귀신 잡는 해병〉, 〈오부자〉, 〈새알 각하〉 등에도 출연해 인기를 끌었다. 연예인 축구단을 만들어 '남펠레'로 활약했다. 현재 '연예인NO.1' 축구회 회장을 맡고 있다. 1998년 동국대 국제정보대학원 고위정책과정을 수료했으며 1996년 예총예술문화상(연예 부문), 파월 장병 및 사할린 교포 위문공연 등의 공적으로 1997년 제4회 대한민국 연예예술상 대상(화관문화훈장) 등을 받았다.

이상용

낙천적이다. 언제나 웃음을 선사한다. 온갖 역경을 이겨낸다. 위기에 처했을 때 시금치를 먹고 초인적인 힘을 발휘한다. 그랬다. 원조 뽀빠이는 그렇게 탄생했다. 1929년 1월 〈골무극장〉(Thimble Theater)이라는 만화잡지의 조연으로 처음 나온 캐릭터였다. 이후 뽀빠이는 플라이셔 스튜디오를 통해 파라마운트의 애니메이션 〈베티 붑의 대나무 섬〉(Betty Boop's Bamboo Isle)에 등장해 인기를 누린다. 뽀빠이 덕분에 1930년대 미국에서는 시금치 소비량이 30%나 증가했을 정도였다. 이에 감격한 텍사스 주의 시금치 재배 농부들은 뽀빠이 동상까지 세워주기도 했다는 얘기가 전한다.

영원한 뽀빠이 이상용 씨. 1944년생이다. 방송 프로그램 〈우정의 무대〉를 진행하며 인기MC로 각인된 그가 방송을 통해 시청자들을 즐겁게 한 지 40년이 넘었다. 그동안 어수선한 세월을 겪어왔음에도 여전히 '젊은 뽀빠이'로 살고 있다. 우여곡절도 많았겠다. 송해 씨가 1925년생, 김동건 씨가 1939년생, 그다음 세 번째 '장수만세' 하는 방송인은 아마 이 씨가 아닐까 싶다. 이 씨는 요즘도 전국을 돌아다니며 해학과 웃음을 선사한다.

2013년 8월 1일, 서울 서초구 양재동 그의 비밀 아지트(?)에서 만났다. 66제곱미터(약 20평) 정도 공간의 바닥에는 운동기구가 있고 벽에는 김수환 추기경, 요한 바오로 2세, 법정 스님 등 종교계 인사들과 함께 찍은 사진이 걸려 있었다. 만나자마자 그는 "20분 뒤 밀양 가야 돼 빨리 (인터뷰) 하자고"라면서 바쁜 일정을 얘기한다. 이어 "지난 7월에도 강연을 100번이나 했어. 나 무척 바쁜 사람이야. 강연할 때 처음부터 두 시간 동안 배꼽 잡게 하지. 야한 얘기도 섞어가면서. 그러면 다들 아주 웃겨 죽겠대"라고 한다. 얼른 야한 얘기 한 토막 들려달라고 했다. "가만있어보자. 신문에 나올 수 있는 걸로 할까. 응 그래, 하나 들려줄게. 고급 아파트 단지에 가서 바자회를 열었어. 경비실에서 '주민 여러분, 안 쓰는 물건이 있으면 갖고 나오세요'라고 했지. 그랬더니 아줌마들이 남편을 데리고 나오는 거야(웃음)."

그의 강연 제목은 항상 「인생은 아름다워라」이다. "나는 말이야. 강연 소재가 3만3,000가지야. 왜냐구. 한 달에 책을 70권 읽어. 닥치는 대로. 주로 새벽에 읽어. 외국 갈 때는 책을 20권 갖고 가. 비행기, 버스, 기차만 탔다 하면 책을 읽어. 그러니까 강연 소재가 풍부하지." '에구, 그러니까 영원한 뽀빠인가 부다'라고 생각하는 순간 다시 말을 잇는다.

"나는 말이야. 키 작지, 얼굴 까맣고 못생겼지, 돈도 없지. 이런 것들을 극복하려면 독서밖에 없어. 잘생기고 키 큰 남들보다 하나라도 더 알아야 하잖아. 머리를 비우면 바람 소리가 나. 이 나이에 매일 운동하는 것도 다 그런 까닭이지. 하하하, 어때 얘기 되지 않아? 스스로 당당하게 살면 되는 거야."

거침이 없다. 묻지 않아도 시원시원하게 말을 한다. 인생을 그렇게

'건강하게' 살아왔음을 느낄 수 있다. 건강 얘기가 나오자 일화 하나를 들려준다. 어느 날 실업자 한 사람이 그를 찾아왔다. 다음은 두 사람의 대화.

"저는 건강한데 왜 돈을 못 벌죠? 어쩌면 되나요?"(실업자)
"자네 우측 팔 하나 자르고 1억 주면 될라나?"
"아뇨, 미쳤어요?"(실업자)
"그럼 80 먹은 노인네 만들어주고 10억 줄까?"
"안 해요, 미쳤어요? 나, 갈래요."(실업자)
"그렇다면 자네는 지금 11억 원을 갖고 있는 셈이네."

이러한 예를 들면서 건강에 관해 강연을 할 때 "여러분 팔다리, 두 눈, 입, 멀쩡하다면 불평 말고 열심히 사세요"라는 말로 끝을 맺는다. "어제 죽은 재벌은 오늘 아침 라면도 못 먹어. 살아 감사야. 튀지 말고 잘난 척하지 말고 건강하게 열심히 사는 거야. 인생 뭐 별거 있어?" 그는 '늘 푸른 인생'을 60살부터 10년째, 운동은 60년째 꾸준히 해오면서 '푸르고 건강한 인생'을 살고 있다. 데뷔 40년에 대한 소감을 물었더니 "기분이 마흔한 살이야. 이렇게 (보람되게) 살 줄은 몰랐어. 여섯 살 때 생각하면 덤으로 사는 인생이야"라는 대답이 돌아온다. 왜 '여섯 살 때'라는 말이 나왔을까. 그는 기구한 운명을 안고 태어났다.

"어머니는 나를 배 속에 넣고 아버지가 계시다는 백두산까지 걸어갔다가 아버지를 못 만나고 친정인 부여에 오셔서 날 낳으셨지. 병 덩어리 그 자체였고 못 먹어서 거의 시체이다시피 했지. 주위 친척 식구들이 이런 나를 보고 평생 걱정거리에다 어머니는 시집도 못 가는 신세를 만든다고 땅에 묻어버린 거야. 이를 본 이모님이 묻은 나를 꺼내 솜에 싸서 뒷산으로 도망갔다가 이틀 만에 나를 데리고 내려왔고, 이후 6년을 누워서 살았어."

결국 여섯 살 때 걸음마를 시작해서 열두 살까지 온갖 병치레를 하면서 겨우 목숨을 이어나갔다. 하지만 열세 살부터 아령을 시작해 열여덟 살에 미스터 대전고와 미스터 충남에 뽑혔다. 1966년에는 미스터 고려대와 응원단장을 지낸 뒤 ROTC 기갑장교로 군 복무를 마쳤다. 제대 후에는 번데기 장수, 북어 장수, 다시마 장수 등 스물두 가지 외판원을 하다가 스물여덟 살 때 TV에 나와 뽀빠이가 됐고, 그때부터 '덤 인생'을 살아왔던 것. 태어날 적 아버지는 〈동아일보〉 기자로 있다가 친일을 했다는 이유로 눈총을 받아 백두산과 회령 등지에서 숨어 지냈다고 이 씨는 회고한다.

"세상에서 가장 약하게 태어나 가장 건강한 뽀빠이가 됐으니 더 바랄 게 있나? 세상 어디에나 무엇에나 다 감사하는 마음으로 하루하루를 지내고 있지."

건강 비결이 무엇이냐는 질문에 "자신감이지. 자신만만하게 사는 게 제일이야. 덕분에 나는 아직도 바쁘게 일하고 있잖아"라고 대답한다. 그는 새벽 세 시에 일어나 다섯 시 30분까지 독서를 하고 두 시간가량 아령과 역기로 건강을 다진다. 지금도 팔뚝 근육은 젊은 헬스 선수 못지않다. 태어나서 지금까지 술과 커피, 담배를 입에 댄 적이 없고 식혜나 수정과 등을 주로 마신다.

그가 인생을 살면서 뜻하지 않은 오해를 받기도 했다. 김영삼 정부 때 여당 측으로부터 대전 지역 국회의원 선거에 출마할 것을 요구받는다. 그러나 이씨는 "국회의원은 4년밖에 못 한다. 나는 영원한 뽀빠이가 되겠다"며 거절했다. 얼마 후 KBS 〈추적 60분〉 프로그램에서 '뽀빠이 이상용 심장병 어린이 돕기 성금 유용 의혹'이라는 방송을 내보냈다. 이런 여파로 MBC 〈우정의 무대〉 등 모든 방송에서 중도 하차했다.

"그때가 1996년 11월인가 그랬어. 화천에서 〈우정의 무대〉를 녹화하던 중 프로그램이 없어졌다는 통보를 받고 집으로 돌아와야 했지. 참 어이가 없어서. 심장병 어린이 600명을 도와 동백장 훈장을 받았고 군 위문만 3,000번을 해 대통령 표창을 받은 사람이야. 나를 조사하던 강남경찰서 경찰관이 '선생님, 너무 깨끗합니다. 오히려 훈장을 더 주어야 할 것 같아요'라고 하더군. 결국 4개월 뒤 무혐의 처분을 받았어. 그런데 언론에서는 그 사실을 안 다뤄주는 거야. 오히려 김수환 추기경과 법정 스님 같은 분은 '하늘이 (이 씨를) 크게 쓰려고 그런다'며 위로해주더군."

이 씨는 당시 얼마나 큰 충격을 받았던지 한국을 떠나 미국에서 관광버스 안내원 생활을 2년 동안 하면서 분노를 삼켜야 했다. 관광버스 안내는 주로 미국에 오는 한국인 관광객들을 상대로 했다. 세월이 약이라는 말이 있듯 죽고 싶어도 진실한 국민들의 격려로 참고 살아왔더니 지금 이렇게 사랑받고 살고 있다고 술회한다.

그는 정치 얘기가 나오자 "개그맨들은 국민을 즐겁게 하지만 정치인들은 국민을 아프게 한다"면서 "남자의 코털과 국회의원의 공통점은 뽑을 때 잘 뽑아야 하는 것이다. 국회의원이 가장 좋아하는 고사성어는 파란만장(만 원권 만 장)이다"라는 말로 꼬집었다.

앞으로의 계획에 대해서는 "그동안 전국 오지란 곳은 다 다녀봤다. 오로지 농민을 아끼는 생각밖에 없다. 버스 한 대 사서 '고향 어르신 곁으로 뽀빠이가 갑니다'라는 행사를 하는 것"이라고 말한다. 버스에 가수, 악단, 의료봉사단 등을 태워서 오지를 찾아가 어르신들을 즐겁게 하고 비상약을 전달하는 것이란다. 또 장날 막걸리 파티라도 열어주면 어르신들이 아주 좋아할 것이라면서 1, 2년 안에 그 뜻을 꼭 펼치겠다고 다짐한다.

〈2013년 8월 14일〉

이상용은

1944년 충남 부여에서 미숙아로 태어나 서천에서 자랐다. 여섯 살 때 걸음마를 시작했다. 책가방을 들 힘이 없을 정도로 유약하게 자라면서 12세 때까지 여덟 가지 병을 앓았다. 13세 때부터 이를 극복하기 위해 아령을 들기 시작했다. 18세 때 미스터 대전고와 미스터 충남에 뽑혔다. 고려대 농대에 진학해 미스터 고려대에 선발됐고 응원단장을 지냈다. ROTC 기갑장교로 군 복무를 마쳤다. 제대 후에는 취직을 하지 못해 번데기와 북어 장수 등 스물두 가지 물건을 파는 외판원 생활을 했다. 1973년 MBC의 〈유쾌한 청백전〉으로 방송에 데뷔해 많은 프로그램을 진행했다. 1989년부터 장교로 군 복무한 점이 인정돼 MBC 〈우정의 무대〉의 MC로 발탁되면서 군인들에게 많은 사랑을 받았다. 또한 연예인으로 활동하면서 중앙대학교 사회개발대학원에서 사회복지학을 전공해 심장병 어린이 돕기 등 많은 선행과 자선사업을 활발히 펼쳤다. 주요 수상으로는 국민훈장 동백장(1987년), 대한민국 5·5문화상(1995년), 문화관광부장관 표창 선행연예인(1998년), 제5회 대한민국 환경문화대상 MC상(2007년) 등이 있다.

제빵인생 50년 제과명장

권상범

빵은 오래전부터 서양 사람들의 식탁에 단골로 등장한 대표적인 메뉴다. 큰 덩어리의 빵을 손으로 찢은 뒤 버터와 잼을 발라 먹는 장면은 영화에도 자주 등장한다. 우리나라는 어떨까. 쌀을 주식으로 소비하는 우리 사회에서도 최근 들어 빵 중심의 식문화가 급속히 확산되고 있다. 빵집에서 만나 데이트를 하고 케이크로 파티를 하며 빵으로 끼니를 때우는 문화가 확산되면서 빵은 어느새 일상에서 친근한 존재가 됐다. 배고플 때 빵집 앞을 지나노라면 다양한 모양의 예쁜 빵과 막 구워낸 빵의 향기에 입안에서 침이 절로 넘어간다.

밀가루와 발효를 통해 환상의 하모니를 빚는 대한민국 제과명장 권상범 씨. 그는 자신의 이름을 내걸고 50년간 빵을 만들어와 제빵업계에서 일가를 이루고 있다. 단돈 2,000원이라는 월급으로 제빵 인생을 시작해 지금은 연간 20억여 원의 매출을 올릴 정도로 성장했다. 특히 그가 서울 홍대 앞에서 30년 가까이 운영했던 '리치몬드제과점'은 여전히 '추억의 빵집'으로 남아 있다. 그의 학력은 초등학교 졸업이 전부다. 요즘 번듯한 대학을 졸업하고도 직장을 구하지 못하고 있는 젊은이들과는 분명 다른 점이 있을 터.

2013년 11월 13일 오전 서울 마포구 성산동에 위치한 리치몬드제과 사무실에서 그를 만났다. 입구 벽에는 그의 부인이 직접 그린 「제빵명장」이라는 제목의 그림이 걸려 있었다.

최근에는 어떤 일로 바쁜지 물었더니 "끊임없이 연구하고 기술을 개발하는 것이 중요하다. 남보다, 다른 나라보다 뒤떨어지면 결코 안 된다"는 대답이 돌아왔다. 제빵에 관해 배울 것이 있다면 어느 나라든 가서 견학하고 연구하고, 필요하면 우리의 기술도 전수해준다고 말했다. 우리나라 제빵 기술이 어느 정도인지에 대해서는 "빵 분야에서는 경제 선진국 주요 7개국(G7)에 속한다고 할 수 있다. 요즘 들어 외국에서 우리 기술을 배우러 오는 경우도 많다"고 했다. 얼마 전에는 인도네시아, 말레이시아 등 동남아 국가에서 온 연수생들에게 한 수 가르쳤다며 웃었다.

"우리나라 제빵 수준은 1990대 이후 상당한 수준으로 올라섰습니다. 그만큼 소득 수준이 높아졌다는 것을 의미합니다. 경제적 수준이 올라가면 사람들은 자연스럽게 제과와 빵을 선호합니다. 따라서 기술도 그 입맛에 맞게 더욱 발전하게 되지요."

제빵업계의 미래는 국민소득이 높아지면서 미국이나 유럽, 일본과 유사한 형태로 갈 것이라고 전망했다. 또한 프랜차이즈에서 생산된 빵이 아니라 직접 손맛으로 만든 수제 빵이 소비자들의 구미에 맞게 될 거라고 장담했다. 최근 들어 기존의 빵집이 프랜차이즈에 밀리는 현상에 대해서는 "우리 제빵인들이 노력하지 않아 어느 정도 원인을 제공한 측면도 있다. 앞으로 빵의 소비가 늘어나는 것을 감안할 때 연구개발을 통해 이를 극복해야 한다"고 강조했다. 아울러 취업을 하지 못한 젊은이들도 제빵 분야를 '3D' 업종으로만 여길 것이 아니라 한 번쯤

진지하게 생각할 필요가 있다고 말했다. 지난 7월 독일 라이프치히에서 열린 국제기능올림픽에서 한국 대학생이 빵을 주식으로 하는 유럽을 제치고 처음으로 금메달을 딴 것은 매우 의미 있는 일이 아니냐고 반문했다. 그는 제빵 기술의 선진화를 위해 20년 전부터 제빵기술학원 학생들에게 제빵 교육을 하며 후진 양성에도 힘쓰고 있다. 어떻게 하면 명장이 되느냐고 물었더니 "제빵업계에 20년 이상 종사해야 하며 특허발명 관련 논문, 신제품 개발, 대회 입상 경력 등이 종합적으로 반영돼 결정된다"면서 "누구나 명장에 도전할 수 있지만 아무나 되는 것은 아니다. 각고의 노력과 정성, 꾸준한 연구 등이 필요하다"고 말했다.

그의 제빵 인생은 50년이 넘었다. 경북 봉화에서 태어났다. 어릴 적 아버지를 따라 강원 영월군으로 이사했다. 당시 부친은 텅스텐 광산으로 유명했던 영월 상동광업소 내 국립의료원 원무과에서 일했다. 1949년 어느 날 북한에서 내려온 군인들이 병원에 들이닥쳐 부상자 치료를 요구했다. 병원 직원들은 상황을 따져볼 겨를도 없이 사람들부터 살리고 보자며 부상자를 치료해줬다. 며칠 뒤 누군가가 '병원에 빨갱이가 있다'고 당국에 신고하는 바람에 부친을 포함한 스물세 명이 몰살되고 말았다.

"스물다섯 살의 젊은 어머니, 어머니 배 속에 있던 막내 여동생, 어린 첫째 여동생과 저를 남겨두고 아버지는 그렇게 떠났습니다. 이때부터 어머니는 삯바느질해가며 우리 식구들을 키웠지요. 저는 종가 할아버지에게 한문을 배우며 봉화초등학교를 다녔고, 졸업한 뒤에는 집안일을 돕느라 상급학교 진학은 엄두도 못 냈습니다."

산에 가서 땔감을 해 오고 상점에서 점원 일 등을 하다가 열여섯 살 때 외갓집이 있는 경북 의성으로 갔다. 당시 외가는 다과점을 운영하고 있었다. 초등학교 방학 때마다 외가의 다과점에서 일을 거들다 보니 빵 만들기에 이미 재미를 느끼고 있던 터였다. 그래서 그 길로 가야겠다고 마음먹었던 것이다. 1년쯤 외갓집에서 일을 하다 열일곱 살 때 좀 더 큰 곳에서 일을 배우고 싶어 대구 광월당에서 1년 정도 기술을 익혔다. 그런 다음 단돈 2,000원을 들고 서울로 왔다. 일자리를 찾아 헤매다가 종로 5가에 있는 성림제과에 먹여주고 재워주는 조건으로 우선 취직을 했다. 조그마한 제과점이라 공장장과 둘이서 일을 했고 잠은 주로 작업대에서 잤다. 하지만 온갖 고생으로 신경성 위장병을 앓아 몸무게가 20킬로그램가량 줄어들자 무작정 제과점을 나왔고 추운 겨울날 노숙자와 마찬가지 신세가 됐다. 그래도 열심히 직장을 찾아다녔다. 보름쯤 뒤 당시 조흥은행 본점 앞에 있던 풍년제과에 들어갈 수 있었다.

"돌이켜보면 그때가 제 인생에서 가장 힘든 시기였던 것 같아요. 돈 한 푼 없었고 갈 데도 없었고……. 직장을 찾아 종로에서 영등포까지 걸어 다녔습니다. 배는 고픈데 날씨는 춥지요, 아마 그때 기차 탈 돈만 있었으면 어머니가 계신 고향으로 내려갔을 겁니다. 그때 뼈저리게 다짐한 것이 '옮길 직장을 잡아놓지 않고는 다니던 직장을 그만두지 않겠다'는 것이었습니다."

풍년제과에서 받은 첫 월급은 2,000원이었다. 그러나 일이 끝나도 쉬지 않고 혼자 남아 열심히 청소를 하는 등 궂은일을 마다하지 않았다. 이런 모습을 본 지배인이 한 달 만에 월급을 3,000원으로 올려줬다. 처음에는 빵 반죽을 주로 했다. 어느 정도 시간이 지나면 다음 단계의 기술을 전수해줄 법도 한데 그럴 기미가 전혀 보이지 않자 눈치껏 어깨너머로 배우는 수밖에 없었다. 이때 그는 '나중에 돈을 벌면 꼭 후배들에게 아낌없이 기술을 가르쳐주겠다'고 다짐했다. 그 무렵 반죽

온도 계산법을 스스로 익혔다. 아울러 당시 대표적인 제과 기술자로 평가받았던 김충복 선생에게 케이크 데커레이션 기술을 배웠다. 이와 함께 혼자 연구하는 일을 게을리하지 않았다. 크리스마스 시즌 때 사진사에게 돈을 주고 제과점을 돌며 케이크 사진을 찍어 오도록 부탁하기도 했다. 몸과 마음고생이 심했지만 나름대로의 실력을 쌓아나갔다.

1972년 10월 김충복 선생의 소개로 풍년제과 수련 생활 7년 만에 삼선동에 있는 나폴레옹제과점 공장장으로 옮기게 된다. 당시 나폴레옹제과점은 생긴 지 2년밖에 안 된 상태였지만 직원 다섯 명과 함께 아침 7시부터 밤 12시까지 쉬지 않고 일한 덕택에 비교적 빠른 성장을 할 수 있었다. 그러면서 1973년 제과학교를 수료하고 전국 빵·양과자 품평대회에 나가 여섯 개 부문에서 1등을 휩쓸어 이름을 알리기 시작했다. 내친김에 1975년 나폴레옹제과점 사장의 권유로 일본 유학을 떠났다.

"당시 도쿄제과학교에는 300여 명의 학생이 있었는데 외국인은 제가 유일했어요. 낮에는 양과자, 밤에는 화과자(和菓子) 만드는 걸 배웠습니다. 현지 제과점에서 실습하는 동안 유럽 제품을 익힐 수 있었던 것이 가장 소중한 경험이었습니다."

유학에서 돌아온 뒤인 1979년 9월 그는 아현동 마포경찰서 옆에 '나폴레옹제과점'이라는 상호로 가게를 내 독립하게 된다. 이때 내세운 철학이 '오늘 만든 빵은 오늘 팔아야 한다'였다. 팔리지 않고 남은 빵은 마포경찰서 전경들에게 간식용으로 돌렸다. 그만큼 자신감과 정성으로 '권상범 식 빵'을 만들어나간 것이다. 1992년 상호를 '리치몬드제과'로 바꿔 성산동에 본점을 세웠고 이듬해 제과기술학원을 설립해 오늘에 이르고 있다.

'권상범 식 빵'은 우리 밀과 유기농 계란 등을 사용해 건강식품을 만들어내는 것을 가장 중요하게 여긴다. 제빵도 유행을 타기 때문에 고객의 취향을 앞서 파악하고 연구하는 노력은 필수다. 지금도 매일 아침 6시에 일어나 빵 굽는 일을 마다하지 않으며 빵의 앞날을 고민한다. 슬하에 2남 1녀를 뒀으며 두 아들은 아버지의 영향을 받아 제빵업계에서 일하고 있다.

〈2013년 11월 20일〉

권상범은

1945년 경북 봉화에서 장남으로 태어났다. 18세 때부터 빵 굽는 일을 했다. 서울 삼선동 나폴레옹제과점 공장장(1972~1979년)을 지낸 뒤 1979년 리치몬드제과 마포점 창업을 시작으로 자신만의 '빵 인생' 길을 걸었다. 학력은 초등학교 졸업이 전부지만 일본 도쿄제과학교 졸업(1975년) 스위스 리치몬드 국립제과학교 수료(1993년), 서울대 보건대학원 외식산업 최고경영과정 수료(1997년) 등의 이력을 쌓았다. 주요 수상으로는 노동부장관 표창장(2001년), 대한민국 제과명장(2002년), 대통령 표창장(2002년), 서울시장 표창장(2005년), 재정경제부장관 표창장(2006년), 국민훈장 목련장(2006년) 등이다. 이 밖에 프랑스 리옹 세계페이스트리컵대회 한국대표심사위원 3회(1997, 1999, 2001년), 사단법인 대한제과협회 중앙회 회장(2000년), 제36회 국제기능올림픽대회 제과·제빵 한국대표선수 정지도위원 및 심사위원(2001년), 대한민국 최초 프랑스 요리·제과협회 해외자문위원(2003년), 제40회 전국기능경기대회 제과제빵 심사위원(2005년) 등으로 활동했다.

한복연구가

박술녀

자태가 곱다. 미소 짓는 모습이 단아하고 또랑또랑하다. 아름다운 한옥 기와지붕의 곡선처럼 살짝 들어 올려진 섶코가 앙증맞게 다가온다. 오방색을 이용한 무궁의 색깔은 자연의 철학이요, 옷의 과학을 담고 있다. 박목월 시인의 「한복」에는 이런 구절이 있다. '품이 낭낭해서 좋다/ 바지저고리에 두루막을 걸치면/ 그 푸근한 입성/ 옷 안에 내가 폭 싸이는/ 그 안도감은 어디에서 오는 걸까.' 그렇다. 한복은 세계 최고의 옷이라고 해도 모자람이 없을 만큼 아름답다. 최근 박근혜 대통령은 베트남 방문길에서 연노란색 치마와 은박 미색 저고리를 입고 패션쇼에 깜짝 등장, 전통 한복의 아름다움을 다시 알려 화제가 됐다.

2013년 9월 13일 서울 강남구 청담동 '박술녀 한복' 사옥에서 박술녀 씨를 만났다. 한복패션쇼를 준비하느라 바쁜 모습이다. 그는 매년 국내외에서 열리는 패션쇼를 통해 '한복의 미'를 꾸준히 전도하고 있다.

자리에 앉으면서 그에게 '한복 대통령'이라는 말도 있는데 어떻게 생각하느냐고 물었더니 "그렇게 말하는 사람이 있는데 싫지는 않다. 하기야 뭐 유치원 아이들도 알아보는 경우가 있으니까"라며 웃는다. '박술녀 한복' 하면 연예인들이 가장 입고 싶어 하는 한복으로 꼽힌다.

특히 결혼할 때 박술녀 한복을 선호한다. 탤런트로는 김희선·박주영 부부를 비롯해 김남주·김승우, 정준호·이하정, 박신양·백혜진, 고수·김혜연, 염정아·허일, 성동일·박경혜 등 30여 쌍이 박술녀 한복을 입었다. 개그맨 중에는 이휘재·문정원, 남희석·이경민, 박경림·박정훈, 염경환·서현정 부부 등 10여 쌍에 이른다.

이 밖에 아나운서, 리포터, 스포츠 선수, 가수 등 여러 분야의 유명인들이 결혼식 때 박술녀 한복을 입었다. 또한 〈추노〉 같은 사극에서부터 〈넝쿨째 굴러온 당신〉 같은 현대극까지 각종 TV 드라마에 박술녀 한복이 자주 등장해 시청자들의 눈길을 끈다. 박 씨는 한복을 알리기 위해 방송이나 연예인을 통한 스타 마케팅에도 적극적이다. 따라서 연예인이나 스포츠 스타 등 대중과 친밀한 유명인사들이 대외적인 행사에서 한복을 자주 입어야 한다는 지론을 갖고 있다. 이런 점에서 소속사 연예인을 통해 그동안 '한복 알리미'를 도와준 홍승선 큐브엔터테인먼트 사장에 대한 고마움을 잠시 전한다.

그는 외국에 나가면 아직도 한복을 중국옷으로 아는 사람들이 많다며 대통령뿐만 아니라 국회의원들도 솔선해서 한복을 즐겨 입어야 한다고 강조한다.

"보세요. 한복이 얼마나 아름답습니까. 명절 때나 결혼식 등 중요한 날에는 우리의 고운 한복을 입잖아요. 한복은 민족의 얼입니다. 하지만 누군가 외로운 싸움을 안 하면 전통 한복은 묻혀지고 말겠지요. 이런 생각에 지난 30년을 한복 연구에 매달려 살아왔습니다. 한복은 10년이 지났든 30년이 지났든 지금도 꺼내 입을 수 있는 훌륭한 옷입니다."

이어 고향 얘기가 나왔다. 그러자 금방 눈시울이 붉어진다. 결혼하자마자 세상을 떠난 여동생이 생각났기 때문이다. 그는 충남 서천의 산골에서 7남매 중 셋째 딸로 태어났다. 뒷산에는 진달래가 피고 앞에는 금강이 시원하게 내려다보이는 곳이다. 어릴 때 짚풀로 새끼를 꼬았고 산에 가서 땔감용 마른 솔잎과 나뭇가지를 주워 오는 일을 많이 했다. 밤에는 바느질을 자주 했다. 아버지는 멍석과 삼태기 등을 만들어 어머니의 만류에도 불구하고 동네 이웃들에게 공짜로 나눠주곤 했다. 할 수 없이 어머니는 생선 장사를 하며 생계를 꾸려나갔다.

"철이 없던 일고여덟 살 때 날이 어두워지면 마을 어귀에서 생선 장사를 나간 어머니를 기다렸던 생각이 지금도 눈에 선합니다. 어머니는 고생만 하시다가 2년 전 여든여섯 살의 일기로 세상을 떠나셨고 아버지는 예순한 살에 먼저 돌아가셨습니다. 얼마 전 고향에 묻힌 어머니 산소에서 옛날 생각을 하면서 많이 울었지요. 여동생은 21년 전 아이를 낳자마자 뇌암으로 이별했습니다. 저에게 동생이 하루만 같이 자달라고 하던 모습을 떠올리면 지금도 눈물이 왈칵 쏟아집니다. 여동생의 아이는 큰언니가 다 키웠고……."

손수건으로 눈물을 잠시 훔치고 나서 한복과 인연을 맺은 얘기로 넘어갔다. 이에 대해 "처음에는 어머니에게 바느질을 배웠는데 아주 재미있어서 시간만 나면 바느질하는 것을 무척 좋아했다"고 회고한다. 바느질로 헌 옷을 깁는 일, 간단한 옷을 만드는 일 등으로 밤을 새운 적이 한두 번이 아니었다. 다리미질도 곧잘 했다. 어머니와 함께 시장에 가면 한복집 앞에서 떠날 줄 몰랐다. 그러다 스물여섯 살 때 본격적으로 한복을 배우기 위해 서울에서 학원 생활 2년을 한 뒤 이리자 선생의 문하생으로 들어갔다. 비교적 늦은 나이에 시작한 탓에 잠자는 시간을 쪼개가면서 남들보다 두세 배의 일을 했다. 선천적으로 부지런한 성격에다 욕심이 많아 5년 만에 군자동 한복집, 또 11년 후에는 청담동 매장으로 옮겼고, 지금의 '박술녀 한복' 사옥을 마련하기까지 시간은 많이 걸리지 않았다. 처음 한복 일을 시작했을 때나 지금이나 변함이 없는 열정이 비교적 빨리 명품 한복연구가로 우뚝 서게 했다.

한복에 매료된 것은 아마 타고난 기질이 있었다고 생각해요. 또 일 욕심도 많았고. 그런 것들이 오늘날 박술녀를 만든 것 같아요. 우리 7남매 중 제가 가장 강한 성격이었어요. 어머니가 우리 식구들을 낳고 몸조리도 제대로 못 해 힘들어하는 모습을 봤고, 끼니를 굶으며 사는 것이 얼마나 절박한지 어릴 때부터 알게 됐습니다. 그래서 오로지 강해야 살아남는다는 생각을 하게 된 것 같아요."

별을 보고 출근하고 별을 보고 퇴근하는 것은 지금도 변하지 않은 습관이다. 잠은 몇 시간 자느냐고 하자 "어차피 죽으면 실컷 잘 텐데"라면서 웃는다. 그는 한동안 불면증에 시달렸다. 바쁘다는 핑계로 운동은 생각도 못 했다. 아이 둘을 낳으면서 산후 2, 3일도 안 돼 일을 나갔을 정도로 몸을 돌보지 않았다. 그러던 7년 전이다. 갑상선암을 선고받고 수술을 했다. 과로와 스트레스가 원인이었다. 이대로는 안 되겠다 싶었다. 독한 마음을 먹고 일주일에 5일 동안 단전호흡과 근육 운동을 하며 건강을 되찾았다. 하지만 여전히 모든 일을 직접 챙기고 관리해야 직성이 풀린다. 지금도 비서나 운전기사 없이 지낸다.

일 욕심은 곧 자신의 삶이자 즐거움이다. 그만큼 한복에 대한 애정이 깊고 한복을 알리고자 하는 책임감이 강하다. 그는 양복에 밀린 아름다운 한복을 알리는 일을 게을리할 수 없다는 철학으로 살아왔다고 거듭 강조한다. 요즘 한복 시장이 대여 위주로 바뀌고 있다고 하지만 박술녀 한복만큼은 일반 고객에게 절대 대여를 하지 않는다. 한복 시장이 위축되는 것을 막기 위해서다. 그는 한복도 만들지만 이불과 방석 등 여러 소품을 직접 만들면서 어려운 한복 시장을 활성화시키기 위한 노력을 꾸준히 해오고 있다.

요즘에는 일요일 날 청계산에 들렀다가 출근한다. 그저 등산만 하는 것이 아니라 휴지 줍기 등 환경 사랑을 실천하기 위해서다. 최근 들어 1회용 용기와 포장 등의 쓰레기가 늘어나는 것을 무척 걱정한다. 환경오염의 원인이기 때문이란다. 이러한 실천은 휴지 한 장이라도 허투루 버리지 않는 남편의 영향을 받았다. 남편과는 6촌 언니의 중매로 만나 요즘도 알콩달콩 재미있게 살고 있다.

어떤 한복이 가장 좋은 것이냐고 하자 "그거야 한복을 사랑하는 사람이 입어야 폼이 나는 것 아니냐"면서 앞으로의 계획에 대해서는 "한복다운 한복을 입는 고객이 많아지도록 할 것"이라고 말했다. 박술녀 한복이 '명절이나 결혼식 때만 입는 옷'이 아니라 한민족의 얼과 정신이 깃든 옷으로 더욱 진화해나가도록 하겠다는 것이다.

인터뷰를 마치고 화장실에 잠깐 들렀다. 책과 잡지 등으로 가득 차 있어 마치 미니 도서관을 연상케 했다. 벽에는 여러 글귀들이 붙어 있었다. 그중 한 토막. '어느 부모가 자식에게 보내는 편지'의 내용이다. '내 사랑하는 아들딸들아/ 언젠가 우리가 늙어/ 약하고 지저분해지거든/ 인내를 가지고 이해해다오~.' 명절을 맞아 부모를 향한 마음이 어떠해야 하는지 잠시 마음을 추스르게 한다.

〈2013년 9월 18일〉

박술녀는

1957년 충남 서천에서 태어났다. 어린 시절 어머니에게 바느질을 배웠다. 26세 때 서울에서 한복학원을 거쳐 이리자 한복디자이너 문하생으로 들어가 본격적으로 한복 인생을 걸었다. 단국대학교 석주선박물관 복식과정 5기, 8기를 수료했다. 주요 패션쇼 경력으로는 대한민국 한복대전 한복패션쇼(2001년), 아시아태평양영화제 한복패션쇼(2002년), 박술녀 한복인생 23년 패션쇼(2006년), 박술녀 한복 사랑나눔 패션쇼(2008, 2009년), 박술녀 한복 명성황후 패션쇼(2010년), 한국·아랍에미리트연합 수교 20주년 기념 '한국문화의 밤' 패션쇼(2010년), 한복사랑, 환경사랑 박술녀한복쇼(2011년), 제43차 세계지식재산권협의회의 패션쇼(2012년), 한국 해비타트 사랑의집짓기 건축기금 마련 패션쇼(2013년), 제35차 세계주문양복연맹총회(WFMT) 패션쇼(2013년), 세계관광협회(WTTC) 아시아총회 패션쇼(2013년) 등이 있다.

임지호

여름의 끝자락, 그 언덕에 섰다. 눈앞에는 마지막 뜨거운 정열을 품은 푸른 산들이 여전히 힘차게 펼쳐진다. 서울 도심을 벗어났다. 강가에 이르자 바람은 벌써 선선해진다. 가을이 성큼 다가오는 소리가 들린다. 강물이 어느 지점에선가 서로 만나듯 계절의 교차 또한 역동적이되 소리 없이 움직인다. 그렇게 자동차로 40여 분, 경기도 양평군 강하면의 한 숲 속에 도착했다. 새들이 조잘거리며 낯선 손님을 맞이한다. '산당'(山堂)이라는 아주 작은 간판이 나무 사이로 살짝 눈에 들어온다. '방랑식객'과 만나기로 약속한 장소에 도착했다. '산당'은 그의 아호이자 방랑식객이 머물면서 찾아오는 손님들을 정성껏 음식으로 맞이하는 공간이다. 마당 앞에는 크고 작은 장독들이 즐비하게 늘어서 있다. 얼핏 봐도 지극한 정성의 세월이 켜켜이 담긴 장독대임을 알 수 있다. 이리저리 구경하고 있을 때 방랑식객이 바람처럼 나타났다. 그러고는 슬쩍 미소를 짓는다.

'방랑식객'으로 유명한 자연요리연구가 임지호 씨. 2013년 8월 28일 오후 산당의 뒤뜰에 있는 평상에서 방랑식객과 마주 앉았다.

수양버들처럼 길게 늘어진 나뭇가지가 그늘을 만들어 시원했다. 옆에는 작은 연못이 있다. 그 물에 기대어 창포들이 바람에 살랑살랑 흔들린다. 숨 쉬는 자연의 놀이터였다. 산당 주변 공간에 대해 물었다. 6,600제곱미터(2,000평) 정도이며 15년 전에 임대했다고 한다.

요즘에는 어떤 일로 바쁘냐고 했더니 "요리도 하고 그림도 그리고 별로 달라질 것이 없다"고 대답했다. 그림? 한 번 더 물었다. 어떤 그림일까. 다음 달에 미국 뉴욕 첼시갤러리에서 전시회가 있다고 했다. 해외 개인전은 세 번째이고 뉴욕 전시는 올 2월에 이어 두 번째라고 했다. 알고 보니 10년 전 싱가포르에서 첫 개인전을 가진 이후 지금까지 개인전만 일곱 차례나 했다. 이 정도면 중견급 화가가 아닌가. 어쨌거나 방랑식객으로 알려진 그가 언제부터 그림에 심취했을까.

"스승도 없고 같이 공부하는 동료도 없으니 제게 단체전이란 없습니다. 음식이나 그림이 별로 다를 게 없지요. 음식으로 보면 음식이고 그림으로 보면 그림인 것입니다. 그저 자연이고 자유입니다. 자연에 맡겨 발효된 이상적인 상태를 갖고 행하는 자유로움이라고나 할까요."

그림을 그리게 된 계기는 이렇다. 리콴유 총리 재임 시절 만찬요리 담당으로 싱가포르에 갔을 때 밤거리를 밝힌 '루미나리에'에서 발산하는 빛을 보고 문득 그림을 그려야겠다는 충동에 사로잡혀 드로잉을 하기 시작했다.

새로운 시작을 열어젖히듯 세상에서 궁금한 것을 그렸다. 또한 치유에 도움이 된다는 것이 있으면 죄다 그렸다. 나뭇잎은 자유로웠고 편하게 흐드러져 있음을 알게 됐고 그동안 느끼지 못했던 희로애락을 그렸다. 최근에는 그런 완성품만 서른다섯 점이나 된다.

뉴욕 전시는 어떻게 하느냐고 묻자 "제목은 〈미국의 미래〉다. 구상은 이미 다 돼 있고 현지에서 직접 그린다. 배운 사람은 배운 틀로 가지만 나는 그렇지 않다"고 했다. 우리나라는 어느 대학, 누구의 제자를 따지지만 미국은 결과를 중요시한다는 말도 곁들인다.

그는 자신의 자유분방한 철학을 계속 읊조린다.

"육체란 시공의 한계가 있지만 영혼은 그런 한계가 없습니다. 영혼이 자유롭게 왕래할 수 있는 공간이 캔버스이며 영혼의 쉼터입니다."

얘기가 조금 무르익었다. 방랑식객은 절에서 대중공양, 노인들을 위한 밥보시를 많이 했다. 그래서 문득 선문답이나 해볼까 하는 생각에 시비(?)를 걸었다.

"요새는 화가인가요, 요리사인가요?"

"요리사입니다."

"그림이 있으니 요리 예술가라고 표현해도 됩니까?"

"접시에 올려놓으면 음식 예술이고 캔버스에 올려놓으면 그림 예술입니다."

"행복하신지요?"

"피아노를 배운 적이 없는데 요새 가끔 그냥 칩니다. 그게 저만의 창작이지요. 악보도 없습니다. 행복하고 더 행복합니다. 숨 쉬고 있는 것처럼 감사합니다. 행복은 자기가 디자인하는 대로 되는 것입니다."

"시인이신가요?"

"일부러 시를 쓸 일은 없지요. 음식에는 스토리가 있습니다. 저기(평상 옆 작은 연못) 보세요. 물박하, 창포, 각자의 DNA가 있지만 땅의 소식을 하늘에 똑같이 전하고 있잖아요. 땅은 어머니의 살이요, 모든 것을 포용합니다. 뿌리는 땅에 있고 머리는 하늘로 향해 있습니다. 하지만 인간은 어떤가요?"

잠시 침묵이 흐른다. 다시 물었다.

"음식에는 어떤 철학이 있습니까?"

"복잡할 거 없습니다. 보이지 않지만, 유기적으로 연결돼 있습니다. 자연과 자유지요."

방랑식객은 잠시 담배를 피워 물었다.

"선생님이 진정 추구하는 것은 어떤 것인가요?"

"굳이 장르별로 나눈다 해도 그 속에 들어 있는 것은 다 똑같습니다. 제 스스로가 자연이고 앞으로 다가올 미래를 제안하는 것입니다. 작가는 그런 생각으로 작품을 하겠지만 보는 시각은 다를 것입니다. 그림이나 음식은 영혼의 쉼터입니다. 밥을 먹는 것이 아니라 철학을 먹는 것이지요. 민족의 철학 말입니다."

"자연요리연구가이신데 어떤 음식을 좋아합니까?"

"아무거나 즐겨 먹지요. 주어진 대로 맛있게."

이어 민족 철학으로 넘어간다.

"우리 민족은 창의력이 매우 뛰어납니다. 개성이 독특하지요. 서슴없이 비난하는가 하면 또 칭찬도 많이 하잖아요. 음식을 먹을 때도 우리 민족의 철학을 먹는다고 생각해야 해요. 우리가 맛있게 먹고 사는 것은 조상님들이 희생하신 결과거든요."

잠시 장독대 얘기를 한다. 장독대는 반찬의 중요한 창고이고 손수 담근 된장, 고추장, 간장, 매실장아찌까지 맛의 뿌리는 민족에 있단다. 잘 익고 있는지 자주 들여다본다. 그때마다 자연에 대해 고마움도 있지만, 이 땅을 딛고 살면서 자신들의 희생으로 우리에게 여러 가지 식재료를 골라줬던 조상들에게 늘 감사하는 마음을 되새긴다.

"지금이야 옻을 먹으면 옻이 오르고 버섯 색이 고우면 독이 있다는 걸 알고 있지만, 조상들은 그것을 먹고 심하게 고생하거나 심지어

목숨까지 잃지 않았느냐"고 말한다.

때문에 감사하는 마음으로 요리를 만들고 또 먹어야 한다고 강조한다. 음식은 심장의 울림이고 손의 기운이 담긴 정성이라고 했다.

가을철에는 어떤 음식을 먹어야 하는지 물었다.

"버섯 종류를 즐겁게 먹으면 됩니다. 싸리버섯은 우리 몸의 혈관과 비슷하고, 송이버섯은 정력제고, 표고버섯은 검은빛이 도는 갈색을 골라야 합니다. 잘 말린 표고버섯은 비타민D가 풍부하지요. 능이버섯은 강력한 소화제고 표고버섯은 향기가 기가 막힙니다. 어떤 음식재료도 다 향기가 있습니다. 사람도 각자 모양이 다르게 살아가듯이 식물들도 마찬가지입니다."

땅에 뿌리내린 풀과 나무들은 모양과 성질, 맛, 향기가 전부 다르지만, 하늘로 땅의 소식을 전하는 것은 똑같다고 다시 한 번 강조한다.

수많은 풀이 이름 없이 살아도, 각자의 DNA가 있어도 자기 죽음에 대해 원한을 품지 않는다는 것이다. 스스로 선택해서 뿌리를 내렸기 때문이란다. 자연에 순종하고 따르는 자세가 인간보다 훨씬 낫지 않으냐는 뜻으로 해석된다.

"새싹은 인간으로 치면 어린아이들입니다. 독기가 없지요. (잠시 주위를 둘러본다) 여기저기 나무들 보세요. 섹스 없어도 서로 마주 보고 사랑하고 후손을 번식시킵니다. 인간은 진화를 멈췄어요. 자연의 진화를 따라가지 못하고 있습니다. 아마도 200년 후면 인간은 멸종할 수도 있습니다. 자연은 진화하는데 인간의 저항력은 약해지고, 바이러스의 변종이 생겨나고 그러면 죽을 수밖에 없습니다. 이런 결과는 우리가 만든 재앙이며 욕망으로 가득 찬 인간들은 진화하는 자연 앞에서 한순간에 사라지는 것이지요."

그에게 앞으로의 계획을 물었다. 2년 뒤에 강원도 화천에 힐링요리, 미술전시 등을 할 수 있는 자연요리학교가 세워진다고 했다.

외국인 학생을 많이 받아들여 우리 민족의 음식 철학을 다른 나라에 알릴 수 있도록 하겠단다. 한식의 세계화라는 차원이 아니라 비록 나라는 다르더라도 음식끼리 서로 친구가 되자는 점을 가르치겠다는 것이다. 아울러 앞으로 우리 민족이 빚어낸 음식의 전설을 잘 담아내는 일을 할 것이라고 했다.

"이 세상에 태어나 처음으로 받는 밥상은 어머니의 품입니다. 그 밥상은 참으로 따뜻합니다. 그런 전설, 그런 뿌리 깊은 철학을 버리지 않고 계속 나아갈 것입니다."

〈2013년 9월 4일〉

임지호는

1955년 안동에서 태어났다. 아버지는 한의사였다. 그의 생모는 결혼 전 아버지를 사랑한 처자였다. 생모는 그를 임신한 채 다른 집으로 시집을 갔다. 나중에 이런 사실이 알려져 독자를 잃을까 봐 아버지가 아이(임지호)를 데려와 키웠다. 11세 때 돈을 벌기 위해 일본으로 밀항하려고 부산과 목포, 제주 등을 다니며 춥고 배고픈 시절을 보냈다. 요리를 배운 것도 이때였다. 시골 중국집 주방장에서 유명 호텔까지 두루 섭렵했다. 전국 각지를 다니며 자연의 요리를 연구했다. 해외에서도 그의 명성이 높아 유엔 한국음식축제(2003년), 미 캘리포니아 사찰음식 퍼포먼스(2004년), 독일 슈투트가르트 음식시연회(2005년), 아르헨티나 수교 기념 한국음식전, 베네수엘라 수교 40주년 한국음식전 등에 참가했다. 미국의 대표적 고급요리 잡지인 〈푸드아트〉의 커버스토리와 표지 모델이 되기도 했다. 2006년 외교통상부장관 표창을 받았으며 '경기 으뜸이'로 선정됐다. 현재는 경기 양평에서 '산당'이라는 한정식 전문 식당을 운영하면서 자연요리를 연구하고 있다.

시라소니 이후 최고 협객

방동규

"나를 주먹, 건달, 협객, 뭐라고 해도 상관없지만, 그냥 뜨거운 내 인생을 찾아 자유로운 삶을 추구했을 뿐이오." 이 시대의 낭만 협객이라고나 할까. 사람들은 이렇게 말한다. "시라소니 이후에 최고의 주먹, 한 번에 열일곱 명과 맞서 싸운 전설, 백기완, 황석영과 함께 조선의 3대 구라"라고. 본명 방동규, 아니 '방 배추'라는 별명으로 더 유명하다. 1935년 개성에서 태어나 어릴 때부터 각종 운동에서 두각을 나타냈다. 중·고교 시절, 뜻하지 않게 여러 가지 사건을 겪으면서 '시라소니 이후 최고의 주먹'이라는 명성을 얻었다. 1954년 체육특기생으로 홍익대 법학과에 입학했고 통일문제연구소장 백기완, 문학평론가 구중서 등과 함께 나무를 심고 계몽운동을 펼쳤다. 서른 살에 독일에서의 광부 생활, 4년 동안 파리에서의 유랑 생활, 양장학교 수업, 중동 파견, 긴급조치와 '말지' 사건으로 구속 수감 등 실로 파란만장한 인생 역정을 겪었다. 2006년 경복궁 관람안내 지도위원으로 있다가 잠시 그만둔 뒤 2011년 다시 경복궁으로 돌아와 야간지킴이 일을 하고 있다. 한 시대를 풍미했던 낭만 협객이 여든 살을 바라보는 나이에 우리 민족의 자랑스러운 문화유산인 경복궁의 파수꾼으로 새로운 삶을 살아가는 것이다.

2013년 2월 22일 저녁 경복궁에서 방 씨를 만나 사진촬영을 한 다음 인근 막걸리집으로 장소를 옮겼다. 등산복 점퍼에다 청바지 차림이었다. 백발이긴 한데 나이가 무색할 정도로 걸음걸이가 경쾌하다. 말할 때는 "이봐, 이 사람" 등을 섞어가면서 자신감을 나타냈다. 자리에 앉으면서 "내가 2003년 서울시장배 보디빌딩대회(장년부)에서 6등을 했거든. 나이 80 되는 내년에는 꼭 우승하려고 그래. 그런 각오로 하루 한 시간씩 꼭 운동을 하고 있지. 허허허"라고 말한다. 그러면서 단단한 팔뚝 근육을 잠깐 보여준다.

요즘 근무하고 있는 경복궁 야간지킴이 활동에 대해 먼저 물었다.

"말 그대로 야간에 경복궁을 지키고 경비하는 일이여. 물어볼 것도 없어. 경복궁에는 오랫동안 내려오는 정기 같은 것이 있잖아. 그런 정기를 받고자 하는 사람도 있고 또 무작정 담을 넘어오는 사람도 더러 있어. 참, 내 원. 거 머시기야. 남대문에 불을 지른 사람도 창경궁에 불을 지르려다가 붙잡혔잖아. 당시 초범이고 노인이어서 풀어줬는데 결국 남대문에서 사고 쳤거든. 야간에 어떤 일이 일어날지 모르니 신경을 바짝 곤두세워야 해."

경복궁 주변에서 막무가내로 버티는 사람도 많다고 말한다. 처음에는 친절하게 대해주다가 정 안 되면 강제로라도 끌고 나갈 수밖에 없다고 했다. 그런 힘은 어디서 나올까. 방 씨는 아직은 괜찮다며 너털웃음을 짓는다. 방 씨는 오후 다섯 시 30분에 출근해서 그다음 날 아침 여덟 시 30분에 퇴근한다. 열다섯 시간을 근무하는 셈이다. 어떤 인연으로 경복궁에서 일하게 됐을까.

"유홍준 씨와 각별히 친하지. 긴급조치법 2호 때 독방에 있었어. 유홍준 씨가 학생들과 데모하다가 감옥 옆방에 들어왔어. 통방이라고 하거든. 벽을 똑똑 두드리면 옆방에서 반응을 해. 귀에다 대고 말을 하면 서로 통화가 잘 돼. 그때부터 형·동생으로 지내게 됐고 감옥에서 나와 같이 술 마시면서 아주 친해졌어. 또 이때 같이 수감된 이호철, 임헌영, 장준하, 백기완 등과 인연을 맺었어. 아주 각별하지."

이후 노무현 정권이 들어서고 유홍준 씨가 문화재청장으로 재직 시 방 씨에게 경복궁에서 일하도록 배려를 해줬다. 이에 대해 방 씨는 "아마 왕년의 주먹이자 몸짱 할아버지라는 이미지와 '경복궁 지킴이'의 역할이 썩 잘 어울렸는지 이곳저곳에서 인터뷰를 해 화제의 인물로 부각됐다"고 했다. 그는 지인들에게 사발통문을 날려 인사동에서 송년회를 겸해 '배추 취직 축하연' 자리를 가졌다. 이때 임재경 전 〈한겨레신문〉 부사장, 시인 신경림, 정치인 김태홍과 이부영, 춤꾼 이애주, 불문학자 최권행 등이 참석해 자리를 빛냈다. 이 또한 언론에 보도돼 또 한 번 화제가 됐다.

그렇다면 유홍준 전 문화재청장과 인연이 된 긴급조치법 2호와는 어떤 사연이 있을까. 큰딸 이름은 방그레, 둘째는 방시레다. 웃는 행렬로 지었단다. 방 씨가 강원 철원 노느매기밭에서 일할 때였다. 둘째 딸 출산을 위해 서울 어머니네 집에 들러 병원을 가기로 돼 있었다. 그런데 점퍼 차림의 두 사람이 느닷없이 나타나 권총을 들이대면서 철원에서 대구경찰서 대공분실로 연행했다. 이유는 서울에 아는 사람이 많고 정치와 문화 계통에 모르는 사람이 없으니 취조를 해야겠다는 것이었다.

"당시 심문 내용은 이런 것이었어. 뭐, 다짜고짜 김일성과 무전 친 암호를 대라고 했어. 나는 무전기도 만질 줄 모르고 집에 그런 것도 없다고 했지. 그때 산에서 농사를 지을 때 아는 사람이 트랜지스터라디오를 하나 줬어. 그걸로 트집을 잡는데 참 황당하더라고. 그렇게 6

개월 동안 고문 받으며 지내다가 나왔어."

1986년 '말지' 사건 때도 수감됐다. 김태홍 전 국회의원과 형·동생 하면서 지냈다. 제5공화국 시절 언론 보도지침이 나왔을 때 김 전 의원이 수배 대상이 돼 고향인 광주로 피신해야 했다. 방 씨는 그런 사정을 알고 김 전 의원과 함께 광주로 동행했다. 이런 이유가 나중에 밝혀져 서울 용산구 남영동 대공분실에 가서 고문을 받았던 것.

"그때 고문기술자 이근안 씨를 만났어. 고문실에 들어가면 옆방이나 옆옆방 정도에서 비명 같은 것이 들려. 진짜 고문해서 나는 비명인지 하여간 그런 소리 들리면 맥이 쫙 풀려. 그런데 이근안 씨는 때리지는 않고 아주 상당한 기술이 있더구먼(웃음)."

화제를 돌렸다. 왜 '배추'라는 별명이 붙었을까. 6·25전쟁 혼란기 때였다. 방 씨는 당시 경신·대광고와 정신여고 등 기독교 계열의 학교들이 합쳐진 전시 연합학교에 다녔다. 전쟁 혼란기라는 분위기도 있었지만, 평소 자유분방한 성격이라 군복 등 입을 수 있는 것이라면 아무거나 걸쳐 입고 다녔다. 특히 방 씨는 6·25 때 부산과 호남에서 장사하던 옷차림 그대로였다. 여학생들은 이런 방 씨의 모습을 보고 '재가 싸움 잘하는 배추 장수'라고 했고, 결국 '배추'로 굳어졌다.

'시라소니 이후의 최고의 주먹'이라는 별명은 어떻게 얻었을까. 방씨는 1950년대 학생 주먹으로 유명했다. 고등학생 때 대학가의 주먹들과 붙는 일이 자주 있었다. 1953년과 1954년에는 대학생 건달로 악명을 떨치던 '춘하'의 패거리들과 싸웠고 전국 씨름왕의 도전을 받아들여 이기기도 했다. 창경원에서 특수부대 군인 출신인 깡패들과 맞짱을 뜨면서 '양배추'의 이름이 장안에 알려졌다. 당시 신문기사 제목이 '군인 깡패, 학생에게 혼쭐나다'였다. '시라소니 이후 최고의 주먹'이라는 근원지는 소설가 황석영이었다. 그럴 것이 1960년대를 거쳐 1990년대까지 잊힐 만하면 한두 번씩 '맞짱의 전설'을 만들어냈다. 국내뿐만 아니라 파리와 스페인 등 해외에서도 그랬다. 문단의 화제였고 술자리의 단골 주인공이었다. 특히 방 씨는 재야 세력의 주먹으로 반독재 민주화를 기치로 내건 문화운동패의 문인, 화가 그리고 지식인들과 두루 친했다.

"내가 말야. 한창 주먹으로 이름을 날릴 무렵 이정재가 제삼자를 보내 은근히 영입 의사를 밝힌 적이 있어. 당시 이정재는 유지광을 전면에 내세워 동대문시장과 평화시장 일대를 주 무대로 하는 '화랑동지회'라는 단체를 조직했거든. 이 조직의 후신인 반공청년단 등을 만들어 사회적 이권과 정치세계에까지 개입하고 있었지."

그러나 방 씨는 이정재의 제안을 단호하게 뿌리쳤다. 이유는 간단했다. '중국무협사'에 주가(朱家)에 관한 내용이 나온다. 그는 첫째, 가난하고 빈천한 사람부터 도왔다. 둘째, 의협을 행하면서도 남이 알게 되는 것을 두려워해 굳이 대가를 바라지 않았다. 셋째, 가난하고 청빈하여 집에 재물이 없었다. 적어도 사나이라면 이러한 의기는 지녀야 한다는 철학을 가지고 있었기 때문이었다. 다시 말하면 정치깡패들과 한통속이 된다는 것은 자존심이 상하는 일이었다.

방 씨는 운동가 집안에서 자랐다. 아버지는 육상 등 각종 운동을 했고 막내 삼촌은 승마, 고모는 스피드스케이트 선수였다. 방 씨는 초등학교와 중학교 때 육상과 높이뛰기, 넓이뛰기, 수영 등 다양한 분야에서 선수로 발탁됐다. 고등학교 때에는 역도와 합기도를 했다. 그는 독일과 프랑스, 스페인, 중국, 중동 국가 등에서 생활했던 경험이 있어 지금도 6개 국어를 구사한다. '조선의 3대 구라'라는 말 또한 여기에서 비롯된다고 할 수 있다. 다시 지나온 세월을 반추한다.

"돌이켜보면 가난하더라도 '마음 부자'에 '친구 부자'로 지냈어. 비록 별 볼 일 없이 살았지만, 친구들은 하나같이 모두 멋진 사람들이야. 정말 복 받은 사람이지. 그 복을 보디빌딩 장년부 우승으로 갚아주려고 해. 세상이 뭐라 하든 나의 길을 가는 것이 원칙이야."

너털웃음과 함께 '배추의 호방함'이 향기롭다. 헤어지면서 "앞으로 막걸릿잔을 기울이며 좋은 친구가 되면 어떠하겠는가?"라고 말했다. "세상은 좋은 친구들이 많아야 해"라며 다시 웃는다.

〈2013년 3월 7일〉

방동규는

1935년 황해도 개성에서 태어났다. 1948년 월남 후 경신고와 대광고, 정신여고 등이 합쳐진 기독교 계통의 연합학교를 나왔다. 중학교 시절부터 '시라소니 이후 최고의 주먹'으로 유명했다. 1954년 체육특기생으로 홍익대 법학과에 입학했다. 이때 백기완, 구중서, 김태선 등과 함께 나무를 심고 계몽운동을 펼쳤다. 30세에 독일에서 광부 생활을 했고 4년여 동안 파리에서 유랑 생활을 했다. 고국으로 돌아와서 양장점 '살롱드방'을 운영했고 1973년에는 강원도 철원의 '노느매기밭'에서 공동체 생활을 했다. 이때 간첩 혐의로 수감되기도 했다. 1979년부터 2년 동안 중동 아랍에미리트연합에서 건설노동자로 근무했고, 1986년 '말지' 사건에 연루돼 구속됐다. 1991년 서해화성 경영자(CEO)로 취임했고 3년 뒤에는 중국 공장 대표이사를 지냈다. 2001년에는 헬스클럽 강사로 깜짝 변신했다. 2006년부터 경복궁 관람안내 지도위원으로 활동하다 2008년 그만둔 뒤 2011년부터 경복궁 야간 지킴이로 근무하고 있다.

산촌농부 변신 아나운서 /

이계진

'자 이제 돌아가자/ 고향산천이 황폐해지는데 어찌 돌아가지 않겠는가/ 지금까지 정신을 육체의 노예로 삼아온 것을/ 어찌 슬퍼하고 서러워만 할 것인가.' 도연명의 「귀거래사」에 나오는 첫 대목이다. 이뿐만 아니다. 헨리 데이비드 소로의 『월든』, 헤르만 헤세의 『전원생활 이야기』, 타샤 튜터의 『정원』 등에도 「귀거래사」와 같은 '돌아감'의 행복을 진솔하게 다루고 있다. 천상병 시인도 '나 이제 돌아가리라~'로 「귀천」을 읊었다. 인간은 자연에서 태어나 자연으로 돌아가는 '귀(歸) 철학' 속에 살고 있다고 해도 틀린 말이 아닐 터. '국·영·수'로 정신없이 치열하게 세상을 살다가 결국 '예체능'을 택하듯이 말이다.

이계진 전 아나운서. 1996년부터 산촌 생활을 하고 있다. 물론 아나운서를 그만두고 재선 국회의원과 강원도지사 출마 등 정치 활동을 했지만 이때에도 개인 생활의 주거는 산촌이었다. 최근에는 세속과의 인연을 아예 단절하고 시골 농부로 자연 속에 파묻혀 살아가고 있다. 직접 밭을 갈고, 씨 뿌리고, 퇴비 주고, 땀 흘려 수확하는 행복에 푹 빠져 있는 것. 2012년 8월 13일 낮 경기도 한 산촌에 사는 이 씨를 만났다. 그는 인터뷰에 앞서 자신의 집 주소가 알려지면 안 된다고 여러 번 강조했다. 일부러 세상 시름 잊기 위해 조용한 곳을 찾아왔기 때문이란다.

이 씨의 집에 도착하자 그는 "옥수수는 금방 찐 것이 맛있어요. 제가 직접 농사를 지은 것입니다. 어서 드세요"라고 활짝 웃으면서 권했다. 그러면서 방울토마토를 꺼낸다. "이것도 직접 기른 것입니다. 제가 주스 만드는 솜씨를 보여드리지요" 하면서 야외 살강 쪽으로 간다. 허름한 청바지 차림에 밀짚모자를 쓴 모습이 인상적이었다. 앞마당에는 365일 걸려 있다는 태극기가 눈에 들어왔고 바로 옆에 오래된 산벚나무가 있었다. 그 아래에서 옥수수와 토마토주스를 마시면서 얘기를 나눴다.

"집 주변으로 쭈욱 밭이 연결돼 있습니다. 대부분 자갈밭인데 흙을 구해다가 50센티 정도 두께로 덮고 농사를 지었지요. 그러느라 처음에는 고생 좀 했습니다. 지금은 여러 농작물이 잘 자라 보람을 느끼고 있지요."

그가 살고 있는 곳은 집과 마당, 밭을 포함 모두 5,610제곱미터(1,700평)이다. 그 넓은 밭을 어떻게 혼자 일구고 농사일을 할까, 궁금해하자 "경운기 등 필요한 농기계를 다 장만했지요. 또 '건농회'라고 있습니다. '건달 농민 모임'을 줄인 말입니다. 교장 선생님, 무역회사 사장, 건축사 등 이른바 사회에서 스트레스를 받는 사람들로 모임이 결성됐는데 그분들과 함께 농사를 짓기도 합니다"라고 설명해준다. 거침없이 나오는 말이 프로 농군이다.

"감자는 대개 장마가 지기 전인 하지 무렵에 캡니다. 고구마는 지금 막 크기 시작했는데 며칠 전 멧돼지들이 습격해 싹쓸이하고 가버렸어요. 주로 밤에 공격을 하는데 진돗개 한 마리가 이들을 저지하지만 효과적이지 못합니다. 밤에 잠들려고 하면 개 짖는 소리에 랜턴을 들고 진돗개를 응원하러 나가보지만 멧돼지들이 워낙 동작이 빨라서 말입니다."

이 씨는 주변 농가들도 대부분 그런 피해를 입는다고 했다. 서울에서는 뱀이나 멧돼지 한 마리만 나타나도 큰 뉴스거리로 취급하지만 여기에서는 밤마다 나타나는데도 아무런 뉴스가 안 되고 있다고 말했다. 며칠 전에는 집 앞마당에 독사, 능구렁이, 꽃뱀 세 마리가 나타나 잡았단다. 환경운동 하는 사람들은 동물을 함부로 잡지 말라고 주장하지만 인간을 공격하는 동물들을 그냥 놔둘 수 있느냐고 반문한다. 그가 현재 재배하는 농작물들은 어떤 것일까.

"많습니다. 고추, 가지, 토마토, 옥수수, 호박, 참외, 파, 오이, 상추, 쑥갓, 토란, 고구마, 그리고 올해 새로 심은 인디언감자까지 포함해 20여 가지는 되지요. 다 잘 자라지는 않습니다. 농약을 안 쓰니 전멸하는 경우도 있지요. 하지만 말 없는 흙에서, 식물에서 많은 것들을 배우고 있습니다."

그는 농약에 관한 오해와 진실을 잠시 얘기한다. 프로 농부인 경우 최고 품질의 농작물을 시장에 내다 팔아야 하기 때문에 농약을 안 칠 수가 없다는 것이다. 특히 과실인 경우 더욱 그러하다는 것. 다만 시장에 출하하기 7일 전까지만 농약을 치면 광분해와 수분해를 거쳐 농약 성분이 없어지는 것을 간과하는 경우가 있다고 지적한다.

"제가 20년 가까이 농사를 지으면서 저농약농법을 한 번 정도 해봤지요. 완전 무농약은 힘들다는 것을 알게 됐습니다. 그러면서 옥수수, 고구마, 호박, 부추, 토란, 상추 등은 농약을 안 쳐도 잘 자란다는 것을 알게 됐습니다. 배추는 새끼 때 살짝 한 번 (농약을) 쳐주면 되구요."

그가 맨 처음 산골에 왔을 때 주위에서는 왜 왔을까 많이 의아해 했단다. 잘나가는 아나운서가 땅을 사서 값이 오르면 팔고 가는 것이 아닌가 하는 투기로 생각했다는 것. 그러나 지금은 정다운 마을 주민이 됐다. 농법을 가르쳐주는 청년도 있고 경조사 때 초청하는 이웃들이 많아졌다. 산토끼 잡았으니 먹으러 오라는 연락이 오면 막걸리 몇 병 사 들고 가서 같이 웃고 즐긴다.

화제를 바꿨다. 그는 법정 스님을 인생의 스승으로 여기며 살고 있다. 어떤 까닭일까.

"오래전 집사람이 가족들과 함께 송광사 수련회를 간 적이 있었지요. 이때 처음 인연이 됐습니다. 이후 길상사 창건할 때에도 만났고 제가 여기 집을 지을 때 오시기도 했습니다. 그때 저에게 농사를 지을 때 비닐을 쓰지 말라고 했습니다. 흙에도 미생물이 있는데 비닐농법을 하면 죽는다고 하더군요. 그래서 저는 농사를 지을 때 비닐을 전혀 사용하지 않습니다. 뭐든지 적게 쓰고 덜 쓴다는 가르침을 받았습니다. 저는 법정 스님의 유발상좌(삭발하지 않고 은사스님을 따르며 불법을 행하는 사람)이지요. 다비식 때에도 그런 자격으로 참여했습니다."

법정 스님이 생전에 권한 소로의 『월든』이나 타샤의 『타샤의 정원』도 유발상좌가 되면서 읽었고 산골행을 결심한 것도 이때였다고 술회했다. 법정 스님한테 계를 받았고 법명은 향적(香積)이다.

"원래 제 집사람이 건강이 안 좋았는데 여기 와서 많이 좋아졌습니다. 저는 농사일을 노동이라고 생각해본 적이 없습니다. 운동으로 여기고 있지요. '이 땅은 당신의 건강을 지켜주는 종합병원'이고 '당신의 두 팔과 다리는 명의'라는 생각을 항상 염두에 두고 즐겁게 농사일을 합니다. 숲 속의 삶은 곧 어지러운 세상의 삶을 정리하는 것입니다. 욕심이 없어지고 선한 생각이 저절로 생겨나지요."

그의 앞마당에는 조그마한 개울이 있다. 봄이 되면 개구리며 도롱뇽 수천 마리가 '봄의 왈츠'를 노래한다. 이 씨는 행여나 도롱뇽 알이 잘못될까 봐 개울 물길을 이리저리 살피며 자연스럽게 잘 성장하도록 도와준다. 그는 밭 가장자리에 해바라기를 많이 심었다. 왜 그랬을까.

"해바라기의 진실을 혹시 아세요. 흔히 해바라기라고 하면 권력이나 또 어떤 곳의 눈치를 보는 아부의 상징이라고 하잖아요. 그렇지 않습니다. 해바라기는 자기가 태어난 곳만 항상 바라보는 우직함이 있지요. 동쪽을 바라보며 태어났으면 죽을 때까지 동쪽만 바라봅니다. 아부하고는 아무런 상관이 없지요."

인터뷰가 거의 끝날 무렵 아랫마을에 도토리묵 음식을 잘하는 곳이 있는데 간단히 식사하자고 권했다. 그리하여 장소를 옮겼다. 안주와 시원한 막걸리가 나왔다. "오늘 시간 내주셔서 감사합니다"라고 하면서 궁금했던 것 한 가지를 물었다. 그는 고려대 국문학과 재학 중 학군단(ROTC) 훈련과정을 모두 마치고 임관 직전 불가 통보를 받았다. 이유를 물었더니 처음 밝히는 내용이라고 했다.

"임관할 때에는 신체검사를 받습니다. 그런데 결핵환자니 돌아가라고 하더군요. 멀쩡한 폐가 왜 결핵이지 의아해하면서 이젠 군대도 못 가겠구나 생각했지요. 대학 졸업 후 국어 교사를 했습니다. 그러던 어느 날 군 입대통지서가 왔어요. 신체검사를 다시 했습니다. 그런데 결핵이 아니라고 하더군요. 그래서 이등병으로 군에 입대해 병장으로 만기제대를 했습니다. 제대 후 KBS 아나운서로 입사해 일하던 어느 날 고려대 학군단장한테 전화가 왔습니다. 한번 보자고 해서 만났더니 당시 학군단장이 대학 4학년 때 데모 대열에 합류한 사실 때문에 일부러 결핵 판정을 내렸다고 하더군요. 참으로 어이없더군요. 어쨌거나 지금은 ROTC 8기 동기 모임에도 나가고 병장 제대 모임에도 나갑니다(웃음).”

그와의 술잔이 길어졌다. 우주와 자연, 영화와 문학 등에 대해 질펀하게 대화를 나눴다. 헤어지면서 그는 “낭만인을 만나 오랜만에 대취했다”며 먼 길 잘 살펴가라고 했다.

〈2012년 8월 16일〉

이계진은

1946년 강원도 원주에서 태어나 1965년 청소년 시절까지 고향에서 자랐다. 원주고를 나와 1970년 고려대 국문학과를 졸업했다. ROTC 훈련을 모두 마쳤으나 임관 직전 불가 통보를 받고 원주 대성고 국어 교사로 있던 중 일반병으로 입대, 1974년 병장으로 만기제대했다. 군 복무 중 KBS 아나운서 시험에 합격해 1992년까지 KBS에서 일했고 이후 SBS 아나운서로 2년 동안 지내다가 프리랜서로 일했다. 30년 동안 방송 프로그램을 진행하면서 〈11시에 만납시다〉, 〈퀴즈탐험 신비의 세계〉, 〈연예가 중계〉, 〈한밤의 TV연예〉, 〈체험 삶의 현장〉, 〈TV 내무반 신고합니다〉 등으로 인기를 얻었다. 2004년부터 2010년까지는 재선의원으로 의정 활동을 했다. 저서로는 베스트셀러가 됐던 『뉴스를 말씀드리겠습니다, 딸꾹!』, 『이계진이 만난 아름다운 사람들』, 『솔베이지 노래』 등이 있다. 2010년에는 『주말농부 이계진의 산촌일기』를 펴냈다.

한국 최초 비언어 난타 제작한

송승환

두드리면 열린다. 그래서 온몸으로 힘차게 두드렸다. 결국에는 열렸다. 말 그대로 난타(亂打)로 세계의 문을 활짝 열었던 것이다. 〈난타〉는 한국 전통 가락인 사물놀이 리듬을 소재로 주방에서 일어나는 일들을 코믹하게 표현한 한국 최초의 비언어극(Non-verbal performance)이다. 칼과 도마 등 주방기구로 무대에서 신명 난 예술로 승화시켜 세계인으로부터 많은 사랑을 받고 있다. 해외 첫 데뷔 무대인 1999년 에든버러 프린지 페스티벌에서 최고의 평점을 받았으며 이후 영국, 독일, 오스트리아, 이탈리아, 일본, 싱가포르, 네덜란드, 호주 등으로 이어지는 해외 공연의 성공을 발판으로 뉴욕 브로드웨이에 진출해 2004년 3월부터 1년 6개월 동안 장기 공연하는 대기록을 세웠다. 기록을 되짚어 보면 더욱 흥미롭다. 1997년 10월 첫 공연 이후 지금까지 무려 700만 명(외국인 80%)이 관람했다. 초연 당시 한 개였던 공연팀이 열 개로 늘어났고 출연배우는 다섯 명에서 현재 50명에 이른다. 그동안 2만1,000여 회(세계 270개 도시) 공연하는 동안 채소 소모량을 따져보니 대략 오이가 19만여 개, 양파가 6만여 개, 당근이 19만여 개, 양배추가 10만여 개나 된다. 또한 칼이 약 1만6,000자루, 도마가 1만7,000개 소모됐다. 전용관만 해도 국내 네 곳(서울 3, 제주 1), 국외 한 곳(방콕) 등 모두 다섯 곳에 이른다. 지금도 이 전용관에서는 연중 상설 공연 중이며 한국을 방문한 외국인 관광객들의 필수 방문코스가 됐다. 중국 상하이나 베이징에도 전용관 설립을 계획하고 있다.

이런 〈난타〉를 떠올릴 때마다 생각나는 사람이 있다. 바로 〈난타〉를 기획하고 만들어낸 송승환 씨다. 그는 현재 공연기획사 PMC프로덕션 대표이사, 성신여대 융합문화예술대 학장, 한국 뮤지컬협회 이사장 등을 맡고 있다. 최근에는 삼성카드 사외이사로 추천됐다.

2012년 2월 25일 오후 서울 강남구 삼성동 PMC프로덕션 사무실에서 송 대표를 만났다. 15년을 맞는 소감이 어떤지 묻자 "아직 열다섯 살이다. 영국에서는 아가사 크리스티의 연극이 50년 넘게 공연되고 있다"면서 "우리의 〈난타〉도 그 이상으로 공연할 생각을 가지고 있다"고 의욕을 밝혔다.

〈난타〉는 초연 때부터 화제가 됐다. 비언어극이라는 생소하고 실험적인 〈난타〉가 작품 선정에 까다롭기로 소문난 호암아트홀에서 초연 무대를 올렸던 것이 우선 그랬다. 이에 대해 송 대표는 "원래는 대학로 소극장 무대에 올리기로 했는데 바로 직전의 다른 작품이 흥행에 실패하는 바람에 호암아트홀을 생각했다"면서 "처음에는 대관 담당이 반대했지만 연습실로 데리고 와 직접 작품을 보여주면서 꾸준히 설득했다"고 당시를 술회했다.

이렇게 해서 어렵게 호암아트홀에서 초연이 성사됐고 언론의 관심에 힘입어 곧바로 동숭아트센터로 무대를 옮겨 바람몰이를 시작했다. 관객들의 발길이 계속되면서 자신감을 얻은 송 대표는 2년 뒤 영국 에든버러 페스티벌에 도전했고, 〈난타〉는 기대를 넘어서는 최고의 찬사를 받으며 단숨에 세계적으로 주목받게 되었다.

"사실 처음 〈난타〉를 만들 때부터 세계 시장을 노렸습니다. 그렇게 하기 위해서는 아무래도 언어의 장벽이 문제였고, 고민 끝에 언어가 없는 공연을 만들게 됐지요. 외국에서 이 작품이 호평 받는 이유는 우선 언어가 없기 때문에 스토리를 다 이해할 수 있고, 한국적인 사물놀이 리듬을 사용한 것이 외국인들에게 독특하게 다가갔을 겁니다. 또 주방이라는 공간, 요리사의 등장은 아주 자연스럽고 글로벌한 보편성입니다. 게다가 한국적인 특성이 잘 어우러져 있기 때문에 해외에서도 좋은 반응을 얻고 있다고 생각합니다."

주방은 누구에게나 익숙한 공간이고, 그 공간에서 음식을 만들고 나누어 먹는 과정에서 관객들을 참여시키기 쉽다는 것이 〈난타〉의 특징이다. 특히 이런 과정에서 비트와 리듬, 신명이 곁들여지기에 더욱 흥미롭다. 그렇다면 송 대표는 어떻게 해서 〈난타〉와 인연을 맺었을까.

"1989년 극단 '환퍼포먼스'를 만들어 공연 제작을 쭉 해왔지요. 그런데 하는 것마다 빚을 지게 됐습니다. 고심 끝에 1996년 친구와 함께 '극단 PMC'를 만들면서 넓은 시장을 노크할 비언어극을 생각하게 됐습니다. 결국, 사물놀이와 주방을 떠올리며 작품을 만들어갔고 그 과정에서 하루는 스태프 중 한 사람이 '이건 정말 매일 난타다, 난타!'라고 푸념 비슷하게 툭 말을 던지더군요. 그래서 제목을 어지럽게 두드린다는 뜻의 '난타'로 바로 정하게 됐습니다."

초연 이후 〈난타〉는 꾸준히 진화를 거듭한다. 시간이 지나면서 요리는 더욱 화려하고 다양해졌다. 철판 요리, 국수, 통돼지 요리에 칵테일 쇼까지 등장했다. 주방에서 빠질 수 없는 불을 이용한 쇼까지 생겨났다. 다시 말해 〈난타〉의 퍼포먼스는 주방에서 일어날 수 있는 일들을 더욱 극대화하면서 볼거리와 웃음을 생산해낸 것이다. 이는 창작 뮤지컬 중 마케팅 면에서 아주 흥미로운 접근 방식을 보여준다고 전문가들은 평가한다. 결국 사물놀이와 비언어극의 절묘한 접목이라는 힘이 세계 시장에 먹혀들어갔다.

“초기에는 스토리가 별로 없었습니다. 에든버러 축제에 참가하면서 스토리를 만들었고 그 이듬해 스토리 면에서 완벽할 정도로 달라지게 됩니다. 이후에도 부분적으로 수정하면서 템포를 더욱 빠르게 업그레이드를 시켰지요. 〈난타〉의 특징은 드라마틱한 코미디라는 겁니다. 또 대중적인 면에서 온 가족이 함께 볼 수 있는 ‘패밀리 쇼’인 셈이지요. 그것이 아마 성공 비결이 아닌가 생각합니다.”

외국 공연을 갈 때마다 송 대표는 관객들과 자연스럽게 만난다. 그러면 “아주 재미있다”, “시원하고 스트레스가 풀린다”, “파워풀하고 에너제틱하다”, “마음에 움직임을 준다” 등의 얘기를 자주 듣는다. 언론의 반응도 이와 비슷하다.

〈난타〉 15년을 얘기하던 송 대표에게 초연 당시 배우가 아직까지 있느냐고 하자 “김문수라는 배우가 있는데 처음에는 주방장 역할이었으나 지금은 지배인이 됐다. 그 친구는 기네스북 감이며 곧 등재시킬 예정”이라며 웃는다. 15년 동안 한 작품을 계속해온 배우가 거의 없기 때문이라는 설명이다.

〈난타〉의 후속작은 없을까.

“올해 비언어극 두 편을 무대에 올릴 예정입니다. 하나는 ‘난타2’ 격인 〈드림〉이고 다른 하나는 결혼식장을 무대로 한 〈웨딩〉이라는 작품입니다. 둘 다 현재 연습 중이며 〈웨딩〉은 오는 6월, 〈드림〉은 10월에 선보일 예정입니다. 특히 〈웨딩〉은 결혼식과 관련된 에피소드를 모아

춤과 노래를 곁들인 작품이어서 아마 또 다른 재미가 있지 않을까 생각합니다."

〈난타〉는 상업적으로 성공하면서 한류의 원조가 됐다. 이에 대해 "그런 얘기를 자주 듣는다. 드라마나 K팝 등이 동시다발적으로 인기를 유지하면 한류 바람은 더욱 거세질 것"이라고 말했다.

화제를 바꿔 우리나라 뮤지컬의 위상에 대해 물었다.

"불과 몇 년 사이에 시장이 굉장히 커졌지요. 그런데 대부분 외국 작품, 다시 말해 라이선스를 통해 수입하는 뮤지컬에만 관심이 쏠리고 있습니다. 우리나라에서 1년에 150편의 뮤지컬이 공연되는데 그중 100편이 창작 뮤지컬입니다. 큰 극장에서는 주로 수입 뮤지컬들이 공연되고 언론을 통해서도 그런 작품만 소개하다 보니 소극장 뮤지컬은 잘 모르고 있습니다. 이제는 창작 뮤지컬에도 많은 관심이 필요할 때입니다."

그는 우리나라 창작 뮤지컬의 문제점에 대해서는 "발전하고 있지만 스토리를 창조해낼 인력이 부족해 사실상 뿌리가 약하다. 이를 위한 지원이 절실하다. 우리 창작 뮤지컬이 활성화되면 외국의 비싼 작품을 들여올 필요가 없을 것"이라면서 "드라마와 영화가 제자리를 찾고 있듯 뮤지컬도 그렇게 될 것으로 기대하고 있다"고 말했다.

송 대표는 초등학교 3학년 때 아역배우를 한 것이 계기가 돼 일찍부터 배우의 꿈을 키워나갔다. 상급 학교에 진학하면서 대사 외우고 방송국 분장실에서 시험공부 하는 일들이 많아졌다. 대학에 진학할 때는 주위의 권고로 아랍어과를 선택했으나 끼를 버리지 못해 연극반에 가담했다. 그러다 신촌에서 76소극장을 만들면서 본격적인 기성 연극에 뛰어들었다. 송 대표는 지금도 영화와 드라마, 연극 등에 가끔 출연한다. 앞으로의 꿈에 대해 "〈난타〉를 들고 세계 무대를 누볐듯이 우리 창작 뮤지컬로 브로드웨이에 가보는 것"이라고 말했다. 영화나 드라마에도 계속 출연할 생각이냐는 질문에는 "다 나이에 맞는 배역이 있게 마련이며 그쪽의 끼는 접을 수 없을 것"이라며 웃는다.

〈2012년 3월 1일〉

송승환은

1957년에 태어나 초등학교 3학년 때 아역배우로 일찌감치 연예의 길에 들어섰다. 학창 시절에도 방송반과 연극반 등에서 활동했다. 1976년 휘문고를 졸업한 뒤 외국어대 아랍어과를 다니면서도 연극을 했고 대학교 2학년 때 신촌에서 76소극장을 만들어 기성 연극무대에 뛰어들었다. 1989년부터 1995년까지 극단 '환퍼포먼스' 대표로 일했으며 1996년 'PMC프로덕션 대표이사'를 맡아 〈난타〉를 제작했다. 현재 성신여대 융합문화예술대 학장과 한국뮤지컬협회 이사장 등을 맡고 있다. 주요 수상 작품으로는 1968년 동아연극상특별상 〈학마을 사람들〉을 비롯, 백상연기대상 남자연기상 〈에쿠우스〉(1982년), 서울연극제 남자연기상 〈영원한 제국〉(1994년), 동아연극상작품상 〈남자충동〉(1998년) 등이 있다. 이 밖에 2007년 제13회 한국뮤지컬대상 프로듀서상과 제56회 서울시 문화상을 받았다.

대한민국 술 박사 1호 교수

정헌배

폴 발레리는 이렇게 말했다. "그대는, 그대가 생각한 대로 살아야 합니다. 그렇지 않으면 그대는 곧 그대가 사는 대로 생각하게 될 것입니다." 얼핏 들어 무슨 뜻인지는 잘 모르겠지만 아마도 '생각'의 중요성을 강조한 말이 아닐까 싶다.

생각을 프랑스 '코냑'으로 옮겨본다. 프랑스 코냐크 지방의 주민은 불과 1만9,000여 명이다. 우리나라로 치면 작은 읍 규모다. 그런데 여기에 코냑 회사가 3,000여 개가 있고 세계 200여 개국에 수출한다. 프랑스뿐만 아니라 세계적으로 가장 잘사는 고장으로 소문나 있다. 그도 그럴 것이, 국제공항이 있고 매년 영화제도 열릴 만큼 문화적으로도 풍요롭다. 왜? 단지 '코냑'이라는 술이 세계인들의 가슴에 파고들었기 때문이다.

술꾼이든 아니든 코냐크 지방은 많은 사람이 찾는 관광지가 된 지 오래다. 그런데 코냐크 지방의 사람들은 '코냑'을 안 마신다. 대신 주변 지역에서 생산하는 값 싼 포도주를 마신다. '코냑'이 세계적인 명품주가 됐기 때문이다. 좀 더 외국인들에게 많이 마시도록 하는 수출전략과 배려의 차원이기도 하다. 코냐크 지방의 사람들은 그렇게 '생각한 대로' 살아가고 있다. 지금도 코냑을 몇 년, 몇 십 년씩 오랜 세월 숙성시켜 세계인들에게 그 '가치'를 선물하고 있다.

그렇다면 우리나라는 어떤가. 세계인들로부터 사랑받는 코냑이나 스카치위스키, 포도주처럼 오랜 세월 숙성된 '빈티지'를 가진 우리의 전통술이 있을까? 결론은 '없다'는 게 대체적인 상식이다. 그런데 '없다'를 '있다'로 바꾸는 사람이 있다. 국내 유일이자 대한민국 술 박사 1호로 알려진 정헌배 중앙대 교수가 그 일에 매진하고 있다.

가을비가 쏟아지는 2012년 10월 22일 오후 경기도 안성에 있는 '정헌배 전통주연구소'에서 정 교수를 만났다. 연구소 안에는 누룩이 익어 술이 발효되는 냄새로 가득했다.

"여기는 술을 판매하는 곳이 아니라 술을 만들어내는 방앗간입니다. 술을 숙성시키는 것을 연구하고 분석해내는 곳이지요. 술을 좋아하고 또 특정한 날을 기념하고 싶은 사람들에게 그만큼의 빈티지가 있는 스토리와 가치를 만들어내는 곳이지요. 술은 살아 숨 쉬는 옹기나 오크(참나무)통 속에서 세월이 흐르면 흐를수록 알코올 도수가 낮아지며 맛과 색상, 향기와 성분 등도 변합니다. 그래서 서양에서는 숙성 과정에서 잃어버리는 알코올을 '천사의 몫'이라고 찬양을 합니다. 까닭에 숙성은 아주 중요합니다. 우리의 술도 이제는 '빈티지'로 가야 합니다."

현재 우리나라의 대표적인 전통술 가운데 예를 들어 막걸리는 대개 10여 일 안팎의 숙성 과정을 거쳐 시중에 나오지만 코냑이나 위스키는 17년, 21년, 30년, 심지어는 100년 등 오랫동안의 숙성을 거치기 때문에 세계 시장에서 그만큼 '명품주'의 진가를 발휘하고 있다고 정 교수는 설명한다. "술은 오래될수록 가치가 높아진다. 저장성도 뛰어나 금방 팔리지 않아도 큰 걱정이 없다"면서 "농산물을 주원료로 하기 때문에 지역 특성을 반영하기에도 좋은 제품이다"고 강조한다. 특히 고부가가치의 상품성은 이미 세계 시장에서 확실히 검증되고 있다는 것이 그의 설명이다. 따라서 이젠 우리의 전통술도 숙성연한을 길게 해 세계인들에게 인기를 끄는 명품주로 만들어야 할 때가 됐다고 역설한다. 아울러 그런 명품주 생산과 함께 아름다운 음주문화를 갖자는 것이 그의 철학이다.

"명주(名酒)라는 것은 전통적 가치를 대물림할 수 있다는 것입니다. 대부분의 선진국은 대표적인 명주를 갖고 있고 후손들에게 물려줍니다. 프랑스의 코냑이 좋은 예입니다. 그런데 우리나라에는 내로라할 만한 주종이 없어요. 이제는 우리도 100년 묵은 술과 아름다운 술문화를 후손들에게 물려줘야 하지 않겠습니까."

그는 이런 생각에 2008년부터 우리의 전통 특산물인 인삼과 안성 지방의 쌀을 원료로 술을 만들기 시작했다. 그러자 소문을 듣고 주문하는 사람들이 많아졌다. 예를 들어 부부가 결혼식 30주년을 4~5년 앞두고 미리 주문하는 술, 자식이 부모 회갑 기념식 때 선물로 준비하는 술, 결혼 후 첫 자식을 낳은 부부가 나중에 자녀의 결혼식 때 줄 술, 노무현 전 대통령 서거일에 맞춰 '노사모'에서 주문한 술, 대학 입학을 기념하기 위한 술 등 제각기 사연이 많다. 얼마 전 영국의 엘리자베스 2세 여왕 즉위 60주년 때 사용하고자 위스키 60병을 미리 만들어놓는 일도 이와 같은 것이다.

주문한 사람들 가운데 일부는 인삼주 술도가에서 직접 술을 담그는 행사를 하는 때도 있다. 담근 술은 지하 숙성고에서 최소 3년 이상 숙성 과정을 거쳐야 찾아갈 수 있다. 요즘 들어 이 소식을 전해 들은 외국 관광객들도 찾아오는 경우가 많아졌다. 이렇게 해서 지금까지 담근 '빈티지 인삼주'(우리가 흔히 알고 있는 인삼주는 소주에다 인삼을 담근 것이지만 이곳 인삼주는 인삼을 쪄서 홍삼화한 다음 누룩과 함께 위스키나 코냑처럼 오랜 시간 숙성시킨다) 술독은 모두 2,000여 통. 지하 숙성고에 내려가봤더니 이 술독들은 대금과 가야금 등 우리의 전통 소리를 들으며 조용히 숙성되고 있었다. 술독마다 각 사연을 담은 내용과 술 주인의 이름이 붙어 있었다. 방송인 주병진 씨 등 알 만한 인사들의 이름도 꽤 많이 눈에 띄었다.

대학교수인 그가 어떻게 이 일에 관심을 갖게 됐을까. 어릴 적 그의 꿈은 음악가가 되는 것이었다. 대구 경상중학교와 고교 시절만 해도 트럼펫을 불며 그 꿈을 키워나갔다. 하지만 집안 형편상 음악가가 되는 것을 포기하고 영남대 경영학과에 진학했다. 대학에서는 장차 멋진 군인의 길을 걷고자 학군단(ROTC)에서 훈련을 받았다. 하지만 한 달 만에 시력 미달로 중도에 하차했고 바로 민방위에 편입됐다. 이 무렵 그는 생각하지도 못했던 장학금을 받게 됐다. 국가의 고마움을 느끼게 된 그는 수출 보국에 도움 되는 일이 없을까 하고 고민하던 중 술 전문가가 되기로 했다. 부가가치가 높은 것이 수출이며 농산물 가공품은 시간이 갈수록 좋아진다는 생각에서 비롯됐다.

"그때 명주는 그 나라의 사회, 문화적 자부심이며 술은 전통적 가치와 사랑의 대물림이라고 생각했습니다. 술문화는 국적과 민족성이 뚜렷해 나라마다 특색을 가지고 있기 마련이지요."

그래서 대학 3, 4학년 때 프랑스어 공부를 했으며 졸업 후 1년 동안 직장 다니며 유학자금을 마련한 뒤 '생각했던 대로' 프랑스로 유학을 떠났다. 남부 프랑스 몽펠리에 있는 폴 발레리 대학에서 6개월간 프랑스어 공부를 할 때 폴 발레리의 명언을 접하면서 감동을 받았다. 이후 파리9대학 박사과정(술 마케팅)에 들어갔다. 그는 이때 '프랑스 포도주시장 제도 및 유통연구서', '맥주의 중장기 소비예측' 등 발효주 중심의 연구에서 세계적인 소비량을 자랑하는 럼, 보드카, 위스키, 코냑 등 증류 숙성주 연구로 점차 확대시켜나갔다. 아울러 프랑스는 물론 유럽 전 지역을 다니면서 논문 자료를 수집했다. 결국 '세계 주류시장의 국제 마케팅 전략과 전망'을 주제로 박사학위를 취득했다.

"프랑스에 있을 때였습니다. 하루는 알고 지내던 친구가 저를 집으로 초대하더군요. 식사를 마치더니 친구가 '파라다이스에 갈래?' 하고 제의하더군요. 처음에는 무슨 룸살롱 같은 술집인가 했어요. 그런데 지하의 술 저장고에 데려갔습니다. 술통이 많이 있더군요. 친구는 한 통을 가리키면서 '우리 아버지가 내가 태어난 것을 기념해서 담그신 거야. 소중한 사람들과 나누어 마시라고 하셨지'라고 하더군요. 그 말을 들으며 술을 한 모금 마셨더니 그 친구의 조상과 잠시 연결되는 느낌이 오더라구요."

정 교수는 당시를 회고하면서 "우리가 제사를 지낼 때 음복하는 이유도 조상과 만나는 일이며 특히 조상이 빚은 명주는 후손들과 또 한 번 뜨겁게 연결되는 일이 아니냐"고 말한다. 그의 꿈은 '우리 술의 세계화'이며 '아름다운 음주문화를 우리 후손에게 물려는 것'이라고 여러 차례 강조했다. 이를 위해 그는 인삼주 숙성 등과 관련해 특허 네 개를 갖고 연구에 몰두하고 있다. 그는 또 대학에서 아름다운 음주문화와 '술은 인류가 아닌 동물이 먼저 마셨다', '소주는 아랍의 향수 제조법에서 유래했다'는 등의 술과 관련된 오해와 진실 등도 강의한다. 또 '술나라 헌법'과 '술나라의 십불출(十不出)' 등의 흥미로운 내용도 가끔 설파한다. 술 안 마시고 안주만 먹는 사람, 남의 술로 제 생색을 내는 사람, 술잔 잡고 잔소리하는 사람, 술 먹다가 딴 곳에 가는 사람, 술 먹고 따를 줄 모르는 사람, 남의 술만 먹고 제 술을 안 내는 사람, 술자리에서 축사를 오래한 사람 등이 십불출에 포함된다며 웃는다.

〈2012년 10월 25일〉

정헌배는

1955년 구미에서 태어났다. 경상중과 경북사대부고를 나온 뒤 영남대 경영학과를 졸업했다. 술을 본격적으로 연구하기 위해 1979년 말 프랑스로 유학을 떠났다. 폴 발레리 대학에서 어학 공부를 마치고 파리9대학 박사과정에 들어갔다. 1984년 이 대학에서 '술 마케팅'을 주제로 박사학위를 받았다. 1985년 3월부터 현재까지 중앙대 교수로 재직 중이다. 그동안 재무부 세제발전 심의위원, 농림부 전통주 심사위원 등을 거쳐 공정거래위원회, 규제개혁위원회, 청소년보호위원 자문교수로 활약하면서 우리나라 주류산업 정책 변화에 직간접적으로 참여해왔다. 이를 통해 새롭고 다양한 술이 제조, 판매될 수 있는 여건 조성에 많은 역할을 해왔다. 청소년 대학생의 음주문화 개선을 위해 중앙대에 교양과목으로 '명주와 주도'라는 과목을 개설해 직접 강의하면서 음주문화시민연대를 운영하기도 했다. 우리술 세계화를 위해 2003년 '정헌배 인삼주가'를 설립, 연구에 매진하고 있다. 아울러 경기도 안성에 '세계명주마을'을 포함한 우리 술 테마파크 사업을 추진하고 있다. 주류제조 특허 4개와 옹기독 실용신안 등 다수의 지적재산권을 보유하고 있다. 주요 저서로는 『술나라 이야기』(2011년) 등이 있다.

고 박영석 대장의 절친 산악인

엄홍길

'아, 님은 갔지만 나는 님을 보내지 아니하였습니다/ 제 곡조를 못 이기는 사랑의 노래는 님의 침묵을 휩싸고 돕니다.' 한용운의 시 「님의 침묵」 끝자락이다. 그랬다. 푸른 산빛을 깨치고 단풍나무 숲을 향해 차마 떨치고 가버렸다. 차라리 꿈이었으면 좋았다. 그것도 악몽이었으면 말이다. 꼭 올 것만 같았던 그가 진짜 오지 않았다. 그토록 기다렸건만, 같이 술이나 한잔 기울이려고 애타도록 기다렸건만, 그마저도 거부하고 끝내 가버렸다. 어이 할거나. 에라 산에 가서 살풀이나 실컷 할까. 막걸리 몇 사발 들이켜면서……. 그것도 성이 안 찰 듯싶다. 그냥 울어버리자. 그리고 소리치자. '에이 나쁜 놈, 영석아'라고. 그랬더니 한참 후 돌고 돌아온 메아리가 답했다. "형 또 올게."

산악인 엄홍길 씨. 2011년 11월 1일 새벽 엄 씨는 인천국제공항에 나가서 영원한 절친이자 후배인 고 박영석 대장의 아들 성우를 붙잡았다. 처음에는 아무 말도 못 했다. 멍하고 가슴이 울컥했기 때문이다. 하염없이 흐르는 눈물을 어찌할 줄 몰랐다. 인생이란 무엇인지 생각했다. '한 많은 안나푸르나'가 가슴을 마구 짓눌렀다. 삶과 죽음이란 무엇인지 새삼 떠올랐다. 그러다가 성우에게 "힘내라. 용기를 잃지 마라"고 겨우 말했다. 영결식에 앞서 서울 중구 장충동에 있는 '엄홍길 휴먼재단' 사무실에서 엄 씨를 만났다. 영결식 준비 등으로 잠을 제대로 못 잤는지 눈의 초점마저 잃었다. 어떤 기분일까.

"인생이란, 삶이란, 죽음이란 도대체 무엇입니까. 그동안 히말라야를 등반하면서 많은 사고도 겪었고 삶과 죽음 사이에서 인간의 존재도 많이 생각했지만, 너무나 허무합니다. 꿈속의 일이었길 바랐는데 결국은 생시인가요."

말끝을 흐렸다. 그리고 창밖을 바라봤다. 허무하게 가버린 세 살 아래 '녀석'에 대한 그리움에 눈가를 훔쳤다. 차디찬 안나푸르나 빙벽 크레바스에 갇혔을 녀석을 또다시 떠올렸다. 얼마나 추울까……. 상념에 잠겼다. 추억을 더듬었다. 수많은 세월을 떠올렸다. 겨우 정신을 차리는가 싶었을 때 얼른 박 대장과의 추억에 관해 물었다.

"1989년 겨울인가요. 제가 네팔에서 게스트하우스를 할 때였어요. 박 대장이 히말라야 첫 등정을 위해 네팔에 찾아왔습니다. 저는 이미 히말라야를 등정하고 난 뒤여서 그곳 사정과 네팔의 모든 것을 알고 있는 터였지요. 식량 구입은 어떻게 하고 셰르파는 어떻게 구하는지 등을 가르쳐주었지요. 같이 술도 한잔하고 금방 친해졌습니다. 결국 박 대장은 그때 히말라야 등정에 성공했습니다. 하산한 뒤에 다시 만났지요. (등정에 성공한 뒤) 얼마나 고마웠던지, 그저 고맙다는 말을 여러 번 했습니다."

엄 씨는 다시 창밖을 응시했다. 안나푸르나의 허공을 보는 듯 고뇌에 찬 눈빛이었다. 아마도 삶과 죽음의 경계를 또 한 번 떠올리는 듯 싶었다. 다시 물었다. 한국에서는 둘이 어떻게 지냈느냐고.

"한국에 들어와서도 둘이 그림자처럼 같이 다녔습니다. '영석아, 이리 와봐'라고 하면서 주말이면 우리 집에서 놀기도 하고 그랬지요. 또

박 대장의 집에 가서 같이 자기도 했습니다. (박 대장의) 부모님이나 제수씨도 가족처럼 잘 대해줬어요. 정말 한 식구처럼 지냈습니다. 1991년에는 박 대장과 배승렬 선배 그리고 저 세 명이 오지트레킹 전문 여행사도 차려 함께 일을 했습니다. 의기투합이 잘 됐습니다. 그러다가 1994년 히말라야 원정을 같이했지요. 안나푸르나를 두 번 그렇게 함께 등반했습니다."

엄 씨는 안나푸르나 얘기가 나오자 지금도 가끔 꿈에 나올 만큼 회한이 서린 곳이라고 했다. 그도 그럴 것이 4전 5기 끝에 등정에 성공했다. 1997년 세 번째 도전에서 혈육 같은 셰르파 나티가 크레바스에 빠져 목숨을 잃었고, 1998년엔 마지막 캠프를 얼마 남겨놓지 않은 상황에서 발목이 180도 돌아가는 큰 부상을 입었다. 이때 산악인들은 재기하지 못할 것이라고 우려했지만 그는 도봉산을 오르내리며 기적처럼 부상을 극복했다. 1999년 봄, 다섯 번째 도전에서 안나푸르나 등정에 성공했지만 하산하던 중 후배인 지현옥(당시 40세) 씨와 셰르파가 함께 실종되고 말았다. 이 사실을 듣고 엄 씨는 며칠 동안 목 놓아 피눈물을 흘렸다.

엄 씨는 잠시 말을 멈추고 그때가 생각나는지 눈가를 훔쳤다. 잠시 침묵이 흐른 뒤 다시 말을 이었다.

"개인적으로 사고란 사고는 안나푸르나에서 죄다 겪었습니다. 눈물이란 눈물도 다 안나푸르나에서 흘렸지요. 동료 세 명을 잃은 곳도 안나푸르나입니다. 제가 좋아하고 존경하는 정양근 선배도 1984년 겨울 안나푸르나에서 죽었습니다."

이런 까닭에 엄 씨는 어느 날 문득 안나푸르나가 생각나면 혼자 술을 마시거나 산에 올라 마음을 다스리기 일쑤다. 그에게 박 대장이 실종된 크레바스가 어떤 곳인지 물었다.

"일종의 함정입니다. 위에는 눈이 덮여 있어 분간을 못 합니다. 그렇게 눈 위를 걷다가 어느 순간 푹 빠져버립니다. 깊고 깊어서 찾기가 힘들어요. 빙하 벽, 그러니까 얼음벽 사이의 큰 구덩이라고 생각하면 됩니다. 그곳에 빠지면 몇 백 미터씩 한없이 빨려 들어가는 무시무시한 곳이지요."

엄 씨는 지난 2007년 세계 최초로 히말라야 8,000미터 이상 16좌를 완등한 기록이 있다. 이를 기념해 휴머니즘과 자연에 대한 사랑을 실천하고자 '엄홍길 휴먼재단'을 설립했다. 아울러 2009년부터 네팔 지역의 열악한 교육 환경을 개선하고 현지 아이들에게 꿈과 희망을 심어주기 위해 학교를 짓기 시작했다. 팡보채와 타루프 등 지금까지 두 개 지역에 휴먼스쿨을 세웠으며 현재 석가모니 탄생지인 룸비니에 세 번째 학교를 짓고 있다. 1년에 두 개씩 모두 열여섯 개 학교를 건립할 계획이다. 늦어도 2020년 이전엔 열여섯 개의 휴먼스쿨이 생긴다.

"현재 첫 번째 학교에서는 45명, 두 번째 학교에서는 200여 명이 공부하고 있습니다. 제가 가면 학생들이 달려 나와 '엄 싸부, 엄 싸부'라고 하면서 아주 반갑게 맞이해줍니다. 큰 보람을 느끼고 있습니다. 워낙 열악한 곳이라 학용품이며 시설물 등을 모두 지원해주고 있습니다."

이는 히말라야를 처음 등정하면서 산신(山神)과 주고받은 숙명의 약속이라고 했다. 당시 그는 "나를 (산에서) 살려 보내주신다면 아이들의 꿈과 희망을 키우는 데 일생을 바치겠나이다"라고 간절히 빌고 또 빌었다. 결국 신의 가호 아래 세계 최초로 16좌를 완등한 뒤 네팔의 어린이들을 가슴으로 품기 시작했던 것이다.

화제를 바꿨다. 엄 씨는 다음 주말 시각장애인들과 가을산행을 할 예정이다. 지난해에 이어 두 번째 행사를 갖는다. 이 또한 휴먼산행의 일종이다. 앞으로의 삶도 대부분을 '휴먼'에 방점을 찍겠단다.

엄 씨는 어쩌면 산신령에 가깝다. 다들 꺼려하고 두려워하는 히말라야 16좌를 완등했으니 말이다. 그래서 일반인들에게 가을산행을 위한 '원 포인트 레슨'을 부탁했다.

"해가 짧아졌습니다. 일몰 전에는 무조건 내려와야 합니다. 기후 변화에 주의를 기울여야 하고 배낭에는 여벌의 옷을 반드시 챙겨야 합니다. 낮은 산이라도 등산을 하다 보면 땀에 젖게 되니 체온 유지에 신경을 써야 하지요. 또한 등산하기 전에는 반드시 30분 정도 워밍업을 해야 합니다. 숨고르기를 해야 돼요."

강연을 나가는 등 분주한 시간을 보내고 있다. 유가족에게 어떤 말을 하고 싶은지 물었다. "어렵고 힘들더라도 다 잘될 겁니다"라는 대답이 돌아온다. 그는 다시 창밖을 응시했다. 가을 단풍이 뚝뚝 떨어진다.

〈2011년 11월 4일〉

엄홍길은

1960년에 경남 고성에서 태어났다. 1979년 의정부 양주고를 나왔으며 2006년 한국외국어대에서 중국어과를 졸업한 뒤 동대학에서 체육학 석사학위를 받았다. 해군 특수부대 UDT 출신이다. 1985년부터 히말라야 등정을 시작한 뒤 2000년 아시아 최초로 히말라야 8,000미터급 14좌 완등에 이어 2007년 세계 최초로 8,000미터급 16좌 완등에 성공한 산악인이다. 현재 엄홍길 휴먼재단(상임이사)을 만들어 네팔 사람들을 돕는 일에 앞장서고 있으며, 가난한 네팔 아이들에게 꿈을 심어주기 위해 열여섯 개의 희망학교를 짓고 있다. 강연과 토크쇼 MC 등 다양한 사회 활동을 하고 있으며 그동안 쓴 책으로 『8000미터의 희망과 고독』, 『꿈을 향해 거침없이 도전하라』, 『오직 희망만을 말하라』 등이 있다. 상명대 석좌교수를 지냈으며 기상청 홍보대사 등 여러 단체의 홍보대사를 맡고 있다. 그는 평소 산에 오르는 것에 대해 '정복'이라는 표현을 쓰지 말아야 한다고 강조한다. 산이 정상을 잠시 빌려주는 것일 뿐 사람이 어떻게 자연을 정복할 수 있느냐는 말이다. 자신이 산에 올라간 것도 산이 자신을 받아주었기 때문이라고 말한다. 슬하에 1남 1녀를 두고 있다.

혜문 스님

'집 나간 부처가 돌아왔다'를 사자성어로 하면 뭘까. '환지본처'(還至本處)라는 말이 있다. 본래의 자리로 돌아온다는 뜻이다. 중생들은 이승에서 본래의 자리가 어딘지 몰라 우왕좌왕 헤맨다고 한다. 『금강경』에 그 뜻을 풀이해놨다. 2010년 8월 10일 간 나오토 총리가 '한일강제병합 100년'과 관련된 담화를 통해 '식민지 지배에 대한 사과'의 뜻을 밝히고 그에 따른 조치를 다음과 같이 언급했다. "일본이 통치하던 기간에 조선총독부를 경유해 반출돼 일본 정부가 보관하고 있는 『조선왕실의궤』 등 한반도에서 유래한 귀중한 도서에 대해 한국민의 기대에 부응, 이른 시일에 인도하겠다." 이는 2006년 '조선왕실의궤환수위원회'가 출범한 이후 4년간 지속적인 반환운동을 전개하고 한·일 국회의원과 시민단체가 협력해 이루어낸 중대한 일이었다. 이 사건의 중심에는 조선왕실의궤환수위원회 사무처장 혜문 스님이 있었다. 일본 최고 두뇌 집단이라고 하는 도쿄대를 끈질기게 상대해 『조선왕조실록』을 찾아오고, 일본 권력의 중심인 일본 왕궁에 직접 들어가 『조선왕실의궤』를 목격한 뒤 반환의 결정적 역할을 했으니 말이다. 혜문 스님은 이 밖에도 도쿄 시내 오구라호텔에 있는 고려 시대 문화재 '평양 율리사지 오층석탑' 환수 등 북한까지 포함해 한반도와 일본 사이의 문제로 그 영역을 확대하는 일을 하고 있다.

혜문 스님은 '문화재 제자리 찾기'와 '오류 바로잡기' 운동가로 분주히 활동하고 있다. 몇 가지 흥미로운 예가 있다. 슈베르트의 가곡 '숭어'는 잘못된 번역이다. 하여 당국에 정정 신청을 내 「송어」라고 교과서에 고쳐놨다. 국보146호 청동방울은 애초 강원도에서 출토된 것으로 돼 있다. 하지만 혜문 스님은 추적 끝에 강원도가 아닌 충남 논산으로 올바르게 돌려놨다. 안동 도산서원에 심어진 금송은 박정희 전 대통령이 기념식수한 것으로 돼 있으나 사실은 안동 군수가 심었다는 것도 그가 새롭게 밝혀낸 일이다. 도산서원 준공 당시 박 전 대통령이 헬기를 타고 가서 금송을 심었는데 겨울이라 살지 못했다는 것이다. 이에 겁을 먹은 안동 군수가 몰래 금송을 사다가 심었다는 것. 또 있다. 명성황후가 생전에 쓰던 표범가죽 양탄자의 행방을 찾아내 눈길을 끌었다. 지금까지 국립과학수사연구원에 보관돼 있던 조선 시대 기생 명월이의 생식기 표본과 백백교 교주 머리의 보존 중지 운동에도 앞장섰다.

그렇다면 스님이 이런 일을 하는 진짜 이유는 무엇일까. 2011년 10월 25일 오전 서울 종로구 안국동에 있는 '문화재 제자리 찾기' 사무실에서 스님을 만나 그 까닭을 먼저 물었더니 '환지본처'라고 짤막하게 대답한다. 다시 "그래도 꾸준히 그런 일을 벌이기가 쉽지 않을 텐데요"라고 말을 던졌다. "누가 그러더군요. 교수나 공무원이 독립운동하는 것 봤냐고 말입니다"라며 크게 웃는다. 그렇다면 문화재 환수를 위해 그동안 일본에만 40여 차례 오갔는데 경비는 어떻게 조달하느냐고 했다. "다 부처님 것이죠"라는 대답이 돌아온다. 에구, '도 닦은 스님'에게 괜히 물어봤나 보다. 이렇게 그의 말은 빨랐고 거침이 없었다. 호탕하게 웃는 것도 그랬다. 『조선왕실의궤』 환수운동은 어떻게 벌이게 됐을까.

“2003년 저희 은사 스님인 철안 스님께서 경기도 봉선사 주지로 부임하셨습니다. 철안 스님은 불교문화재에 관심이 많으셔서 봉선사의 관할 사찰 중 스물일곱 개의 전통사찰에 대한 문화재 현황 파악을 저에게 맡기셨습니다. 그 과정에서 6·25전쟁 등을 거치면서 없어진 문화재의 현황이 그대로 드러나게 됐지요. 예를 들어 현등사 사리구는 삼성미술관 리움이, 『조선왕조실록』은 도쿄대가 소장하고 있다는 사실이 파악됐습니다. 따라서 자연스럽게 불법적인 유통 경로에 대한 문제가 제기됐고 이에 따라 흩어진 문화재를 제자리로 되돌리려는 ‘제자리 찾기’ 운동이 시작됐습니다.”

이렇게 탄력을 받은 혜문 스님은 ‘한·일협정 문서 공개’와의 연관성에 관심을 두기 시작했다. 1965년 한·일협정 당시 일본으로부터 1,432점의 문화재를 돌려받고 문화재 청구권을 포기했다는 사실에 주목했다. 특히 한·일협정 문서는 일부만 공개됐다가 2004년 완전 공개되는 과정에서 과연 1,432점의 반환 문화재가 어떤 것들인가에 대한 의문을 갖고 세세하게 살폈다. 그런데 기대와는 달리 짚신, 막도장, 우체부 모자 등 문화재적 가치가 의심되는 것들을 보고 졸속 협상의 문제점을 발견하게 됐다.

“때마침 그 무렵 일본에 공부하러 갔습니다. 『조선왕조실록』이 일본에 있는 것을 알게 됐지요. 신물(神物)의 부름을 받았다는 것을 문득 느꼈습니다. 일왕 궁내청에서, 1922년 진상품으로 건너와 일본인의 소유가 되어버린 조선의궤 『명성황후국장도감의궤』를 봤을 땐 더욱 그랬습니다. 원래의 소장처를 나타내는 ‘오대산’이란 글자가 선명하게 새겨져 있더군요. 색을 화려하게 배합해 그려진 갖가지 그림은 1895

년 일본인에게 죽임을 당한 뒤 무려 2년 2개월에 걸쳐 치러진 생생하고도 슬픈 '국장의 기록'들이었습니다."

『보인소의궤』란 책이 눈에 들어왔을 때도 그랬단다. 고종 13년(1876년), 경복궁 교태전(交泰殿)에서 발생한 화재로 조선의 옥새가 소실되는 사건이 발생한다. 이에 고종은 무위소(武衛所)라는 관청에 옥새와 인장을 새로 제조하도록 명령, 각종 보인 11과(科=개)가 제조돼 고종에게 헌상됐다. 이때의 제작 과정을 낱낱이 기록한 종합보고서가 바로 『보인소의궤』(寶印所儀軌)로 이는 옥새 제작에 관한 유일한 자료다. 현재 우리나라의 '대한민국 국새' 제작도 『보인소의궤』에 근거해서 제작된다고 한다. 스님은 또 1897년 10월 13일 대한제국의 탄생과 관련된 중요한 의궤인 『대례의궤』란 책을 봤을 때도 '신물의 부름'으로 울컥했다고 말했다.

"명성황후의 죽음은 한·일 간 피로 피를 씻었던 사건의 시발이라고 할 수 있습니다. 이 사건을 계기로 항일의병, 이토 히로부미의 죽음 등 반일운동이 탄생하는 역사적 전환이 이루어집니다. 제가 살고 있는 봉선사와 명성황후의 능인 홍릉이 가까이 있다는 것도 신물의 부름이 아니겠습니까. 명성황후를 죽인 칼 '히젠도'를 후쿠오카에서 봤을 때는 '아, 이것이 조선의 심장을 찌른 칼이구나' 하는 생각에 피가 거꾸로 쏟는 느낌을 받았습니다. 명성황후를 죽이고 국부 검사를 자행한 기록 '에이조 보고서'를 입수했을 때도 그랬습니다."

그는 현재 일본에 있는 우리 문화재 가운데 고종의 갑옷과 투구 반환에 가장 역점을 두고 있다. 조선 시대 대대로 내려오던 임금의 투구가 일본에 있다는 것은 여전히 볼모로 잡혀 있다는 것과 다름없기 때문이다. 군대가 싸울 때 적에게 깃발을 빼앗긴 것과 같기 때문에 정치적으로도 매우 중요하다고 스님은 여러 번 강조한다.

"조선 시대 군사권력의 최고 상징인 투구, 정치권력의 최고 상징인 임금의 관모 익선관(翼善冠, 높이 19센티미터)이 도쿄국립박물관에 아직까지 인질처럼 보관돼 있다는 사실을 생각해보세요."

스님이 던지는 말문마다 조목조목 비장함이 서려 있다.

"우리나라는 2000년도까지 친일 논쟁만 했습니다. 누가 친일을 했느니 안 했느니 말입니다. 일본에서 들은 얘기지만 2000년 이후에야 직접 도쿄에 와서 '우리 문화재 내놓으라'고 일본 외무성을 압박하는 사람들이 생겨났다고 하더군요. 그래서 일본 당국은 그런 사람들을 예의주시한다고 합니다. 왜냐하면 일본의 입장에서는 그들이 반일감정을 부추기는 장본인이거든요. 사실 우리가 직접적으로 문화재 환수 문제를 제기한 것은 너무 늦었습니다. 스스로 자기반성을 해야 합니다. 앞으로 북·일 수교 때 대대적인 문화재 반환을 약속받아야 하는 것도 지금부터 바짝 신경을 써야 합니다. 일본은행에 있는 징용노무자 공탁금 4조 원이나 사할린 강제징용 문제 등도 말입니다."

그에게 앞으로 남은 숙제가 무엇인지 물었다. 그러자 "50가지 오류를 바로잡아야 하는데 지금까지 열 가지밖에 못 했다"며 웃는다. 대한제국을 선포한 환구단의 조경과 석등이 일본식으로 돼 있는 것도 바로잡아야 한다고 말했다. 광화문에 있는 이순신 장군 동상도 중국 갑옷과 일본도를 차고 있어 문제가 된다고 지적했다. 『조선왕실의궤』도 원소장처인 오대산 제자리로 가야 한다고 강조했다. 그는 인터뷰를 마칠 무렵 "백백교 교주의 머리가 오늘 화장을 하는데 염불하러 가야 한다"며 바삐 자리를 떴다.

〈2011년 10월 28일〉

혜문 스님은

1998년 대한불교 조계종 25교구 본사 봉선사에 철안 스님을 은사로 출가했다. 2001년 부산 해운정사 금모선원에서 진제 스님을 모시고 수선안거를 한 이래 봉선사에서 정진하고 있다. 2004년 일본 교토 유학 중 『조선왕조실록』이 도쿄대에 소장돼 있음을 확인한 후 '조선왕조실록환수위'를 구성, 반환운동에 앞장섰다. 2006년 9월 '조선왕실의궤환수위'를 조직해 4년에 걸친 운동을 전개, 일본 정부로부터 1,205점의 문화재를 반환받게 했다. 그 외에도 6·25 전쟁 당시 미군 병사가 약탈했던 '표범카펫'의 행방에 문제를 제기, 60년 동안 박물관 수장고에 있던 것을 찾아냈으며 보스턴미술관 소장 라마탑형 사리구 반환운동 등을 추진하고 있다. 현재 문화재제자리찾기 사무총장과 조선왕실의궤환수위 사무처장 등을 맡고 있다.

조승래

누구나 나이를 먹고 산다. 그런데 나이란 도대체 뭘까. 시 한 편을 감상해보자.

아들아
여전히 어린애인줄 알았는데
어느새 군대도 갔다 왔네

오늘 달력을 보다가
나이를 셈 해 보았는데
내 나이 55세에 너희 둘 합한 나이 47세

내가 63세 되면
너희도 63세 동갑이 되고
8년 뒤부터 매년 더 먹는 한 살
그게 쌓여서 내 나이 82세 되면 너희는
아, 100세가 넘는다

우애 깊어 정이 두툼해지면
말할 필요 없이 좋은 것
하지만 덧셈이란
이렇게 가슴 두근거리게 하구나

안 된다,
너희들이 내 나이를 추월하게
그냥 둘 수가 없다
괜한 덧셈에서 벗어나
나눗셈에서 답을 찾자
둘의 합한 나이를
절반으로 나누어야 한다

나눔의 기쁨
얼마나 좋으냐
음식을 골고루 나누어 주듯
사랑도 그리하리라

너희들은
따로 100세를 넘어라

수필가이자 시인 조승래 씨가 쓴 시 「덧셈과 나눗셈 사이」에 나온다. 이처럼 조 씨는 쉬운 듯하면서도 삶의 철학에서 사골국물을 우려낸 범상치 않은 시를 잘 쓴다고 평가받는다. 때론 세상사에 대한 배려가 있는가 하면 때론 그에 대한 염려도 잘 버무려낸다. 인간의 따뜻한 사랑을 노래함은 물론이다. 사랑이 살아 있다면 서로를 끌어당기고 사랑 없는 낙하에는 후회만 있을 뿐이라며 '만유인력'에 비교하기도 한다. 바쁜 사업을 하는 CEO로서는 보기 드물게 시집 4권, 수필집 1권을 낼 만큼 왕성한 활동을 하고 있다. 그만큼 타고 난 문재(文才)가 있을 터.

"벌거숭이로 저 자신을 돌아보고 시를 통해 마음의 정화를 할 수 있도록 길을 안내해주신 은사님께 항상 감사하게 생각하고 있습니다."

그는 2010년 〈시와 시학〉 신춘문예로 등단한 뒤 시집 『몽고조랑말』(동학사), 『내 생애의 워낭소리』(시학), 『타지 않는 섬』(시학), 『하오의 숲』(황금알) 등 시집을 낸 뒤 올해에 또 다른 시집 한 권을 낼 예정이다. 그는 이 밖에 가락문인회, 시와 시학회, 함안문인회 한국시인협회 회원 등으로 활동하고 있다. 그의 첫 시집은 한국타이어 전략기획담당 상무로 있을 때 펴냈다.

그가 시인을 꿈꾸게 된 배경은 고등학교 때 문학 활동을 하게 된 데서 비롯된다. 그러던 어느 날 시험시간 중 다른 학생에게 답안지를 보여주다가 장문의 반성문을 쓰게 된 것이 결정적인 계기가 된다. 당시 반성문의 문장력이 너무 뛰어나 문예담당 교사였던 공영해 시인의 손까지 가게 됐다. 이를 본 공 시인은 조 씨를 교지 편집위원으로 영입해 문학의 길을 열어주었다. 공 시인은 나중에 『몽고조랑말』의 작품해설을 쓸 정도로 끈끈한 사제의 연을 맺게 됐다. 조 씨는 당시를 회고하면서 "사춘기 시절 문예 활동을 한 것이 오늘에까지 이르렀으며 공영해 선생님이 없었다면 절대 불가능했을 것"이라고 술회한 뒤 문학적 가르침을 잘 받았고 공 시인을 가장 존경한다고 말했다. 시집

『몽고조랑말』에서 공 시인은 "조승래는 뛰어난 상상력을 가진 시인이다. 성공한 엘리트면서도 그는 자신의 존재 확인을 문학을 통해 궁구해보겠다는 의지를 박절하게 꺾어버릴 수 없었던가 보다. 그의 고향은 서정적 정취가 무르익은 아늑한 시의 세계일 터. 그의 언어는 문학으로 귀농함으로써 순치(馴致), 무구화되어 독자들 앞에 야생화를 피우게 된다"고 평가하고 있다. 조 씨는 또 홍진기 시인한테도 좋은 가르침을 받고 있다고 덧붙였다.

그는 시인으로 등단하기 전 2006년 수필집 『풍경』을 출간한 바 있다. 당시 선친과 장인이 같은 달에 돌아가신 후 괴로워하다가 절절히 생각나는 추억을 글로 정리했다. 아버지에 대한 얘기가 나오자 『풍경』에 나오는 대목을 읽어준다.

……아버지는 참 무서운 분이셨다. 남들은 다 좋기만 하신 분이라 하지만 집에 와서는 매사가 엄격하여 우리 형제들은 가까이 가지를 못했다. 누나들이 출가하여 아버지를 뵈러 올 때는 예전처럼 무서워하는 기색이 별로 안 보였지만 가까이서 지켜보던 우리들에게는 한없이 어려운 분이셨던 것이다. 연속극에서 자식들과 아버지가 다정히 손잡고 걸어가는 모습을 보면 그건 그저 연속극 속에서나 볼 수 있는 장면이라 생각했던 것이다. 중학교 시절 몸이 아파서 병원 치료받으러 갈 때도 아버지가 태워주던 자전거 뒤에 앉아서 아버지 허리를 감싸안고 간 것이 아니라 안장 밑의 둥근 쇠붙이를 손으로 꽉 잡고 갈 정도였으니 말이다. 나도 자식을 키우고 있어서 아버지가 우리들에게 왜 그러셨는지를 잘 이해하면서도 가까이 가서 팔순이 넘은 아버지의 손을 감히 만지지 못했다. 객지 생활을 많이 해서 더욱 그러했을 수도

있고, 안 잡던 손을 덥석 잡기도 쑥스럽고, 마음을 활짝 여는 데도 어색해 했던 것 같다…….

주먹 꼬옥 쥐고 이 세상에 태어났다가 손바닥 펴고 그렇게 저 세상으로 떠나셨으니 그렇게 만져 보고픈 아버지의 손도 이제는 만질 수 없다. 내가 밤에 잠들어 있는 아들의 손을 꼭 잡고 미소를 지으며 볼에다 입맞춤 해 왔듯이 아버지도 우리들의 손을 몰래 잡아 보고서 미소 지었을 것이다. 고사리 같던 아기 손을 장난감처럼 만지작거렸을 것이고 장성함에 따라 아들의 손이 내 손에 다 안 들어오면서부터 어깨를 만지기 시작했듯이 아버지도 그랬을 것이다. 그리 자상하시지도 않고 그저 '이렇게 해라, 그렇게 하지 마라'만 짧게 말씀하셨지만 속으로 다 설명해 주셨음을 이심전심으로 알게 되니 내가 지금 자식들에게 하는 것과 다를 바 없다. 아버지는 그렇게 우리 곁을 떠나셨다…….

조 씨는 주로 새벽에 글을 쓴다. 자다가도 영감이 떠오르면 핵심 단어나 상황을 수첩에 적어뒀다가 시간이 날 때 초안을 잡는다고 한다. 이 초안은 일정 기간 그냥 내버려둔다. 숙성된 포도주가 술맛이 다르듯 글도 그렇지 않겠느냐는 것이다. 대개 글 쓰는 작가들이 저마다 버릇이 있듯이 조 씨는 새벽에 쓰고 기다림으로 조용히 다가가는 것이다. 그러면 포도송이처럼 알알이 맺힌다.

그는 시작 활동과 더불어 현대백화점 열네 개 지점에서 인문학을 강의했고 〈월간인사관리〉 잡지 등에 2004년부터 2006년까지 2년 동안 칼럼을 썼다. 또한 한국타이어 중국법인에 근무하면서 상하이교통대학에서 경영학박사까지 취득할 만큼 남다른 학구열도 보이고 있다. 현재 그는 한국타이어 관계사인 아노텐금산주식회사 대표로 몸담고 있다. 잠시 회사 소개를 부탁했다.

"아노텐금산주식회사는 자원 재활용을 하는 친환경사업 회사입니다. 우리 주변에 버려지거나 태워버리는 것이 너무 많은데 그냥 방치하면 공해가 됩니다. 하지만 1차 단계로 처리해버리면 효율이 너무 낮은 손실도 있어서, 우리 회사는 버려지거나 낮은 효율의 재활용 단계를 고효율 재활용 가치의 단계로 끌어올리는 것을 목표로 하고 있습니다."

다시 말해 쓰다 버린 타이어를 공기가 없는 상태의 열분해기 안에서 기름과 카본블랙으로 분리한 뒤, 효율이 높은 기름은 보일러 가동에 사용하고 카본블랙은 재처리해 재활용하는 개념이다. 열분해 단계 진입 전에 분리한 타이어 내부 철심은 제철공장으로 보내 재활용되는데, 타이어를 태우지 않으므로 연기 발생으로 인한 공해도 없다는 것이다.

"전 세계적으로 타이어는 엄청나게 많습니다. 이 기술을 활용해 국내 타이어업체의 보일러 사용 비용을 줄일 수 있도록 준비 중입니다. 세계적으로 연속 가동을 하고 상업적으로 공해 없이 자원을 재활용하는 업체는 우리가 단연 선두라고 할 수 있습니다. 아노텐(Anothen)의 어원은 헬라어로 '거듭나다'는 뜻입니다. 사용 수명이 끝난 폐자원을 다시 에너지로 거듭나게 한다는 의미입니다."

다시 시 얘기로 돌아간다.

"누군가는 저보다 더 따스해지리라 믿으면서 감사하는 마음으로 누에가 실을 뽑듯 시를 써나가려고 합니다."

그러면서 「남대문 국수집에서」라는 시를 들려준다.

'남대문시장 계단틈새/ 그 국숫집은/ 줄 선 손님들이 더 많다/ 구부린 허리로/ 40년을 하루같이/ 고명으로 올릴 부추를/ 한 올 한 올 시집갈 딸/ 머리 빗기듯 깨끗이 다듬는데/ 땅에서 나온 풀 하나에도/

쏟는 정성 저러하고/ 바구니에 쌓여 넘치는 돈엔/ 푸성귀 대하듯 도통 무관심하니/ 돈인들 줄을 서서/ 그 할머니에게/ 얼굴 한번 더 보이려고/ 애가 타지 않겠는가.'

〈2015년 3월〉

조승래는

1959년 경남 함안에서 태어났다. 1983년 인하대학교 무역학과를 졸업한 뒤 성균관대 대학원에서 경영학 석사학위를 받았다. 2006년 중국 상해교통대에서 기업관리 전공으로 박사학위를 받았다. 1987년 한국타이어에 입사했으며 상무이사로 퇴임한 뒤 현재 아노스텐금산주식회사 대표로 있다. 2010년 봄호 〈시와 시학〉 신춘문예로 등단했다. 시집으로는 『몽고조랑말』(동학사), 『내 생애의 워낭소리』(시학), 『타지 않는 섬』(시학), 『하오의 숲』(황금알) 등이 있으며 수필집 『풍경』(미지애드컴)이 있다. 가락문학회, 시와 시학회, 함안문인회 한국시인협회 회원으로 활동하고 있으며 단국대 상경대학 겸임교수로 있다.

아프리카 야생동물 사진작가

김병태

'케냐' 하면 가장 먼저 떠오르는 단어는 무엇일까. 아마 '동물의 왕국'일 것이다. 드넓은 마사이마라 초원에서 뛰노는 야생동물들이 우선 연상된다. 마사이마라 국립야생동물보호구역은 많은 사람의 눈과 귀에 익은 세계적인 명소가 됐다. 야생동물의 세계에 관한 많은 다큐멘터리가 그곳을 배경으로 제작되곤 한다. 유명한 애니메이션 영화 〈라이언 킹〉의 작품 구상도 마사이마라에서 이뤄졌다고 전해진다. 그만큼 그곳에는 다양한 종류의 야생동물이 살아가고 있다. 특히 암보셀리 국립공원에서 바라보는 킬리만자로의 절경이 압권이다. 아침저녁으로 살짝 모습을 드러내는 만년설이 그러하다. 탄자니아와 케냐의 국경 사이에 놓인 킬리만자로를 배경으로 코끼리들이 이동하는 모습은 언제 봐도 장엄하게 다가온다. 또한 매년 8~10월 탄자니아의 세렝게티와 마사이마라에서 펼쳐지는 '누 떼'의 대이동은 감동적인 파노라마를 연출한다. 또 있다. 어니스트 헤밍웨이의 소설 『킬리만자로의 눈』이나 조용필의 노래 「킬리만자로의 표범」이 생각나게 하는 곳도 케냐라고 할 수 있겠다. '바람처럼 왔다가 이슬처럼 갈 순 없잖아/ 내가 산 흔적일랑 남겨둬야지…….'

나이로비에 거주하고 있는 김병태 씨는 아프리카 초원을 20여 년째 누비며 야생동물들을 카메라에 담아내고 있다. 그래서 초원은 그의 거대한 작업장이다. 카메라를 메고 밤과 낮, 건기와 우기를 가리지 않고 자연과 동물의 움직임에 셔터를 눌러댄다. 석양을 배경으로 시작되는 누 떼의 야간 행군, 지축을 울리며 이동하는 코끼리의 둔중한 발자국 소리, 표범에 쫓기며 전력 질주하는 가젤의 비명, 표범의 냉혹한 눈빛과 포효하는 모습 등은 마치 현장에서 바라보는 듯한 착각을 일으키게 할 만큼 생생하다.

그는 이런 사진으로 신주쿠와 요코하마 등 일본에서 9회, 케냐에서 2회에 걸쳐 개인전을 했다. 한국에서도 가끔 개인전을 연다. 2014년 9월 한국과 케냐 수교 50주년을 기념해 예술의전당 한가람디자인미술관에서 〈야성의 감성사진〉이라는 주제로 대형 작품 70여 점을 선보인데 이어 2015년 3월 대구문화예술회관에서 두 번째 사진전을 열었다. 그의 사진은 아프리카의 때 묻지 않은 아름다운 대자연과 어우러진 동물의 세계를 섬세하고 절제된 방법으로 표현한 것들이다. 제삼자로 동물들의 삶을 관찰하기보다 그들과 같이 감정을 공유할 만큼 혼이 담긴 작품들이다. 다른 사진작가들과 달리 그는 케냐에서 20년 넘게 살면서 직접 보고 느낀 것들을 담아냈다.

한국에서의 첫 전시를 위해 잠시 귀국한 김 씨를 2014년 8월 서울 홍대입구에 있는 성갤러리에서 만났다. 전시에 내걸 액자 작업을 하느라 바삐 움직이고 있었다. 전시를 하게 된 계기를 물었을 때 그는 "사진은 한번 찍어놓고 혼자만 볼 것이 아니라 여러 사람에게 보여줘야 한다고 생각해왔다. 아프리카의 아름다운 대자연과 순수하고 강인한 동물들의 삶을 보여줌으로써 자연환경이 인간 생활에 얼마나 소중한 가치인지 보여주고 싶었다"고 대답했다.

그는 케냐의 동물과 자연을 담아내기 위해 한 달에 네다섯 차례 초원을 찾는다. 마사이마라는 셀 수 없을 만큼 갔고 세렝게티, 케냐 마운틴, 암보셀리 국립공원도 수차례 다녀왔다. 아찔한 순간도 여러 번 경험했다. 한번은 이런 일이 있었다. 숲이 무성한 곳에 숨어 살기 때문에 잘 보이지 않는 표범이 그의 차 보닛에 갑자기 뛰어올랐던 것이다. 소스라치게 놀란 운전기사는 사색이 됐고, 김 씨는 얼른 정신을 가다듬고 본능적으로 카메라 셔터를 눌러댔다. 바로 코앞에 있는 표범을 놓칠 수 없었기 때문이다. 사진을 다 찍고 나서 보니 차의 창문과 지붕이 열려 있는 사실을 알았다. 만약 표범이 차 안으로 뛰어들었으면 어떻게 됐을까 하는 생각에 또 한 번 놀란 가슴을 쓸어내렸다.

아프리카 동물세계의 먹이사슬에 대해 그는 "사자가 맨 위에 있고 하이에나, 표범, 치타로 이어진다"고 설명한다. 아프리카에서 사파리는 마사이마라와 세렝게티로 대표된다. 통상적으로 7월에서 10월까진 마사이마라에 동물이 많은 반면, 12월에서 3월까지는 세렝게티에 많은 동물이 분포해 있다. 김 씨는 이들의 이동에 맞춰 두 곳 가운데 한 곳을 택한다. 세렝게티는 마사이어로 '끝없는 평원'을 뜻하며 면적은 숲을 포함해 경기도의 14배에 달한다.

대구 출신인 그가 사진과 인연을 맺은 것은 1988년 사진동호회에 가입하면서부터다. 그러다 1993년 다니던 회사를 그만두게 됐다. 사진과 개인 사업을 동시에 할 수 있는 곳이 없을까 고민하던 중 케냐를 선택했다. 케냐는 동물의 왕국이며 남이 잘 안 가는 그곳에서 사업을 해보자는 생각에서였다. 그러나 가족과 주위 사람들은 "왜 하필 멀고도 먼 아프리카냐"며 만류했다. 그해 말 케냐에 첫발을 내디딘 그는 약 2주 동안 사진촬영을 하며 광활한 대자연에 흠뻑 매료됐다. 그러는 한편 꼼꼼하게 시장조사를 벌인 끝에 케냐에 정착하기로 결정하고 다음 해 중순 이민 수속까지 마쳤다.

"제가 좋아하는 사진도 찍고 새로운 사업을 할 기대로 부풀었지요. 주위 사람들에게는 '사람 사는 곳에는 어디든지 비즈니스가 있다'고 안심시켰습니다. 이주 당시 저는 이미 결혼을 해서 자식이 둘 있는 상태였지요. 일단 저 혼자 케냐에 먼저 가서 자리를 잡은 다음 가족을 부르기로 했습니다."

당시 아프리카의 많은 나라에서는 사진업이 성황이었다. 그래서 김씨는 한국의 사진 재료들을 케냐 시장에 공급하는 일을 시작했다. 시장 개척도 순조롭게 진행되고 어느 정도 자리를 잡게 됐다. 그러나 어느 날 통관사의 실수로 당시 시가 2억 원 상당의 사진 재료가 세관에 발이 묶여 썩는 일이 발생하면서 큰 어려움을 겪게 됐다. 농부인 부모의 도움으로 시작한 사업이어서 충격이 더욱 컸다. 가족의 고생도 이만저만이 아니었다. 이때가 그의 나이 34세였다. 반드시 다시 일어서야 한다고 다짐하고 사무용 가구로 눈을 돌렸다. 한국에서 인기 브랜드였던 퍼시스 제품을 아프리카에 판매하는 일을 시작했다. 회사 다닐 때 배운 '고객 만족'이라는 단어를 떠올리며 열심히 돌아다녔다.

"때마침 케냐의 회사들이 저품질의 제품에 식상했던 때라 순조롭게 시장을 넓혀가게 됐습니다. 사무용 가구 사업이 어느 정도 안정권에 접어들면서 1997년 말 저희 가족이 케냐에 와서 같이 지내게 됐죠. 아이들도 현지 학교에 다니면서 차츰 적응했습니다."

사업을 하면서도 사진에 대한 열망만큼은 식지 않았다. 틈틈이 카메라를 들고 아프리카 대자연과 함께했다. 그러다가 2002년 사파리용

자동차와 대형 렌즈 등 필요한 장비를 갖추고 본격적으로 아프리카 초원을 누비며 야생동물들과 만났다. 작품의 내용도 깊어지고 인간의 삶에 있어 그들의 중요성도 새삼 느끼게 됐다. 그러던 중 케냐의 수도 나이로비에 있던 일본인들이 김 씨의 작품을 좋아하게 됐다. 또 일부는 일본으로 돌아가 아프리카와 인연을 맺었던 사람들, 김 씨의 작품을 좋아하는 사람들이 모여 동호회를 조직하기도 했다. 이런 인연으로 그는 2008년 신주쿠를 시작으로 미야기, 요코하마, 나고야, 이바라키공항, 모리오카 등에서 2013년 5월까지 매년 한두 차례 전시회를 열게 됐다. 사진 활동을 하면서 케냐 한인회를 위한 봉사도 10년 이상 계속하고 있다.

"깊이 있는 아프리카의 자연 작품으로는 세계적인 작가들과 어깨를 나란히 할 수 있다고 자부합니다."

김 씨의 사진에 대해 시인 조승래 씨는 "그의 사진예술은 아프리카 초원을 배경으로 펼친 장엄한 대서사시다. 그가 펼치는 서사의 컬러에는 아름다운 대자연과 동물이 늘 주인공이다. 보기만 해도 둥둥 북소리 속에 행군이 있고 전투와 죽음, 탄생과 사랑이 있다"고 평했다.

〈2014년 9월 3일〉

김병태는

1962년 대구에서 태어났다. 청구고와 경북대 무역학과를 졸업했다. 1993년 다니던 국내 회사를 그만두고 케냐로 이민을 갔다. 사진 활동은 1988년부터 시작했다. 아프리카 초원과 야생동물 사진을 찍는 것은 케냐에 살면서 본격적으로 시작됐다. 지금까지 개인전은 신주쿠(2008년), 미야기(2009년), 군마(2009년), 요코하마(2010년), 나고야(2010년), 이바라키공항(2012년), 모리오카(2013년) 등 일본에서만 아홉 차례나 열었다. 케냐 현지에서는 두 차례 개인전을 했다. 현재 케냐의 수도 나이로비에서 가족과 함께 살고 있으며 케냐 한인회를 통해 봉사활동도 지속적으로 하고 있다.

역술인으로 살아가는 전 국회의원

이철용

상처 난 조개가 진주를 낳는다는 말이 있다. 중년의 한 남자가 이따금 사창가를 찾는다. 그 사내가 빨간 커튼을 젖히고는 현관을 들어선다. "오빠, 어서 오세요"라며 반색하는 화장기 짙은 여인을 향해 씩 웃어 보인 사내는 구석진 테이블 위에 놓인 돼지저금통에 시선을 고정한다. 두어 번 고개를 주억거린 사내는 점퍼 양쪽 주머니에서 동전을 한 줌 꺼내 하나둘씩 저금통에 집어넣었다.

이어 자리를 잡은 사내는 대뜸 "아가씨, 손 좀 줘봐, 손금 봐주지"라고 말을 건넨다. "아가씨는 여기 올 팔자가 아닌데 말야. 손재주와 머리가 무척 좋아. 사주에 지살(地煞)이 끼었지만 주의만 잘 하면 돼." 그러면서 사내가 자리를 털고 일어섰다. 아가씨가 "뭐 하는 분이세요?"라고 묻자 "난 희망 디자이너야"라는 한마디 말을 남기고 총총 사라진다.

그랬다. 불구의 성치 않은 몸을 이끌고 우리 사회의 그늘진 도시 변두리나 빈민가를 30년 넘게 찾아다녔다. 전국의 집창촌, 노숙촌, 성인 PC방, 전화방, 시장, 시설보호소 등 '춥고 배고픈 사람들'이 있는 곳이라면 어디든 달려갔다. 그들과 만나 온몸으로 숨소리를 듣고, 체취를 맡으며 함께 지냈다.

그러던 그는 1980년대 초, 이런 경험을 바탕으로 『어둠의 자식들』이란 작품을 발표, 문단과 사회에 큰 반향을 불러일으켰다. 산업화의 구조적 모순을 대담한 현장성과 통찰력으로 묘파했으며 도시빈민에 대한 사회적 인식을 전환시키는 데 커다란 기여를 했다는 평가를 받았다. 지금까지 빈민층의 삶을 소재로 그려낸 작품만 무려 16권이나 된다. 사람들은 이런 그를 '빈민운동가'라고 불렀다.

그는 평소에도 "나는 지체장애 3급에 초등학교 졸업한 것이 전부인 사람이다. 좋은 목사님과의 만남을 계기로 더불어 사는 일에 나름 열심을 다해 살며 빈민운동권에 동참하게 됐다"고 말하곤 했다.

장애인으로 헌정 사상 처음 국회의원이 된 이철용 씨. 『꼬방동네 사람들』, 『어둠의 자식들』 등 베스트셀러 작가로도 잘 알려져 있다. 그의 작품처럼 그의 삶도 가히 '인생유전'이랄 만했다. 생후 6개월 만에 아버지가 결핵으로 세상을 떠날 무렵, 자신도 결핵성 관절염을 앓아 한쪽 다리 일부를 잘라내야 했다. 때문에 어린 시절을 장애인이라는 놀림과 조롱 속에서 지냈다. 그 상처가 컸던 탓일까. 그는 초등학교만 졸업하고 혼자 야학으로 배움을 보충했다. 사회의 어둠을 보고 그냥 지나치는 성격이 아니어서 그랬던지 1970년대에는 간첩으로 몰려 대공분실에 끌려가 70일간 옥고를 치르기도 했다. 이때 가까스로 탈출해 합정동수녀원에 숨어 외신기자 회견을 해 제2의 인혁당사건을 조작하려던 계획이 수포로 돌아가게 했다. 계엄하인 1979년 11월 YWCA 위장결혼 사건 때도 연행돼 가혹한 고문을 당하기도 했다.

이러한 파란만장한 인생 곡절을 겪으면서 1988년 13대 국회의원 선거 때 서울 도봉을(평민당)에서 당선됐다. 국회에 입성하자마자 장애인 편의시설을 마련하는 한편, 장애인고용촉진법 제정에도 팔을 걷어붙였다. 정계를 떠난 후에도 어둠의 그늘을 찾아다니며 각종 강연으로 희망을 주고, 바쁜 틈틈이 집필 활동을 하는 등 '빈민의 목소리'를 자청한 삶을 살고 있다. 2003년 가을에는 서울 힐튼호텔에서 '상처 난 조개가 진주를 낳는 까닭은'이란 주제로 장애인을 위한 콘서트를 열기도 했다.

요즘에는 역술인으로 살아가면서 장애인문화예술진흥원 이사장을 맡아 장애인 문화예술 진흥 활동에 앞장서고 있다. 그는 2007년 서울 도심 한복판인 종로구 안국동에 '通'(통)이라는 간판을 처음 내걸었다. 지금은 광화문 인근 '경희궁의 아침'으로 간판을 옮겼다. '통'은 말 그대로 사주팔자를 보는 집이다. 무엇이 그에게 '역술인'으로 나서게 했을까. 이 전 의원과는 2007년 안국동에서 처음 인터뷰한 이후 지금껏 자주 만나는 사이가 됐다. 당시가 생각난다.

머리를 빡빡 깎은 그의 모습이 40대 초반 정도로 젊어 보였다. "옥살이 후유증을 극복하기 위해 1년여 동안 침술과 한의학을 배우며 몸을 회복했다"는 그는 "덕분에 지금은 20대 청년과 다를 바 없다"며 너털웃음을 웃었다. 매일 두 시간씩 양쪽 손가락만으로 팔을 구부렸다 펴는 이른바 '푸시업(Push Up) 운동'을 5년째 하고 있다고 귀띔했다. 이때는 어깨너머 배운 '혈기도' 동작도 곁들인다.

스스로 건강 전도사라고 주장하는 그는 강연 때마다 "운이 나쁠수록 운동과 공부를 하라"고 강조한다. 인간이 100년 산다고 했을 때 10년 단위로 대운(大運)이 찾아오며, 이때를 대비해 평소에 늘 운동을 해두라는 것이다. 아울러 아무리 좋은 사주라도 웃음을 잃으면 자연히 나빠지게 마련이라는 점도 그의 강연의 단골 주제다.

"복이란 밥을 짓는 것과 같은 이치입니다. 밥을 먹기 위해 농사를 정성껏 지어 좋은 쌀을 생산해내는 것과 같지요. 또 밥 지으려면 물을 부어야 합니다. 이때 웃는 모습으로 물을 붓고 또 절제된 마음으로 불을 잘 때야 맛 또한 좋지 않겠습니까? 그다음에는 그릇에 밥을 퍼서 나눠주잖아요. 그러니 각자의 사주를 '좋다', '나쁘다'로 미리 단정할 수 없지요."

그는 누구나 사주(四柱: 연, 월, 일, 시)를 갖고 태어난다면서 "사주, 즉 네 개의 기둥을 각각 떼어내 세우면 그 상징이 되는 천간(天干)과 지지(地支) 두 글자를 갖게 되는데, 이것이 바로 팔자(八字)"라고 설명했다. 사주는 운명론이 아니며 그저 사람의 혈액형과 같다고 부연했다. 따라서 태어날 때의 기운, 즉 사주를 파악한 뒤 당시의 사회적 분위기 등을 참고해 소우주적 지혜의 대안을 얻도록 해줘야 한다는 것이 그의 사주론이다.

그는 이런 믿음을 토대 삼아 누군가의 사주를 꿸 수 있는 통계를 추출해냈다. 각계각층의 사람들을 만나 다양한 삶에 대한 사주를 얻은 뒤 이를 데이터베이스화하는 작업이 그가 이 일을 시작하기에 앞서 가장 먼저 한 것이었다. 여기에 음양오행 사상에 뿌리를 둔 사주명리학을 접목해 삶의 형태에 대한 여러 기준을 마련했다. 결국 7년 동안의 작업 끝에 2만4,500명의 자료를 모았으며, 그 자료를 8,000여 가지로 분류해 누구를 만나든 인생의 길흉화복에 대한 대안적 지혜를 즉각 제시할 수 있도록 했다. 여기에 남다른 통찰력과 흔치 않은 인생 경험을 더하면서 '通'의 길로 들어섰던 것이다.

그는 국회의원 출신이어서 여의도의 흐름에 대한 관심도 있을 터. 하여 사적인 자리에서 정치권을 향한 목소리도 가끔 높인다. 이념 문제가 나오면 "말이 좋아 '진정한 보수'니, '진정한 진보'라고들 하지 다들 기회주의자 아니냐"고 말한다. 그는 또 이념이란 '옷'이라고 했다. 추우면 입고 더우면 벗는 것이기 때문이다. 그러면서 사회란 골고루 더불어 같이 살고 또 정직해야 한다고 강조한다. 정치권에 대한 미련이 없느냐고 하자 "이 나이가 되도록 가장 후회하는 것을 꼽으라면 정치권에 들어가 국회의원 금배지를 단 것"이라는 대답이 지체 없이 돌아온다. 그만큼 가슴을 치며 후회하고 지금은 속죄하는 심정으로 선한 삶을 살려고 노력 중이란다. 마음을 모으고 정성을 쏟아 어둠 속 절망에 빠져 힘들어하는 단 한 사람에게라도 희망을 찾아주는 일에 전념하고 싶다고 거듭 강조한다.

다시 삶의 문제로 방향을 잡았다. 그는 "사주가 아무리 나빠도 지혜롭게 관리하면 얼마든지 잘 살 수 있다"면서 "궁해야 通하고, 막혀야 通하며, 또 간절함이 극에 달하면 다 通할 수 있다"고 말한다. 그러면서 희망을 포기하는 것이 절망보다 더 무섭다는 것을 뼈저리게 체험했기에 '通'을 차렸다고 했다.

〈2007년 3월 12일 더하기 2015년 3월〉

이철용은

1948년 서울에서 태어났다. 1959년 서울 종암초등학교를 졸업했다. 한국 기독교 도시빈민선교협의회 위원장과 제13대 국회의원을 지냈다. 민족문학작가협회 위원, 장애인문화예술진흥개발원 이사장, 장애우권익문제연구소 이사, 세계장애인문화교류추진본부 이사장으로 활동하고 있다. 현재 한국역술인협회와 한국역리학 고문, 운기관리연구소 '통비결' 이사장으로 있으며 4줌(사주)으로 풀어내는 인생상담 '통풀이' 대표로 있다. 저서로는 『어둠의 자식들』, 『꼬방동네 사람들』 외에 『들어라 먹물들아』, 『나도 심심한데 대통령이 되볼까』 등이 있다.